MW01124196

LAS PUERTAS DEL PARAÍSO

Julio Murillo Llerda

LAS PUERTAS DEL PARAÍSO

mr · ediciones

Primera edición: abril de 2006

© 2006, Julio Murillo Llerda
© 2006, Ediciones Martínez Roca, S.A.
Paseo de Recoletos, 4. 28001 Madrid
www.mrediciones.com
ISBN: 84-270-3262-5 (rústica)
ISBN: 84-270-3246-3 (tapa dura)
Depósito legal: M. 11.574-2006
Fotocomposición: EFCA, S. A.
Impresión: Brosmac, S.L.

Impreso en España-Printed in Spain

«Cósimo de Médicis es implacable con los hombres de su clase,
a quienes lleva a la ruina o conduce a la muerte
con una alegre ferocidad.»

MARCEL BRION

«Esta edad es, sin duda, una edad de oro; han vuelto a la luz
las artes liberales casi desaparecidas, la gramática, la poesía,
la elocuencia, la pintura, la escultura, la arquitectura y la música...
Y todo ha ocurrido en Florencia.»

MARSILIO FICINO, 1492

«Los libros nos transmiten la voz de los sabios. Están llenos de
lecciones de historia, llenos de vida, leyes y piedad. Viven, hablan y
debaten con nosotros; nos enseñan, advierten y reconfortan; nos
revelan asuntos que la memoria olvidó, y los presentan,
tal y como sucedieron, ante nuestros ojos.»

CARDENAL BESSARION, 1468, en la donación
de su biblioteca a la ciudad de Venecia

AGRADECIMIENTOS

A Eva Latorre Broto, investigadora y traductora de griego, que supervisó el libro y aportó valiosa información sobre Manuel Crisoloras, Jorge Gemisto Pletón y el renacer de la cultura clásica griega en la Italia del siglo XV, así como documentos franceses referidos a la familia Médicis • A **Pilar Oriol,** licenciada en filosofía, que reconcilió a Tertuliano, Hermes, Platón y Nicolás de Cusa en el crisol renacentista • A **Santiago Montull,** médico internista, que me facilitó documentos referidos al tratamiento de la tisis, la gota y la artrosis durante la Edad Media y el Renacimiento y revisó asuntos médicos de la novela • A **Fátima Frutos,** poetisa donostiarra, que apoya de modo incondicional mi trabajo: sugirió infinidad de pequeños detalles, siguió el texto página a página y me transmitió todo lo esencial acerca de la vida en los hospicios • A **José Luis y Miriam,** que corrigieron la traducción de algunas frases al francés • A todos los expertos, historiadores y amigos de los foros *imperiobizantino.com* y *ejercitosbizancio.net* • A **Francesc Álvarez,** editor y periodista; **Carlos Pérez,** editor; **Santiago Serrat,** periodista; **José Luis Muñoz,** escritor; **Juan Bas,** escritor; **Alfonso Mateo Sagasta,** escritor; **Paco Ignacio Taibo,** escritor y director de la Semana Negra de Gijón; **Fernando Marías,** escritor; **Pere Sureda,** director editorial • A **Ainhoa Aznárez** y la **Asociación de Mujeres Progresistas de Navarra y de Asturias,** que respaldaron la presentación de mi primera novela • A todos los lectores de *Las Lágrimas de Karseb* y al **Círculo de Lectura de Las Puertas del Paraíso** • A todo el equipo de **MR** por su excelente labor; muy especialmente a **Javier Ponce,** que vela por la edición y calidad del texto • A todos los amigos de la **Biblioteca Ferrán Soldevila de Santa María de Palautordera** y a los lectores y amigos de Palau • A mis padres, **Julio** y **Carmen,** y a los miembros de mi familia • A **Julia,** que es única. Y a **Victoria,** que también lo es.

Santa María de Palautordera, 18 de noviembre de 2005

PRÓLOGO

LAS PUERTAS DEL PARAÍSO, ABIERTAS

Bien entrada la noche, una sombra vacilante cruzó sobre el cauce del Arno. Lo hizo por el Ponte Vecchio, invadido por una niebla espesa y pegajosa, evitando resbalar con los restos de pescado y carne que a diario los matarifes despedazaban y vendían en sus tenderetes. Avanzó llevándose la mano a la cara, para escapar del nauseabundo olor del orín de caballo con el que los curtidores, un poco más allá, trataban las pieles y que aún de madrugada, horas después de que toda actividad comercial hubiera cesado, impregnaba el ambiente. Una vez al otro lado, dando tumbos, giró a su derecha, tomando la Vía de Calimala en dirección al corazón de la ciudad.

Vestía el hombre un *lucco* granate, que le llegaba hasta los pies y le obligaba a dar pasos cortos a fin de no pisar la orla. Cubría canas y calva con un *cupolino tondo* de fieltro, de tono aún más oscuro. Andaba amblando, como los cuadrúpedos, en un desacompasado movimiento de brazos y piernas. Y su marcha errática, que ora le llevaba a moverse por el centro de la calle, ora a arrimarse a los muros de las silenciosas logias de las familias nobles, se acompañaba de un resuello entrecortado y escaso, sólo roto por un hipar convulso y el embate del excesivo trasiego de *chianti* con polvo de lirios en el estómago.

Desembocó, en un traspié final, frente al baptisterio. Su sombra, alargada hasta la sinrazón por los braseros y antorchas que ilumina-

ban la calle que le traía, se recortó sesgada sobre la majestuosa figura del *campanile*. Al percatarse de su tamaño espectral, desmesurado,
detuvo su renqueo por un instante y alzó los brazos, bamboleándose
de un lado al otro, refocilándose ante su negra proyección como sólo
un personaje de comedia bufa sería capaz de mofarse de lo patético
de su estampa en un espejo.

Una silueta afilada, rápida y mortal, salió entonces de la penumbra.

Le rodeó con un abrazo poderoso, bloqueando su cuello, ahogando su gemido.

Y le hundió en el vientre una daga fría.

Sin soltar a su presa, el matón le condujo a empellones hasta el
amparo de una esquina y aplastó su rostro contra el muro, mientras
removía el cuchillo en el interior del desgraciado, como si todo su
empeño buscara abrir brecha en las entrañas y alcanzar el corazón
desde lo bajo del vientre. Después, le obligó a girarse y retiró su mano
de la cara. Y así despegó el moribundo los labios –más en busca de
una última bocanada que de una demanda de auxilio imposible–, extrajo el verdugo la *misericordia* de sus tripas y la introdujo en su boca.
En una veloz rúbrica tajó a derecha y a izquierda, dibujando una trá-
gica y sangrienta sonrisa en aquel rostro orondo y enrojecido, sólo
iluminado por la locura. Al punto, se apartó sin dejar de sostenerle
por la boca del *lucco* y le miró complacido.

–*Ah, che brutta faccia che hai…!* –dijo en tono grave y pausado,
aproximándose a su oído, de modo que sus palabras acompañaran al
condenado en su viaje a la oscuridad.

Y mientras el cuerpo se desplomaba sin remedio, resbalando a
peso por la pared, el facineroso siseó. Respondiendo a su llamada, un
hombre alto, encapuchado, emergió de la fosca y se deleitó por un instante en el trabajo del sicario.

Sin mediar palabra, lo acarrearon desde la Logia del Bigallo hasta las nuevas puertas del baptisterio, con la misma satisfacción con
que se arrastra un costal pesado cuya tela ha sido rasgada y aligera
en el trayecto buena parte del contenido.

Le dejaron allí, tirado, con los ojos abiertos, con un hilo de aire que no le llenaba el pecho y un vómito de sangre en la garganta.

Se quedó solo, roto, descoyuntado como un guiñapo, agonizando. Y en su último hálito, pareció querer alzar su mano, rozar siquiera con los dedos, abrir...

... las Puertas del Paraíso.

1

FILOSOFÍA DE LA CAMPANA

La primavera se anunciaba en el suave abrazo del aire al mecer las frondas de La Toscana. Corría nuevo y ligero, aventando en su juego las hojas del ciclo anterior. Al paso de ese heraldo cálido, que volaba incansable peinando la tierra desde el Sur, se abrían los contrafuertes de las ventanas al día; reverdecía el mirto y la jara; asomaba el lagarto verde en las lindes de piedra de los campos; atacaban las azadas los baldíos y despertaban las norias de su letargo ante el empuje incontenible del agua.

A mitad de camino entre Legnaia y Florencia, en una trocha que sólo usaban los labriegos para eludir el trasiego de la vía principal, dormitaban dos viajeros mientras sus mulas pacían la fresca hierba del repecho. Más allá de ese talud suave, se extendía un prado sin roturar, salpicado por decenas de pequeños *giaggiolo*, lirios morados de extraordinario perfume, que en pocas semanas tiznarían de color todas las colinas de la vieja Etruria. Tras la planicie, se intuían los aledaños y pedanías de la capital.

—Escucha, Nikos: Zenón y Heráclito llevan dos horas comiendo, y cuando hacen eso, remolonean y no se dejan cargar con peso ni montar… —dijo Bernard, sin abrir los ojos. Permanecía el francés echado, con las piernas cruzadas y las manos entrelazadas a la altura del estómago, sumido en el agradable sopor del primer sol de la tarde.

La observación no obtuvo por respuesta sino un resollar apacible, al que siguió un grave ronroneo y un largo silencio, sólo quebrado por la jerigonza de un puñado de cornejas y arrendajos apostados en las ramas desnudas de un árbol. De súbito, Nikos resopló y se incorporó. Estiró los brazos, sumido aún en la galbana que sucede al atiborre; bostezó repetidamente, atrapado en una pegajosa casmodia, y aseguró su gorro de paño frigio hasta cubrir totalmente la coronilla. Después, se levantó y se quedó en jarras, mirando a Bernard, que simulaba sestear ajeno a su trajín.

–¿Aún duermes, Bernard? Deberíamos reemprender camino si queremos llegar a Florencia antes de que oscurezca y... ¡Maldita sea, Villiers, este par sigue comiendo! –rezongó al reparar en la fruición con que los mulos arrancaban los penachos de hierba–. ¿Es que siempre debo ser yo quien se encargue de todo?

Bernard abrió los ojos lentamente, se atusó la barba corta y cana que cubría su rostro y miró a su amigo con gesto impotente.

–Algún día, Nikos Pagadakis, te arrojaré a un pozo... –aseguró con desganada sorna–, retiraré la cuerda y me alejaré lentamente, para poder oír con claridad cómo tragas agua y te ahogas. Es más: creo que me acomodaré en el brocal, así podremos charlar mientras te hundes.

Heráclito, al que habían bautizado en recuerdo del de Éfeso al observar que permanecía fascinado ante el fuego cada vez que hacían un alto, no opuso resistencia y dócilmente dejó que le colocaran aparejo, cincha y alforjas. Zenón, cuyo nombre surgió en honor del de Elea –por su célebre aporía de la tortuga–, al constatar la poca predisposición del animal a hacer camino y su tendencia a detenerse a cada paso, reculó así los vio acercarse y no tardó en girar, mostrando amenazador su ancha grupa. Bernard consiguió calmarle, canturreando en su oreja una tonadilla bobalicona y acariciándole en el lomo. Al poco, reemprendían camino.

–Mucho me temo que nos hemos perdido... –aseguró Nikos un trecho después–; deberíamos estar ya de vuelta en la vía principal. Este andurrial parece llevarnos cada vez más hacia el Este.

Al doblar un recodo, toparon con dos aparceros que segaban heno con la guadaña, ataban gavillas y las cargaban a lomos de un pollino. Llegados a su altura, saludaron y se detuvieron. Bernard les preguntó si la hijuela por la que intentaban acortar se reunía más adelante con la Vía de Pisa.

–¿Adónde dicen que van? –interrogó el más próximo, apoyándose en el podón, con mirada hosca y claro desinterés.

–A Florencia.

Encaró entonces el campesino a su compañero, que seguía acumulando fajillos sobre el borrico como si la cosa no fuera en absoluto con él.

–¿Oye, a ti te suena un pueblo llamado Florencia? –inquirió.

–¿Florencia? No sé…, diría que alguna vez he oído mentar ese lugarejo, pero no me hagas caso: ¡hay tantos villorrios en este mundo de Dios! –contestó, sin dejar de afanarse en lo suyo.

Nikos y Bernard cruzaron una mirada perpleja.

–¿No saben dónde está Florencia? ¡Eso no es posible! –objetó Nikos en tono malhumorado. Tenía muy claro que les estaban tomando el pelo.

El de la dalle lo miró fijamente. Se quedó unos segundos en silencio, como si esperara a que el forastero perdiera los estribos. Pero al ver que no pasaba nada, alzó el brazo y señaló un punto a su derecha.

–¿Ven ese *campanile* que asoma entre las ramas de esos robles?

–Sí.

–Pues ése es el *campanile* de Legnaia. Nosotros somos de Legnaia –explicó con una sonrisilla torcida en los labios y un brillo altanero en la mirada–. Todo lo que pasa hasta donde su campana puede escucharse nos interesa. Pero de lo que ocurre más allá, y de lo que uno pueda encontrar yendo más allá, no tenemos el menor interés ni sabemos.

Bernard y Nikos prosiguieron al punto viaje sin que mediara siquiera un *a la paz de Dios* a guisa de despedida. Rehicieron ruta hacia el

Oeste y, tras sobrepasar la pequeña población, no tardaron en divisar la calzada.

—Es curioso… —comentó Bernard saliendo de su mutismo.

—¿Qué es curioso, francés?

—Lo pequeño que puede llegar a ser este gran mundo para algunos…

Nikos rió con ganas de la observación. También él andaba sumido exactamente en los mismos pensamientos tras lo peculiar del encuentro.

—*Nihil novum sub sole…*, Bernard —razonó divertido—. Hemos visto cosas así en muchas partes, ¿no? Mientras algunos hombres se deleitan en la sublime unidad de todas las cosas, los hay que no tienen ni manifiestan otro interés que no sea el terruño que pisan y la fanega que asegurará el invierno.

—¡Déjate de filosofía, maldito cretense. A mí me parece más una cuestión de inquina y mezquindad!

—¡Oh, sí, también, desde luego! Pero en cualquier caso, hasta de esa pobreza de miras podrían derivarse cosas positivas —especuló Nikos—. Piénsalo. En un mundo animado por ese espíritu de pequeñas fidelidades, en el que los vecinos de pueblos tan próximos que el tañido de sus campanarios pudiera escucharse en el otro, nadie se conocería ni tendría interés por saber qué hace el de más allá…

—¿Y qué le ves tú de positivo a eso? —preguntó Bernard con una mueca descreída en los labios, mirando de soslayo a su amigo.

—Tal vez, de remendar cada uno sus botas, no habría lugar a disputas ni guerras.

Bernard se temía una respuesta así.

—Eso en el supuesto de que todos tuvieran botas y se contentaran sólo con unas.

—Bueno, partamos de la base de que todos tienen un par y son cómodas.

Los dos se deshicieron en una sonora carcajada, así se unían a la Vía de los Abruzos, que subía ajetreada desde Nápoles, en el Sur, hasta encontrarse con la de Pisa. Traía el camino a todos los que dirigían sus pasos hacia la gran Florencia. Carros de caliza, serpentina, arcilla y mármol, formaban largas colas, avanzando al compás del resoplar cansino de las yuntas; les adelantaban otros, que rodaban ligeros, cargados de lana recién peinada, flores de cardo, pigmentos y tinturas, pieles, hierbas medicinales y azafrán. Unos abastecerían azogues y pequeños comercios de las Artes Menores, otros serían descargados en las sedes de los gremios o Artes Mayores de la ciudad.

A trote largo rebasaban a unos y a otros los oficiales judiciales y sus escoltas, adscritos a la Signoria de Florencia, tocados con *mazzocchinos* y envueltos en brillantes capas; también notarios y aristócratas, que venían de arrendar parcelas, tasar fincas o legalizar transacciones. Y en menor medida se dejaban ver, aunque fugazmente, pues cabalgaban al galope y sin remilgo, *condottieros* ociosos, afincados en quintas de las afueras: señores de la espada, la bravata y el rifirrafe, habían trocado en satisfechos burgueses tras la Paz de Lodi, suscrita pocos años atrás, en 1454, por venecianos, milaneses, florentinos, napolitanos y representantes de la Santa Sede. Exhaustos y desgastados por guerras y querellas intestinas, los poderosos Estados buscaban, en la calma que sucede al temporal del acero y la pólvora, días de prosperidad para el comercio y las ciudades.

Y más que ninguna otra ciudad, Florencia, señora de todos los *campaniles* de la arisca Toscana, brillaba con luz propia al amparo de esa bonanza. Más de cuarenta bancos y entidades financieras –además de centenares de cambistas que ejercían en cualquier esquina o grada de la calle–, afiliadas al Arte del Cambio, otorgaban créditos; bendecían letras y pagarés; incentivaban todo tipo de iniciativas y gestionaban el cobro de los cuatrocientos mil ducados generados, anualmente, por la exportación de más de siete mil piezas de seda, ricos paños bordados en oro, lujosos brocados, suaves terciopelos y telas de exquisita factura, que eran expedidas por el Arte de la Lana a Brujas, Gante, Londres, París y Venecia.

En una curva del camino, cuando ya la calzada insinuaba un ligero y agradable declinar que agradecían por igual bestias y hombres, apareció Florencia. Bernard y Nikos se acercaron hasta el mismo borde del altozano. El sol del atardecer inundaba la llanura de luz cálida, resaltando la dorada magnificencia de la urbe, que se desplegaba ante la vista como una ciudad celestial, un áureo arquetipo de inefable perfección y belleza.

Florencia, en la lejanía, parecía mantener un idilio con el Arno. Lo abrazaba así éste se internaba en su talle de *pietra serena* y mármol; se enredaba en él y lo entretenía como una amante celosa retiene al amado tras la noche; vestía, a tal fin, sus flancos de atractivos y bulliciosos pretextos, cortejándolo sin recato desde la embocadura hasta el adiós. Y eran sus puentes las vetas que anudaban ese ceñido corsé, engarzado, a un lado y al otro, por la pedrería de casas y basílicas, por el plateado pespunte de iglesias y palacios, por el broche añejo de torres y murallas, prendido sobre su cuerpo infiel y viajero.

La ciudad se recogía al abrigo de ocho kilómetros de poderosas murallas y barbacanas, proyectadas por Arnolfo di Cambio un siglo atrás, de altura no inferior a los doce metros, provistas de recio adarve y camino de ronda. Setenta y tres torres y fortines, con voladizos sobre ménsulas, se erguían hasta rozar los veinticinco, jalonando el perímetro defensivo. Cuatro grandes puertas, de apariencia inexpugnable –la Romana, la de San Giorgio, la Bolognese y la de San Niccolò–, canalizaban a diario el variopinto tráfago de vecinos y forasteros procedentes de Siena, Pisa, Génova, Roma y Nápoles. Y al amparo de ese sólido quitamiedos que era el baluarte, Florencia brillaba.

Destellaba el *campanile* al sol, erguido como un lirio blanco, como una espada recién bruñida retando al cielo; reinaba serena Santa María de las Flores, y un poco más allá, el baptisterio de San Juan; asomaban San Lorenzo, San Marcos, la Santísima Anunciata y la Santa Croce sobre el abigarrado tapiz de los tejados; enseñoreaba el palacio Bargello, y también la Signoria, entre el enjambre de plazas y callejas. Pero nada se apoderaba tanto de la mirada, ni la cautivaba, ni despertaba en el ánimo asombro siquiera comparable al suscitado por la inmensa y prodigiosa cúpula de Brunelleschi, elevada sobre el cimborio de la catedral.

–¡Florencia, condenado francés! ¡Te la entrego! ¡Es toda tuya! –proclamó Nikos, circunspecto, tras un silencio largo en el que los dos habían permanecido arrobados ante el esplendor de la urbe. Y acto seguido, llevándose en gesto satisfecho las manos a su oronda barriga, dejó escapar una risilla entre dientes y añadió en tono guasón–: Seguro que a estas horas todas las hijas de los banqueros saben de tu llegada y… ¡corren a esconderse!

Bernard no pudo evitar reír de buena gana ante la ocurrencia.

–¡Sí, Florencia! ¡Al fin! ¡Florencia, a pesar de la rémora que supone un mes de incómodo viaje aguantando tus reniegos, Pagadakis! –y le dedicó a su amigo una mirada de falso hartazgo.

Nikos se retrajo con dignidad.

–Bueno, me gustaría ver cómo te las hubieras apañado tú solito, medicucho…

–Pues no sé si mejor o peor… –ponderó Bernard, con la mirada atrapada en el fascinante destello de la ciudad al atardecer–. Pero, en cualquier caso, me hubiera ahorrado cruzar toda Italia a lomos de esta mula terca; la exasperante visita a Crotona; la solemne evocación al espíritu de Pitágoras y…

–¿Y el cerdo? ¿Qué me dices del cerdo, eh? ¡De no ser por mí, aún seguirías corriendo con ese marrano detrás, desagradecido! –gruñó Nikos. Y al punto chasqueó la lengua como hacen los arrieros cuando mueven el ganado y retomó el camino.

Bernard se deshizo en una carcajada estentórea; tan sorpresiva que Heráclito, que ramoneaba arrancando las hojas de un arbusto espinoso, se desplazó de un lado al otro sobresaltado. El asunto del gorrino había sido interminable motivo de chanza desde que sobrepasaron Nápoles. Atravesaban, días atrás, un arrabal de las afueras; eran apenas una docena de casas apiñadas junto a un camino infame, convertido en un lodazal por las copiosas lluvias de la estación. Andaban portando a los mulos por la brida, ya que el peso los llevaba a hundirse en el fango. Se toparon con una piara de verrones, que retozaba al sol rebozada en barro y cerraba el paso. Al azuzarlos, uno de los gurriatos mayores embistió a Heráclito –que corcoveó nervioso, lanzando el contenido de sus alforjas en todas direcciones– y arremetió contra Bernard, que soltó su burjaca y echó a correr con el porcachón mordisqueando sus talones. Nikos, que caminaba unos metros retrasado, propinó una patada al marrano en la careta así lo tuvo a su altura, que hizo salir a la bestia chillando de dolor. Alertado por la vocinglera, apareció el porquerizo, vara en mano, y solventó el desaguisado devolviendo a toda la recua al chiquero; después, se prodigó el hombre en disculpas, temiendo que pudieran denunciarlo: existían leyes recientes que prohibían la suelta de animales de corral por las calles, aunque nadie velaba por que esas disposiciones se cumplieran, y menos en alquerías y villorrios al borde del camino, donde hocicaban a placer y entraban en las casas.

–Al menos esa noche, maldito tumbaollas –recordó el médico doblado por la hilaridad–, sacaste la barriga de mal año; casi revientas…

–¡Seamos justos, Villiers! ¡Embuchaste tanto o más que yo! ¡Tienes la fea costumbre de tergiversar las cosas a tu antojo, de modo que otros carguen la fama cuando eres el primero en cardar lana! –reprochó Nikos, para volver rápidamente a la risilla–. ¡Pero sí, pobre hombre, le vaciamos la despensa!

Y en el recuento de esas terribles aventuras que acontecen al hacer camino estaban cuando entraron en Florencia, mientras el último hilo de luz escapaba por poniente, concluían los oficios de la tarde y se encendían los braseros en las calles.

No podían siquiera imaginar que en las siguientes semanas se verían atrapados en una compleja espiral de intrigas, odio y violencia, que cambiaría sus vidas para siempre.

2

LA VIUDA DEL NOTARIO

Tomasso Landri, al que Bernard y Nikos llamaban cordialmente Tomassino, ya que pese a superar los cincuenta con holgura aún mostraba facciones y rasgos propios de la juventud, y un porte un tanto desaliñado e indolente, mantenía consulta y botica en la planta baja de su vivienda, una casa ubicada en un angostillo por debajo del Arno, en las inmediaciones del Ponte di Rubaconte. Era una calleja abigarrada, ocupada, a un lado y al otro, por una desordenada sucesión de fachadas, con balcones y voladizos techados en madera que casi se unían en el centro de la vía, invitando al comadreo. La amistad con el florentino se había fortalecido en el decurso del tiempo, desde los días en que se conocieron en Alejandría. Mantenían con él fluida relación epistolar. Y a los pliegos que daban cuenta de las vicisitudes personales, se sumaban siempre otros, referidos a fórmulas y remedios, mejoras en los procesos de sublimación y notas y transcripciones de los vademécum y antidotarios que pasaban por sus manos. En una de sus últimas cartas, fechada un año atrás, Tomassino les había comunicado su enlace con una mujer llamada Nezetta, viuda de un reputado notario de la ciudad.

Tras ligar las riendas de los mulos en las argollas que flanqueaban el portón, Nikos golpeó con fuerza la aldaba un par de veces, y quedaron los dos a la espera, entretenidos en el dibujo de la cerámica adosada al muro: representaba a san Cristóbal, convertido en un gigante, cargando con Cristo a sus espaldas. Muchas casas de Florencia bendecían sus puertas con el santo, ya que era creencia popular que protegía del hambre, del fuego y de la peste. Al poco, escucharon unos pasos ligeros y cortos que descendían las escaleras y cruzaban el zaguán. La hoja se entreabrió y asomó el rostro redondo y bermejo de una mujer de mediana edad, de ojos claros y labios breves; vestía de marrón y llevaba recogido el pelo en una redecilla de hilo de oro y perlas.

Les dedicó una mirada escamada que al instante trocó en otra de abierto recelo.

–¿Y a sus *excelencias* qué les duele? –inquirió con voz desabrida, trabando firmemente la puerta con el cuerpo en ademán disuasorio–. La botica está cerrada. Y si es cosa de caridad, llegan sus *mercedes* en mala hora…

–Pues dolores, lo que se dice dolores, gracias a Dios, aún pocos… –acertó a contestar Nikos, desconcertado ante lo adusto del recibimiento–. Y aunque sí es cierto que lucimos guisa zarrapastrosa tras un viaje largo, no somos menesterosos ni pordioseros, una vez más gracias al Cielo, ya que, de ser ésa nuestra condición, parece claro que deberíamos fiar el remedio a nuestros males *sólo* en la Divina Providencia…

La respuesta del cretense, que había pasado de contenida a lacerante así le iba saliendo, encerraba una dura crítica a la actitud de la mujer. Era deber de todo cristiano, y aun mayor en el caso de médicos y boticarios, atender las necesidades de los desvalidos sin que lo intempestivo del día o la hora pudiera ser óbice al auxilio.

–¿Se puede saber qué se les ofrece si ningún mal les aqueja ni están en penuria? –interpeló la mujer, sin variar ni un ápice lo desagradable del tono.

Bernard, que hasta el momento había permanecido retraído, se adelantó nada más advertir el pronto greñudo y combativo de Nikos.

–Señora, lamentamos presentarnos en hora poco prudente… –adujo con voz tranquila y ánimo conciliador–. Somos amigos de Tomasso. Le anunciamos nuestra visita en una carta, tres meses atrás. Pero nuestro viaje ha resultado más largo de lo previsto. Somos Nikos y Bernard, y acaso vos seáis Nezetta, su esposa.

La mueca hostil de la mujer desapareció como por ensalmo de sus labios, dando paso a una expresión que encerraba desafecto y resignación a partes iguales.

–¡Válgame el cielo, los trotamundos! –exclamó fastidiada, mientras descorría el pasador de la hoja mayor y la falleba que la fijaba al suelo–. Sí, Tomasso me advirtió de su llegada, les esperaba hace semanas. Entren, hagan el favor…

Nezetta les franqueó el paso. Y así estuvieron en el interior, volvió a asegurar la lámina principal y dejó la menor entreabierta. El zaguán hacía las veces de sala de espera y permitía acceder a la consulta y a la rebotica. Arrimado a una de las paredes, aparecía un bancal con respaldo, oscuro y desgastado, en el que Bernard y Nikos depositaron burjacas y alforjas ante la mirada horrorizada de la mujer, que parecía ponderar lo voluminoso del equipaje para calcular, al punto, los días de forzada hospitalidad que se vería obligada a sobrellevar. Un pequeño tramo de escaleras, al final del recibidor, parecía conducir a la cocina, situada en una entreplanta; y otro segmento más largo y empinado, a las estancias de los pisos superiores.

–Tomasso no tardará, ha ido a la Vía Larga a visitar a Piero, el hijo de Cósimo de Médicis, aquejado por un terrible dolor de gota… –explicó Nezetta, sin mirarles siquiera a los ojos–. Pueden esperarle aquí o en la botica, como gusten. Y ahora, si me disculpan, tengo asuntos que me reclaman.

Enfiló la mujer las escaleras a paso rápido, recogiendo en el ascenso su larga falda por los pliegues, y desapareció de la escena rematando su salida con un sonoro portazo. Bernard y Nikos se quedaron solos, envueltos en un molesto silencio.

–¡Maldita arpía! –masculló Nikos entre dientes. Llevaba el rostro encendido por el enojo–. ¡Nos ha llamado pelagallos, la muy bruja!

–Anda, vamos, déjalo estar… –susurró Bernard, intentando enfriar su indignación–. Seguro que padece estreñimiento, o algo mucho peor.

Nikos soltó una risilla de hiena, abrió desmesuradamente los ojos y se frotó las manos con malévola satisfacción; sin duda –se dijo el médico para sus adentros–, de tener el cretense a mano alguno de los muchos grimorios que atestaban su casa de Alejandría, la desconsiderada Nezetta pagaría con creces sus modales displicentes, aquejada por algún súbito e inexplicable dolor.

–Tranquilo, francés… –aclaró, como si hubiera fisgado con absoluta impunidad en sus pensamientos–. Ya te he dicho muchas veces que abandoné las prácticas mágicas hace años.

Y carcajeándose entró en la botica.

La consulta estaba iluminada por varias lamparillas y lucernas. Tomasso era sin duda, pues a la vista saltaba, un hombre sumamente ordenado y meticuloso, ya que todo en la habitación se disponía con armonía y equilibrio. Junto a la puerta se hacinaban diversos canastos de mimbre, con todo tipo de velas y bujías de medidas y colores diversos; las había perfumadas y de cera de abeja, ostensiblemente más caras, junto a otras de sebo, populares y asequibles, cuyo mayor inconveniente era el humazo negro que desprendían, que acababa tiznando los techos de las estancias. También, depositados en un gran cesto, atraían la mirada y el olfato multitud de trozos de jabón de diversas fragancias florales. En un estrecho anaquel, sobre los capazos, aparecían en disciplinada formación exvotos de todos los tamaños: figurillas de cera o de bronce, que tras ser bendecidas se ofrendaban en altares y capillas en pago por la salud recibida o como promesa por la curación implorada. Se podían comprar en casi todas las apotecas de la ciudad, sobre todo en las de la Vía de Servi, donde se habían especializado en reproducir con punzones y buriles las facciones del comprador. Casi todas ellas acababan colgadas en la iglesia de la Santísima Anunciación.

La botica de Tomassino desprendía un olor suave, dulzón y penetrante, que era mezcla del aroma propio de más de un centenar de hierbas medicinales, dispuestas en tarros de cerámica y vasijas; listas para ser majadas en los morteros del laboratorio contiguo. Aparecían clasificadas por su nombre vulgar y latino en lugar visible y separadas por condición: flores, frutos, semillas, tallos, hojas y néctar. Un bancal largo y alto, en el centro de la pieza, hacía las veces de mostrador. Sobre él, junto al habitual recipiente de electuario –un jarabe de miel o mermelada muy requerido como reconstituyente–, aparecían los recetarios y el popular antidotario de Niccolò Salernitano.

Nikos huroneó a placer, toqueteando los vasitos y cajas de piedra y alabastro destinados a contener potingues, óleos y perfumes; Bernard fisgó en el interior de la rebotica, provista de hornillos, alambiques de cobre y plomo, prensas, calderos, cazos, espumaderas, balanzas y raseros.

–Francés, mira esto… –alertó súbitamente Nikos desde la tienda.

Bernard se acercó. El cretense sostenía un frasquito de vidrio que contenía un ungüento de color grisáceo.

–¿De qué se trata? –preguntó Villiers, recelando ante el aspecto de la pomada.

–Del óleo de Cristo… –aclaró Nikos con expresión escéptica. Se había colocado sus anteojos, que sostenía bien pegados al entrecejo, para leer las anotaciones–. ¿No has oído hablar nunca de él? Es el aceite que Nicodemo aplicó a Jesús en las heridas tras bajarlo de la cruz. Existen muchas leyendas al respecto. Los musulmanes también lo consignan en sus tratados; aunque, claro, ellos lo conocen como el ungüento del Profeta.

–Sí, el *Marham-I-Rosul* del canon de Avicena –asintió Bernard–. Lo conozco. Consulté muchas veces esa obra en Toledo. Pero vete tú a saber qué es esto a ciencia cierta…

–¡Es un magnífico cicatrizante, par de chafarderos! –dijo una voz a sus espaldas.

3

TOMASSINO, EL MAL CASADO

Bernard y Nikos se giraron. Tomassino, apoyado en el quicio de la puerta, les miraba con expresión divertida. Posiblemente llevaba varios minutos complaciéndose en su deambular curioso por la botica. Se llevó la mano derecha al corazón y dibujó un aspa sobre él.

—Bendito sea san Andrés, que os ha traído hasta aquí —aseguró.

—¡Tomassino, tunante! —exclamó Nikos eufórico—. ¡Déjame verte, sigues igual de escuchimizado! Pero alma de Dios… ¿dónde metes lo que tragas, eh?

Nikos dispensó a Tomassino, ante la mirada encantada de Bernard, un abrazo que más parecía el estrechón salvaje de un oso. Después, cuando se liberó el hombre de ese apretón efusivo, encaró al francés con sus ojos pequeños y bondadosos.

Bernard trazó sobre el pecho un aspa y lo atrajo hacia sí.

—Tomassino, viejo amigo, cuántas veces he deseado reencontrarte…

—¡Menudo abrazo esmirriado, Bernard! —vociferó alegre Nikos—. ¿Es que no sabéis que abrazos y besos no rompen huesos?

Se quedaron los tres mirándose sonrientes durante breves instantes. Tomassino estaba tal y como lo recordaban. Tal vez peinaba algunas canas nuevas, pero seguía manteniendo la apariencia ágil y dispuesta de un joven.

—La noticia de vuestro viaje me llenó de felicidad —explicó el florentino—, pero al ver que transcurrían semanas y semanas, empecé a pensar que habíais cambiado vuestros planes. Me disponía a escribiros una de estas noches...

—Si todo se hubiera hecho como estaba previsto, habríamos llegado a Florencia hace más de un mes... —aclaró Bernard, lanzando una mirada reconvenida a Nikos, que optó por despistar—; pero este empecinado amigo que nos ha tocado en suerte decidió, sobre la marcha, alterar la ruta. A mitad de travesía entre Alejandría y la Península resolvió que debíamos desembarcar en el Sur... ¡Y visitar los lugares en que impartió sus enseñanzas el gran Pitágoras de Samos!

—¡Eres un inculto, francés! —espetó Nikos indignado—. ¡Serías capaz de pasar ante la sepultura de Platón y no detenerte a honrar su memoria; de pisar el ágora en que disertaba Sócrates y prorrumpir en carcajadas; de caminar sobre las huellas de Trismegisto y no sobrecogerte! ¿No llevamos siglos a la zaga con los musulmanes por el control de los Santos Lugares y la memoria del Maestro? Creedme, la prepotencia acabará con todos vosotros, tristes hijos del comedimiento emocional, hatajo de castrados espirituales... ¡Podéis reír, pero aquí y ahora os digo que llegará el día terrible en que las malas hierbas cubran las tumbas de los sabios y las gentes erijan estatuas al primer cretino que traspase las puertas de la ciudad! ¡Y ese día, en el que sólo los necios y los fantoches reinarán y serán tomados como paradigma, hasta el cielo se avergonzará de dar cobijo a los hombres!

Tomasso y Bernard acabaron doblados por la hilaridad ante la enardecida soflama de Nikos, que gesticulaba al tiempo en que paseaba todo lo largo de la estancia.

—Querido Pagadakis... —atinó a decir Tomassino así recuperó el resuello y la compostura—, no sabes lo mucho que he echado en falta tus célebres soliloquios y lo feliz que me hace tenerte aquí. No hagas caso de lo que diga Bernard y explícame por qué debemos honrar la memoria de Pitágoras, y te juro que visitaré su túmulo...

Bernard Villiers se llevó las manos a la cabeza en gesto aterrado y retrocedió varios pasos.

–Mira, Tomassino, es muy simple, escucha… –y así empezaba a decir eso, adoptaba el cretense aire y postura de orador–: al gran Aristóteles debemos la mecánica de la lógica y el discernimiento, aunque la gran mayoría no distinga a un rufián de un hombre de bien y acabe ensalzando al primero y quemando al segundo; a Platón honramos por revelar que el mundo que habitamos, y todo lo que tomamos por real y cierto, es sólo reflejo oscuro de una realidad suprasensible y luminosa, pese a que esa verdad importe bien poco a los facinerosos a los que sólo el brillo del oro deslumbra; seremos, también, deudores eternos de Hermes, y muchos otros que descorrieron los cerrojos de algunas de las cincuenta puertas que resuelven el *Misterium Magnum,* aun sabiendo que la chusma se contenta con encontrar, en la torpeza de la ebriedad, la puerta del burdel más cercano. Y finalmente, a Pitágoras, deberíamos agradecer el haber desvelado la clave matemática y la armonía numérica y musical que ordena el Universo; el regalo del sagrado número 10, inscrito en la triangulación del *Tetraktys,* y la pervivencia del alma más allá de la muerte.

–Fascinante, Nikos –susurró admirado Tomassino–, eres el último gran filósofo. Tienes la gracia de ordenar en palabras esas cosas que sabemos y olvidamos y espabilar conciencias.

–No te quepa la menor duda, Tomassino –interrumpió Bernard–: A mí me *espabila* cada día con sus peroratas. De todos modos, debes saber que después de ese largo desvío hasta Crotona, y tras dos días recorriendo bajo la lluvia todas sus ruinas y mausoleos, acabamos localizando una cueva que un viejo sacerdote nos indicó. Así que nos plantamos allí, antes del amanecer, en medio de la helada. Ignoro si ese lugar fue hace más de dos mil años un cenobio de los pitagóricos, pero Nikos estaba convencido de ello. Así que se dispuso a recibir al sol naciente en actitud solemne. Y cuando éste se elevó, arrojando luz sobre el lugar, la sorpresa fue mayúscula…

En ese punto, Bernard detuvo la narración presa de un nuevo acceso de risa.

–¿Qué ocurrió? –interpeló el florentino visiblemente intrigado.

–Pues ocurrió… –aclaró Nikos consternado–, ocurrió que el maldito lugar estaba sembrado de habas, Tomassino; habas… ¿entiendes?

–Pues no…

–Pitágoras y los suyos, Tomassino, evitaban las habas –desveló Bernard–, las tenían prohibidas por muy diversos motivos. Es más: se dice, aunque tal vez eso sea sólo un cuento, que cuando los oligarcas de la época persiguieron al sabio, hartos de su poder, le dieron alcance y le capturaron ya que Pitágoras, en la huida, se topó con un campo de habas que no se atrevió a cruzar.

–¡Menuda historia! –aseguró Tomassino divertido.

–¡Incluso los grandes hombres se equivocan! –apostilló Nikos–: ¿Cómo es posible detestar las habas? ¡De ser menester, yo vendería la primogenitura por un buen plato de ellas!

Salieron los tres de la consulta, pues la sola mención de las habas despertó en todos la punzada del hambre. Antes de la refacción, condujeron a Zenón y a Heráclito a un corral techado que poseía el boticario en la parte trasera, y trasladaron el equipaje a la última planta de la casa, un único espacio en el que Tomasso había dispuesto dos jergones, una mesa, taburetes y una jofaina.

Al entrar en la cocina, la cálida bienvenida del fuego y un delicioso olor a cebolla confitada despertó sus sentidos. Aunque la finca era vieja, poseía un sistema de poleas que permitía izar el agua desde el pozo y un sumidero para vaciar la que sobraba y los desperdicios. Contaba la cocina con un *girapolenta* para trabajar el maíz, y con un *impastori* para amasar la pasta y el pan, amén de numerosas espátulas, platos y calderos suspendidos de ganchos y repisas. Junto a la chimenea, a media altura, un saliente de mampostería preservaba los sacos de trigo, harina, legumbres y sal de la humedad del suelo.

Nezetta, que no se había girado cuando los tres irrumpieron gastando bromas en animado compadreo, trajinaba en los hornillos junto a Veroncia, su hija. Era una joven de extraordinaria belleza, alta como una espiga, de talle cimbrado y elegante, de facciones tan perfectas que un joyero no hubiera dudado en comparar su rostro a una perla ovalada, digno de ser enmarcado en oro y convertido en medallón o camafeo. Saludó a Bernard y a Nikos, cuando su padrastro procedió a las presentaciones, sin efusividad alguna, con una ligera inclinación, y volvió con presteza a ocuparse en sus quehaceres y en los preparativos de la cena.

Mientras Tomassino y Bernard se sentaban a charlar en una banca junto al fuego, Nikos no pudo resistir la tentación de acercarse a olisquear los peroles. Le pareció ésa una buena manera de intentar acortar distancias con la adusta esposa de su amigo.

–¡Huele de maravilla, señora! –aseguró–. ¿Qué receta es ésta?

–*Carabaccia*... –respondió, sin dejar de remover la cebolla ni quitar ojo a las rebanadas de una hogaza que se tostaban junto a las brasas.

–¿Cómo se prepara? –se interesó el cretense–. ¡Me encanta la buena comida!

Nezetta le miró de soslayo, repasándole de arriba abajo, entreteniéndose a mitad del recorrido en su gruesa cintura durante unos segundos.

–Eso es más que evidente, *señor*... –acotó en tono áspero, sin dar pie a más.

Nikos se dio media vuelta al instante, mordiéndose los labios para no prorrumpir en reniegos. Durante buena parte de la cena permanecería sumido en un hermético mutismo, sorbiendo y ahorrando cualquier elogio a la exquisita sopa, que los florentinos preparaban con abundante cebolla, espesaban con almendra molida, perfumaban con ramitas de canela y servían sobre un colchón de pan tostado.

Bernard rompió lo enrarecido del ambiente.

–Nezetta nos ha explicado –comentó distraído, dirigiendo una breve mirada de cortesía a la mujer– que hoy has atendido a un Médicis aquejado de gota, Tomassino.

–Sí, a Piero, el hijo de Cósimo, el patriarca –aclaró–. ¡Pobre hombre, sufre de gota desde que era un chaval!

–¿Le prescribes sales de san Gregorio?

–Sí, pero poco efecto hacen…

–Se diría que te codeas con lo más ilustre de la sociedad florentina… ¿eh, Tomassino? –apuntó Nikos, sumándose a la conversación–. ¡Médico de los Médicis!

–Segundo médico de los Médicis… –puntualizó Nezetta, que retiraba las escudillas vacías ayudada por su hija–. Y segundo o tercero de muchas otras familias. ¡Si me hiciera caso y se dejara de tantas caridades, viviríamos al otro lado, sobre el Arno, como Diotifeci d'Angelo! Pero no… ¡Siempre a vueltas con san Andrés, los preceptos de los Hijos de La Luz y esa interminable pamplina de hermandad filantrópica!

La agria observación de la mujer devolvió al punto el malestar a la mesa.

–¡Pero, Nezetta…, por el amor de Dios! –adujo Tomasso lastimero–. ¿Cómo puedes decir eso? ¿Cómo una mujer cristiana puede hablar de ese modo y qué ejemplo crees que das a Veroncia al hacerlo?

–Yo sé lo que le conviene a mi hija, Tomasso; no pretendas darme lecciones en ese sentido… –zanjó la mujer. Y estando ya la mesa despejada de loza y utensilios, hizo señal a la joven para que se retirara. Veroncia se despidió con gesto cortés, y al poco ella la seguía, dejando a todos cariacontecidos con un lacónico hasta mañana.

–Si Dios quiere, *señora* –musitó Bernard, entre dientes, así salió ella de la habitación. Por primera vez, desde su llegada, había estado el médico a punto de replicar lo que le parecía una vergonzosa declaración. Pero se contuvo en el último instante por respeto a su amigo.

Se quedaron los tres encarando la mesa, sin saber cómo salir del enojoso silencio. Tomasso parecía triste. Se llevó las manos al rostro ocultándose tras la cortina de sus largos dedos; suspiró repetidas veces, como si la vida se le escapara en un ay, y se quedó absorto, sumido en un largo mutismo, contemplando el techo.

Nikos se levantó, tomó una jarra de un aparador y tres tazones de barro. Volvió a ocupar su lugar en el bancal y lo plantó todo en el centro de la mesa.

—¿Esto es *chianti*? —preguntó, oliendo la boca de la cantarilla.

—Sí.

—Pues vamos a beber —anunció escanciando—. Y os recordaré una de las máximas filosóficas más brillantes de todos los tiempos.

Bernard le miró de reojo mientras retiraba su cuenco de vino.

—De Platón, claro… —aventuró, dando el primer sorbo.

—No, francés: de Nikos Pagadakis, filósofo y teólogo cretense, Hijo de la Luz, iniciado en los olvidados cultos y misterios de Mitra y Eleusis y no sé cuántas cosas más y ninguna a un tiempo…

Tomasso salió de su desconcierto y encaró a su amigo cabizbajo. Tenía los ojos húmedos. Se esforzó en sonreír.

—¿Y qué dice la máxima esa, buen Nikos?

—¡Ni berza vuelta a calentar ni mujer vuelta a casar! —proclamó rotundo. Y vació el tazón de un trago devolviéndolo a la madera con un golpe seco—. ¡Vamos, apurad los vuestros, que tengo algunas más, dedicadas a mujeres de corazón despoblado!

Una sonora carcajada resonó en la casa de Tomasso Landri; tan amplia, feliz y sostenida que sin duda su eco se pudo escuchar en las desiertas callejas de la Florencia bajo el Arno.

EXTRACTOS DEL DIARIO DE VIAJE
DE BERNARD VILLIERS

Hemos llegado hoy a Florencia tras un viaje largo del que he dejado constancia en el cuadernillo anterior. ¿Cuánto tiempo ha pasado desde la última vez que pisé estas calles? Lo cierto es que no lo recuerdo. El cansancio me impide pensar con claridad. Tomasso decía en algunas de sus cartas que todo anda aquí muy cambiado; que las gentes calzan afanes y miradas nuevas. Y supongo que eso es bueno y que en cualquier caso ese desvelo que parece animarles no debe de ser muy distinto a todo lo consignado a lo largo del camino, en Nápoles, en Roma y en otros sitios. Tal vez sea resultado de lo mucho que está pasando en el mundo en estos días; circunstancias que nos llevan a todos a centrarnos en nuestras vidas y a protagonizarlas, finalmente, con intensidad y urgencia. Parece que ese proceso sea un tránsito entre la oscuridad y la luz y que ahora estemos en un grado más amable en el eterno oscilar del péndulo. Durante siglos hemos convivido con dogmas y principios inamovibles, en que todo quedaba supeditado a un designio superior. Lo bueno y lo malo. La fortuna y la desgracia. Tal vez exista en la ignorancia y en la sinrazón, servida por unos y otros, un principio activo de narcosis; de ahí su buena acogida en muchos ámbitos humanos.

Sin que estos días nuevos impliquen un descreimiento de las cosas del cielo, parece ser que de una vez por todas se entiende y se extiende la necesidad de mirar lo que ocurre aquí y ahora, en lo bajo, en nuestro plano de decisión inmediato. Dijo una vez Nikos, hace años, que deberíamos dejar descansar definitivamente a Dios en el fondo de los mares, o en lo alto del firmamento, y volver a mirar al hombre, que es Dios pequeño, ciego y mezquino pero capaz al tiempo de los actos más puros y hermosos. Tiene razón.

Me vienen a la memoria las palabras de Tertuliano, el apologista que vivió entre el segundo y tercer siglo tras Cristo. Tal vez harto de intentar zurcir el desgarrado tejido de razón y religión –remiendo en el que tantos han empeñado sus vidas–, espetó ese pensamiento final, contradictorio y liberador, conciliador y belicoso: «Creo porque es absurdo». Yo me atrevería a sugerir una apostilla: «Y ahora, dejad que me ocupe en cosas más apremiantes».

La única nota triste del día ha sido ver el desconsuelo de Tomassino. Pero Nikos, con su ingenio, ha terminado por hacerle reír.

4

CONVOCANDO AL FUEGO

Un manto de niebla obstinada y húmeda envolvía la primera luz del día al despuntar tímida sobre los Apeninos. Amparándose en los restos de la noche, un jinete cruzó al galope por los alrededores de Prato, espoleando a su montura sin miramientos, fundido de tal modo en su desbocada y vigorosa carrera que los dos, hombre y bestia, parecían ser un único cuerpo, negro y jadeante, surgido de la misma boca del infierno. A su paso, rasgaban la cortina de penumbra y silencio que era el bosque a esa hora, y así se perdían a lo lejos, se colaba el albor por la brecha abierta.

Tras vadear un arroyo, que bajaba alto buscando fundirse con el caudal del Bisenzio, el encapuchado enfiló una vereda que escalaba por la estribación de la montaña. Poco después tiraba del bocado deteniéndose ante una gran cancela, oxidada y vencida. Echó pie a tierra y, llevando al jaco por las riendas, se internó en los fantasmales jardines de una villa abandonada. Soplaba un viento desapacible, que llegaba a rachas, doblando los altos cipreses de la avenida principal y llevando la hojarasca a volar en lo alto. Se detuvo por un instante ante la silueta desolada de un estanque vacío. Las raíces de los árboles habían quebrado los márgenes, y la estatua de Venus, que otrora coronaba la fuente en el centro, yacía hecha pedazos.

Tras dejar al caballo a su antojo, penetró en la villa. Las ventanas del piso inferior aparecían cegadas por gruesa tablazón; el amarillo terroso de las paredes, desleído, y en numerosos puntos el revoque se había desplomado como la corteza de un árbol seco. Encontró la puerta principal entreabierta.

Chirrió, quejándose del abandono al recordar sus goznes.

El interior permanecía desierto.

Se dirigió el individuo hacia las estancias que se abrían a la derecha de la escalera principal, apartando a su paso cascotes y fragmentos de artesonado vencido. Cruzó por un primer salón, que guardaba en sus paredes memoria de un fresco poblado por bucólicas figuras pastoriles y mitológicas, una evocación feliz de la Arcadia perdida. Desembocó finalmente en una gran estancia, bañada por la luz y el calor que los leños liberaban al arder en una gran chimenea.

Dos siluetas permanecían en pie, frente al fuego.

No se giraron cuando el suelo crujió delatando su presencia.

–Hace horas que te esperamos... –reprochó uno de ellos, el más alto, con voz grave y pausada.

–No recordaba el camino, me he perdido dos veces –comentó el recién llegado, frotándose las manos y aproximándose a las llamas.

–Es normal..., han pasado mucho años, Salvestro –susurró una voz femenina.

–Sí, muchos. Demasiados. Prefiero no mirar nada. No podría.

–¿Todo bien? –indagó el que había hablado en primer lugar.

–Sí. Esta noche ha caído la segunda torre...

–¿Tal y como se planeó?

–Sí. No ha habido errores.

–Daría cualquier cosa por ver el horror en los rostros de algunos así llegue el mediodía... –aseguró la mujer. Su inflexión suave, casi musical, se había tornado lúgubre. Tras decir eso, rebuscó en los pliegues interiores de su capa y extrajo un pequeño atadillo de terciopelo granate. Tiró del hilo trenzado que cerraba la boca y dejó al descubierto un sello dorado, un anillo que brilló a la luz del fuego.

Los tres se quedaron mirando el grabado de la sortija. Ocho pequeñas esferas carmesí emergían en disposición decreciente, ceñidas a la forma almendrada del sello, arropando una primorosa filigrana en el centro. Una inicial maldita.

–Devolveremos esto a su dueño… –afirmó ella–. Lo devolveremos cuando todo haya terminado, cuando la impronta de estos círculos deje un reguero de muerte y desate la locura a su paso. Y tú, hermano, serás el que, abriendo su pecho, coloques este anillo junto a su corazón miserable y pecador.

Se quedaron silenciosos, contemplando a través de las lenguas del fuego la venganza por venir; los rostros de todos y cada uno de los sentenciados, deformándose hasta lo irreconocible en el caprichoso dibujo de las llamas.

Y en el cálido reflejo de dolor y destrucción que bañaba sus torvos semblantes…

… ardía Florencia.

5

DEL MUNDO Y SUS RIQUEZAS

Fijó sus ojos breves y alargados en los hermosos cabellos de la mujer, que eran del color noble del bronce al envejecer. Se recogían con gracia a los lados –sujetos por dos pequeñas agujas de plata, que fijaban también la redecilla de hilo– y se precipitaban, los más largos, como una cascada de luz añeja en una suave cola anudada por una cinta de seda verde a la altura del cuello. Sus cabellos siempre olían a flores silvestres. Todo su cuerpo, en cercanía, desprendía una fragancia suave que invariablemente le hacía desear volver a Villa Careggi y disfrutar de la primavera. Le dolían los huesos y estaba harto de la visita pertinaz de la lluvia y del frío del invierno. Y de la humedad del Arno, que le mojaba y encogía los restos del alma. La que quedaba. Además, allí, en la villa, resultaba sencillo perderse por los jardines y encontrar momentos para solazarse, a resguardo de las miradas inoportunas de unos y otros; sustraerse, en definitiva, en medio de un apacible y tibio abandono, de los estados de cuentas, los negocios, los arribistas y los pedigüeños. Y tenerla a ella cerca. Sí, pronto llegarían las jornadas de Careggi, con sus plácidas veladas de narraciones, velas y música.

Su mirada descendió, resiguiendo las facciones sesgadas de la joven hasta detenerse en su pecho generoso. Magdalena permanecía arrodillada, como otras mañanas, calzando unas negras y picudas *poulaine* de hebillas en sus pies.

–¿Qué aspecto tengo hoy, pequeña? –preguntó, presintiendo que su ánimo no estaba para nada. Y mucho menos para la interminable reunión que se avecinaba.

Ella alzó el rostro. La luz, al filtrarse por los cristales emplomados de la habitación, tamizó sus rasgos por un instante. Eran limpios y serenos; denotaban cierta timidez, o reserva, quizá simple prudencia, pero en cualquier caso, al mismo tiempo, contenían, con poco éxito, un halo indómito y montaraz, sólo aletargado, que pertenecía al Cáucaso y a sus gentes curtidas y ásperas.

Magdalena clavó sus ojos, sólo un segundo, en la pequeña llave que el banquero llevaba siempre al cuello. Brillaba.

–Tienes buen aspecto, señor –contestó suavemente. Se apoyó, tras ajustar las hebillas, en una de las columnas de madera que ascendía en espiral sosteniendo el dosel y se incorporó. Después arregló el vuelo de su falda y la caída de su corpiño.

–Sabes que no me gusta que me llames señor, soy Cósimo...

La mujer encaró al banquero. No tenía buen aspecto. Seguramente había pasado la noche en vela, enredado en sus pensamientos, como muchas otras veces, cuando el insomnio le asaltaba y le llevaba, en el hartazgo, a pasear por la estancia de madrugada. Una y otra vez. Arriba y abajo. Tenía bolsas bajo los ojos, se le veía pálido, ajado; y todas las líneas del rostro, sobre todo aquellas que perfilaban sus pómulos huesudos y sus mejillas fláccidas, se desplomaban en evidente apatía. Hasta su nariz ganchuda y pronunciada parecía languidecer y retraerse, como su mentón, que se retiraba en clara huida del mundo y sus asuntos.

–Tienes buen aspecto, Cósimo, señor... –mintió una vez más.

Él respiró profundamente y mostró intención de incorporarse. Movió los dedos de su mano derecha, barriendo el aire, reclamando sin palabras su bastón. Ella se lo acercó al punto.

–Anda, ayúdame... ¿Ha llegado Ingherami? –inquirió con un hilo de voz fina, tan efímera como su cuerpo corto y seco.

–Sí, hace casi una hora...

–¿Y...?

–Sí, también los hermanos Portinari están aquí. Y el resto de caballeros... –resumió ella, sabiendo que Cósimo siempre seguía el mismo orden en sus intereses.

–Bien..., y ahora dime: ¿Qué hace la *contessina*?

–La señora ha saludado a vuestros invitados; creo que está supervisando los preparativos de la comida –explicó Magdalena–. La he visto dirigirse a la cocina. Cristina y Zita la acompañaban. No debéis preocuparos.

–¿Y de qué humor está la señora Bardi esta mañana? –preguntó de sopetón Cósimo, enarcando una ceja y mirándola de soslayo mientras se encaminaban a la puerta.

Una sonrisa leve afloró por un instante en los labios de la mujer.

–La *contessina* di Bardi, como es costumbre, está..., está bella como siempre –repuso con irónica media voz–; bella como la flor del cardo, que sólo una peinadora puede manejar sin pincharse; erizada de espinas, distante y altiva.

Cósimo dejó escapar una risita entrecortada y nerviosa que acabó en un acceso de tos seca. Sus ojos brillaron mientras entreabría una de las hojas de la puerta.

–Muy bien, pequeña –murmuró al alcanzar el pasillo–. Nos veremos más tarde. Cuando todos esos engolados hayan dicho la suya y se despidan hasta el año próximo.

Y apoyándose levemente en su bastón, enfiló la galería que desembocaba, al final de las alfombras y los tapices, en los salones de la primera planta. Pero a los pocos metros se detuvo y sin girarse preguntó...

–¿Y el *lucco*, Magdalena? ¿Me sienta bien el *lucco*?

–Muy bien, Cósimo. Es muy elegante. Os favorece.

Descendía por las escaleras que conducían al *cortile* de la mansión y a las estancias destinadas al gobierno y administración de los negocios de la familia cuando una tonada alegre le hizo detenerse. Benozzo, para variar, silbaba. Ese hombre se pasaba la vida canturreando mientras trabajaba. Y su sentido de la melodía, del ritmo y sus pausas era inversamente proporcional al talento que Dios había depositado en sus dedos. Cualquier lavandera del Arno estaba más capacitada que él para el canto.

Cósimo alargó el cuello y asomó brevemente en la capilla del palacio. Era un pequeño caos de mesas, pinceles, espátulas, pigmentos y escaleras. Benozzo Gozzoli sostenía a duras penas una retícula, al tiempo que con una varilla intentaba trasladar la escala del esbozo a su tamaño definitivo sobre el *arriccio*. Llevaba las manos teñidas de rojo, debido al trajín con el polvo de sinope, que llegaba de Siria y servía para trazar los preliminares del dibujo. Trabajaba también con cartoncillos, en los que el boceto y sus figuras se mostraban en la proporción definitiva. Colocados sobre la pared, se punteaban los trazos principales y, a través de esos diminutos orificios, se procedía al estarcido, que consistía en soplar polvo de carbón sobre el lienzo virgen que era el suave revoque del muro, elaborado con finísima arena, arcilla y limo.

–Recuerda, Benozzo: en cien jornadas, ni una más... ¿eh? –espetó Cósimo sorpresivamente.

El artista se giró ligeramente sobresaltado. Al ver al banquero sonrió.

–Si no os hubierais empeñado en un cortejo tan fastuoso... –razonó el pintor con cierto retintín exculpatorio– acaso podría resolverse en unas cuantas menos.

–Tal vez podrías eliminarte tú del fresco y pintar menos pajes y palafreneros –apuntó Cósimo mordaz, ladeando el rostro, entrecerrando un ojo y aventando el aire con la mano, como si en el aspaviento pudiera aligerar la obra de todo lo superfluo–. Pero los invitados griegos, los nobles, los miembros de la familia, los tres reyes y las figuras principales son intocables. Ya sabes.

–Sí, ya sé...

–¡Ah, y otra cosa! –anunció el Médicis, cuando ya se disponía a dejar al artista sumido en la desazón que suponía poner en solfa

La Adoración de los Magos–: ¡Procura no colocar a tanto personaje de frente, recuerda: el perfil es mucho mejor!

–El perfil es arcaico, Cósimo…

–No, no, no. El perfil ennoblece, hazme caso. Sé muy bien lo que digo.

Y sin dar pie a más, salió el patrón de la capilla, pensando en que tal vez, de lograr encajar el pintor a todos los llamados a cabalgar en el fastuoso séquito, podría orar y recogerse en ella en breve; incluso soñar, inmerso en el delirio de color y riqueza que el fresco prometía, que cruzaba desde Oriente hasta Occidente siguiendo a la estrella y se postraba ante la cuna del Redentor del Mundo.

Al llegar frente a la puerta del salón de negocios se estiró, obligando a su maltrecha espalda a erguirse con dignidad; ladeó la cabeza a derecha e izquierda, se llevó la mano al costado, respiró profundamente y entró. En el interior, una docena de hombres ricamente ataviados departía en animada charla; formaban en varios corrillos, junto a la mesa y los ventanales; apuraban copas de vino y argumentaban blandiendo balances e informes de actividad.

Al ver aparecer a Cósimo, Ingherami reclamó la atención de los presentes. En pocos minutos, tras los saludos de rigor, ocupaban todos su lugar en la mesa y se disponían a proseguir la reunión –que ya entraba en su tercera y última jornada– desde el punto en que quedó pospuesta el día anterior. El banquero se sentó en la cabecera, junto a su hijo, Piero, que permanecía recostado en una butaca con la pierna derecha apoyada en un escabel bajo.

–¿Qué tal has pasado la noche? –murmuró el patriarca en su oído mientras se acallaban los últimos comentarios.

–Mal. El dolor no me ha dejado dormir… –repuso contrariado.

Cósimo le tocó en el hombro y le dedicó una mirada conmiserada en la que le invitaba al estoicismo. Piero era joven, de rostro noble y facciones elegantes, frente despejada y cabellos cortos y oscuros; tenía cuarenta y cuatro años, pero muchas mañanas el rastro crispado que las noches en blanco dejaban en su semblante le hacía parecer un sexagenario. El mal de gota que le aquejaba desde su adolescencia se había convertido en una rémora que le mantenía postrado la mayor parte del tiempo. Algunos días incluso era incapaz de hablar.

—Calma y paciencia, hijo. Y sobre todo... —aconsejó Cósimo—, sobre todo, aprende cuanto puedas de Ingherami y de mí, mientras aún estoy aquí.

Ingherami, el director financiero de Cósimo, era un individuo grueso y alto, de unos sesenta años, de cara ancha y tosca, que no destacaba ni por belleza ni por gracejo loable en la expresión. Para mayor desaliño en lo tocante a su porte, se estaba quedando calvo y no se desprendía de su *cupolino tondo* ni a sol ni a sombra. Nadie, de toparse con él fuera del marco distinguido que era el palacio Médicis, hubiera apostado, ante lo vulgar de su aspecto, un florín a favor de su sagacidad o ingenio a la hora de invertir y multiplicar el dinero.

Guardó el hombre silencio pacientemente, hasta asegurarse de que nada interrumpiría sus explicaciones así comenzara a hablar. Se situó en pie, en el centro del salón, entre los sitiales de los hermanos Portinari, Pigello y Tommaso —que dirigían con mano firme las filiales de la banca familiar en Milán y en Brujas respectivamente—, encarando a los invitados llegados desde Francia, Inglaterra y otros países. Todos eran prósperos hombres de negocios y propietarios de sociedades participadas mayoritariamente por los Médicis.

—Poco más cabe añadir, señores, a los excelentes resultados, gestión y estados que nos ocuparon ayer —se felicitó Ingherami con expresión satisfecha—. Sólo podemos desear que en nuestro próximo encuentro aún sean mejores. Y lo serán si somos precavidos y nos aseguramos de que materias y suministros afluyen sin problemas...

Todos asintieron.

—A pesar de que, como bien sabréis, Juan Hundayi y los húngaros detuvieron hace algo más de dos años el avance de Mohamed II en Belgrado —prosiguió el florentino—, no es menos cierto que el Ducado de Atenas se ha perdido y el Despotado de La Morea caerá en breve. Parece que los serbios se agrupan y se disponen a luchar en Smederevo.

Y también que Trebizonda está en las miras del sultán. Por tanto, es un hecho sin revés que toda el Asia Menor está en poder de los turcos. A pesar de ello, las exportaciones de seda desde La Morea, Mistra, Corinto y Patras, si bien gravadas por aranceles altos, llegan con sorprendente regularidad. Aunque parezca mentira, caballeros, creo que deberíamos preocuparnos más por lo que respecta al abasto de lana y alumbre que ante un hipotético corte en el suministro de seda.

Todos asintieron al comprobar que Cósimo aprobaba con leve aquiescencia las afirmaciones de su hombre de confianza.

–¿Qué pasará con el alumbre ahora que los genoveses han perdido el monopolio de Focea? –interrumpió Christopher Balliol, acaudalado caballero escocés encargado de la exportación de remesas de lana desde el norte de Inglaterra.

–Hablaremos del alumbre a su debido tiempo –aseguró Ingherami, alzando ligeramente la mano y sugiriendo postergar el asunto–. Es importante seguir un orden. El alumbre viene después. Primero la lana. La situación en Inglaterra me parece sumamente seria. Los acontecimientos del año pasado dicen a las claras que estamos ante una guerra intestina, entre las casas de Lancaster y York. La reina Margarita, apoyada por los primeros, proscribió a Ricardo de York en el parlamento de Coventry. Y poco después, éste les venció en Northampton. Pero esa victoria me parece irrelevante y no pasarán muchos meses antes de que el conflicto entre en una nueva fase…

–Es cierto, además…, aunque los Lancaster acaben con Ricardo, está su hijo, Eduardo de La Marche, dispuesto a reclamar el trono hasta el fin –confirmó Balliol–. Habrá guerra. Y será larga. Es una situación muy compleja, que ha dividido apoyos y voluntades. Tampoco sería de extrañar que, aprovechando ese desgarro, los franceses decidieran volver a intervenir…

Se quedaron todos en silencio, mirando de reojo a Beltrán de Guillemont, financiero francés. Pero el hombre, impasible, ni confirmó ni negó el vaticinio del escocés. Ante lo enojoso de la expectación suscitada, optó por encogerse de hombros.

—¿Qué pasa con la lana de Castilla y del norte de España? ¿Y con los paños de Barcelona? —intervino Cósimo, que era ante todo pragmático y resolutivo.

El catalán Ricard Baró se sintió aludido y tomó la palabra. Era el barcelonés uno de los principales aliados de los Médicis en Cataluña, responsable de las cargas de telas e hilados expedidas por vía marítima a Florencia, donde eran tintadas siguiendo un proceso complejo que no tenía parangón en el mundo.

—*Això té mal caire!* ¡Oh, *scusi*: esto acabará mal! —afirmó Baró cariacontecido—. Hay mucho malestar por todas partes. Hace unos años, se creó en Barcelona un partido, La Busca, integrado por mercaderes y artesanos que rechazan la oligarquía de los nobles. También los campesinos, La Remensa, son contrarios a ese poder urbano que detentan las grandes familias…

—¿De qué lado está la Signoria de Barcelona? —curioseó Ingherami.

—La *Generalitat* apoya a la nobleza… —apostilló el catalán con gesto escéptico—. Una guerra civil es sólo cuestión de tiempo. Y por lo que sé, movimientos similares en Castilla y Galicia, las llamadas Hermandades, están en las mismas.

Se discutió durante dos largas horas sobre cómo asegurar en un futuro inmediato la disponibilidad de lanas y tejidos, en bruto y en avanzado proceso de manufactura. Y cuando a todos pareció que la estabilidad y las ganancias, en ese capítulo, quedaban bien atadas, abordaron el más delicado de los temas del día: el de la provisión de alumbre; una sal blanca y astringente, extraída por disolución o cristalización, indispensable a la hora de fijar los colores en las telas. Sin el alumbre —o mordente, como lo denominaban los tintoreros—, el incomparable color, vivo y uniforme, de las prendas tratadas en Florencia no era posible. Esa calidad en la tintada —cuya técnica y proceso se mantenía en el mayor de los secretos— cuadruplicaba el valor de las prendas en cualquier rincón de Europa.

—Seamos optimistas en lo que al alumbre se refiere —tranquilizó Ingherami en tono ufano, dibujando una sonrisa tan amplia en su rostro que llevó a todos, de inmediato, a arrellanarse con placidez en los sitiales–. Es cierto que no lo vamos a obtener, en lo sucesivo, por mediación genovesa debido a la peste turca. Pero voy a revelarles, señores, información absolutamente confidencial; no sin antes recordar que a todos nos conviene la discreción. En ello nos van las ganancias.

Explicó entonces Ingherami que se habían descubierto importantes filones de alumbre, todavía en fase de prospección, en el sur de España, en una villa llamada Mazarrón. Aclaró que aún deberían pasar unos años antes de que la explotación pudiera ser rentable. Pero el alumbre estaba ahí y eso era lo importante. Y añadió, para complacencia general, que recientes mejoras en la actividad minera –referidas principalmente a horadamiento, drenaje, profundidad y ventilación–, que ya se utilizaban con éxito en los yacimientos de Sajonia, Bohemia y Hungría, sobre todo en las minas de plata, serían igualmente aplicables y útiles a la hora de obtener alumbre.

Pero si una noticia conseguiría suscitar el entusiasmo de los reunidos –de entre las muchas que Ingherami decidió participar a todos antes del final de la mañana–, ésa era la negociación, todavía en estado preliminar, que la familia Médicis había entablando con la Santa Sede para la investigación de lo que parecía ser un enorme depósito de mordente en Tolfa, localidad cercana a Roma. El papa Pío II necesitaba dinero: soñaba con promulgar una nueva cruzada contra el turco y recuperar lo arrebatado por los infieles en años anteriores. Y ante la actitud dilatoria de los venecianos y la renuencia de los franceses –agraviados estos últimos por el apoyo del Papa al rey Fernando I, en detrimento del pretendiente de la casa de Anjou, en lo concerniente a la corona de Nápoles–, sólo una ingente cantidad de dinero permitiría al Santo Padre levantar un ejército en armas. Todos sabían del anuncio del congreso que se celebraría en Mantua en los siguientes meses, y que el Pontífice había emitido bula para la formación de una nueva orden de caballería, la de Nuestra Señora de Belén, con destino a la isla de Lemnos. Pero ninguna de las intenciones y deseos de Pío II llegaría a tomar cuerpo sin dinero. El alumbre era el dinero. Y de alcanzar los Médicis un acuerdo con el Papa para explotar el yacimiento de Tolfa, los beneficios para el banquero y sus socios serían incalculables.

Cósimo estaba exultante. Bastaba con echar un vistazo a su rostro. La comisura de sus labios escalaba buscando unirse a la línea de sus ojos, empequeñecidos hasta desaparecer casi por completo de su faz. Adelantado sobre la silla y apoyando ambas manos en el puño de su bastón, parecía avizorar un mar de riqueza.

Al final del día, tras el reparto de beneficios en forma de letras de cambio notariales –que aseguraban a los viajeros un regreso exento de azares y peligros y el cobro de lo estipulado en moneda propia–, Cósimo se encerró en su biblioteca, dejando para Ingherami las largas y tediosas despedidas. El gabinete era uno de los pocos lugares del gran palacio en que reinaba el silencio y él podía hallar la quietud que tanto apetecía. Todavía se trabajaba en los últimos retoques y en la decoración de muchas de las estancias de la residencia que Michelozzo había construido para él y los suyos. Desde el alba hasta el ocaso, el tráfago de escultores, albañiles, cerrajeros, carpinteros y tapiceros era incesante. Un verdadero mareo. Y a las idas y venidas de proveedores, había que sumar el ruidoso quehacer de la servidumbre, que se había multiplicado por dos en muy poco tiempo; protocolos y recepciones a cardenales, emperadores y nobles; la propia familia; las enojosas visitas de cortesía de las altas damas florentinas –que aparecían de súbito, esgrimiendo cualquier pretexto–, deseando curiosear en los últimos bienes adquiridos para alimentar, al punto, con malsana indiscreción, los corrillos y chismorreos, los dimes y diretes que, por plazas y azogues, el *pueblo pequeño* convertía en chascarrillos, mofa, befa y contoneo.

Se acercó hasta la mesa y deslizó los dedos sobre un grueso volumen recién copiado. Lo había recibido dos días atrás y aún dudaba si ordenar su colocación en un anaquel u otro. Era un regalo del papa Pío II. Abrió la gruesa cubierta de piel y leyó: «*Historia de la Guerra del Peloponeso* de Tucídides. Traducida al latín por Lorenzo Valla y transcrita con la ayuda del escribano Johannes Lamperti de Rodenburg. Ofrecida al papa Nicolás V en 1452. Copia realizada en el *scriptorium* de la Santa Sede, fiel a la versión maestra, para Cósimo de Médicis. Finalizada el decimocuarto día del tercer mes del Año del Señor de 1459».

Se acercó al ventanal abstrayéndose en el alegre bullicio de la Vía Larga a esa hora de la tarde. Declinaba la luz.

Era inmensamente rico. La mayor fortuna de Occidente.

Pero el tiempo se esfumaba como el oro gastado a espuertas.

Y siempre le invadía el frío de la soledad al llegar la noche.

6

BAUTISMO DE SANGRE

Qué te parece, francés? –interpeló Nikos, alzando los brazos y girando sobre sus talones–. ¡Vamos, dime! ¿Impresionante, verdad?

Bernard Villiers esbozó una sonrisa cansina y luego movió suavemente el rostro a ambos lados, sin saber muy bien qué contestar.

–¡Impresionante, Nikos! –convino al punto para no complicarse la vida.

–¿Y el *mazzocchino*? ¿En rojo, en gris o en negro?

–Bueno, si escoges el rojo tal vez alguien te pueda confundir con un *gonfalonier*, o un funcionario de la Signoria…

–No quiero que nadie me tome por magistrado o testaferro, lo que me interesa saber es cuál de estos tres me sienta mejor y cuál gustará más a las damas –aseguró el cretense, poniéndose de perfil ante el espejo y ladeando convenientemente el tocado, obsesionado en que su arreglo y apariencia luciera, ante todo, natural.

–¡Válgame el cielo, Nikos! –ironizó Bernard–. ¡Con esos ojos azules, con esa mirada *inteligente* y ese empaque elegante, cualquier mujer reparará en ti así vistas *lucco* de caballero o *sobreveste* corta y calzas chillonas de jovenzuelo!

Nikos soltó una carcajada. Después se acercó al mostrador, volvió a tomar el *lucco* negro que se había probado anteriormente y lo desplegó cubriendo la parte derecha de su figura.

–Sigo sin tener claro si quedarme con el granate o con el negro…
–y permaneció cavilando delante del espejo–. Lo bueno del negro es
que *afina*… ¿verdad?

–Sí, *rebaja*…, pero con *lucco* negro parecerás un sacerdote: olví-
date de atraer la mirada de las mujeres –aguijoneó Bernard, consciente
de que sólo una observación de ese tipo acabaría forzando al irreso-
luto cretense a la concreción.

–¡No prosigas! –resolvió el filósofo en un santiamén–. ¡Sabe Dios
que siempre he creído en Él, pero a sus comisionados ni mentarlos!

El sastre, un hombre de unos cincuenta años, de dedos largos y
afilados como agujas, tan discreto como enjuto, contemplaba la escena con paciencia, en silencio, conteniendo a duras penas la risilla que
la situación le provocaba. Ese par de forasteros había entrado en su
tienda a primera hora, al poco de descorrer el pasador de la puerta.
Y una hora más tarde aún seguían ahí, tras haber mareado y puesto
en zafarrancho todas las prendas y complementos que exhibía. Por
fortuna la cosa no duró mucho más, ya que acabaron por decidirse
–*lucco* granate y *mazzocchino* gris el orondo, y *lucco* gris y *cupolino tondo* negro el más alto y desgarbado–, y salir por la puerta tras
haber abonado religiosamente y sin regateo hasta el último florín solicitado.

–Hay que admitir que esta gente sabe lo que significa vestir bien…
–aseguró Nikos, caminando con la mirada absorta en el remate pun-
tiagudo de sus nuevos escarpines de gamuza negra.

–Deja de mirarte los zapatos, filosofastro, y compórtate como un
florentino, que cuando quieres los imitas a la perfección…

–¿Así, estirando el cuello y con lánguida afectación? –parodió el
cretense.

–Exacto, ante todo con gentil displicencia…

Los dos se deshicieron en risas mientras enfilaban el vivo trasiego de la *via degli Arrazieri*. Las calles de Florencia constituían un espectáculo sin igual a esa hora de la mañana cercana ya al mediodía.
Confluían en plazuelas y bocacalles los afiladores, procedentes de la

via Spadai, empujando sus carritos repletos de cuchillos y muelas. Venían a la carrera, dando largos silbos para alertar de su presencia y lograr que la gente se hiciera a un lado. Salían nuevas hornadas de las tahonas, llenando el aire de olor a hogaza tierna, y aquí y allá, en rejillas de caña, a la entrada de las tiendas, era colgada la pasta fresca del día, que se vendía con celeridad, en menos de lo que se tarda en decir un miserere. En los portales, por toda la ciudad, cotilleaban las cardadoras de lana, mientras peinaban los mechones a razón de diez pasadas por haz y los preparaban para ruecas, husos y telares. Voceaban los zapateros ofreciendo su calzado, que llevaban colgando de largas pértigas al hombro; reclamaban, a base de latinajos y mucha guasa, la atención de sacerdotes y frailes, que, siempre desdeñosos con el lujo y el oropel, adquirían sencillas sandalias de madera; tentaban a los nobles, así los veían aproximarse, con sus *poulaine* de piel, acabadas en pico curvado, a semejanza de las francesas; exhibían también llamativas *chopine*, zapatillas de plataforma para las jóvenes, de altas suelas en corcho o en madera, que causaban furor en Venecia y que, pese a la fría acogida dispensada por las florentinas –que las consideraban algo extravagante e impropio–, acarreaban en lugar bien visible, ya que les servían para que las mujeres se detuvieran, escandalizadas, y optaran, en el colmo de la contención, por las clásicas chinelas bajas, forradas en tisú o en gamuza.

Al girar una esquina, Bernard y Nikos se dieron de bruces con tres jóvenes. Dos de ellos vestían *giorneas* plisadas de color azul, anudadas por vetas blancas en los costados, que dejaban entrever la camisa de cuello fruncido; andaban enfundados en calzas chillonas de dos colores; llevaban el pelo teñido, brillante, como un florín recién acuñado, lleno de bucles y rizos moldeados con barras de hierro caliente.

Durante unos segundos quedaron sumidos en un enredo de cuerpos. Uno de los muchachos, ante la torpeza de Nikos, que ora intentaba sobrepasarlo por un lado, ora por el otro, posó sus manos en los hombros del cretense y lo apartó con decisión.

—*Permesso, signore...* —susurró en tono meloso y acaponado.

—*Prego...* —rogó Nikos, dejando el paso expedito.

El joven, sin soltarlo, le dedicó una mirada zalamera y una sonrisa llena de picardía. Y aproximando su rostro al del cretense, chasqueó sus labios en un sonoro beso, estampado junto a su oído. Después, se perdieron todos ellos calle abajo, enfrascados en una impúdica carcajada.

—¡Que me aspen si lo entiendo! —gruñó Nikos azorado y con un leve rubor asomando en sus mejillas.

—¿Qué es lo que no entiendes? —indagó Bernard divertido.

—¿Tú crees que esto es normal? ¡Si el topetazo dura unos segundos más, el barbilindo éste me pide matrimonio!

Bernard rió hasta doblarse. Al punto el cretense parodió la expresión amanerada del joven y acabó sumándose a la hilaridad del francés.

—Vamos, Pagadakis, que todo tiene su lado agradable...

—¡Ah! ¿Sí? ¿Y qué tiene esto de agradable?

—Si un hombre..., eh, *delicado*, ha reparado en tus encantos...

—¿Delicado? Escucha, francés: a ti no hay quien te entienda. Tan pronto llamas a las cosas por su nombre como las camuflas tras un manto de palabras... ¿Delicado, dices? ¡Menuda flor silvestre de La Toscana! ¿Y yo qué soy? ¿Una piedra? Cada cosa tiene un nombre, Bernard. En Creta les llamamos bujarrones...

—Si un adamado ha reparado en ti, imagina la impresión que causarás en las cortesanas de la ciudad a poco que te lo propongas.

Y sacándole punta y réditos a la broma, prosiguieron callejeando hasta desembocar en la plaza de la catedral, que en ese día, vigésimo quinto del tercer mes, aparecía engalanada con pendones, estandartes y flores. Era tradición antigua que todos los niños nacidos durante los meses anteriores recibieran el bautismo, de forma colectiva, en esa fecha, que según el calendario por el que se regían los florentinos era primer día del año. Ante la previsible aglomeración, los guardias de la Signoria se dedicaban a impedir el paso y la circulación de carros y caballerías por la explanada y a ordenar el andorreo de curiosos y ajenos, que se concentraban así avanzaba la mañana dispuestos a disfrutar del espectáculo.

Bernard detuvo la marcha y se quedó durante unos minutos contemplando el hermoso conjunto del coso. Sus ojos resiguieron la forma octogonal e imponente del baptisterio, cuya planta y robustez de líneas le llevó a recordar, por un instante, el canon arquitectónico de muchas de las basílicas e iglesias de la Constantinopla cristiana. El templo, dedicado a san Juan Bautista, patrón de Florencia, construido unos cincuenta años después del cambio de milenio, se alzaba en el mismo lugar en el que se ubicó, en tiempos del emperador Augusto, un edificio en honor a Marte, erigido para conmemorar la victoria sobre los etruscos en la vecina Fiesole. El francés, abstraído, pensó que había un algo indefinible en sus líneas, que era mezcolanza de formas y soluciones romanas, orientales y bizantinas. Sus muros lucían revestidos en mármol blanco y verde, siguiendo una técnica, el chapeado, que se empleaba con profusión por toda la ciudad.

Pero si algo lograba ensimismar a los forasteros más que ningún otro elemento o detalle, eso era, con diferencia sobre el resto, la fastuosa apariencia de las diversas puertas del baptisterio. Las primeras y más antiguas, orientadas al sur, se debían al talento de Andrea Pisano y comprendían veintiocho cuarterones –veinte relieves que narraban otros tantos episodios de la vida de san Juan Bautista y ocho exquisitos trabajos, en la parte inferior, referidos a las virtudes teologales y cardinales–; las segundas y terceras, mirando al norte y a la catedral respectivamente, eran obra incomparable del maestro Ghiberti, que había dedicado casi cincuenta años de su vida a completarlas. Las primeras narraban la vida de Jesús, desde la Anunciación al Pentecostés, y añadían a los cuatro evangelistas y a los Padres de la Iglesia en su base; las más tardías, y también espectaculares, se resolvían en sólo diez cuadros, repartidos en la doble hoja y referidos a diez pasajes del Antiguo Testamento.

La voz de Nikos sustrajo al médico de su estado atónito.

–Bernard, yo aprecio mal la belleza cuando tengo hambre. Y ahora me ruge el estómago… –y golpeó su barriga haciéndola sonar como un pandero.

–Por un momento, Nikos, mirando estas puertas me ha parecido que abandonaba el mundo… –confesó en voz queda Villiers.

–Pues déjate de arrebatos místicos, o postérgalos para cuando el buche esté lleno. Además, si nos retrasamos, haremos esperar a Tomassino.

–Creo que jamás he contemplado nada tan perfecto, tan sublime… –aseguró Bernard, sintiéndose incapaz de romper el hechizo que le ataba a esos diez bajorrelieves de bronce–. Dime, cascarrabias: ¿cuántos lugares hemos visitado? ¿Cuántas obras magníficas hemos admirado? Por más que lo intento, no recuerdo nada semejante. No hay en todo el orbe puertas como éstas; no las hay en Oriente pero tampoco en ninguna otra ciudad de Occidente.

–Tienes razón… –aseguró Nikos en tono impaciente–. Si Dios decidiera encargar una puerta para el cielo, ninguna resultaría más digna y apropiada que ésta.

–¿Puertas en el Paraíso, Nikos?

–¡Exacto: las Puertas del Paraíso! –afirmó resuelto, y al punto se echó a reír–: ¡Y san Pedro bendito de custodio con la llave al cinto!

–Bonito nombre…

–¡Oh, bueno, seguro que alguien ya las ha llamado así antes o lo hará en el futuro! –y diciendo eso, el cretense echó a andar–. Pero ya sabes lo que pienso yo de las obras de los hombres y sus afanes. Por fortuna, el acceso al Jardín no tiene camino, ni puertas, ni consta en ningún mapa y… ¡bueno, basta de ditirambos, que sólo es una puerta por deslumbrante que luzca! ¡A comer, francés, a comer!

Bernard sonrió y le siguió a corta distancia. Aún se giraría en varias ocasiones, así se alejaban, dirigiendo su mirada a las espléndidas puertas del baptisterio.

Entraron poco después en La Liebre de Toscana, una de las tabernas más populares de Florencia. Se citaban allí artesanos, comerciantes, miembros de artes gremiales, notarios y nobles, sin distingos, y zampaban y trasegaban hasta llenar la andorga y perder el recato. El lugar olía a guiso lento y a borrachera. Y era tal la algazara que atronaba en el recinto que los oídos tardaban en acostumbrarse al bullicio. Hallaron acomodo en un largo bancal, junto a las ventanas, tras comprobar que Tomasso aún no había llegado, y no tardaron en apremiar al mesonero en la cuestión del condumio, que ese día consistía en carne de venado adobada con ajos, vino y hierbas.

Tomassino llegó al rato, con aspecto fatigado, cuando Nikos ya había rebañado el platillo hasta el fondo y se disponía a reclamar más.

—Siento llegar tarde… —se disculpó el florentino, dejando a un lado una bolsa de piel y acodándose en la tabla sin resuello—, pero las visitas a los pacientes se han alargado más de lo que pensaba. He vuelto a visitar a Piero de Médicis…

—¿Se encuentra mejor? —preguntó Bernard.

—No demasiado…

—¿Pero no dijiste que el tal… Diotifeci era su médico? —indagó Nikos.

—Sí. Pero Diotifeci d'Angelo está en Venecia. Ha sido invitado por la Signoria de la ciudad a participar en la elaboración de la teriaca. No regresará antes de dos o tres meses —aseguró Tomasso, al que la asunción de los muchos casos y pacientes del prestigioso médico dejaba exánime—. Ya sabéis la complejidad que supone preparar ese medicamento. Todo se hace bajo estricta supervisión: se exponen los sesenta y cuatro ingredientes, se procede a pesarlos, a discutir lo idóneo de cada uno de ellos. Y cuando las exasperantes fases preliminares se dan por concluidas, sobreviene el enojoso proceso de elaboración, cuya parsimonia acabaría con la paciencia de un santo…

—¿Nadie prepara ese medicamento en Florencia?

Tomasso sonrió y negó.

—No, nadie. Bueno…, lo cierto es que el médico al que compré la apoteca hace muchos años la preparaba en secreto, eso creo, aun a riesgo de dar con sus huesos en la cárcel —explicó Tomasso con expresión divertida–. Llevaba sólo unos meses al frente de la consulta cuando un buen día se presentó un campesino con un saco al hombro. Al no ver al antiguo propietario, al que por lo visto proveía de antiguo, tanteó mi interés por sus servicios. Cuando abrió la boca de aquella arpilla, me encaramé al mostrador de un salto.

–¿Ofidios? –aventuró Bernard.

–Sí. Víboras. Al menos una veintena de ellas...

Una expresión de repugnancia asomó en el rostro de Nikos.

–¡No soporto a esos bicharracos! –aseguró con los labios contraídos.

–Pues dos se deslizaron fuera del costal mientras el hombre se empeñaba en involucrarme en el regateo, convencido de que mi reticencia se debía sólo a lo mucho que había solicitado de entrada. Aún siento terror al recordarlo.

–Escucha, Tomasso –interrumpió Bernard, reconduciendo la conversación–, si me lo permites, me encantaría ayudarte, con el laboratorio y los preparados. Y si lo consideras conveniente, con los enfermos. He traído teriaca de Alejandría y tengo bastante experiencia en tratar casos de gota. Podríamos empezar por Piero. Si te parece, te acompañaré la próxima vez que le visites.

–Cuenta también conmigo para lo que sea menester –aseguró el cretense.

–No sabéis lo que os agradezco el ofrecimiento... –confesó con alivio el médico–. Tengo a un muchacho que me ayuda algunas mañanas en la rebotica, Marco, ya le conoceréis. Pero es insuficiente. Es un joven muy dispuesto, aunque tiene poca experiencia y me cuesta más explicarle las cosas que hacerlas yo mismo.

–Te ayudaremos. De algún modo hemos de corresponder a tu hospitalidad –apostilló Bernard.

–¿Hospitalidad? ¡Jamás he tenido amigos tan benévolos! ¡Ya veis qué basilisco regenta la alquería!

La espontánea declaración de Tomasso provocó al instante una abierta carcajada, que cogió a Nikos en medio de un trago largo y le provocó tos y ahogos. Acabó con el rostro enrojecido, los ojos llorosos y doblado por la hilaridad.

Pero tras la risa se quedaron todos en silencio sin saber qué decir.

–Vamos, Tomasso, no te aflijas… –susurró Villiers, alargando el brazo hasta tocar con su mano el hombro del florentino, que tras la momentánea liberación parecía retornar a lo triste de su realidad–. Al menos no lo hagas por nosotros.

–¡Ay, Bernard, en qué mala hora decidí que sería bueno tener compañía llegado a mis años! –lamentó el boticario medio ausente.

–¿Qué te atrajo de mujer tan avinagrada? –carraspeó Nikos, todavía alterado tras el espasmo de la risa. Se adelantó en la banca, de modo que la cercanía ayudara a su amigo a salir de la pesadumbre y a poner voz a sus cuitas.

Tomasso les contó, mientras apuraban los restos de la jarra, que había conocido a Nezetta unos dos años atrás. La veía todos los domingos, a la salida de misa, acompañada siempre por su hija. Guardaba la mujer luto por la pérdida de su marido, notario de prestigio cuya enfermiza afición al juego, unida a su alegría a la hora de firmar pagarés, la dejó en la insolvencia más absoluta tras saldar, malvendiendo lo poco que quedaba, las deudas contraídas por el difunto. El médico, tras unos meses de cortejo recatado y a la luz, le propuso matrimonio. Pesaba en su ánimo la soledad y creyó que ésa podía ser una buena forma de aliviarla, al tiempo que cumplía con el dictado de su conciencia. La viuda, cuyo reparo al galanteo había sido tan breve como simulado, aceptó. De todos modos, advirtiendo el interés de Tomasso, le instó a firmar documento por el que éste se comprometía a garantizar su sustento y el de su hija. Y siendo como era mujer familiarizada con acuerdos y cláusulas, introdujo algunas, encaminadas a asegurar la unión y evitar el adulterio o el abandono, so pena de quedar en posesión de todos los bienes del apotecario.

–¡Lo que yo te digo, una arpía, y disculpa, amigo mío, la franqueza! –masculló Nikos, viendo claro el tejemaneje que se llevaba la mujer entre manos.

–No lo sé, Nikos –murmuró Tomasso apocado–. Hoy es bastante normal estipular esos asuntos ante un notario antes de casarse. No sospeché que su proceder pudiera ocultar artimaña alguna. Supongo que más que bendito soy tonto. Pero te aseguro que este último año ha sido un calvario. Al principio pensaba que con afecto y gratitud podría ganar su corazón, sus atenciones, su cariño. Pero sólo parece estar interesada en el dinero. Se comporta como un usurero de la peor calaña. Le he intentado explicar que nuestra iniciación entre los Puros de Alejandría nos obliga al bien y a la caridad, pero es inútil. No sé qué hacer, nada parece satisfacerla…

–¿Compartes lecho con ella? ¿Sabes que la renuencia a la *copula carnalis* puede ser alegación atendida por un tribunal eclesiástico? –apuntó Villiers.

–Escucha, Bernard. Me conoces bien y sabes que valoro el calor humano y el amor físico como todos, aunque no soy presa fácil de incontinencias ni arrebatos; pero ni una sola vez, por mucho que lo he intentado, me ha aceptado ella en su cercanía. Dormimos en estancias separadas. Pero soy florentino. Y si hay algo a lo que tememos los florentinos, más que a la propia muerte, es a la pérdida de la reputación y al escarnio.

–Alguna solución encontraremos –aseguró Bernard. Y en sus ojos destelló un breve fogonazo de malicia–. Tiempo al tiempo.

–Hablemos de cosas más agradables… –propuso Tomasso, volviendo a dibujar una encantadora sonrisa en sus labios–. Me gustaría que conocierais a alguien.

–¿Alguna dama de buen ver, con posibles? –indagó Nikos en tono jocoso.

–No, no. Se trata de Marsilio…, Marsilio Ficino, el hijo de Diotifeci.

–¿Qué pasa con él?

–Marsilio es un ser extraordinario… –reveló Tomassino con gesto admirado–. No sólo posee grandes conocimientos sobre medicina por ser hijo de quien es; también es un estudioso de los textos clásicos, un ferviente admirador de Platón, un filósofo. Vive rodeado de obras y manuscritos, traduciendo del griego. Y aunque no habla mucho de esas cosas, sé de buena tinta que le fascina la magia de los talismanes, la afinación del espíritu con los planetas, la astrología, el conocimiento vinculado a la Tradición.

–¿Es un iniciado? –preguntó Bernard.

–No lo sé, tal vez sí… –dudó el boticario–. Se reúne con gente docta y organiza veladas a las que acuden poetas, artistas y eruditos. Es uno de los protegidos de Cósimo de Médicis. El banquero le trata como a un hijo; le pide, en ocasiones, que acuda a Vía Larga para leerle capítulos de volúmenes griegos antiquísimos. Le ha prometido que financiará la creación de la Academia Platónica de Florencia.

–¡Una academia de estudios platónicos! Pues habrá que visitarle –decidió Nikos.

–Sí. Y tal vez la mejor forma de entablar relación –sugirió Bernard– sea hacer que alguien le entregue algo de nuestra parte…

–¿A qué te refieres, Bernard? –preguntó extrañado el florentino.

–La mejor forma de saber qué sabe Marsilio es hacerle un pequeño regalo –explicó el francés en tono enigmático–. Compraremos una pieza de lino blanco, de calidad, la doblaremos de un modo concreto y se la haremos llegar. Y esperaremos su respuesta.

–Entiendo… –asintió Tomasso–, estás pensando en un diálogo de símbolos.

–Exacto.

Las puertas de la taberna se abrieron de par en par, violentamente. Entraron dos hombres, gritando, llevándose las manos a la cabeza. Parecían haber cruzado la ciudad a la carrera, venían sofocados, exhaustos. La atención de todos se volvió hacia ellos. Y el silencio fue tornándose sepulcral así contaban el horror que ya corría de boca en boca por toda Florencia. Un curtidor, media hora antes, había reparado en una gruesa cuerda que se precipitaba en el Arno; estaba fuertemente atada a la barandilla del Ponte Vecchio. Lo que en un principio había sido tomado por un fardo de pieles en remojo, cuyo dueño había olvidado recuperar, resultó ser el cadáver de un hombre atado por los pies, arrojado al cauce del río. Así comenzaron a izarlo, el espanto escapó de las gargantas de todos los vendedores de la zona. El muerto emergió decapitado.

El macabro relato de los recién llegados vació la taberna en cuestión de minutos. Muchos partieron a toda prisa en dirección al río, deseando participar de corrillos y rumores; otros optaron por regresar a sus casas o volver a los negocios; unos pocos salieron dispuestos a recogerse en la primera iglesia que les saliera al paso.

–Algo está pasando en esta ciudad… –aseguró Tomasso–. Hace una semana destriparon al viejo Fabriano Bramante, del gremio de la lana, cerca de aquí, en la Logia del Bigallo. Le zurcieron a puñaladas y luego le cortaron la cara. ¡Dios mío, qué horror!

–¡Parece cosa del demonio! –balbuceó Nikos, sin poder salir de su perplejidad.

–O de una mente claramente diabólica… –apuntó Bernard.

Dejaron la taberna y se encaminaron en silencio a la plaza de la catedral. Aparecía abarrotada debido a los bautizos. El día era radiante y ni una sola nube flotaba en el cielo. Formaban los padres, llevando a sus hijos en brazos, una larga fila frente a una de las puertas del baptisterio. La noticia del crimen del Arno era comidilla morbosa en todos los rincones.

Bernard reparó en que varios funcionarios de la Signoria repartían alubias –que portaban en una bolsa de tela atada al cinto, parecida a la de los sembradores– entre los familiares de los que esperaban el sacramento y la bendición del agua bautismal.

–¿Por qué reparten alubias? –curioseó el francés–. ¿Es augurio de riqueza y prosperidad?

Tomasso negó divertido.

–No, no. Es una costumbre vieja que sirve para mantener al día el padrón de Florencia: a los que han engendrado un niño se les entrega una alubia pinta, a los progenitores de las niñas, una alubia blanca. Así salen de la pila bautismal, se introducen las alubias en una urna y se recuentan en la Signoria.

La llegada de los sacerdotes a la plaza acalló el bullicio vernáculo. Provenían de las principales iglesias, basílicas y monasterios de Florencia. Una guardia de honor les cortejaba, portando largos estandartes y pendones. Venían los clérigos en fila de a dos, revestidos en verdes y brillantes casullas, apuntalando su andar pausado en báculos y crucifijos. El arzobispo de la ciudad caminaba al frente, rodeado por seis acólitos.

—Es Antonino, Antonino del convento de San Marcos —informó Tomasso—: El arzobispo, un verdadero santo, el hombre más querido de la ciudad.

Así se situaron todos frente al baptisterio, un fraile, encargado de las llaves, abrió los portones de par en par. Cuatro novicios penetraron en el interior, dispuestos a organizar el tráfago de infantes y a destrabar las hojas opuestas con vistas a facilitar el tránsito de las familias a la catedral, donde se concelebraría la liturgia una vez impartido el sacramento.

Un grito desgarrado quebró el cielo sobre Florencia.

Una mordaza negra atenazó las gargantas de todos los que estaban en el lugar.

Salieron los religiosos despavoridos, alzando los brazos al cielo.

—¡El Altísimo nos proteja! *Satan nobiscum!* —gritaban enloquecidos.

EXTRACTOS DEL DIARIO DE VIAJE DE BERNARD VILLIERS

He releído las anotaciones que escribí la misma noche de nuestra llegada a Florencia. Ahora sé con certeza a qué visión y ánimo se refería el bueno de Tomasso al hablar de lo que ocurre aquí. No recuerdo ciudad tan desbordante como ésta, pues de la noche a la mañana las gentes van y vienen ocupadas en sus quehaceres como si todo lo que se llevaran entre manos fuera el asunto más importante del mundo. Nadie presta demasiada atención a nadie y parece que la palabra menesteroso *sea desconocida por completo. En todas las calles, incluso en las menores, se abren comercios de lo más variopinto; se trapichea, se compra y vende, se restauran templos, se sobornan voluntades, se embellece, se pinta y se elevan altares a un dios nuevo en el que todos creen, el florín.*

En esa mutación de los intereses y anhelos he observado a clérigos y frailes cumplir con lo suyo, aunque con cierta resignación en el semblante. En hora prima y tercia, así tañen las campanas, las iglesias se llenan como de costumbre, pues a Dios hay que dar lo que es de Dios, cosa que nadie discute; pero, así concluye el oficio, salen todos presurosos y dispuestos a satisfacer al césar –que en este caso es un desaforado culto a la personalidad y a la ambición por la bolsa llena y el prestigio social–, con todo lo que al césar pertenece: bienes, ropas, manjares y placeres. Y así, mantienen la cabeza aparentemente en el cielo y los pies, sin duda alguna, en el suelo. Dijo Dios a Adán: «Te he colocado en el centro del mundo para que venciéndote a ti mismo te hagas: puedes degenerar hasta el animal, o renacer, en cambio, como un ser semejante a lo divino». Y parece que aquí, en esta nueva Arcadia feliz, todos asumen el envite, dispuestos a caminar entre espíritu y materia, entre contención y deseo, entre lo sagrado y lo profano.

Pero como se dice entre iniciados: et in Arcadia ego. *También la*

*muerte se pasea por este jardín de inconsciente delicia. Hoy, a medio-
día, ha aparecido el cuerpo decapitado de un hombre y, algo más tarde, se ha encontrado su cabeza sumergida en la gran pila bautismal
de San Juan. Es el segundo crimen que se produce en poco más de
una semana.*

7

EL BUEN REY

No es el mundo y todo lo que en él se contiene una bendición de Dios, amor mío, un dechado de infinita perfección y belleza? ¿Y no eres tú, entre tanta beldad, la rosa más hermosa del jardín?

La mujer no contestó. Sonrió con timidez. Y al ver la expresión alborozada de Renato –que había clavado sus ojos en ella, sustrayéndolos por un instante de la monótona línea del horizonte, salpicada de crespones blancos–, se llevó el dorso de la mano al rostro para ocultar la risa que ya afloraba en sus labios. Miró a su dama de compañía de soslayo. Escondía a su vez el semblante, dirigiendo la vista a la tablazón de la cubierta, en señal de complicidad con su señora y en claro recato ante su señor. Pero ni la una ni la otra fueron capaces de contener por más tiempo la hilaridad.

Estallaron al unísono en una sonora carcajada.

–¡Podéis reír! ¡Me encanta veros reír! ¡Vamos, vamos, nos os privéis! –alentó Renato ufano. Y volvió a entretener el ánimo, durante unos segundos, en la lejanía que la nave parecía querer alcanzar hendiendo las aguas. Después caminó hasta ellas y fue a sentarse entre las dos, en las escaleras que ascendían al alcázar de popa.

–Escucha, Jeanne de Laval –susurró al oído de su esposa–: Hoy estás bella como el cielo de verano. Bella como el pájaro más bello. Creo que podría componer una oda de mil versos en tu honor antes de llegar a Livorno.

La mujer se ruborizó. Sabía que su marido era capaz de eso y mucho más. De hecho, temía esos arrebatos incontenibles, que le poseían de súbito y que solían desembocar, las más de las veces, en noches de insomnio, escribiendo a la luz de las velas; o en largos soliloquios por los jardines del castillo de Saumur, junto al Loira.

—Recordad a François Villón y sus burlas, mi señor —respondió ella suavemente. Y de forma discreta hizo una señal con la mano, solicitando a su doncella un poco de intimidad que fue concedida al punto.

La mujer les dejó solos. Paseó a lo largo de la cubierta de la nao, bamboleándose hasta lograr armonizar su equilibrio con el suave vaivén del casco, y fue a acodarse junto a la amura de estribor, hacia proa.

—¿Villón? ¿Villón, dices? ¡Villano! ¡Qué sabrá Villón de poesía! —rugió Renato con pretendido enojo—. ¡Maldito mequetrefe! ¡Ni para tripicallero serviría ese tontucio!

Jeanne de Laval le miró con serena y feliz expresión. Sus ojos, alargados como dos hojas lanceoladas, se perdieron entre los cabellos dorados del duque de Anjou, precediendo a sus dedos, que siguieron después por la senda abierta, deseando ornarse de suaves sortijas.

—Por vuestra culpa las pastoras de Anjou tienen la peor reputación del mundo…

Esta vez fue Renato el que rió. Se deshizo en carcajadas. Sí, era cierto. El maldito Villón había leído, tiempo atrás, su poema pastoril: un debate amoroso de diez mil versos, compuesto en honor de su segunda y joven esposa, y se había mofado públicamente de su estilo. Y no contento con el escarnio, había arremetido, el muy felón, contra la ligereza de cascos que parecía adornar a las campesinas de Anjou en tan interminable rima.

—No es cierto… —objetó él, frunciendo el ceño y llevando la mano hasta el pomo de la daga corta que colgaba de su cinto—. Y de serlo… ¿qué hay de malo? ¡Pues muy bien, que se entere el mundo entero de que las mujeres del ducado de Anjou se solazan con sus maridos, o con el primer buhonero que pase, sin remilgos ni mojigaterías!

—Estáis loco, amor mío…, completamente loco —susurró ella.

—Y vos tenéis la nariz más respingona y perfecta de cuantas existen bajo el sol.

El voceo del vigía desde la cofa interrumpió la conversación.

—¡Las costas de Italia: en lontananza, por babor! —alertó.

—¡Italia! ¡Vamos, debemos verlo! —dijo Renato, levantándose con rapidez al tiempo que tiraba de la mano de Jeanne y la incorporaba pese a sus protestas.

Se situaron en la proa de la nave, junto a la doncella y varios marinos. Y al poco se les unieron algunos miembros de la guardia personal del duque, que emergieron por el tambucho descamisados, con gesto cansino y mirada ebria.

Una silueta alargada y cenicienta quebraba el fino discurso del horizonte.

—¡Las dulces costas de Italia! —murmuró Renato. Y se quedó en silencio, admirando ese perfil que conocía bien. De inmediato pensó en Nápoles; en su derrota, acaecida pocos años antes; en su regreso a Francia; en la triste pérdida de su consorte, Isabel de Lorena, con la que desposó cuando sólo tenía trece años; en el abatimiento y postración que sobrevino tras la pérdida, que se instaló en su espíritu durante meses y, finalmente, en el renacer que supuso conocer a Jeanne, joven, inocente y serena.

Se giró al intuir la presencia de su ayuda de cámara a sus espaldas.

—¡Ah, eres tú, Guilbert! —confirmó—. Escucha…, cuando desembarquemos debes buscar posada para esta noche, la mejor. No regatees. Y preocúpate de comprar dos carros; uno sencillo para los arcones, y otro cómodo y con toldo para las damas. ¿Cómo están los caballos?

—Nerviosos, señor: no han dejado de piafar y de molestarse los unos a los otros. Creo que es su primer viaje por mar… y no les gusta.

—Muy bien, mañana los desfogaremos y recuperarán la alegría —aseguró Renato—. Algo más: dile a Clarel que suba a cubierta con la tablilla, papel y tinta. Quiero que escriba una carta.

Clarel se presentó a los pocos minutos con expresión perpleja. Sabía que el duque era dado a dictar cartas, poemas o normas caballerescas en cualquier circunstancia, incluso en las más adversas; pero nunca se le habría ocurrido que resolviera despachar en plena travesía.

–Ven, Clarel, amigo mío –invitó Renato en tono cordial así lo vio aproximarse. Iba el hombre claramente mareado–. Quiero que escribas una carta.

–¿Ahora, señor? –objetó–. ¡Derramaré la mitad de la tinta!

–Tú escribe ahora y una vez en tierra ya enmendarás lo que se deba enmendar...

Se acomodaron contra la pared de la cabina de popa. El escribano aseguró la tabla entre el pecho y las piernas y mojó el cálamo en la tinta. Pensó, antes de apoyar la punta sobre el papel, que Dios era infinitamente misericordioso: el viento era suave y la nao cabalgaba las crestas sin sacudidas sorpresivas.

–Arribando a Livorno, en el vigésimo sexto día del tercer mes de mil cuatrocientos cincuenta y nueve... ¿escribes, muchacho?

–Lo mejor que puedo y sé, señor.

–Bien. Pues empecemos. De Renato de Anjou, duque de Anjou y de Calabria; conde de Provenza y Bar; rey nominal de Sicilia, Hungría, Cerdeña, Mallorca, Aragón y Valencia; rey honorífico de Jerusalén...

–¿Los títulos de siempre, señor? –resumió Clarel, para evitar toda la retahíla.

–Sí. Pero no te equivoques: ni mentar Lorena, ni Nápoles... –advirtió Renato, al recordar un estropicio en una carta al tío de su primera esposa, al que se enfrentó en muy mala hora por la posesión de Lorena.

–Muy bien.

–A Cósimo de Médicis, prestamista y avaro...

Clarel alzó el cálamo y miró de reojo a Renato.

–Señor, eso no resulta muy cortés...

El duque volvió a reír con ganas.

–¡Pon banquero, potentado, pon lo que quieras! –convino con la guasa en los labios–. Eso sí, a renglón seguido escribe: espero que a la recepción de ésta, maldito usurero, te ahogues en florines y las obras de ese mausoleo que dicen te has construido en Vía Larga estén conclusas; pues Jeanne de Laval, hija de Guy XIV de Bretaña, mi esposa, y yo en persona, visitaremos Florencia en pocos días...

–No puedo ir tan rápido, señor...

–Te traigo libros, una arqueta repleta de ellos –añadió, en plena carrerilla–; espero que su lectura te redima y así evites arder en el infierno como los dos sabemos mereces arder. Y también un barril de vino francés. Transmite todo mi afecto a la *contessina*, a Piero y a tu nieto Lorenzo, y esto y lo otro y lo de más allá...

–¿La fórmula de siempre, no?

–Sí. Lo de siempre. Y lo revisaremos, antes del lacre, mañana por la mañana. Después, se la das a uno de los escoltas y que galope a Florencia –resolvió Renato–. ¿Entendido? ¡Clarel, mira que eres zafio, te has manchado la ropa de tinta!

El escribano le miró con desazón por un instante, sopló sobre el papel, lo agitó levemente y se incorporó. Luego se perdió camino de las escaleras de cubierta moviendo el rostro a un lado y al otro.

Renato ascendió al castillo de popa y se situó junto al timonel, firmemente abrazado a la espadilla. Las velas se curvaban, hinchadas por un viento generoso y persistente. Sesgadas por el ulular del viento, llegaban las risas y bromas de Jeanne de Laval, en animado comadreo con su joven doncella.

Las costas de Italia adquirían concreción.

Alzando la mirada se abstrajo en el caprichoso dibujo de las nubes, suspendidas de la bóveda del cielo como lana recién vareada. Por un instante, creyó entrever en sus formas sinuosas la silueta de Juana de Arco, emergiendo como el rayo, revestida en blanco acero, cabalgando un corcel negro, firmemente aferrada a las riendas.

Galopaban juntos. Brillando con el fulgor del sol de mediodía.

Seiscientos caballeros seguían su estandarte.

Desenvainaban. Dispuestos a romper el cerco de Orléans.

8

LA EDAD INOCENTE

Se deslizó en silencio, casi de puntillas, a lo largo de las alfombras de la estancia, sorteando los arcones y la sillería, hasta alcanzar la puerta que comunicaba el saloncito de visitas con la cámara de la *contessina*. Aparecía entreabierta. Pegó su cuerpo breve a la jamba y se quedó inmóvil, conteniendo la respiración. Después cerró un ojo y se dedicó a su pasatiempo favorito: fisgar.

Distinguió a Tessa, sentada en un escabel de terciopelo, frente a un gran tocador de madera taraceada, rematado por un espejo veneciano ricamente ornado. Ese espejo le parecía fascinante. Abrazado por un delicado trabajo de marquetería, mostraba en uno de sus lados una talla de Diana cazadora, con los cabellos recogidos por vetas, tensando su arco. Y a un ciervo herido huyendo a la carrera en el opuesto.

Vio entrar a Zita en la habitación, por la puerta que comunicaba con el largo corredor. Llegaba con su andar apresurado. Zita siempre iba con prisas y, siendo menuda como era, pisaba levemente. Era la única persona en el palacio capaz de sorprenderle cuando menos lo esperaba. Le daba unos sustos de muerte. Además, no era muy agraciada y tenía una gran facilidad para deformar su rostro hasta lo grotesco. Así que topar con ella, de sopetón, le hacía salir siempre a la carrera, presa de espanto.

—Siento haberme retrasado; disculpadme, señora —escuchó decir a la criada así ésta se situaba junto a la *contessina*, tomaba un cepillo y comenzaba a peinar sus largos cabellos.

–Dime, Zita: ¿qué se dice en las calles? ¿Has salido hoy al mercado?

–Sí…, esta mañana. Con Domenico, el encargado de compras.

–¿Y…?

–Pues hay miedo, señora, mucho miedo –explicó la criada santiguándose sin soltar el cepillo–. La gente dice que esto es cosa del diablo, que anda suelto y furioso.

–¿El diablo? ¡Tonterías! ¿Cómo puedes creer esas cosas? –reprochó Tessa en tono agrio–. ¡Bastante ocupado anda el diablo como para perder tiempo con un triste pinchaúvas del gremio de los tintoreros!

–De destripaterrones nada, señora. He puesto el oído en muchos corrillos y en todos decían que ese hombre tenía un pasado de lo más turbio. Y que conocía secretos de muchas familias ricas y…, y que muchos le compraban los silencios.

–¿Qué familias? ¿De quién se hablaba?

–No sé. Creo que hablaban de los Strozzi, los Barbadorus, los Petrucci.

–¿Y a nosotros nos mencionaban? ¿Decían algo de nosotros?, ¿no habrás contado tú nada? ¡Ay, Zita, ten cuidado, me estás haciendo daño!

Zita guardó silencio. Encontró los ojos de Tessa en el espejo. Parecían dos ópalos inertes, bañados en luz mortecina. Siempre le incomodaban.

–Yo no he dicho nada, señora. Pero sí, también. También estaba el nombre de su familia en muchos mentideros.

–Ese hombre apenas tenía relación con nosotros. Tal vez en el pasado la tuvo, pero no ahora… –negó la *contessina*.

El eco de una sarta de maldiciones y perjurios llegó hasta ellas interrumpiendo la conversación. Era la voz de Cósimo. Tronaba airada en el otro extremo del palacio.

–¿Con quién está el señor?

–Con Ingherami…, creo.

–Bien, basta por hoy. Déjalo ya, vete –ordenó Tessa alzando la mano pero sin apartar la mirada del centro del espejo–. Y cuando mi marido se quede solo, comunícale que esta noche cenaré con él.

–Muy bien, se lo diré –y Zita, tras inclinarse levemente ante la *contessina*, se encaminó hacia la puerta. Pero una pregunta la obligó a detenerse en el umbral.

–¿Dónde está… Magdalena? ¿La has visto?

–No, señora. No la he visto en toda la tarde –mintió antes de cerrar la puerta.

Tessa se quedó en silencio. Con la mirada clavada en la luna veneciana. Alargó la mano y acercó el pequeño joyero ovalado que siempre tenía sobre el tocador. Era de alabastro rosado. Extrajo un collar de rubíes, engarzados en una exquisita filigrana de plata. Tomándolo por los extremos, lo suspendió en el aire, delante de su cuello. Y al hacerlo, recordó el día en que Piero vino al mundo. Casi le parecía poder escuchar su primer llanto así lo parió y él respiró por vez primera; un llanto que se le antojó, en aquel momento, inconsolable y que parecía preludio de otros por venir. Tal vez el pobre Piero ya sabía, en ese primer afán, que desembocar en este mundo es hacerlo en una tierra dolorosa, en la que no sólo se lucha por el aire, sino por todas las cosas que en ella se encuentran y van saliendo al paso así se avanza. Más de cuarenta años habían pasado desde aquel día feliz en que Cósimo cercó su cuello con ese collar. Desde aquel día amaba las joyas. Las joyas nunca pierden el brillo.

–¿Quién anda ahí? –dijo sobresaltada, al oír el quejido leve de los goznes–. ¿Eres tú, Lorenzo? ¿Estás ahí? ¡Vamos, si eres tú, asómate!

La puerta de acceso al saloncito se abrió y el rostro redondeado y sonriente de Lorenzo emergió.

–Sí, abuela, soy yo, estoy aquí…

–¿Otra vez espiándome, Lorenzo? –recriminó Tessa con suavidad–. ¡Anda, ven aquí, ven aquí y bésame!

El chiquillo corrió hasta su abuela, rodeó su talle con los brazos y estampó un sonoro beso en su mejilla. Ella jugueteó intentando poner orden en sus incontables rizos durante unos segundos y después, alzando su mentón, le obligó a encarar su rostro.

–¿Se puede saber por qué me observas siempre? ¿No sabes que los caballeros no deben espiar a las damas jamás? –y reparando en que su pequeña *giornea* lucía con desaliño, la estiró por el borde ciñéndola a su cuerpo–. ¿Es que no ves cómo llevas la ropa? ¡Te van a tomar por un arrapiezo de los muelles!

Lorenzo se encogió de hombros. Sonreía encendido en picardía.

–Dime, malandrín... ¿qué has hecho esta tarde?

–Jugar con Giuliano.

–¿Y a qué has jugado con tu hermano?

–A los *condottieros*, abuela. Con la armadura que me hicieron en Milán.

–¿Y contra quién luchaba esta vez Lorenzo, el temible *condottiero*?

–Contra esos venecianos descastados...

–Muy bien, anda, ve a ver cómo está tu padre y qué hace tu abuelo.

–Mi padre está en la cama, hoy casi no puede hablar –aseguró el pequeño–. Y el abuelo..., el abuelo está muy enfadado.

–Tu abuelo siempre está enfadado –susurró la *contessina,* deslizando sus dedos largos y suaves por el cuello de su nieto–, eso ya deberías saberlo. De lo que se trata es de saber qué le sulfura esta vez.

–Está furioso porque le han cortado la cabeza a Frosino Mainardi, abuela. Y por que la han puesto en el baptisterio de San Juan..., dice que alguien está conspirando contra nosotros y no sé qué del alumbre ese de los tintoreros.

–Óyeme, Lorenzo: no quiero que sigas escuchando tras las puertas. Deja de hacerlo de una vez –recriminó Tessa–, o yo misma te daré una azotaina que no olvidarás en tu vida. ¿Nos entendemos? ¡Vamos, vete ya!

–Nos entendemos, abuela –aseguró. Pero sus ojos sólo prestaban atención al collar de rubíes depositado sobre el tocador–. ¿Por qué no te pones nunca ese collar, abuela? ¡Es muy bonito!

Y salió corriendo sin esperar respuesta.

–Brilla demasiado, Lorenzo, demasiado… –murmuró Tessa con deje cansino al quedar sola. Y devolvió la joya a su caja para reemprender, al punto, la búsqueda imposible de un rostro perdido en el centro del espejo veneciano.

LOS QUE NUNCA DUERMEN

Escúchame bien, Ingherami: una mano oscura está detrás de estos dos asesinatos. Lo sé. Mi intuición nunca me engaña… –advirtió Cósimo. El patriarca parecía cansado, poseído por una extraña ansiedad–. Sabes muy bien que mis enemigos nunca duermen…

–Lo sé.

–Están por todas partes. Están aquí, en Florencia. Y también en el exilio. Yo les mandé al exilio cuando tal vez lo más juicioso hubiera sido buscar su muerte cuando me amparaba la justicia y la venganza estaba al alcance de mi mano. Pero les perdoné. Tal vez me equivoqué. Y ya nunca dormirán en paz. Yo les quité el sueño. Pero en su desvelo me han desvelado a mí también… –aseguró apesadumbrado.

Cósimo se quedó ausente, arrellanado en la butaca. Su ánimo parecía perderse en los lejanos días de ira y tumulto que casi le costaron la vida y concluyeron con su expulsión de Florencia. Ingherami conocía bien la historia. Al menos buena parte de ella. Se quedó mirando la expresión adusta y contrariada del banquero. La luz de las llamas tornaba sus afiladas facciones en rasgos fieros y temibles. La mitad de su rostro estaba sumido en la oscuridad.

–Tal vez éste sea un enemigo nuevo… –apuntó el director de finanzas de la familia–, uno del que no tenemos noticia.

–¿Un enemigo nuevo? ¿Qué sentido tendría, de serlo, el haber ido a clavar la daga en el pecho de viejos aliados? –rechazó el Médicis saliendo de su mutismo–. ¡Esas dos muertes abren puertas al pasado que yo creía cerradas y bien cerradas!

–Fabriano y Frosino eran dos apátridas, Cósimo: tenían chanchullos aquí y allá. Tal vez esto no vaya con nosotros.

Cósimo se cubrió el rostro y se dobló sobre sí mismo. Parecía que en esa postura recogida pudiera ser capaz de permanecer durante horas. Pero volvió a erguirse, como si hubiera recordado algo…

–¿Sabes qué me dijo mi padre, Giovanni di Bicci, en su lecho de muerte?

–No.

–Mi hermano Lorenzo y yo entramos en su habitación, en el palacio del Mercado Viejo. Estaba postrado, pálido, apenas agarrado a la vida por un hálito imperceptible –rememoró el patriarca–. Nos situamos en su cercanía, en silencio. Y él abrió los ojos. Llevaba dos días sin abrirlos. Los médicos sabían que aún vivía, pues empañaba una pequeña patena de plata al respirar. Y así reparó en nuestra presencia, reunió fuerzas para decirnos: os cedo los mayores negocios de toda la tierra toscana. Procurad hablar poco, ni siquiera para dar consejos; no os envanezcáis ni os llenen de orgullo los muchos elogios. Evitad los pleitos. Cuidad de no llamar demasiado la atención…

–Y lo habéis evitado. No podíais haberlo hecho mejor –confortó Ingherami.

–Siempre he permanecido en la sombra. Sabes que así ha sido –recapituló Cósimo–. ¿Cuántas veces me he negado a detentar cargos políticos? ¿Cuántas veces me han tentado con las más altas magistraturas? ¡Jamás, Ingherami, jamás! ¿Y sabes por qué? ¡Porque comprendí a tiempo que los hilos del poder se mueven desde los andamios del teatro, nunca declamando sobre la escena!

Cósimo se incorporó con esfuerzo, crispando sus huesudos dedos sobre los brazos de la butaca. Después dio dos pasos y se situó frente a la gran chimenea, dando la espalda a Ingherami.

–Esa información que has recibido sobre Anselmo Alberici… –dijo con un hilo de voz fina y con la mirada clavada en las llamas– ¿Es… fiable?

–Lo es, Cósimo. La familia Alberici está detrás del alumbre de Tolfa.

–Vuelve a explicármelo, sin obviar nada…

Ingherami respiró hondo y repitió por tercera vez lo que ya había contado las anteriores con todo lujo de detalles. Los Alberici, familia de banqueros con múltiples negocios en el Arte de la Lana, aliados viejos de los Médicis hasta que la divergencia de intereses separó sus caminos, habían iniciado sus propias negociaciones con el Papa para hacerse con el monopolio del alumbre. Confiaban en tentar a Pío II con una oferta que decantara al Pontífice en su favor. Al parecer, según las informaciones de que disponían, sus representantes habían viajado a Roma, en el mayor de los sigilos, en tres ocasiones a lo largo de los dos últimos meses.

–Alberici…, Anselmo Alberici –susurró Cósimo–. Todas las puertas vuelven a abrirse, Ingherami. Todas. Los fantasmas nunca duermen.

10

DIÁLOGO CON UN MUERTO

Pero... ¿cómo te has hecho estos cortes? –preguntó Bernard, examinando la rodilla del niño.

La madre, impotente, respiró hondo. Y miró al médico con cara de circunstancias. Permanecía con los brazos cruzados, puesta en pie, tras su hijo, en el centro de la botica de Tomassino. El apotecario, su ayudante y Nikos trabajaban en la rebotica, preparando remedios que serían recogidos a lo largo de la mañana. Bernard se había brindado a atender y efectuar la cura de esa herida.

–Se ha caído en los muelles, señor –explicó la mujer–. Se pasa la vida en los muelles. Cuando me giro, sale disparado y se va a los muelles del Arno.

–¿A los muelles? ¿Y qué hay en los muelles que te guste tanto? –indagó el francés con una sonrisa benévola en los labios mientras escrutaba la mirada compungida y huidiza del niño. Arrodillado frente a él, procedía a eliminar los restos de piel y a lavar los cortes.

–Barcas, señor... –contestó finalmente.

–¿Barcas? ¡Claro, claro! ¿Te gustan los barcos?

–Sí. Mucho. Lo que más. Cuando sea mayor tendré un barco –afirmó resuelto. Y su semblante cariacontecido se iluminó de súbito, encendido por un hondo afán.

–¿Y qué harás tú con un barco?, ¿piratear, luchar contra los turcos?

–No. Yo navegaré y llegaré a nuevos países, como Marco Polo el veneciano –proclamó con total convencimiento.

–¿Es que no sabes que los mares, más allá del *finis terrae*, se vierten en el vacío tragándose tripulaciones y naos? –azuzó jocoso Bernard mientras vendaba la rodilla.

–Eso dicen. Pero yo no lo creo. Eso es mentira.

–Pues si tú no te lo crees, yo tampoco.

Tras la cura, Bernard acompañó a la mujer y al niño hasta el zaguán de la casa.

–Bueno, espero verte zarpar un día de éstos –bromeó el médico al despedirles–, pero nada de caerse y abrirse la crisma, ¿eh? Por cierto: aún no me has dicho cómo te llamas, almirante.

–Amerigo, señor..., Amerigo Vespucci.

El médico se disponía a entrejuntar la puerta y regresar a la consulta cuando unos pasos precipitados, a su espalda, le hicieron volverse. Veroncia descendía por las escaleras de la casa presurosa, como si llegara tarde a algo. Iba arreglando las mangas de su vestido. Portaba un pequeño capazo de mimbre. Casi toparon en la vicisitud cortés de cederse paso el uno al otro.

–Buenos días, Veroncia... ¿Vas al azogue?

–¿Eh? ¡Sí..., al mercado! –corroboró sin convicción alguna.

–Ten cuidado. Ya sabes que está lleno de rufeznos y farándula de muy mala ralea, de esa que roba la bolsa o el corazón...

Veroncia se sonrojó.

–Lo sé. Sé cuidarme. Os agradezco la advertencia.

Y partió a la carrera sin más comentario. Bernard la vio perderse calle arriba. Sonrió y regresó a la rebotica. Tomasso y Marco, su ayudante, se ocupaban en majar hierbas y en controlar los alambiques. Nikos aparecía enfrascado en la lectura de una copia, no muy afortunada –al menos no en lo referido a las ilustraciones–, del *Códice de Medicamentos* de Federico II. El compendio era famoso desde el siglo XIII y circulaba en versiones degradadas o incompletas. La que poseía Tomassino había sido realizada, por cortesía de Cósimo de

Médicis, dueño del precioso original, en la copistería más famosa de Florencia, la de Vespasiano da Bisticci, el librero.

A media mañana, un adjunto del *gonfalonier della Giustizia* de la Signoria y dos guardias entraron en la apoteca. Cruzaron unas palabras con Tomasso. Dejándolos unos instantes a la espera, el florentino se dirigió a sus amigos con semblante atribulado.

–Bernard, Nikos, me piden que acuda al palacio Vecchio... –explicó–. Parece que han convocado a varios médicos y cirujanos. Buscan opinión que les permita aclarar algunas cosas sobre la muerte de Frosino Mainardi.

–¿El decapitado? –husmeó Nikos frunciendo el ceño.

–Sí...

–¿Quieres que te acompañemos, Tomasso? –ofreció Bernard al punto.

–Os lo ruego. Me parece que yo no tengo estómago para estas cosas.

Salieron dejando a Marco al cuidado de la consulta, siguiendo muy de cerca al oficial y su escolta. Tras cruzar el Puente de los Carros, resiguieron el curso del Arno y fueron zigzagueando hasta alcanzar la plaza del Pueblo, donde se erguía, espléndido, el gran palacio de la Signoria. Era una auténtica fortaleza enfrentada a la popular Logia Orcana, un pórtico de elegantes líneas que ofrecía a los viandantes resguardo del calor y de la lluvia, al tiempo que facilitaba el encuentro y la discusión, los negocios y el chismorreo. Bajo sus altos arcos se celebraban las asambleas que elegían al *gonfalonier* y a los Priores de la República. Para los florentinos, el lugar era el mayor símbolo de su democracia.

Bernard y Nikos se quedaron admirando por unos instantes el palacio que regía los destinos de Florencia. Su estructura evidenciaba el carácter defensivo con que Arnolfo di Cambio lo planificó. Las primeras ventanas se alzaban altas, fuera de alcance. Y el almohadillado rústico del muro sólo se suavizaba así se ganaba en altura. Las tres plantas, decrecientes, aparecían rematadas por un impresionante voladizo sobre ménsulas, entre las que se intercalaban los escudos de armas de la ciudad estado y sus conquistas históricas. Una orgullosa atalaya campanario coronaba la fortaleza.

Traspasaron el umbral y fueron conducidos a una luminosa estancia del segundo piso. Un corrillo de médicos y cirujanos rodeaba una mesa, ubicada en la inmediación de un ventanal geminado. La náusea se reflejaba en sus rostros. Recibieron a Tomasso con un leve y silencioso saludo y dedicaron una mirada huraña a Bernard y a Nikos.

El cuerpo de Frosino Mainardi yacía sobre una tela de color pardo. Su cabeza, ladeada, era visible algo más allá, sobre una bandeja. El hedor resultaba insoportable.

–El *gonfalonier* me pide que les transmita el reconocimiento de la Signoria por su ayuda –anunció con tono grave un magistrado al comprobar que todos los convocados, y alguno más, estaban presentes–. Todo lo que puedan decirnos sus mercedes será importante a la hora de resolver este repugnante asesinato. Y tal vez, al tiempo, sirva para esclarecer la muerte del viejo Fabriano Bramante días atrás.

Resignados a cumplir con la tarea ingrata que se les encomendaba, todos procedieron a examinar el cadáver de Frosino, cubriéndose el rostro con pañuelos cada vez que daban un paso al frente y se aproximaban a los despojos. El proceso de descomposición era evidente: una coloración verdosa afloraba en el vientre, los brazos y las piernas. El cuerpo aparecía hinchado.

–Diría, a simple vista, que le mataron a golpes y después le decapitaron –señaló uno de los médicos, logrando que todos repararan en las numerosas erosiones y rasguños que se distinguían en pecho, abdomen, costados y cadera.

La mayoría aceptó la hipótesis sin reticencia.

–Es muy posible que así fuera… –corroboró un cirujano–. No se ve por ninguna parte herida de arma. Esos sacamantecas no le han zurcido a cuchilladas como hicieron con Fabriano.

–Tal vez le ahogaron en el Arno y después procedieron al desmoche, cercenando el cuello con una hachuela –apuntó un tercero.

Bernard se colocó discretamente en un extremo de la mesa, clavando la mirada en la cabeza. Envolviendo su mano en un paño, la volteó. Y al punto la alzó por los cabellos mostrando a todos la nuca. El cráneo aparecía hundido en la zona occipital, quebrado por un golpe salvaje y contundente.

—Ésta es la causa de la muerte —anunció.

En el rostro de todos se dibujó una mueca de asco. La fractura era tan terrible que la masa encefálica asomaba.

Se abrió en ese preciso momento la puerta del salón y entró un joven. Vestía un *lucco* granate, impropio de su edad; era de finas facciones, ojos pequeños y vivaces, labios suaves y cabello largo y rizado, hasta los hombros.

—Perdón, caballeros, lamento haberme retrasado… —se excusó con voz dulce y musical al tiempo que cerraba las hojas—. Como sabéis, mi padre, Diotifeci d'Angelo, está en Venecia. Así que yo representaré a la familia Ficino en esta desagradable tarea.

—¿El celebre Marsilio? —preguntó Nikos en susurros a Tomasso.

—El mismo. No imaginaba que pudiera aparecer por aquí.

Marsilio se situó junto al resto. Bernard seguía con la cabeza alzada.

—¡Tremendo golpe! Sin duda, la causa de la muerte —convino el joven cruzando su mirada con la del francés.

—Sí: capaz de quebrar el cráneo de un toro —asintió Villiers.

—¿Queréis decir que después de matarlo se dedicaron a apalear su cuerpo con saña? ¡No tiene demasiado sentido! —cuestionó uno de los médicos—. Señor, deberéis disculparme: no os conozco y no quiero poner en duda lo que decís, pues parece más que evidente; pero a mi entender, a Frosino Mainardi le han dado más palos que a una estera.

Tomasso aprovechó la circunstancia para presentar a Bernard y a Nikos al resto de sus colegas. Todos se separaron de la mesa para poder retirar los pañuelos de sus rostros. Tras los saludos volvieron al asunto.

–Las múltiples magulladuras que aparecen en el cuerpo debieron de producirse de otro modo… –explicó Villiers–. Creo que a Frosino le sorprendieron en un callejón, entrada la noche. Tras matarlo, de un fuerte golpe en la nuca, procedieron a decapitarlo. Debió de ser obra de al menos dos o tres personas. Una de ellas introdujo la cabeza en un saco y la llevó hasta el baptisterio de San Juan; una vez allí la depositó en la pila del agua bendita. Los otros envolvieron el cuerpo en una tela, lo ataron por los pies y lo llevaron al arrastre hasta el Puente Viejo…, a caballo.

–¿Estáis seguro? –interrogó el magistrado.

–Tal vez pudo ocurrir de otro modo –concedió Bernard, encogiéndose de hombros–, pero hay varios detalles que ratifican lo que digo. Mirad: los pies tienen aspecto de haber permanecido fuertemente atados, a la altura de los tobillos; los cortes y erosiones del tronco son fruto del arrastre, de los muchos golpes recibidos en las esquinas, en los escalones. Pero no se distinguen coágulos ni hematomas. Y eso es prueba de que se había desangrado por completo cuando lo trasladaron. Apenas hay marcas en las piernas, desde la cadera hasta los pies; lo que permite suponer que esa parte del cuerpo iba alzada.

–No le veo sentido a matar a alguien en un callejón y cruzar media ciudad para colgarlo de un puente.

–Seguro que tiene sentido… –afirmó Marsilio–. Tiene sentido para los que lo hicieron, y de lograr entender sus motivos, acaso sabríamos mucho más acerca de los autores de esta barbaridad.

–Decidme, señor… ¿Se halló profusión de sangre en la zona del puente, allí donde el cuerpo fue precipitado al río? –interpeló Nikos, dirigiéndose al magistrado de la Signoria.

–No.

–Eso descarta que le decapitaran en el puente –razonó Bernard–. Un cuello cercenado genera una auténtica sangría. Habría sangre por todas partes. La sangre se mueve por el cuerpo a gran velocidad, como el agua en las acequias, y si…

Bernard detuvo su explicación al constatar las miradas de rechazo que asomaron en el rostro de todos los presentes al instante.

–¿Afirmáis que la sangre se mueve en el interior del cuerpo? –recriminó escandalizado un cirujano–. ¿De dónde habéis sacado esa idea peregrina? ¡Caballero, sois un hereje y lo que decís, una clara afrenta a la Palabra de Dios!

Un murmullo reprobatorio refrendó la intervención.

–Mientras nos empeñemos en buscar la verdad de la naturaleza y sus procesos en las Sagradas Escrituras, no avanzaremos –adujo el francés, apenas consciente de la tormenta que sus palabras estaban a punto de desatar.

Nikos fulminó a Bernard con la mirada. No era la primera vez que se metían en serios líos por hablar sin tapujos de asuntos delicados. Y la sangre lo era.

–Señor, es evidente que vuestra excelente perspicacia y sagacidad a la hora de extraer conclusiones es inversa a vuestro poco recato y tiento a la hora de pronunciaros sobre materias sujetas a dogma… –afirmó el magistrado en tono agrio.

–¡Bueno, bueno, bueno, haya paz! –intervino Marsilio, apaciguando los ánimos–. Nadie ha puesto en duda, que yo sepa, que el asiento del alma reside en la sangre. Y a Génesis siete, Levítico diecisiete y Deuteronomio doce nos ceñiremos todos. Palabra de Dios. Pero… ¡Qué diantre, juraría que no hay ningún dominico del Santo Oficio entre nosotros, disfrazado de galeno! ¿O sí?

El ingenioso giro que Marsilio había dado al asunto desencadenó una risotada general que puso punto final al incidente. Durante una hora seguirían todos discutiendo la hipótesis sugerida por el francés, hasta concluir que los hechos no podían haberse producido de modo muy distinto al apuntado. Quedaban cabos por atar: los dos asesinatos se habían cometido en un corto espacio de tiempo; tanto Fabriano como Frosino eran miembros del Arte de Calimala, el gremio de laneros y tintoreros, y en los dos crímenes parecía que alguna pendencia vieja hubiera desencadenado el ajuste de cuentas, ya que ni el uno ni el otro, por edad, se llevaban demasiadas cosas importantes entre manos. Pero en cualquier caso eso eran detalles con los que deberían trabajar los oficiales de la Signoria. Poco más podían aportar los médicos que contribuyera al esclarecimiento de los hechos.

Al poco se despidieron y partió cada uno a sus quehaceres. Tomasso, Marsilio, Bernard y Nikos aún permanecerían unos minutos en animada charla, a la entrada del palacio, junto a la pequeña figura del Marzocco, un león de piedra, obra de Donatello, que era para los florentinos el símbolo orgulloso de su ciudad.

—Os agradezco que hayáis roto una lanza en mi favor; por un momento me he visto en un serio aprieto –confesó Bernard a Marsilio.

El joven dibujó una bondadosa sonrisa en sus labios.

—¡Oh, bueno! Os parecéis bastante a mi padre, sobre todo cuando ha vaciado una jarra de *chianti* y se le desata la lengua –aseguró divertido.

—A todos se nos desata la lengua cuando remojamos el gaznate –apuntó Nikos, contribuyendo a la guasa–; pero sólo a Bernard le pasan estas cosas estando totalmente *seco*.

Se quedaron en silencio. Bernard aprovechó el lapso para cambiar de tercio y poner palabras a algo que le rondaba por la cabeza tras la reunión.

—Espero que las pesquisas de la Signoria logren aclarar quién cometió esos asesinatos –pensó en voz alta, mirando al vacío–; lo que me parece claro es que son obra de los mismos energúmenos. Y sean quienes sean, diría que están obsesionados con el baptisterio y sus alrededores. Parece que nadie ha prestado demasiada atención a ese detalle...

—Dejemos para los oficiales la parte engorrosa –propuso Marsilio–. Por cierto, no quisiera desaprovechar la oportunidad: os agradezco el regalo que me habéis hecho llegar. Esta misma mañana, antes de venir hacia aquí, he enviado a un muchacho a la consulta de Tomasso con un pequeño obsequio con el que corresponder a vuestra cordialidad.

Se separaron en la convicción de que volverían a reencontrarse en muy pocos días. Tomasso, Nikos y Bernard regresaron a la casa del primero, deshaciendo el mismo camino recorrido a la ida. El día lucía espléndido, el sol calentaba con fuerza.

Una docena de barcazas de quilla plana recorría la parte baja del Arno; puestos en pie, los tripulantes extraían con largas pértigas el suave limo del cauce, que después serviría para el revoque de los muros destinados a las pinturas al fresco.

—Me muero de curiosidad por ver la respuesta de Marsilio a ese paño de lino doblado... ¿Tal vez el clásico martillo?, ¿acaso un amuleto? —se preguntaba Nikos.

—No te impacientes. Lo sabremos pronto... —repuso Bernard, resiguiendo con la mirada el discurso sereno y lento del río.

Lo primero que escucharon al penetrar en el fresco zaguán fue la voz desabrida de Nezetta; la vieron gesticular, claramente enojada, en el interior de la botica. Parecía mantener una pelea con el aire, blandiendo un sacudidor de alfombras en ademán amenazador.

—¡Maldito bicho! ¡Espera a que te atrape! —gruñía, corriendo de un lado al otro.

Todos se quedaron mirando la pequeña jaula de madera abierta sobre el mostrador. Después, un aleteo nervioso en lo alto reclamó su atención. Un pequeño pájaro les miraba asustado; su cabeza breve asomaba entre los frascos de hierbas del anaquel.

—¡Un gorrión! ¡Marsilio nos contesta con un gorrión! —constató Nikos perplejo.

11

TRES MUJERES

Magdalena avanzó por el largo pasillo del tercer piso ahogando con el matacandelas la llama exigua y vacilante de los velones a su paso. Al llegar al final del corredor, apoyó el apagador en el marco de la puerta y, tras aguzar el oído asegurándose de que todo el palacio se entregaba ya al silencio, entró en la cámara que compartía con Zita y Cristina. Las dos estaban allí, sentadas sobre los camastros. Habían liberado sus largas cabelleras de las redecillas y sus cuerpos de la servidumbre de los delantales; enfundadas en dos camisones, bisbiseaban todos los chismes y habladurías del día.

–¿Aún no dormís? –preguntó Magdalena, con el cansancio pesando en los párpados–. Deberíais estar durmiendo ya. Mañana os despertaré así salga el sol. Hay mucho por hacer…

–No tengo sueño –contestó Zita. Y bostezó a renglón seguido–. ¿Y qué hay que hacer mañana que no hagamos todos los días?

–Mañana habrá que hacer lo que hacemos todos los días y, además, tocará limpiar plata y bronces y cristal –enumeró con voz pausada el ama de llaves, al tiempo que comenzaba a desanudar las vetas de su vestido–. Mañana todo debe brillar. ¿Te importaría ayudarme, Cristina?

–Sí, claro, dame –y arrodillándose en el jergón, la joven procedió a deshacer ese calvario que las ceñía de la mañana a la noche–.

¿A qué viene tanto brillo? Ya limpiamos todo eso la semana pasada. ¿Acaso esperan los señores visita?, ¿algún cardenal de rostro libidinoso?, ¿algún noble adamado, de los que se dejan caer lánguidos por las esquinas?

Cristina y Zita prorrumpieron en carcajadas. Magdalena reclamó silencio al punto, llevándose el índice a los labios. Una vez liberada del vestido, se sentó en una esquina del colchón, junto a ellas.

—De los invitados de los señores nada es de vuestra incumbencia. Sois un par de cotorreras de mercado de pueblo...

—Puede ser... ¿Pero qué hay de malo en ello? —espetó Zita en tono retador, forzando todas las facciones de su rostro hasta dibujar un semblante nuevo, que resultaba torvo y malicioso—. De algún modo hemos de entretenernos. Hagamos un trato: tú nos dices quién viene y nosotras te diremos quién ha escrito...

—¿Cartas? ¿Ha llegado alguna carta de Carlo? —de súbito el rostro de Magdalena se encendió—. ¡Vamos, vamos, decidme si se ha recibido carta de Carlo!

—Nada de la correspondencia de los señores te incumbe —aguijoneó Zita, simulando la voz nasal de una arpía.

—Está bien, está bien... —resolvió la mujer—. Os diré quién viene si juráis decirme todo lo que sepáis de Carlo de Médicis.

Las dos asintieron al unísono.

—No sé mucho, pero parece ser que va a llegar alguien importante —explicó deslizando sus dedos por los cabellos—. Un francés..., duque y conde y rey de no sé qué sitios. He oído a Cósimo enumerar todos los títulos de ese fulano pero no he logrado retener ninguno. Pero sé que se llama Renato.

—¿Renato? ¿Renato? —interrumpió Cristina con aire burlesco. Y acto seguido se abrazó fingiendo deleite y susurró—: ¡Vamos, vamos, Renato, ámame sin recato!

—¡Ven aquí, Renato, pasemos los dos un buen rato! —apostilló Zita, dejándose caer sobre la cama, sumiéndose en una parodia lasciva que acabó desatando la hilaridad de las tres.

—Sois un par de locas, no sé ni cómo os aguanto... —aseguró Magdalena divertida—. Sí, se llama Renato; pero tiene mujer. Y nunca se fijaría en unas pobres...

—¿Criadas, Magdalena? ¿O ibas a decir algo mucho peor? ¿Por qué siempre evitamos pronunciar esa maldita palabra?

—¡Basta, Cristina! ¡Ya está bien! Cumple tú ahora y cuéntame todo lo que sepas sobre Carlo...

Cristina se incorporó. Tomó el almohadón y lo rodeó con los brazos, estrujándolo como si fuera un amante. Después apartó el cabello de su frente y explicó...

—Carlo ha escrito. Tessa le ha leído la carta a Piero. No era muy larga ni contaba mucho —y esbozó un gesto de falsa conmiseración hacia el ama de llaves—. Dice que está bien, feliz; sigue de prelado en Prato, entregado a su parroquia, a sus feligreses y a Dios. Manda recuerdos a sus hermanos Piero y Giovanni; a sus sobrinos, en especial a Lorenzo... ¡Y poco más!

—¿Dice si tiene intención de venir a Florencia?

—No. No dice nada de Florencia...

Magdalena se quedó cabizbaja, con las manos sin vida, cruzadas sobre el regazo. Su pelo cobrizo descendió sobre su semblante como un telón.

—¡Vamos, vamos, Magdalena! ¿Qué esperabas? —recriminó Zita—. ¡Él no sabe quién eres, no tiene ojos para ti! ¡No sabe nada de Magdalena! ¡Para él tú eres una más de las criadas de la casa de su padre!

—Esperaba que viniera algún día; siquiera una breve visita, poder verle...

—No lo entiendes: Tessa no tiene ningún interés en tenerle aquí —gruñó Cristina—. No lo tendrá nunca...

Magdalena rompió a llorar un llanto que era silente, apenas un gemido ahogado, pues nacido en el pecho quedaba inarticulado y sin aire en la garganta. Un llanto infinitamente peor que el más desamparado de los llantos.

—Anda, deja de llorar… —confortó Zita en tono quedo—. Tal vez, algún día, si Cósimo cumple su promesa, tú puedas decirle la verdad a Carlo.

La mujer alzó el rostro y enjugó su llanto seco. Después, dejó que sus ojos descansaran perdidos en el revoque desnudo y mortecino del muro.

—Cósimo cumplirá su promesa. Os lo juro. Cumplirá… —y su mirada ardió, por un instante, como un devastador incendio capaz de reducir el mundo a cenizas.

—¿Y la llave, Magdalena? —indagó Cristina—. ¿Te dará algún día esa llave que siempre lleva al cuello?

Magdalena guardó silencio. Su semblante adquirió la textura de la piedra.

—¿Es cierto lo que se dice sobre esa llave? —husmeó Zita—. Tú debes de saberlo. Estoy segura de que si Cósimo le ha contado algo a alguien es a ti…

—No sé nada, no sé nada, dejadme en paz, por favor —y la mujer se estiró lentamente en el lecho, hundió el rostro en la almohada y cerró los ojos.

—Mientes, Magdalena, mientes —oiría decir a Cristina mientras se arrojaba en los brazos negros del sueño—. Tú sabes la verdad. Tú conoces el secreto del viejo… ¡Si la leyenda es cierta, ésa debe de ser la llave!

EXTRACTOS DEL DIARIO DE VIAJE
DE BERNARD VILLIERS

Hoy hemos tenido oportunidad de conocer, en circunstancias no muy lisonjeras, a Marsilio Ficino. Tomasso llevaba varios días hablándonos de él. Y tras el encuentro, que ha sido breve, pienso que es paradigma de ese hombre nuevo que podría iluminar esta época si la ambición es domesticada y se hace camino en equilibrio. Diría que Marsilio apenas ha cumplido treinta, pero ya despunta en muchos campos y disciplinas. Y mirándole a los ojos he sabido que su afán por el conocimiento es sincero. Cien como él cambiarían un país; un millar, tal vez el mundo.

Cuando supimos de Marsilio, decidimos hacerle llegar una pieza de lino doblada de la manera acostumbrada. Tuvimos la feliz sospecha de hallarnos frente a un hermano en la Tradición, y dado que la Tradición ordena asegurarse, y mucho, antes de abrir los labios, no vaya a ser que no estén los oídos preparados, pensamos que si realmente había superado alguna de las iniciaciones, sabría reconocer el signo y nos daría la respuesta convenida. Sorprendentemente nos ha contestado con algo que nada tiene que ver con los protocolos establecidos. Su regalo ha sido un precioso gorrión italiano, de coronilla parda, al que hemos salvado in extremis, ya que la mujer de Tomasso, que parece haber perdido ese equilibrio digno al que antes me refería, pretendía acabar con él. Nikos se ha empeñado en llamarle Horacio, en honor del poeta. Y anda el pobre cavilando, dispuesto a encontrar sentido a regalo tan inesperado. Yo diría que, siendo Marsilio un espíritu noble, buscó ofrecer aquello con lo que más se identifica. Intuyo que el sueño de ese joven es volar, elevarse. Nos dicen que se pasa las horas traduciendo a Platón. Seguramente está en su deseo más íntimo alcanzar ese reino sensible en que moran las ideas y todo se explica y se comprende sin palabras.

12

ASUNTOS DE FAMILIA

Tras la lectura del Santo Evangelio, fray Agnolo Cardi se situó de espaldas al altar, enfrentando a toda su feligresía, que permanecía puesta en pie en la gran nave central y también tras las columnas laterales, ocupando los dos ábsides de la Santa Croce. Era el franciscano un hombre correoso como la piel antes de ser suavizada con orín de caballo, enjuto como un pellejo sin mosto al sol, descarnado como un cadáver exhumado tras años de estancia en mejor vida. Nadie, a la vista de su proverbial parquedad, que trascendía la regla sobria de los franciscanos y buscaba más la ascesis del eremita, se atrevería a hablar de él como hablaba el *popolo minuto* de otros franciscanos y dominicos de la ciudad; sempiterno motivo de chanzas, novelillas cortas y rimas burlescas, que corrían de boca en boca y de mano en mano. Erguido como una estaca en medio de un erial, dirigió una mirada de azufre a los congregados, que eran muchos y vestían sus mejores galas. Los miró uno a uno, hasta donde su vista alcanzaba. Y cuando hasta el silencio enmudeció y se hubiera podido oír el aleteo de un ángel revolotear por el armazón de la techumbre, habló:

—Os veo bien vestidos, florentinos. Bien vestidos, aseados y apestando a perfume. Seguro que las mulas que tiran de vuestros carruajes, ahí afuera, también apestan a perfume, para variar. Siempre andáis peripuestos, preocupados por la *bella figura*, sobre todo en *dies domi-*

nica. Los domingos acicaláis vuestras conciencias, calzáis las mejores chinelas, os tocáis con el *mazzochino* más elegante y el *lucco* más vistoso y venís a esta iglesia, o a otras, pues desde aquí veo rostros que no son de la parroquia –afirmó alzando la voz–, a comprar un perdón que no merecéis. Dios, en su infinita piedad, os perdonaría, pero yo no creo que debáis ser perdonados. Hacéis escarnio, como hacen los ramplones en los azogues, de clérigos y frailes, acusándoles de la mayor de las avaricias y de todo tipo de monstruosidades...

Y diciendo eso, sacó el sacerdote de debajo del hábito una cuartilla que estrujó entre sus dedos de modo bien visible.

–¡Qué vergüenza que cosas como ésta os provoquen la risa y alimenten la chirigota y las habladurías! –y subió de tono hasta alcanzar la cima del enojo–. ¡Miraos, florentinos: rivalizáis por sentar a cardenales y a obispos a vuestras mesas engalanadas y luego os dais a la sátira y al tártago haciendo leña de los pobres curas!

Todos sabían a qué se refería fray Agnolo y de dónde provenía su indignación. Durante los últimos días había circulado por plazas y mercados un soneto –pues a esas alturas ya nadie estaba para sextinas ni cuartetas– que echaba a chacota los pecaminosos encuentros entre frailes y monjas, e invitaba a husmear en los desagües y pozos negros de los conventos de estas últimas, discreta fosa común a la que iban a parar los tiernos huesos de su concupiscencia.

Cósimo de Médicis, ante lo enardecido y desagradable del sermón, lamentó en su fuero interno haber asistido al oficio de la Santa Croce y no al de San Lorenzo o San Marcos, como era costumbre vieja en su familia. Estaba a su lado su hijo Piero, que había sido trasladado hasta la iglesia en litera. Y algo más allá, Francesco Ingherami, que había acudido con su esposa y uno de sus sobrinos.

Quería ver el Médicis el rostro de Anselmo Alberici, feligrés de misa diaria en la Santa Croce. «A los enemigos nunca hay que temerlos –aseguraba siempre el banquero–, lo único importante es saber dónde encontrarlos llegado el momento.» Descansaban en el templo de la orden franciscana los restos de la bienaventurada Umiliana de Cerchi, de quien se decía obraba milagros desde la tumba. Además, era el lugar la sede del Santo Oficio en Florencia, amén de reputada escuela de los vástagos de las mejores familias y codiciado panteón de muchos nobles y acaudalados. Anselmo era uno de los principales benefactores. «Todos los fariseos –se dijo Cósimo, mientras intentaba dar con su paradero entre el gentío– llevan en una mano el pecado y en la otra la dádiva. Blancos por fuera y negros por dentro.» Distinguió fácilmente a algunos de los miembros de la familia Quaratesi, que años antes habían ofrecido mil florines para revestir la fachada de la iglesia en mármol, a cambio de que su escudo figurara alto y bien visible, vanagloria que los franciscanos echaron por tierra al rehusar. Algo más allá, reconoció a varios Petrucci y Strozzi. «Más de lo mismo» –musitó entre dientes–. Finalmente sus ojos toparon con él. El patriarca de los Alberici permanecía a su izquierda, retrasado unos metros con respecto a su posición.

–Mira, Francesco –susurró a Ingherami, alargando el brazo hasta tocar su hombro–: Ahí está ese rufián matasiete. ¡Mira qué sonrisa lleva colgada de los labios!

Ingherami se volvió discretamente y echó un rápido vistazo.

–Sí, se le ve ufano. Y bien cebado...

Al terminar el oficio el templo se vació. Y la plaza del lugar, marco de innumerables torneos, fiestas populares y prédicas, se sumió en un estridente guirigay de voces, relinchos, carretas y literas.

Cósimo se acercó hasta Anselmo. Departía con unos amigos. Por el tono parecía fanfarronear. Era un hombre grueso, de rostro macilento, exento de líneas elegantes, no demasiado alto. Sus dos hijos, Bruno y Gerardo, participaban de la comidilla de otro corro, unos metros más allá, junto a los carros.

–Hola, Anselmo... –dijo el Médicis, advirtiéndole de su presencia.

Se giró Anselmo al punto. Y abrió los ojos desmesuradamente.

–¿Cósimo? ¡Cósimo! –reconoció en tono perplejo, pero reaccionó con presteza–: Me sorprende verte, creía que habías muerto.

–¿Muerto? No, no. Sigo aquí… –aseguró el banquero con deje irónico–. Ya sabes que pacté con el diablo. Le prometí el alma si me concedía tres deseos…

–Tú no puedes ofrecer lo que nunca has tenido, viejo usurero.

–Tal vez, pero el caso es que aceptó el muy cornudo…

–¡Debe de andar el pobre escaso de avaros y prestamistas! –espetó con acidez y en voz bien alta Anselmo, soltando una risotada forzada que no contagió a ninguno de los presentes–. ¿Tres deseos? ¡Tú ya tienes todo lo que un zaborrero pueda desear!

Cósimo no se inmutó. Hizo ligero ademán a los que les rodeaban para que se hicieran a un lado. Y todos se apartaron de inmediato unos pasos. Pero no tantos como para perderse la conversación.

–¿Quieres saber qué le pedí, Anselmo? –prosiguió en tono confesional el financiero, firmemente apoyado en el puño del bastón–. Escucha bien: le pedí que me permitiera verte en la más desesperada indigencia…

–Viéndote a ti, ya me siento en la miseria más absoluta; te quedan dos…

–Sí, dos. También fuerzas suficientes como para poder seguir el carro con tus despojos hasta el camposanto…

–No sé si lo conseguirás, te veo achacoso. Diría que acabarás como el tullido de tu hijo… –y apuntó su rostro a la litera de Piero *Il Gotoso*, que ya abandonaba el lugar–. ¿Y el tercer deseo? ¡Imagino que será el mejor de todos!

–No expirar hasta tener la certeza de que tu estirpe se extingue contigo.

–Eso lo veo más difícil, Cósimo: frecuento a muchas cortesanas, en concreto a una famosa *contessina* que regenta un burdel en Vía Larga. ¡Basta ya, dejémonos de invectivas e improperios y dime a qué demonios has venido. No tengo más tiempo que dedicarte!

Cósimo asintió.

–*Bene*… Escucha, Anselmo: sólo quiero decirte una cosa y espero que tomes buena nota –amonestó el Médicis en tono casi afable–.

Deseo sinceramente que no estés detrás de la muerte de Bramante y Mainardi. Si ha sido cosa tuya, lo sabré. No lo dudes. Te sugiero, y fíjate en qué hora te lo digo, que evites que tus asuntos interfieran con los intereses de mi familia. Sé lo que te propones. Y de no cejar en ese sentido, lo interpretaré como una declaración de guerra. No olvides de qué parte se pondría la Signoria si lo nuestro pasa a mayores.

–Ten cuidado con lo que dices, maldito charinol. Sabes bien que los cargos principales en Florencia cambian cada dos meses. Y tal vez mañana detente la magistratura alguno de los míos…

–En Florencia sólo cambia lo que yo quiero que cambie –negó Cósimo–. Si tú o los tuyos movéis un solo dedo en ese sentido…, si prosigues con esas negociaciones que has entablado con la Santa Sede en la sombra…

–¿Qué pasará, Cósimo? ¿Te atreves a amenazarme? –retó Anselmo Alberici.

–*Age quod agis!* –aconsejó Cósimo–. Concéntrate en lo que haces, Anselmo. De lo contrario, dedicaré lo que me reste de vida a borrar esa sonrisa torcida de tu cara. Y te juro que desataré tal infierno sobre tu cabeza que lamentarás una y mil veces haber nacido.

13

TESOROS DE PERGAMINO

Ante el aspecto imperturbable del fraile, que ora clavaba sus ojos en el papel, ora le miraba de hito en hito, escrutándole sin recato, Nikos pensó que había perdido el tiempo miserablemente. Y no sólo eso. Para colmo, andaba calado hasta los huesos –por culpa de un súbito aguacero que le había sorprendido cuando estaba a mitad de la Vía Larga, sin mala logia en que cobijarse– y el barro había arruinado sus zapatos. Se maldijo interiormente por no haber acompañado a Bernard y a Tomassino al palacio Médicis, en su visita a Piero *Il Gotoso*. Allí, al menos, hubiera podido curiosear a placer entre las numerosas obras de arte y recrearse con los libros del banquero.

El bibliotecario, hombre de tez tan amarilla como los velones que ardían en el interior de la iglesia del convento de San Marcos, parecía un espantapájaros. Un espantapájaros de cera. Permanecía cavilando, con los dedos firmemente aferrados a la barbilla, releyendo una y otra vez la relación de obras que el cretense había deslizado ante sus ojos. Y sólo de tarde en tarde, un leve movimiento de su ceja izquierda, que se disparaba a traición, permitía albergar la esperanza de que alguno de los títulos de la lista estuviera disponible para consulta.

–¿*De divinis nominibus*? ¿Dionisio el Areopagita? –inquirió en tono arrastrado, saliendo de sus cavilaciones y regresando aparentemente a la vida.

—Sí, *De divinis nominibus*… —reiteró Nikos con cierta desazón.

—Me temo que ese libro no está disponible.

—¡Vaya! ¿Qué me dice del *Corpus hermeticum*, de Hermes?

—¿Hermes?

—Sí, sí… ¡Hermes Trismegisto! ¡El gran Hermes!

—Me temo que tampoco.

—Lo suponía… ¡Qué desastre!

Nikos miró en derredor mientras se forzaba a pensar. Una docena de figuras esquivas se movían a ambos lados de la gran sala ocupada por la biblioteca del convento, con paso leve pero presto, yendo de un atril al otro así quedaba alguno de aquellos mamotretos desatendido y con las fauces bien abiertas.

Encaró una vez más al dominico, que seguía en la misma exasperante posición.

—Bueno, veamos si ahora hay más suerte… —anunció resolutivo, apartando las cuartillas y el cálamo y apoyando las dos manos en la tarima que hacía las veces de mostrador—. ¿Qué me dice de la *Ilíada* con escolios y anotaciones de Aristarco? ¿Y del *De materia medica*, de Dioscórides; de la *Chirugia magna*, de Gui de Chauliac, o del opúsculo de Gentile da Foligno sobre la peste negra, eh, qué me dice? He venido con un viejo amigo, médico, que tiene verdadero interés en localizar esas obras…

—Pues vaya…, lo siento, pero tampoco.

—¡Cáspita! ¡Pues no me lo explico! —refunfuñó enojado el cretense, que sentía estar dando palos al aire a cada intentona—. ¿Sabe que yo he venido a esta ciudad principalmente para visitar esta biblioteca? ¡A mí no se me ha perdido nada en Florencia, aquí sólo hay florentinos!

—Muchos extranjeros vienen a Florencia a visitar esta biblioteca; San Marcos es la primera biblioteca pública de Europa, caballero…

—La primera y la peor abastecida, eso salta a la vista.

—Señor, eso no es cierto —reprobó el dominico—. Nuestros fondos incluyen, por cortesía de Cósimo de Médicis, nuestro benefactor, la totalidad de los libros del gran Niccolò Niccoli, el coleccionista florentino, que en paz descanse. Unos ochocientos preciosos ejemplares. Y también copias de muchos originales de las bibliotecas de Poggio Bracciolini, secretario papal, Antonio Corbinelli y Palla Strozzi, obtenidos por intercambio. Si lo que desea su excelencia es consultar obras clásicas griegas, debería ponerse en contacto con el joven Marsilio Ficino…

–¿Marsilio Ficino? ¡Qué diantre, parece que sea el hombre más importante de la ciudad! –farfulló Nikos.

–¡Ah! ¿Conoce al joven Ficino?

–¿Eh…? ¡Claro, claro, el hijo de Diotifeci!

–Exactamente.

–Bueno, bueno, no perdamos la calma. Tal vez nos resulte más fácil si lo hacemos al revés… –propuso Nikos en tono ufano–. ¡Recomiéndeme, padre, alguna de esas preciosas obras de la colección de Niccolò Niccoli!

–Pues no sabría qué recomendarle…

–Le daré una pista: piense en aquellos libros que salvaría en caso de que esto ardiera. Yo lo tendría claro si ardiera mi casa de Alejandría.

–Pues…, pues tal vez sea de su interés la biografía del papa Nicolás V, de Giannozzo Manetti –propuso el sacerdote sin demasiada convicción–; se editó hace cuatro años y la nuestra es una excelente copia, escrita en minúscula mercantesa, una letra gótica cursiva, elegante y fácil de leer.

–¿Nicolás V? –gruñó Nikos indignado–. ¡Los papas no me interesan en absoluto, hermano, pero ese *papa-natas* muchísimo menos!

–¿Qué mal le ha hecho su Santidad Nicolás V, a quien Dios tenga a Su Diestra?

–¿En Su Diestra? ¡En el mejor de los casos en Su Siniestra! Mal, lo que se dice mal, a mí, ninguno; pero al mundo, mucho: ¡semanas después de la caída de la bendita Constantinopla, ese bobalicón con mitra aún cavilaba sobre cuántas naves, hombres y pertrechos enviar en auxilio de La Ciudad! Así que ni mentarlo, que le tengo verdadera inquina.

—Entiendo… —aceptó el bibliotecario—. Tal vez esto le interese más: *Los cuarenta y cinco sermones*, de san Bernardino de Siena, transcritos por Benedetto di Bartolomeo. No están encuadernados, pero sí disponibles…

—No, no, padre. Mire, yo ya no estoy para que me sermoneen.

Por primera vez el fraile esbozó una leve sonrisa.

—¡Ya lo tengo! —anunció chasqueando los dedos mientras un asomo de malicia destellaba en su mirada—. ¿Qué le parecería *De claris mulieribus*, de Boccaccio? ¡Recoge más de un centenar de biografías de mujeres famosas!

—A mí a las mujeres me gusta conocerlas y cortejarlas —bromeó el cretense—, gracias a ellas no estoy en un monasterio de bodeguero mayor; o en una cueva, pasando sed; pero de eso a que otros me cuenten su vida hay un trecho…

Se quedaron en silencio, mirándose desconcertados.

—¿Ve? ¡Ya se lo decía yo, aquí no hay nada que me pueda interesar! —suspiró Nikos resignado y ya dispuesto a enfilar hacia la salida.

—Espere, se me ocurre que quizá algo ligero pudiera ser de su agrado —espetó el dominico cuando ya todo parecía perdido—. Hace treinta años, Nicolás de Cusa trajo del Norte, tras el concilio de los antipapas, un volumen que comprende doce comedias de Plauto. Ya sabe: jóvenes alocados, soldados perdonavidas y viejos cascarrabias. El propio Niccolò Niccoli lo copió con su letra extraordinariamente hermosa, adaptación de la popular minúscula carolingia; también transcribió el *Apologeticum*, de Tertuliano, pero eso ya son palabras mayores…

—No me interesa Plauto, pero sí Nicolás de Cusa —reaccionó Nikos—. Mi amigo y yo profesamos verdadera devoción por todo lo escrito por ese hombre encomiable.

—¡Pues albricias! Tenemos copia del *De docta ignorantia*…

—Conozco ese texto al dedillo; todo el mundo debería leerlo...
¡Sobre todo sacerdotes y eruditos! –afirmó Nikos rotundo, dando golpecitos con el índice en la tarima–. El cusano viene a decir en esa obra
lo que lleva media vida predicando ese gran sabio y filósofo de Creta,
Nikos Pagadakis...

—¿Pagadakis? –preguntó extrañado el fraile–. Nunca he oído hablar
de él...

—Sí, sí. Tras la lamentable pérdida de Jorge Gemisto Pletón, ya
sólo nos queda el gran Pagadakis. Cualquier día de éstos disertará en
el Studio de Florencia...

—¿Y qué dice ese filósofo?

—Muy sencillo, padre –y Nikos se estiró cuan largo era, hasta
ponerse casi de puntillas–: Sostiene que para penetrar la verdad y alcanzar el entendimiento de los misterios magnos que nos ocupan desde
tiempo inmemorial, se debe desandar camino, abandonando todo
deseo de erudición, desaprendiendo todo lo aprendido; abominando,
de ser preciso, hasta del propio conocimiento, para regresar, así, a la
más absoluta simplicidad interior, convertido en un docto ignorante,
dispuesto a aceptar los designios del cielo y a estremecerse ante el
terror y la maravilla de la Creación.

—¿Y qué nos quedaría de renunciar a la teología?

—¡Córcholis: el sol y una buena jarra de *chianti* con polvo de lirios
para entretener la espera!

—Sí. Parece muy interesante... –convino el dominico ligeramente
escamado–. ¿Quiere que vaya, por tanto, a buscar el volumen de
Nicolás de Cusa?

Nikos se quedó en silencio, transpuesto, mirando como un pas-
marote al bibliotecario, que, a los pocos segundos, daba muestra de
evidente incomodidad.

—Caballero: el libro, ¿desea consultar ese libro? –susurró para
sacarlo de su estado enajenado.

—¿Eh? ¡No, no, bien pensado: déjelo! –reaccionó Nikos–. ¿Sabe
cuál es nuestro principal problema, padre? ¡Que no practicamos aque-

llo en lo que creemos! Me parece que voy a alejarme una temporada de los libros y a pasearme por los mercados, como hacía Diógenes Laercio. Tras media vida oyendo disertar a Nikos Pagadakis, tengo la sospecha de que nunca cumplo con lo que predica.

Y diciendo eso, giró, enfilando la salida y buscando el camino hacia el claustro.

14

DOCE LIRIOS

Hermosa mañana, se diría que el cielo se puede tocar con los dedos.

La voz era suave, atiplada como las notas más brillantes de un laúd, y sacó a Bernard de su estado ensimismado. Estaba apoyado en una de las esbeltas y sencillas columnas del corredor del claustro de San Marcos. Se había sumido en un progresivo silencio interior, adormeciendo sus pensamientos hasta hacerse uno con el latido silente que reinaba en aquel jardín sobrio. El tiempo, en suspensión, flotaba como el vapor de la lluvia reciente alrededor del cedro que se alzaba en el centro.

—Sí, un día realmente hermoso —contestó volviéndose.

Dedicó una mirada de afecto al sacerdote frágil que permanecía plantado frente a él. Había llegado sin hacer ruido alguno. Vestía un sayo desgastado, entrecruzaba los dedos en las cuentas de un rosario y le observaba con expresión entre bondadosa y divertida. Sus pómulos prominentes y su nariz afilada como la hoja de una daga relegaban sus ojos dulces a un discreto segundo plano.

—Diría que vos no sois florentino… ¿me equivoco?

—No lo soy.

—Perdonad mi descortesía, he interrumpido vuestros pensamientos.

—Intentaba no pensar…

—Tampoco me he presentado: soy el padre Antonino.

Bernard supo, así pronunciaba él su nombre, que tenía delante al arzobispo de Florencia. Le recordó encabezando la procesión unos días atrás, frente al baptisterio de San Juan, cuando los monjes salieron gritando tras el macabro hallazgo. Todos retrocedieron presa del pánico. Él no. Él había permanecido todo lo erguido que su cuerpo permitía, aferrado a su báculo, trazando la señal de la cruz en el aire en un intento por conjurar lo que de maligno pudiera agazaparse en el interior del recinto. Después entró, en medio de una impresionante expectación, rodeado por un grupo de soldados de la Signoria.

–Mi nombre es Bernard Villiers, padre. Soy médico. Estoy de paso... –afirmó–. Decidme: ¿cómo habéis sabido que no soy florentino?

–Es casi mediodía. A esta hora, en esta ciudad, todos andan ajetreados cerrando negocios y rogando al dios florín bolsa abultada –ironizó, elevando la mirada al cielo–. A nadie se le ocurriría venir a recogerse en la penumbra de un claustro.

–Entiendo... *tempus fugit!*

–Además, lleváis barba; corta, pero barba –remarcó, señalando el rostro del francés–. Y ya sabréis que la barba no forma parte de la *bella figura* en estos días.

Bernard asintió. Deslizó sus dedos por el rostro. Al llegar a la ciudad, Nikos y él habían pensado en rasurarse. Después lo habían olvidado.

–Sí, lo sé. Se diría que a los florentinos sólo les mueve el afán por lucir espléndidos en la indumentaria y por demostrar una elaborada sagacidad en el discurso...

–¡Exacto! Profesan esa nueva fe, cuyo misterio máximo es el ejercicio de lo vano, y cuya finalidad última consiste en ser recordados por las riquezas acumuladas –convino Antonino suavemente–. Veréis, ocurre que yo no soy san Bernardino de Siena, que en paz descanse. Bernardino era bondadoso, pero de verbo lacerante. Sus sermones eran un trueno en las conciencias. Azotaba de forma inmisericorde a los usureros. Yo sólo les tiro de las orejas. Hay tanta

mezquindad e inconsciencia en el corazón de los ricos que ni el restallido de un látigo les despierta. Así que les tiro de las orejas cuando
me buscan y les pido que miren a su alrededor.

Bernard sonrió ante la forma suave y mansa en que Antonino se
explicaba. De hecho, sabía que el fraile nunca había deseado el alto
cargo que le impuso el papa Eugenio IV. Lo suyo era visitar parro-
quias a lomos de una mula, hacer caminos y confortar a los desvalidos. Tomasso le había explicado muchas cosas de Antonino, al que
todos en la ciudad tenían por santo. Se decía que era tanta su virtud
que, en muchas ocasiones, cuando los nobles le agasajaban regalándole
una capa o una manta que le resguardara de las inclemencias, vendía
los obsequios y repartía lo obtenido entre los desheredados. Y que su
pequeña venganza, una vez aceptado el cargo so pena de excomunión,
consistió en despojar a la sede arzobispal de objetos valiosos a fin de
obtener dinero que poder emplear en comida y ropas para los que nada
tenían. Hasta su cama había vendido. Príncipes y acaudalados esperaban pacientemente, a veces durante horas, a que terminara de atender a los enfermos y les dedicara unas palabras o una bendición.

–No todos los hombres son capaces de resistir *las tentaciones del
desierto…* –apuntó Bernard, en alusión al deslumbrante espejismo de
riqueza y vanidad que Jesús rechazó.

–Tal vez por eso, muchos son los llamados y pocos los elegidos
–bromeó Antonino–. El brillo del oro pervierte a los hombres. Y siempre se abren ante nosotros bifurcaciones al engaño. Habréis oído hablar
de Cósimo, nuestro benefactor. Gastó una verdadera fortuna en la restauración de este convento; en la iglesia, en la biblioteca del piso superior, en los frescos de mi muy querido fra Angélico, que a estas horas
debe de estar rodeado por todos esos ángeles dorados que tan bien
pintaba y… ¿qué os estaba diciendo?

–Hablabais de elecciones acertadas y de Cósimo.

–¡Ah, sí! Pues fijaos: lo que más deseaba ese hombre en su juventud era dedicarse a la filosofía, al estudio, al pensamiento –explicó el
arzobispo–. Pero cuando murió su padre, Giovanni di Bicci, se vio

obligado a ponerse al frente de los asuntos familiares. Hoy es una de las mayores fortunas de Europa, pero alguna vez me ha confesado que hubiera sido más feliz de haber optado por el conocimiento y la vida retirada. Viene muchas veces a recluirse entre estos muros. Tiene dos celdas a su disposición…

–Tal vez el pecado no esté en la riqueza en sí –sugirió Bernard–; acaso lo más grave e imperdonable sea el modo en que las personas quedan en deuda y en constante dependencia con ella. Siempre se ha dicho que el dinero es buen siervo y mal amo…

El arzobispo rió al tiempo que asentía.

–Muy cierto. En resumidas cuentas –apostilló–: El error está en pensar que al final del camino, con riquezas y la ociosidad que éstas proporcionan, uno podrá buscar a Dios o dedicarse a su espíritu; cuando lo que deberían entender es que buscando a Dios, en primera instancia, uno encuentra todos y cada uno de los doce lirios que llevan a Él y que constituyen el mayor de los tesoros…

–¿Doce lirios?

–Sí, los doce lirios de san Bernardino de Siena –explicó a media voz Antonino, como si le estuviera haciendo partícipe de un gran secreto–, una metáfora sobre los doce escalones.

–Habladme de ellos, os lo ruego…

–Sería largo, ya que cada uno de los lirios tiene varios pétalos y cada pétalo su explicación, así que sólo los enunciaré para vos –resolvió–. Sólo si estáis preparado lo entenderéis.

–Lo intuyo. Enumeradlos, os lo ruego.

–Pues os diré, señor, que doce son los lirios, grados o escalones, por los que los seres se funden con el amor de Dios y su estado beatífico. El primer lirio implica el desprecio y la renuncia a toda cosa temporal. Y así se desprende uno del apego por lo mundano, lo material y lo vano, florece el segundo de los lirios…

–¿El interés por los asuntos celestes…?

–Sí. Y a medida que se acrecienta ese deseo, se comienzan a entender los secretos espirituales, propios del tercer lirio… –aseguró el arzobispo–; las respuestas siempre han estado ahí, bellísimas y sencillas, bien a la vista, desde el principio de los tiempos, pero ocultas, pues ya nadie sabe interpretar la evidencia natural que nos rodea ni ve más allá de lo que quiere ver.

–Muy cierto. Proseguid...

–El cuarto lirio, una vez se avanza, hace brotar el afán por la felicidad que supone dejar atrás la letra muerta y el campo de batalla de las especulaciones estériles, y unirse a ese estado de Gracia y Paz del que hablaba Jesús y también los grandes sabios...

–Y en ese estado sobreviene el silencio –adelantó Bernard.

–Sí, el silencio racional –aseveró Antonino–, el quinto de los lirios. Pues tras el vislumbre de lo eterno, se entiende que sólo el silencio puede presidir la vida.

–Suscribo todo lo que decís... –aseguró el francés.

–El sexto lirio, una vez se asienta uno en el sigilo, la prudencia y el andar liviano, permite tomar conciencia de que las propias obras, los afanes y propósitos, incluso los encaminados aparentemente al bien, son inútiles.

–Sólo cuando el espíritu está afinado llegan las palabras que lo encienden.

–Así es. Veo que habéis meditado en ello. Entenderéis entonces que el séptimo lirio implique un alejamiento del mundo y sus asuntos. Uno sigue aquí, obrando en cada momento según entiende debe obrar, pero ajeno al trajín y marrullería de los hombres.

–Se materializa el espíritu, se espiritualiza la materia. Es el mismo proceso que sigue el arte alquímico... –razonó el médico. Había cruzado los brazos sobre el pecho y descansaba recostado en la columna.

–Sé poco sobre alquimia, aunque entiendo que se persiguen los mismos fines –convino Antonino–. El octavo lirio, de ser conquistado, supone la victoria sobre las tentaciones, usando la espada de la propia observación, sometiéndose a una vigilancia constante; el noveno, la seguridad ante la adversidad, que suele presentarse como prueba final; el décimo, la felicidad de despertar a la Mente Divina; el undécimo, la sumisión y entrega a ese plan superior y, finalmente, la conquista de la paz.

—Es curioso…, hace dos años, en Alejandría, pude leer una rara obra de Jámblico, un seguidor de Platón, llamada *Los misterios de Egipto* –explicó Bernard–; los grados de perfección a los que aludís son los mismos que enseñaban los sacerdotes egipcios hace miles de años.

El arzobispo sonrió y alzó levemente los hombros, dando a entender que muy poco o nada sabía acerca de otras vías o tradiciones de conocimiento.

—¿Y todo esto ha venido a cuento de vuestra barba y de la *bella figura*? –comentó, asombrado de lo alto que puede volar el intelecto.

Los dos prorrumpieron en una carcajada sincera.

—Os dejo, voy a seguir con mi ronda –anunció en tono amigable–, que sólo yo sé de qué desastres son capaces los novicios si uno no está encima a todas horas. Quedad con Dios, señor Villiers. Espero volver a veros.

—Qué Él os acompañe, padre.

Bernard cerró los ojos y recuperó la postura y el estado en que Antonino le había sorprendido pocos minutos atrás. El sol asomaba por el alero izquierdo del claustro. Se recogió en su agradable y cálido abrazo, dejando que el rumor monocorde de sus pensamientos se extinguiera progresivamente. En ese viaje al silencio personal, atravesaron por su mente los rostros de algunos seres del pasado, que siempre le visitaban: Nicolás de Grosparmy, conde de Flers, su mentor, y su maravillosa sobrina, Claire de Grosparmy, su primer y breve amor. También Vicot y Valois, los alquimistas. No se aferró a esas imágenes; dejó que se deshicieran como arena, sopladas desde el fondo de la escena.

—¡Ah, estás aquí, francés! –oyó.

Nikos llegó hasta él. Venía andando a pasos cortos, cabizbajo y con las manos enlazadas a la espalda.

–Aquí estoy, o estaba, que ya no lo sé… –aseguró, echando un vistazo sesgado a su amigo y volviendo a encarar el sol–. ¿Qué tal tu visita a la biblioteca?

–¡*Psé!* Diría que decepcionante; no he hallado lo que buscaba… –confesó en tono contrariado el cretense–. Y lo siento, pero los libros de medicina que te interesan tampoco.

–Bueno, no importa. Si vamos a Francia, en verano o en otoño, será fácil localizar el tratado de Gui de Chauliac –afirmó Bernard, restando importancia al asunto–. Además, algunos días, y hoy es uno de ellos, pienso que no necesito más libros…

–¡Pues fíjate que en lo mismo andaba yo! –confesó Nikos, apuntando su nariz de pajarraco al sol y entrecerrando los ojos–. Además, para filosofar, me basto yo solito.

Bernard se echó a reír.

–¿De qué ríes si es que puede saberse?

–Por lo que a mí respecta, puedo recitar de memoria todos los aforismos de Hipócrates –apuntó irónico–. Pocos males existen cuyos síntomas y tratamientos no consignara él.

–Hablando de males: ¿qué tal el Médicis?

–Creo que podré ayudarle, le he prescrito una nueva dieta… ¡Anda, vamos y te lo contaré! –propuso Bernard–. Por cierto: he visto a Marsilio en el palacio. Nos invita a visitarle. Quiere hablar con nosotros, especialmente contigo.

–¿Conmigo?

Salieron del claustro. Bernard se giró en el último instante y recorrió el lugar con la mirada. Por un momento, creyó percibir el aroma delicado y suave de los lirios.

Entendió que era la fragancia que Antonino dejaba al pasar.

Condenada a desvanecerse.

Como el rocío de la mañana.

15

ABASTOS

Domenico, el encargado de abastos del palacio Médicis, salió a primera hora del día en dirección al Mercado Viejo, seguido a corta distancia por Zita y Cristina, que portaban dos grandes esportillos de esparto y el sueño pegado al rostro. En los largos bancales colocados junto a la fachada de la residencia permanecían, a la espera de ser recibidos, numerosos proveedores, comerciantes y financieros, que mataban el tiempo observando el trabajo de pavimentación de la calle. La Vía Larga estaba en pleno proceso de reforma. La construcción de la residencia de Cósimo había llevado a reordenar la zona, que antes era un abigarrado laberinto de casas viejas que amenazaban desplome. Una vez trazadas las líneas maestras, trabajaban los alarifes y sus cuadrillas de albañiles en la colocación del adoquinado, pero todavía quedaba mucho por hacer y el tránsito por el lugar resultaba dificultoso.

Tras un breve paseo llegaron al azogue principal de Florencia, caótico y ruidoso, próximo al palacio viejo de los Médicis. Voceaban allí los campesinos, vendiendo legumbres y verduras frescas desde los mismos carros; ofrecían buenos parmesanos y otros quesos puestos a añejar los vaqueros; mortadelas, ristras de morcillas y vejigas los carniceros, que no quitaban nunca ojo a lo expuesto, pues más de una vez acababan a la zaga de descuideros de mano rápida o de podencos famélicos dispuestos a jugarse el todo por el todo;

deambulaban los ropavejeros, los acróbatas, los notarios y los frailes, cada uno a su faena. En medio de ese crisol que olía a confituras, menta, jamón, castañas molidas y jalea, compraban las criadas flores trenzadas con las que adornar las mesas nobles; buscaban los desdentados falsos dientes de hueso de vaca, mármol o marfil, que no servían para morder pero sí para reír con desvergüenza; discutían los jóvenes sobre la medida de azafrán requerida en el dorado de los rizos; se abastecían de sangre de murciélago los aquejados de alopecia; de harina de habas, para sus mascarillas nocturnas, las entradas en años; de pez griega o de *oropimiente* las más velludas, que antes preferían pasar por el dolor que suponía quemar pelo y piel que ser tildadas de diablesas.

—¡Mandrágora para la melancolía y la depresión! —proclamaba a grito en pecho un especialista en bálsamos, talismanes y pócimas—. ¡Mandrágora, recolectada siguiendo el ceremonial de Plinio! ¡Aconsejada por el mismísimo Hipócrates!

Y otro, algo más allá, daba la más desconcertante de las réplicas elevando el tono tanto como le permitía la algazara del lugar.

—¡Tortellini, los tortellini originales, inspirados en el bellísimo ombligo de Venus! —y gesticulaba para llamar la atención de unos y de otros—. ¡Tiras de lasaña, cortadas según célebre receta de *La olla cocinera*; grandes tiras de lasaña para ricos caldos, mejores que el mejor *lagum* que comía Cicerón!

Domenico dio instrucciones concretas a Cristina y a Zita para que fueran ellas las que se encargaran de la compra de frutas, dátiles, higos secos y verduras. Él se dirigió a uno de sus proveedores habituales: un hombre seboso y calvo que ofrecía en su tenderete de volatería todo tipo de piezas.

—Tienen buen aspecto esas perdices… —dejó caer, con retintín displicente, al tiempo que revisaba todo lo que colgaba de la larga caña menos las perdices.

—El mejor de los aspectos, caballero; no las encontrará mejores en todo el mercado… —aseguró el vendedor, limpiando sus manos en el mandil tras desplumar a una de las aves–. Cazadas con lazo y reposadas al fresco. También hay becada, avutarda y pichón.

–No, no. Prefiero perdices.

–¿Cuántas serán?

–Al menos veinte…

–¿Veinte? ¡Sí, creo que sí! –calculó en un santiamén–. ¿Para rellenar?

–Tal vez. Quizá para cocinarlas con vinagre, hierbas y miel; tal y como le gustan a mi señor, Cósimo, el banquero. Pasado mañana espera invitados ilustres.

–Entiendo: Cósimo… –asintió, mientras contaba las expuestas–. Pues dígale al cocinero que preste atención a la de la pata anillada. Ésa es digna de un banquero.

–Comprendo.

–¿Quiere que mi hijo se las lleve al palacio de Vía Larga?

–Sí, pero no más tarde del mediodía.

Tras pagar y efectuar algunos encargos menores, Domenico buscó a las dos criadas. Las encontró, tras deambular por los abarrotados pasillos de carritos, toldos y tarimas, en plena trifulca, tirándose de los pelos. Habían dejado los capazos a un lado y como dos gatos se daban al cuerpo a cuerpo, propinándose caponazos y sopapos. La gente formaba corrillo y se deleitaba con la riña, añadiendo leña al fuego. Incluso las mujeres que tendían la colada en las casas adyacentes, sobre los arcos, jaleaban a una o a otra contribuyendo a la gresca.

–¡Basta, basta, par de fregatrices! –gritó furioso Domenico interponiéndose en el fragor del toma y daca–. ¡He dicho que basta, malditas arpías!

Para cuando consiguió separarlas, retorciendo a una el pescuezo y a otra la oreja, ya había recibido el hombre parte de la tunda y una buena ración de puntapiés.

–¡Tessa y Magdalena sabrán de esto, malditas locas! –espetó iracundo–. ¡Una semana encerradas a pan y agua a oscuras! ¿Se puede saber por qué porfiáis como las alcahuetas?

–¡Ay, ay, ay! ¡Esta mala pécora ha usado toda mi limadura de coral y conchas y ahora no quiere restituirla! –rabiaba echando espumarajos Cristina.

–¡Furcia, más que furcia, eso no es cierto! –chilló Zita, deformando el rostro en una mueca repulsiva. Y acto seguido esputó, lanzando un certero salivazo al rostro de la otra–. ¡Ya puedes blanquearte los dientes, que con esa cara de acelga podrida nadie te mirará jamás, so bruja!

–¿Por un saquito de polvo para los dientes habéis montado esta pelea de corral? –increpó Domenico–. ¡Vamos, pasad, pasad delante de mí, que os voy a patear las nalgas desde aquí hasta el palacio, par de verduleras!

–¡Hágame caso, señor, y cuélguelas de la garrucha! –propuso un notario que asistía divertido al rifirrafe.

Y al punto, todos los rostros y manos apuntaron a la garrucha, que era poste alto y con polea, usado con los malhechores, a los que se izaba para luego dejar caer, una y otra vez, hasta que morían.

A empellones las sacó del azogue, entre las risas, el sarcasmo y los aplausos de la concurrencia.

De regreso en Vía Larga, Domenico revisó todo lo acumulado en la despensa, cerciorándose de que lo necesario para la cena quedaba dispuesto. Una hora más tarde, se presentó el hijo del volatero, portando en dos cestos todas las piezas compradas, que las cocineras y sus ayudantes se encargarían de desplumar. Las extendió en una larga mesa, disponiéndolas según tamaño. Se detuvo en la que llevaba un fina anilla en una de las patas. Presentaba un discreto corte en el vientre. Hurgó en el interior, tras asegurarse de que no había nadie a la vista, y sin dificultad extrajo un pequeño saquito.

Lo sopesó, haciéndolo saltar en la palma de su mano.

Después, lo introdujo en un pequeño bolsillo interior del tabardo.

Y se solazó en la ociosidad que podría regalarse con tres mil florines.

16

MARSILIO EN SATURNO

S aturno?

–Sí, Saturno. Saturno es mi planeta regente –confirmó Marsilio. El joven aparecía sin energías y con una vaga tristeza flotando en el ánimo. Parecía envejecido, algo ajado; en cualquier caso, otro muy distinto al que habían tenido oportunidad de conocer en la Signoria días atrás, enérgico y resolutivo.

Nikos le miró en silencio. Bernard sonrió y, discretamente, se acercó hasta la ventana de la estancia. El sol caminaba bajo por el cielo, inundando de luz sesgada el tapiz ocre de la ciudad en su descenso. El Arno reptaba como una deslumbrante serpiente de oro buscando cobijo.

Marsilio inspiró profundamente, con ansiedad, y después dejó que el aire escapara entrecortado. Yacía reclinado en un viejo diván, con un grueso libro en el regazo y una lira órfica apoyada en los almohadones.

–No os preocupéis –masculló, entrecruzando las manos sobre el pecho y cerrando los ojos para evadirse siquiera por unos instantes–, pasará rápido. Son crisis de melancolía. Me aquejan desde que era adolescente. La melancolía forma parte de la naturaleza de Saturno; me invade en las horas y días que él gobierna.

–Podemos vernos en cualquier otro momento, Marsilio –propuso Bernard–. Tal vez prefieras estar solo.

–No, no. Ya he aprendido a vivir con ello –aseguró–. Es cuestión de minutos.

Bernard y Nikos cruzaron una mirada en la que se preguntaban qué hacer. Habían dado con la casa del joven, cerca de Santa María Novella, tras enredarse, hasta perderse, en la caótica madeja de callejuelas que era esa zona de la ciudad. Al llegar habían encontrado la puerta abierta. Y a Marsilio con aspecto marchito.

–Dime, Marsilio: ¿qué síntomas preludian la llegada de ese soplo desolado de Saturno? –preguntó el médico, sentándose a su lado.

–Es curioso –contestó en voz queda, entreabriendo los ojos–. Poco antes de que sucedan esas crisis, me invade una sensación de plenitud efímera. Me parece que lo comprendo todo, que puedo acariciar el *Telesma* con la yema de los dedos. Es un vislumbre breve de la felicidad del cielo. Pero se retira como el mar en su continuo reflujo; escapa como un pájaro al batir alas y ya no consigo alcanzarlo por más que lo intento. Después me invade la tristeza, que abre camino a la desazón y a la apatía del cuerpo. Me derrumbo y permanezco postrado durante minutos, a veces horas…

Nikos asintió. También él se había colocado en una esquina del diván.

–Escúchame bien, Marsilio, y te diré lo que Platón opinaba sobre lo que te ocurre… –reveló–. Solía decir que la melancolía es un furor divino, que brota del corazón, como un dios poseso, buscando caminos ajenos a la tierra.

–Llevo buscando esos caminos desde que era sólo un niño, Nikos.

–También yo, muchacho, y Bernard –aseguró en tono bondadoso el cretense–. Cada uno a su manera. Los seres que no conocen jamás la melancolía son insignificantes. Eso lo afirmaba Aristóteles, que consideraba la melancolía un don singular, ligado a la profundidad del intelecto, que nos permite tomar conciencia de nuestra condición. Yo lo suscribo totalmente. De todos modos, dale la vuelta a la moneda –esto es sólo un consejo– y entiende que ese estado melancólico es el rostro radiante y feliz de la tristeza.

–Sí, lo es –convino Marsilio mientras intentaba incorporarse lentamente.

–¿Qué haces para salir de ese trance?, ¿tomas mandrágora? –indagó Bernard.

–No, no tomo nada. Dejo que pase. Como viene, se va. En muchas ocasiones, cuando sólo el ánimo se ensombrece, cojo la lira y entono himnos de Orfeo. La música forma parte del influjo del cosmos sobre los seres. Cada planeta emite un sonido, una nota síntesis; cada ser está afinado y vibra en consonancia con esa divina escala sonora que mantiene al Universo unido. Cantar me permite restablecer la armonía natural. Pero no me pidáis ahora que cante nada… ¿eh? –bromeó logrando sentarse. Parecía mareado.

–No te esfuerces, tranquilízate –aconsejó Bernard–. ¿Quieres alguna cosa?

–Sólo un poco de agua: ahí hay una cantarilla –señaló–. Lo lamento, no tengo vino con que obsequiaros. Se terminó ayer y no he comprado…

–Entonces el que se va a poner melancólico de verdad seré yo –ironizó Nikos.

A los pocos minutos, Marsilio se había recuperado y el brillo volvía a su mirada. Entre bromas, les explicó que pasaba muchas tardes en esa casa del barrio de Santa María Novella, que había pertenecido a sus abuelos paternos y que su padre le cedió cuando éstos murieron. Allí atesoraba una importante colección de manuscritos y volúmenes; más de un centenar, que cualquier biblioteca disputaría, y otros tantos que serían orgullo de conventos e iglesias. Nikos, de ojo experto en todo lo referido a legajos, no tardó en aislar obras originales de Jámblico; numerosas copias de Calímaco; Proclo y Apolonio de Rodas; las obras más importantes de Platón –en cuya traducción trabajaba el joven en esos días– y algunos títulos de Sófocles y Esquilo.

–¡Bendito sea Dios, Marsilio, benditos todos sus ángeles! –exclamó–. ¡Eres el hombre más rico y afortunado del mundo!

–Bueno…, no creas que todo esto es mío –puntualizó–. Muchos pertenecen a Cósimo, que me los ha cedido para que los pueda copiar. De todos modos, déjame que te enseñe algo; creo que te va a gustar mucho…

Se dirigió entonces Marsilio a un par de arquillas largas y pesadas que descansaban al final de la habitación. Levantó un baldosín que basculaba y extrajo una llave con la que abrió la primera de ellas. Después les invitó a acercarse.

–Estoy seguro de que sabrás apreciar en su justa medida lo que vale esto… –y extrajo dos gruesos libracos que a duras penas podía sostener. Consciente de que ésa no era la manera adecuada de mostrarlos, los cargó hasta depositarlos sobre una de las mesas y se hizo a un lado, dispuesto a disfrutar de la reacción de sus amigos.

Nikos calzó sus *vitreos ab oculis ad legendum* en el puente de la nariz, asegurándolos con un cordel en la nuca, y se aproximó hasta situarse frente a los mamotretos. Después los abrió, escamado, rascándose su barba corta y cana.

–¡Por Enoch y Melchisedec, por Hermes y Salomón! –rezongó–. ¡Maldito seas, Marsilio, mil veces maldito! ¿Cómo ha depositado Dios estas obras en tus manos, miserable alfeñique? ¿Tú sabes lo que tienes aquí? ¡No es posible que lo sepas!

–Sí, lo sé… –aseguró el muchacho.

Delante de la nariz de pajarraco de Nikos, se revelaban en todo su esplendor *De divinis nominibus*, de Dionisio el Areopagita, y el legendario *Picatrix*, irrepetible compendio de alta magia árabe, traducido al latín por deseo expreso del insigne Alfonso X el Sabio.

El cretense se arrancó los oculares y los depositó en la mesa, a un lado. Después, clavó los codos sobre la tarima, ocultó su rostro entre las manos y prorrumpió en sollozos. Marsilio dirigió una mirada desconcertada a Bernard, buscando explicación al súbito desconsuelo.

–Ocurre, Marsilio –aclaró el médico, señalando el volumen de Dionisio–, que hace años, en un momento inolvidable y terrible, perdimos una copia de este libro. Y desde aquel día lo hemos buscado por medio mundo.

Marsilio se acercó hasta Nikos y posó su mano en el hombro del desolado filósofo; su cuerpo se agitaba en un espasmo triste.

–Nikos: ojalá pudiera regalártelo… –susurró–, pero es de la biblioteca Médicis.

–¡No se trata de eso, muchacho, no se trata de eso! –gimió–. ¡Nadie puede poseer estos libros! ¡Nadie puede poseer tesoros semejantes sin sentirse un miserable!

–¿Entonces… de qué se trata?

–Pues…, verás: creía que esta joya se había perdido para siempre, Marsilio, para siempre, ¿entiendes? ¡Sólo existe una cosa peor que la pérdida de uno de estos libros y ésa es la pérdida de una vida por pequeña que ésta sea! –sentenció, recuperando la compostura–. Vamos, muchacho, explícanos…, al menos yo quisiera oírlo: ¿cómo han llegado todas estas maravillas a Florencia? ¿Cómo es posible que los mayores tesoros de la bendita Grecia descansen junto al Arno? ¿Por qué, y doy gracias a todos los dioses aun sin entenderlo, estáis empeñados en recuperar la memoria de una época perdida?

–Es una historia larga, Nikos; la historia de un siglo… –aseguró el joven–. Una historia fascinante; una historia de amor, de hombres apasionados que dedicaron sus vidas a devolver a Homero su voz. Y al mundo, la luz antigua que lo encendió.

–Queremos oír esa historia, Marsilio –animó Bernard–: Las buenas historias merecen ser contadas.

–Ésta lo es… –asintió sonriente–. Pero os propongo que salgamos a caminar. Andar me sentará bien y por esta zona hay muchas tabernas donde hacer un alto si nos asalta la sed…

–¡O la dichosa melancolía! –bromeó Nikos, deslizando los dedos por la suave piel que encuadernaba el precioso volumen de Dionisio el Areopagita. Lo cerró delicadamente, del mismo modo que un padre arropa a su hijo en las noches frías.

Salieron de la casa y pasearon en silencio por el vericueto de callejas que desembocaba frente a Santa María Novella. Nikos se disponía a romper el mutismo en que los tres andaban con una pregunta sobre Horacio, el gorrión, cuando un voceo desabrido y agudo llegó desde lo alto.

—¡Lo tiro y lo tiro ya! —oyeron que alguien gritaba.

Marsilio reaccionó con celeridad, lanzándose sobre sus amigos, arrinconándolos contra la fachada de un edificio, justo un segundo antes de que una lluvia de agua sucia, restos de verduras, huesos y detritos se estampara contra las losas del angostillo.

—¡Animal, más que animal: majadero! —tronó el joven alzando el puño hacia lo alto—. ¡Te acabaré denunciando a la Signoria! ¡Lo que haces se prohibió hace más de ciento treinta años! ¡Para qué están las tapias entre casas, cretino!

—¡Mi casa no tiene letrina ni ventana que asome al patio, muchacho! —espetó el hombre desde el tercer piso—. Además, he avisado alto y clarito.

—¡No lo has hecho, zarramplín! —reprochó Marsilio furioso—. ¡Y en cualquier caso deberías decir: *agua va, aviso de que agua va, he dicho que agua va*! ¿Entiendes? ¡No puedes tirar tus orines sobre la cabeza de la gente, maldito zafio!

—Bueno, bueno —zanjó despectivo el vecino desde lo alto. Y se retiró del alfeizar con una risotada—: ¡La próxima vez que te vea venir te lo canto en latín!

Tras unos metros recorridos con cara de circunstancias, Bernard, que llevaba la ironía colgada en los labios, intervino con voz digna y pausada…

—Tras este *baño de humildad* que nos regala el cielo, para recordarnos lo que somos o podemos ser —dijo—, creo que estamos listos para escuchar un historia sublime sobre los afanes de los hombres y la gloria del intelecto, queridos amigos.

Bernard y Nikos prorrumpieron al instante en una inmensa carcajada a la que el florentino no pudo sino sumarse sin reserva.

Se acomodaron en un largo bancal de *pietra serena* en la plaza de Santa María Novella, que se estaba engalanando, al igual que todo el centro de la ciudad, para los anunciados festejos del día siguiente: una gran celebración, organizada por la familia Médicis y la Signoria, para honrar la presencia de Renato de Anjou y Jeanne de Laval en Florencia.

Tañeron las campanas de la iglesia, graves y solemnes, coincidiendo con la evocación de Marsilio, dispuesto a relatar la historia, desde el principio, para ellos; dispuesto a narrar cómo el esfuerzo de muchos consiguió liberar a Homero de la indigna mordaza que había logrado enmudecer su voz.

Durante siete siglos.

Siete largos y oscuros siglos.

17

HOMERO DESENCADENADO

Unos cien años antes de que Constantinopla cayera, creo que en 1354... –rememoró Marsilio–, alguien trajo de La Ciudad un ejemplar de la *Ilíada*. Cuentan que al tenerlo entre sus manos, al gran Petrarca se le llenaron los ojos de lágrimas. Se quedó desconcertado, sin aliento, mirando esas páginas; pasándolas de una en una, igual que un ciego acariciaría un rostro querido, que sólo intuye, o un inválido deploraría un horizonte inalcanzable que sólo puede pretender en sueños; pronunció entonces unas palabras que eran desconsoladas y que resumían el drama de un pasado cubierto por el polvo del tiempo y el desamor de los hombres. Dicen que dijo, enfrentando al portador de ese tesoro: *tu Homero es mudo para mí*; y después, supongo que mirando al cielo y buscando al gran poeta, apostilló: *¡cuánto desearía poder escuchar tu voz!*

–Pero Petrarca podía leer en griego, ¿no? –indagó Bernard, asombrado ante la pulcra retórica de Marsilio.

–Sí, pero de una forma muy elemental: sólo conocía los rudimentos del idioma; había estudiado con Barlaam, un monje calabrés al que conoció en un par de encuentros, en Aviñón y en Nápoles. Imaginad a un niño, que apenas balbucea, intentando captar toda la gloria de Homero, sílaba a sílaba. Lo trágico –prosiguió el florentino– es que prácticamente nadie dominaba un idioma tan inmenso como el griego en aquellos días. Algunos mercaderes y hombres de negocios se jactaban de chapurrearlo para cerrar tratos en Constantinopla y sólo unos pocos sacerdotes, en la sede papal de Aviñón, o algunos calabreses, se manejaban con relativa facilidad. Pero se había perdido la música, la métrica, el matiz, el sentido final de las expresiones.

–Entiendo…

–Cinco años después, Petrarca y Boccaccio se reunieron. Imagino que vaciaron varias jarras de vino aquel día, afligidos por hallarse ante una de las mayores puertas del pasado sin saber cómo transponer el umbral. Conocían a un tal Leoncio Pilato, un monje, que decía ser capaz de traducir la obra. Boccaccio le ofreció techo y colación mientras trabajara en los poemas. Ese hombre acabaría detentando la primera cátedra de griego de toda la Europa occidental. Boccaccio, que gozó del privilegio de escuchar esa primera traducción, convenció a la Signoria de la necesidad de crear la plaza y mantenerla. De todos modos, no nos engañemos: ese texto de Pilato era muy pobre; lo cierto es que le salió un Homero bastante afónico… –bromeó el joven.

–El tal Pilato traducía… *ad verbum?* –apuntó Nikos suspicaz.

–Sí, literalmente, con poca o ninguna soltura –corroboró Marsilio–. Tendrían que pasar todavía algunos años hasta que Coluccio Salutati, un notario que ocupaba la cancillería de Florencia, y que había intentado, sin demasiada fortuna, obtener traducciones de Homero y Plutarco, supiera de la existencia de Manuel Crisoloras. ¡El gran Crisoloras!

–¿Crisoloras? ¿No era un embajador del *basileus* griego? –preguntó el cretense, arreglando los pliegues del *lucco* y buscando una postura más cómoda.

–Sí. A finales del siglo pasado los embajadores griegos recorrían las cortes de Italia, Inglaterra y Francia –convino el florentino–. Manuel II Paleólogo, el *basileus* de Constantinopla, al igual que años después harían sus dos hijos, Juan VIII y Constantino XI, buscaba la ayuda de Occidente para detener a los turcos. Pero Crisoloras no era sólo un excelente embajador. Era un griego de linaje ilustre, un auténtico erudito; dicen que discípulo de Jorge Gemisto Pletón; un experto en gramática y retórica, en literatura y filosofía; uno de los hombres, en resumen, más brillantes de su tiempo.

En las explicaciones que siguieron, Bernard y Nikos entendieron que Crisoloras había sido piedra angular, irrepetible e inolvidable, en el resurgir del pasado, que afloraba con fuerza en todo lo que les rodeaba, en todo lo que veían desde su llegada a la ciudad. Coluccio no dudó en enviar a un hombre de confianza a Constantinopla. Angeli da Scarperia partió con una única misión: aprender griego junto al maestro y adquirir cuantos manuscritos, compendios léxicos, obras poéticas y tratados de métrica le fuera posible localizar. En los siguientes meses, Angeli escribiría fascinado, una y otra vez, deshaciéndose en elogios ante la talla de Crisoloras. Coluccio Salutati entendió que la presencia del erudito en Florencia sería una bendición del cielo. Aunando esfuerzos con el influyente Palla Strozzi, un rico comerciante, y con Niccolò Niccoli, un brillante bibliófilo, consiguió que todos en la Signoria de la ciudad entendieran la necesidad de promover el helenismo desde las esferas oficiales. El resultado de todo ese afán sería una carta expedida a nombre de Manuel Crisoloras, en la que se le prometía deferencia, afecto y audiencia en el planteamiento, y un contrato por diez años, con una retribución anual de cien florines si aceptaba impartir sus enseñanzas en el Studio de Florencia, entre otras ventajosas cláusulas.

–Y aceptó, claro… –dedujo Bernard.

–Sí, aceptó. Pero viajó primero a Venecia –aclaró Marsilio–. Su presencia en Venecia causó inquietud. Se llegó a temer que los malditos venecianos nos arrebataran a maestro tan irrepetible. Así que la Signoria, en una maniobra rápida e inteligente, rebajó el contrato a cinco años y elevó la remuneración a ciento cincuenta florines. El dos de febrero de 1397, un día grande para la historia grande de Florencia, Crisoloras subió al estrado por vez primera, ante una audiencia demudada, reverente; lo más granado de la sociedad florentina, lo mejor de cada casa, estaba allí. Había entre el público jóvenes de prometedora carrera que lo habían dejado todo sólo para aprender con él...

Y así habló Crisoloras, con voz eufónica, Florencia cayó rendida a sus pies.

No era un erudito más. Era el mejor de los eruditos. Un maestro en retórica, de verbo brillante y adjetivo justo; modales impecables y formas exquisitas; carismático y fascinante. Consciente de que no podía construir cúpulas allá donde no existía cimborio sobre el que sustentarlas, aceptó ser el arquitecto de los futuros alarifes de lo helénico. Un maestro sencillo, sistemático en lo gramatical, incansable y metódico, ajeno al desánimo. Traducía defendiendo el estilo *ad sensum*, libre y pleno, pero respetuoso, a un tiempo, con todas y cada una de las palabras trasladadas; desaconsejaba el lucimiento y la vanidad en el traductor; incluso el afán por la claridad, propia del escoliasta y sus acotaciones. Pero no denostaba del método *ad verbum* como principio didáctico. En ese espíritu, bajo su tutela, se traduciría *La República*, de Platón, y algunas obras de Isócrates, Plutarco y Demóstenes que había traído consigo a Florencia.

Ante Crisoloras, Homero y Virgilio se fundían en un abrazo irrepetible.

—Fueron dos años intensos..., dos años inolvidables —musitó Marsilio, ensimismado en unos hechos que lograba ver a través de la cortina del tiempo aun sin haberlos vivido.

—¿Qué fue de Crisoloras, volvió a Constantinopla? —inquirió Nikos.

—Sí. Un brote de peste asoló Florencia y él decidió reunirse con el emperador griego, Manuel Paleólogo, y regresar a La Ciudad. Pero no se marchó solo. Uno de sus alumnos, Guarino de Verona, le siguió. Vivió en su casa mucho tiempo y acabó casándose con una de sus hijas. Guarino se convirtió, lógicamente, en el más reputado de los helenistas. Enseñó en Venecia y en Verona, se hizo con la cátedra en Florencia y tradujo a Heródoto, Esopo, Luciano, Estrabón, Plutarco y muchos más...

Se quedaron los tres en silencio, distraídos en el parsimonioso quehacer de los trabajadores de la Signoria, que colgaban pendones, escudos y estandartes en la plaza y engalanaban las calles adyacentes. Oscurecía con rapidez.

–Crisoloras viajó en los siguientes años, a instancias del *basileus*... –concluyó Marsilio–. Creo que regresó posteriormente a Italia, desde donde partiría hacia Constanza, al famoso concilio de los antipapas. Por lo que sé, murió allí, hacia 1415.

–¡Los buenos maestros son como antorchas en la noche, muchacho! –exclamó Bernard, conteniendo a duras penas la emoción que el relato había provocado en su ánimo–. Algún día te explicaré lo que hizo por mí un buen maestro que tuve en mis años mozos, cuando estudiaba en Caux.

Una sombra de añoranza cruzó por el semblante del francés. Aleteó por un instante y desapareció.

–Todo lo que os he contado generó lo que sucedería en los años siguientes... –dijo el florentino, retomando el hilo de la historia–. Poggio Bracciolini, uno de los alumnos de Crisoloras, y también Leonardo Bruni, un poeta, historiador y filósofo de Arezzo, acudieron a su vez a ese concilio que puso orden en la cristiandad. Y a su regreso trajeron consigo más y más libros. En el convento de Saint Gall, Poggio descubrió las obras de Quintiliano y, en otros lugares, textos de Lucrecio, Marcelino y Cicerón.

Marsilio mencionó en su relato a muchos de los artífices de ese milagro: Francesco Filelfo, Ambrogio Traversari, Gianozzo Manetti y tantos otros. Todos ellos consiguieron, en su desmedido amor por el conocimiento de la antigüedad, desenterrar un inmenso legado perdido: la erudición traspasó los recios y húmedos muros de abadías y conventos, abandonó criptas, *scriptoria y* vetustos anaqueles silenciosos, para instalarse en academias y universidades y, de ahí, saltar a los salones, la política y la vida cotidiana. Los libros del pasado volvieron a ser, gracias a esos argonautas del intelecto, los inmensos tesoros que siempre habían sido y que sólo la ausencia de la mirada y la oscuridad del tiempo habían conseguido relegar al olvido.

—Tal vez la última puntada que remendó la tela desgarrada entre el ayer y el hoy quedó hilvanada en el concilio de Florencia, veinte años atrás… —ponderó el joven.

—¿El concilio de Unión de las Iglesias? —husmeó Nikos—. Sí, la paz breve y ficticia entre ortodoxos y católicos. Conocemos muy bien esa historia, Marsilio.

—No me refiero a las discusiones teológicas en sí. Eso queda fuera del interés de cuanto estamos hablando —negó vehemente—. Ocurre que entre los delegados ortodoxos, llegados desde Constantinopla, estaba el gran Jorge Gemisto Pletón, el filósofo.

Bernard sonrió y miró de soslayo a Nikos. El cretense siempre se henchía de júbilo cuando el nombre de Gemisto era pronunciado. Pero en esa ocasión permanecía silencioso y fascinado ante las palabras de Marsilio.

—Gemisto impartió varias conferencias en el Studio —rememoró el muchacho—. Creedme si os digo que desde los días de Manuel Crisoloras en Florencia nunca nadie había causado revuelo semejante. Nobles, intelectuales, políticos, potentados, coleccionistas, universitarios: todo el mundo estaba allí ese día. Entre ellos Cósimo de Médicis, que sufragaba de su bolsillo el concilio. Gemisto, como griego sobrio dedicado al pensamiento, era de apariencia hirsuta, parco y áspero de aspecto. Se plantó ante todos, con su larga barba, sus ojos pequeños y su capote hasta los pies. Y habló durante horas… hasta galvanizar las conciencias de los reunidos. ¡Dios mío, cómo habló! Habló de Platón, sólo de Platón. Aquel día, así me lo han explicado muchas veces, nació en muchos el deseo de conjugar cristianismo y platonismo.

—¡Oh, bueno, te aseguro que no son en absoluto incompatibles! —interrumpió Nikos en tono vehemente—: El cristianismo encierra una inmensa y hermosa enseñanza, pero está basado en dogmas, carece de filosofía…

—Sí, es cierto.

—Y en ésas andas tú, ¿no, Marsilio? —bromeó Bernard—. ¡Empeñado en poner voz a Platón y que resulte melódica y sin afonías!

—Sí, en eso —el joven esbozó una encantadora sonrisa—. Cósimo quiere que traduzca todas sus obras y poder escuchar todas y cada una de las palabras del maestro antes de morir.

—¿Qué espera hallar Cósimo en los textos de Platón? —interrogó Nikos.

—La confirmación a la inmortalidad del alma. Cósimo está obsesionado por la pervivencia del alma más allá de la muerte.

—Entiendo —asintió el cretense—. Pues dile de mi parte que no se preocupe por esa minucia. La muerte es una falacia. No es real. Llevamos existiendo desde el principio de los tiempos.

Marsilio se echó a reír.

—Eso vas a decírselo tú personalmente, amigo Nikos —aseguró.

—¿Yo?

—Sí. Cósimo me ha pedido que os transmita su invitación al gran banquete que se celebrará mañana en el palacio Médicis, al final del día, tras el encuentro de Calcio. Yo le he hablado de ti, o mejor dicho: le he transmitido todo lo que Tomasso me ha contado de ti, que es mucho y asombroso...

—¿No querrá pedirme un préstamo, eh? —preguntó con guasa.

—No te adelantaré nada, será una magnífica sorpresa...

—Dime, Marsilio... ¿qué es eso del Calcio? —inquirió Bernard.

—¿El Calcio? ¡Caramba! ¿No sabéis lo que es el Calcio? ¡No me lo puedo creer!

18

CALCIO

Florencia amaneció rutilante, destellando al sol como una gema recién tallada. El centro de la ciudad, desde San Marcos hasta la plaza de la Signoria, pasando por Vía Larga y Santa María de las Flores, aparecía adornado con guirnaldas y banderines, con blasones y estandartes. Y lo mismo ocurría en el eje transversal, entre las iglesias de la Santa Croce y Santa María Novella. Desde buena mañana, concluidos los primeros oficios, las calles se llenaron de ciudadanos acicalados, vestidos de la mejor guisa, dispuestos a disfrutar de un inesperado día de fiesta. En cruces y plazuelas sonaban cornamusas, flautas, trombones y *cimbalettos,* atacando alegres *frottolas* y *barzelettas,* protagonizadas por tres y cuatro voces, que animaban a los jóvenes a buscar pareja y a formar en fila para danzar de la mano, creando largos pasillos y caprichosos dibujos en su coreografía.

Las balaustradas del Arno lucían revestidas con telas de vivos colores, salpicadas por flores de lis arropando el escudo dorado de los Médicis. A lo largo del río, en las inmediaciones del Ponte Vecchio, se concentraron, antes del mediodía, infinidad de muchachos dispuestos a participar en uno de los juegos más populares y antiguos de Florencia. Consistía el *civettine* en una lucha de sopapos y bofetadas que se resolvía por parejas. Cada encuentro estaba supervisado por un árbitro que velaba por que la regla principal, y casi única, se cumpliera: los contendientes, ladeados, no podían mover uno de sus pies de un punto determinado. A tal fin, antes de comenzar, decidía el juez quién pisaba a quién. Y a una señal convenida, comenzaban a zurrarse, hasta que uno de los dos retiraba el pie tras una buena tunda o perdía el equilibrio. Pocas cosas provocaban la hilaridad de la gente tanto como esa somanta de mamporros; así que les jaleaban, cruzaban apuestas, se burlaban de ellos y contribuían a la gresca. A eso del mediodía, y ya desfogados, con las camisas llenas de jirones y los carrillos rojos como tomates los unos, y hartos de reír, los otros, el gentío se dirigió a presenciar la excepcional carrera de cuadrigas *a la antigua* –que los florentinos conocían como *palio dei cocchi*– organizada por Cósimo en la plaza de Santa María Novella y, algo más tarde, la carrera de caballos, la más clásica de las competiciones; pruebas que ganaron los hijos de las familias Petrucci y Barbadorus, respectivamente.

Bernard, Nikos y Tomassino se encontraron a primera hora de la tarde con Marsilio, junto al Marzocco. Dar un paso por la plaza de la Signoria resultaba casi imposible: todo el centro quedaba reservado a la gran arena en que se celebraría el encuentro de Calcio. El terreno de juego quedaba delimitado y fuera de alcance gracias a una pequeña valla de madera rectangular. El suelo aparecía recubierto por una gruesa capa de arena del Arno. A ambos lados del campo, un ejército de carpinteros había construido, en muy pocas jornadas, largas gradas a fin de dar cabida al mayor número posible de personas. La tribuna presidencial, revestida en púrpura y protegida por un gran toldo, enfrentaba el Palacio del Pueblo. Los palcos y accesos de esa parte quedaban reservados a las familias más importantes de Florencia, magistrados y miembros destacados de los gremios.

–¡Éste es un buen lugar! –aseguró Marsilio tras abrir penosamente camino a los demás–. Desde aquí lo veremos de maravilla.

Se ubicaron lo más cómodamente posible. La tarde lucía espléndida, sin una sola nube recortándose sobre el telón azul del cielo.

–Deberás explicarnos en qué consiste el Calcio, Marsilio –propuso Bernard–. De lo contrario, nos perderemos parte del asunto.

—Es sencillo. Veréis: dos equipos, situados uno frente al otro, deben pugnar por la posesión de una bola y conducirla hasta la meta que defienden los contrarios —resumió, señalando las diversas partes del terreno—. Cuando lo consiguen se dice que han logrado un tanto, o *caccia,* y los jueces, que son tres, disparan una culebrina. En ese punto, los jugadores cambian sus campos y se vuelve a poner en juego la bola. Al terminar el encuentro, el equipo que acumula mayor número de tantos gana.

—Entiendo, parece interesante —comentó Villiers.

—Parece una idiotez como otra cualquiera —masculló Nikos, al que las aglomeraciones molestaban sobremanera.

—Una pregunta más…

—¿Sí?

—¿Cómo se juega esa bola?, ¿a puntapiés? —inquirió el francés.

—Se puede llevar en las manos, lanzar o patear. Y los que defienden deben arrebatarla e intentar contraatacar.

—¡Ajajá!

Sonaron trompetas en todo el recinto y una larga comitiva de caballeros y nobles hicieron su entrada por un extremo de la plaza. Al llegar a la zona de tribunas, descabalgaban sus monturas, revestidas con ricas caronas, y eran presentados por un maestro de ceremonias que pronunciaba en voz bien alta sus nombres y cargos así iban ocupando los palcos. Cuando terminó el tráfago de invitados y notables, se hizo silencio y ocuparon sus plazas el *gonfalonier* de Justicia, los miembros del Consejo de Florencia y los representantes de los cuatro barrios de la ciudad. Siendo ésa una celebración no sujeta a los habituales calendarios festivos, organizada en honor de un visitante ilustre, Renato de Anjou, se había decidido, por sorteo, que los equipos que jugarían el Calcio serían el de la Santa Croce y el de San Giovanni. Los grandes torneos, que habitualmente tenían lugar durante los carnavales de invierno, y también en las fiestas del solsticio de verano, enfrentaban a los cuatro equipos principales, que se eliminaban uno a uno en encuentros de cincuenta minutos.

La llegada de los Médicis a la tribuna desató el entusiasmo del *pueblo pequeño*, encantado de poder disfrutar de ese inesperado espectáculo costeado a expensas del banquero. Cinco mil gargantas prorrumpieron en gritos de *palle! palle! palle!,* pues bolas, o *palle*, era como denominaban los florentinos a las esferas carmesí que aparecían en el escudo de la ilustre familia.

Bernard observó a Cósimo, al que había tenido oportunidad de conocer, si bien brevemente, en el palacio de Vía Larga. Parecía eufórico. Vestía un *lucco* bermellón y saludaba como sólo un padre de la patria saludaría. Unía sus manos a la altura del pecho y se dejaba querer. Distinguió, al punto, a Piero *Il Gotoso*, asomando tras su padre, caminando por sus propios medios, con la simple ayuda de un bastón. Ésa era la mejor de las señales. La estricta dieta que le había prescrito, unida a los baños calientes y al influjo benéfico de la teriaca, parecía estar dando el resultado apetecido. Reconoció a Renato, con el que nunca se había encontrado, pero cuyos rasgos le eran familiares por grabados y monedas. Para cualquier francés, Renato era una leyenda viviente.

De súbito, rompieron a redoblar tambores y a atronar trompetas. Y se desató el delirio. Los cincuenta y cuatro jugadores de los dos equipos –portando banderas azules los de la Santa Croce y verdes los de San Giovanni– entraron en la arena en medio de un vocerío infernal. Saludaron como gladiadores y ocuparon sus posiciones. Vestían camisas amplias, calzas de lana ceñidas y botines de carnero. Portaban tiras de tela anudadas en las muñecas, los codos y las rodillas, a guisa de protección. A una señal de los jueces se situaron frente a frente, yendo a distribuirse, unos y otros, en tres líneas, como dos falanges dispuestas a avanzar contra viento y marea.

–¡Viva Florencia! –gritó el *gonfalonier* de Justicia puesto en pie.

Y miles de gargantas se hicieron eco de la arenga, prorrumpiendo en un ensordecedor vítor a la ciudad.

Un disparo de culebrina marcó el comienzo del encuentro.

Los jugadores de la Santa Croce irrumpieron como una manada de toros en estampida, invadiendo el campo contrario. Portaba la bola

Biagio, el capitán del equipo, un joven corpulento, de espaldas anchas y aspecto fiero. La aferraba con la izquierda y nada más toparse con la primera línea rival, así la intentaba sobrepasar, propinó un fuerte codazo lateral al estómago del más cercano. Cayó el jugador de espaldas, doblado, aullando de dolor.

Tres adelantados del San Giovanni se arrojaron entonces sobre él dispuestos a detenerle. Uno le endilgó un puñetazo de abajo arriba, en la boca del estómago, que le separó un palmo del suelo; el segundo arremetió de frente, usando la cabeza como ariete; el tercero se lanzó a sus piernas. Viéndose perdido, el de la Santa Croce lanzó la bola hacia la banda, retrasándola unos metros. Los suyos avanzaban por ese flanco como flechas. Mientras besaba el suelo y era pateado sin clemencia, Biagio pudo ver a sus compañeros intentar fintar la segunda línea de los adversarios. Desplazada la atención de los defensores hacia el extremo izquierdo, convertido ahora en cabeza de puente, los azules aprovecharon la dispersión para entrar en cuña por el centro. Un certero puntapié desde el lateral les devolvió la bola. A base de golpes y patadas lograron desbordar a los verdes en su defensa media y llegar en tropel hasta su última barricada. Allí serían recibidos por un abigarrado muro humano que les envolvió sin miramientos. En pocos segundos, quedaron enredados todos en un informe mar de cuerpos.

Toda la plaza estalló en un rugido fiero.

–¡Madre de Dios, santa Panagia bendita! –exclamó Nikos sin poder dar crédito a sus ojos–. ¿Esto es el Calcio? ¡Menuda barbaridad!

–¿Qué dices? ¡No te oigo! –respondió Marsilio, aturdido por la vocinglera.

–¡Digo que qué reglas rigen en este juego! –chilló el cretense.

–¿Reglas? ¡Pocas! ¡Vale casi todo! –contestó a grito en pecho el joven–. Bueno… ¡Está prohibido meter los dedos en los ojos, morder orejas y narices y golpear en los testículos! ¡Pero casi todo vale!

–Me lo temía…

Los seguidores de la Santa Croce aullaron de gusto al ver que, de aquel enjambre de atacantes y defensores trabados, salía la bola rodando hasta los pies de uno de sus jugadores. La tomó a la carrera. Viendo que se lanzaban todos a por él y que sólo tendría una oportunidad antes de ser reducido y vapuleado, la arrojó sobre la meta verde. Y miles de voces gritaron: *Caccia!*

Un disparo de culebrina rubricó el tanto. Y un mar de banderas azules inundó la plaza. La Santa Croce había logrado llevar hasta el final su primer ataque. Cuatro de sus jugadores sangraban profusamente por la boca, la nariz y las cejas, pero eso no fue óbice a la algazara que protagonizaron al correr el campo vencido de un lado al otro, una y otra vez, enardeciendo el ánimo de los suyos. Mientras eso ocurría, los componentes del equipo de San Giovanni se encaminaban furiosos y cabizbajos a su nueva demarcación. Cambiaba el sentido del juego.

Lodovico y Bastiano, los mejores atacantes del San Giovanni, cruzaron un rápido y estratégico plan que les permitiera igualar el encuentro. Transmitieron instrucciones precisas, con vistas a que su avance fuera protegido por una acometida de los suyos. Al instante, los verdes más fornidos formaron en punta de lanza y cargaron. Arremetieron con tanto ímpetu que se llevaron por delante a media docena de azules. Los dos protagonistas de la jugada corrían al amparo de su vanguardia, pero pronto quedarían al descubierto al ser derribados, uno tras otro, los que les abrían paso. Lodovico cambió entonces de dirección, buscando el ángulo del terreno, al tiempo que Bastiano, con la bola aferrada, lo hacía en dirección opuesta. Ante la maniobra, la Santa Croce se desplegó en dos alas a fin de arrinconarlos en las esquinas. Eso permitió que la avanzadilla que había abierto brecha, y que yacía por los suelos, recuperara el resuello y se lanzara al ataque de las retaguardias de ambos flancos. El centro quedó despejado de juego; ocasión que aprovechó la segunda línea del San Giovanni, retraída hasta el momento, para avanzar y adueñarse del terreno contrario.

Bastiano, sepultado por un alud de golpes, logró colar la bola entre las piernas de sus acosadores y deslizarla, en un empujón final, hasta los suyos, que aferraban a sus atacantes por la espalda, machacándoles los riñones. Así se hicieron con la bola, recorrieron los últimos metros fracturando costillas, quebrando piernas y hundiendo estómagos. Llegaron hasta el final del terreno, lanzaron y anotaron *caccia*.

Se volvió a disparar la culebrina y un millar de brazos agitaron banderas y telas verdes. Cósimo aplaudía como un chiquillo; el San Giovanni era, sin duda alguna, su equipo favorito.

–¡Yo me voy, esto es una barbaridad! –gruñó Nikos, harto de apretujones, gritos y golpes–. Sólo les faltan redes y tridentes... ¿Por qué no les dan redes, tridentes y unas cuantas espadas? ¡Acabaríamos antes!

–¡Oh, vamos, Pagadakis, no te sulfures! –espetó Bernard–. Es sólo un juego. Y la gente parece disfrutar mucho...

Marsilio y Tomassino acabaron doblados por la hilaridad que suponía ver la expresión enojada del cretense, que, ante la imposibilidad de abrirse camino entre la muchedumbre, tuvo que aguantar estoico hasta el final del encuentro. El partido finalizó con la victoria de la Santa Croce –con ocho tantos anotados, frente a los cinco logrados por los de San Giovanni–, una hora más tarde, ya que la competición se suspendió en cuatro ocasiones: tres veces para retirar a jugadores inconscientes y una cuarta, poco antes de que la clepsidra se vaciara, para poner orden entre el público. Seguidores verdes y azules se habían enzarzado en un acalorado intercambio de golpes y empujones, que casi costó la vida a varios de ellos, pisoteados en la refriega, y que no desplomó la grada, causando un mal mayor, porque Dios no quiso –según jurarían más tarde muchos–, o porque los carpinteros habían hecho su trabajo a conciencia –a decir de los más escépticos.

De los cincuenta y cuatro jugadores, sólo veintitrés salieron indemnes y por su propio pie de la arena de juego; el resto fue sacado en parihuela, cargado a hombros o llevado en alto. Se quebraron un total de siete brazos, cuatro piernas y dieciséis costillas; fracturas que quedaron consignadas en documento oficial, extendido por los funcionarios de la Signoria con destino a los archivos.

Cuando se dispersó el gentío, Tomassino aprovechó para despedirse: había dejado la consulta cerrada y esa noche tenía previsto dedicarse a destilar quintaesencias. Marsilio, Bernard y Nikos se encaminaron a Vía Larga, al palacio Médicis.

—¿Qué te ha parecido el Calcio, Bernard? —interrogó Marsilio.

—Bueno…, lo cierto es que resulta un tanto salvaje —ponderó—, mejor dicho: muy salvaje y peligroso. Pero la verdad es que me he divertido. Es emocionante.

—¿Emocionante? ¡Algo no cuadra contigo, maldito francés! —rezongó Nikos.

—¿Qué es lo que no cuadra, Pagadakis?

—¿Cómo es posible que un hombre sereno y prudente, comedido hasta lo exasperante y, ante todo, médico —que eso no se puede obviar—, disfrute con un espectáculo propio de mentecatos, eh? —amonestó el cretense, caminando con las manos entrelazadas a la espalda y un rictus de fastidio en el rostro.

—¡Vaya! ¡Tú sí que resultas contradictorio, filosofastro! —bromeó Bernard—. ¿No te pasas la vida diciéndome que debo liberar mis emociones? ¡Pues hoy lo he hecho, aunque respondan a instintos poco dignos! Y como médico, no puedo por menos que alegrarme…

Nikos le miró de soslayo, con cierto asombro.

—¿Alegrarte de qué?

—¡Del mucho trabajo que van a tener mis colegas florentinos en los próximos días! —afirmó. Y soltó una carcajada a la que se sumó por simpatía Marsilio.

—¡Sí, sí, reíd, par de tarugos, reíd; pero os diré algo importante, si es que aún os quedan entendederas! —gruñó—. Escuchad: si algún día juegos como éste proliferan, enardeciendo a zopencos y a enajenados con bola como los de hoy, será síntoma claro de que la majadería más absoluta enseñorea el intelecto de los hombres. Los hombres siempre han sido bastante necios, pero parece que la sandez no tiene límite y siempre va a más...

–¿Y qué propones para revertir ese estado de cosas? –curioseó Marsilio.

–¡Más Platón y menos calcio, muchacho..., más Platón y menos calcio!

19

IL BANCHETTO

Un buen número de curiosos deambulaba por Vía Larga, a la altura del palacio Médicis, deseando presenciar la llegada de los ilustres invitados del banquero. La entrada había sido adornada con todo tipo de plantas y flores exóticas, traídas para la ocasión desde los invernaderos de Villa Careggi, en las afueras de Florencia. Se habían dispuesto braseros móviles para iluminar la calle y extendido alfombras rojas a la entrada. El portón de acceso aparecía remarcado por guirnaldas y los ventanales geminados se adornaban con suntuosos tapices. Lucían los criados impecables libreas azules, y rojas los cocheros y caballerizos.

Marsilio, Bernard y Nikos accedieron al *cortile* de la mansión, un patio de arcadas elegantes al que se abrían los ventanales de las plantas superiores. La luz era azulada y suave y el ambiente fresco. Un mayordomo desbordado intentaba organizar la caótica irrupción de una docena de músicos. Habían descargado sus instrumentos en desorden, como si fueran las baratijas de un buhonero, apoyándolos en las columnas y en el pedestal de la pequeña y maravillosa escultura que se erguía en el centro del lugar.

–¡Hagan el favor de retirarlo todo de inmediato! –ordenó nervioso el senescal. Y a renglón seguido se giró e increpó a un ministril, que se había acodado junto a la figura–: ¡Por el amor de Dios, esa estatua de David es obra de Donatello; si se rompe, no le quepa la menor duda de que el señor hará que le tiren desde la torre del Bargello con su cornamusa!

—¡Vale, vale…! ¿Y dónde se supone que debemos meter todo esto, eh? —indagó el director de la *trouppe* con mirada abúlica.

—¡En el gran salón del primer piso! —ordenó, señalando la regia escalera—. ¿Pero es necesario que suban todos? ¡Virgen Santísima, van a dejar la alfombra hecha un asco!

El músico se encogió de hombros e hizo una señal al resto. Cargaron todos con la zampoña y el rabel, el órgano portátil y el arpa, los laúdes y panderetas, los trombones y tambores, en medio de un estrépito digno de la mejor de las orquestas, y se perdieron escalinata arriba.

—¡Uf! Buenas tardes, señorito Ficino…

—Te veo apurado, Anderlino… —saludó Marsilio.

—¿Apurado? ¡Apurado es poco! —exclamó el mayordomo con cara de circunstancias—. ¡Esta mañana todavía se colgaban cortinas y se cambiaban velones en las lámparas; los centros de las mesas han llegado hace una hora escasa y las cocineras acaban de arruinar los hojaldres de jabalí: aún huele a quemado!

—Bueno, todo saldrá bien, no temas. ¿Dónde está Cósimo?

—El señor está en la biblioteca, con el duque de Anjou.

Una vez en el piso superior, recorrieron un largo pasillo en el que todo relucía. Entre los ventanales, erguidas e impasibles, aferrando mazas, escudos, y largas espadas de doble filo, velaban silenciosas una decena de exquisitas armaduras milanesas, repujadas y ornadas con tanto esmero que harían sombra a las de la mejor armería del más rico de los monarcas.

Lo primero que escucharon al acercarse al umbral de la biblioteca fue la risa estrecha y entrecortada de Cósimo.

—¿René-*essence*? ¡Jajaja! ¿René-*essence*, dices? —farfullaba el banquero en pésimo francés, ahogado en su propia hilaridad—. ¡Oh, bueno, te concedo ese honor, no lo quiero! No sé si alguien en el futuro hablará de esta época y de lo que hicimos por los libros, las gentes son ingratas y olvidan fácilmente, ya lo sabes; pero no seré yo, en cualquier caso, mi querido Renato, el que te niegue esa distinción…

Cósimo y Renato de Anjou, acompañados por Piero, departían alrededor de una mesa repleta de volúmenes, cómodamente aposentados. El patriarca reparó en la presencia de los recién llegados al instante.

–¡Marsilio, mi buen Marsilio! –exclamó incorporándose–. ¡Ya estás aquí! Y si no me equivoco… ustedes deben de ser, caballeros, el señor *Pikadakis* y el señor Villiers.

Renato se puso en pie. Todos se saludaron, intercambiando leves gestos de cortesía. Piero, con la pierna derecha extendida sobre un escabel bajo, recibió al médico con una sonrisa acogedora. Había profunda gratitud en el fondo de su mirada. Parecía sereno y a salvo de la crispada penitencia que su enfermedad suponía.

–¡Permitid que un francés os exprese su admiración, maestro Villiers! –anunció Renato para sorpresa del médico–. ¡Por supuesto, extensible también a vos, señor *Pekadakis*!

–¡Pagadakis! –masculló Nikos entre dientes–. Pa-ga-da-kis…

Adelantándose hasta situarse frente a ellos, el duque prodigó un largo abrazo a Bernard y, después, a Nikos. Encaró nuevamente al médico, afianzando sus dedos cortos y carnosos en sus hombros. Se quedó así durante algunos segundos, como si reencontrara a un viejo amigo perdido en algún recodo del camino años atrás.

–No soy consciente, señor, de haber hecho nada digno de encomio, aunque agradezco profundamente el trato que me dispensáis –adujo Bernard, con voz temperada y cálida–. De lo que no me cabe duda alguna es de que, en justicia, debería, a mi vez, expresaros el enorme respeto que siento ante quien tanto ha hecho por Francia. Vuestra épica carga en el sitio de Orléans, junto a Juana de Arco, la Doncella, merece ser escrita y recordada por la posteridad.

Así iban brotando las palabras de los labios de Villiers, los ojos de Renato se humedecieron.

–Hice lo que cualquier caballero francés hubiera hecho –contestó, apartando la mirada durante escasos segundos, los suficientes para contener la emoción–. En Orléans estaban los mejores hijos de Francia. Pero pocos compatriotas pueden proclamar con orgullo haber luchado por la gran Constantinopla como vos y vuestro amigo hicisteis.

Bernard entendió el talante enaltecido de Renato. Y también el caprichoso camino que siguen las noticias en su errático viaje, magnificadas de boca en boca. A pesar de haber transcurrido seis años desde la pérdida de La Ciudad, el orbe cristiano no olvidaba a los heroicos defensores de la vieja Bizancio. Era tanto el prestigio que representaba haber luchado en sus muros, frente a la barahúnda otomana, que por doquier se prodigaban falsarios y cantamañanas, arrogándose la gesta, relatando hombradas y proezas que les aseguraban ser recibidos en cortes y casas nobles, gozando de hospitalidad y prebendas allá donde fueran, a cambio del testimonio de su historia. Esa impostura era algo que Nikos y él, testigos de los últimos días del Imperio romano de Oriente, deploraban en lo más profundo de su fuero interno.

—Yo no luché en Constantinopla, señor –aseguró Villiers–; soy médico y poco sé de armas. Pero estuvimos allí, y os puedo asegurar que ninguno de nosotros lo olvidará por mucho que lleguemos a vivir. Ojalá la mitad, siquiera un tercio, de los que hoy afirman haber estado allí hubieran estado de veras: Constantinopla seguiría siendo la primera ciudad de la cristiandad.

—¡Tenemos tiempo… hablaremos de todo, de todo! –aseguró Cósimo, que había seguido con atención y en silencio el diálogo–. Sentaos, os lo ruego. Hace un momento conversábamos sobre libros. Renato siempre demuestra gran celo en copiarlos, recomendarlos o hacerme gastar inmensas fortunas en ellos. Y tanto se complace en esa tarea que no le importaría demasiado ser considerado uno de los adalides espirituales de estos días. Sugiere que sean recordados por la posteridad como René-*essence*…

Y Cósimo volvió a prorrumpir en risillas.

Marsilio, Bernard y Nikos tomaron asiento. Piero, con gesto expresivo, propuso que las copas fueran llenadas con *chianti*. El cretense no dudó ni un instante en aceptar el cargo de copero, escanciando con generosidad, hasta el borde.

–Vos no deberíais… –sugirió Bernard, cuando ya el heredero de los Médicis se disponía a llevarse la crátera a los labios–. Hemos hecho algunos progresos, amigo mío, no vale la pena tirar la labor por la borda.

Il Gotoso le miró contrariado.

–¡Qué demonios, tenéis razón! –admitió, chasqueando los labios–. Ya beberé, si no prescribís lo contrario, durante el banquete.

–¿De qué obras hablaban, caballeros? –curioseó Nikos, mirando de hito en hito los libros. Todos estaban lujosamente encuadernados, señal clara de que eran copias recientes, excepto dos de ellos, que el banquero mantenía en su proximidad: el primero parecía simplemente viejo; el segundo, más un destartalado compendio de cuadernillos mal cosidos que un volumen en regla.

–De éstos, señor *Pikadakis*… –contestó Cósimo, dando una palmadita a los tomos–. Uno es un libro extraño, rarísimo; tanto que nadie ha conseguido leerlo por mucho que se haya empeñado. Lo ha traído Renato desde Francia. Vedlo vos mismo… parece escrito en una lengua desconocida.

Nikos hojeó el libraco. De pequeño formato, encuadernado en piel de vaca. No tardó en comprender que el banquero estaba en lo cierto: el texto no estaba escrito en ninguna lengua conocida, ni presente ni pasada. Se diría, a simple vista, que el autor de la misteriosa obra había puesto todo su empeño y obstinación en preservar el contenido, tomándose a tal fin el inmenso trabajo de codificarlo ideando un alfabeto nuevo, armonioso y atractivo a la mirada pero a todas luces impenetrable. Los bloques de letras arropaban las ilustraciones, en las que aparecían multitud de plantas que al cretense le resultó imposible identificar y símbolos que apelaban a la iconografía propia de la alquimia.

–Se dice que este libro es obra de Roger Bacon, el gran alquimista –comentó Renato–. Pero no hay certeza de que eso sea así. Lo único cierto es que ha pasado de mano en mano y que ha sido recibido, en todos los casos, con un entusiasmo sólo comparable a la frustración que supone fracasar ante lo inexpugnable de su clave una y otra vez…

Nikos entregó la obra a Bernard, que dedicó varios minutos a recorrer sus páginas sinceramente intrigado ante volumen tan singular. Jamás había visto nada parecido.

—Es cierto —adelantó—: Se diría que es el trabajo de un alquimista dispuesto a ocultar sus hallazgos a cualquier precio. Algunos de estos grabados recuerdan escalones del proceso, pero sólo vagamente; otros parecen no tener sentido alguno.

Cósimo asintió. Después se dirigió a Nikos.

—¿Diríais ser capaz de descifrar esta obra, señor *Pikadakis*? —inquirió el banquero, afilando los ojos y escrutándole sin recato—. ¡Tal vez revele el misterio de la Piedra Filosofal! ¡El elixir de la eterna juventud!

—Bueno. Tal vez. Bernard y yo estamos familiarizados con más de un código secreto, pero esto es distinto a todo lo que conocemos… ¿No crees, francés? —Nikos buscó la opinión de Villiers.

—Sí.

—¿Cómo procederíais a descifrarlo?

—Pues supongo que de la manera tradicional —aseguró—. El primer paso consiste en relacionar todos los signos utilizados y determinar numéricamente la frecuencia de uso de cada uno. Una vez hecho eso, es necesario establecer una relación con las letras más habituales del latín o del griego e intentar establecer equivalencias una a una…

—Entiendo. Eso nos lleva al segundo de los libros… ¿verdad Marsilio? —Cósimo sonrió, dirigió una rápida mirada al joven, buscando su aquiescencia, y volvió a encarar al cretense—. Sé que no tendréis ningún problema en leer el segundo libro, pues está escrito en griego, en un griego culto y muy antiguo. A Marsilio le cuesta un poco leerlo, pero lo hace. Pero esta segunda obra es un monumento espiritual sin parangón que requiere del ojo y del consejo más experto a la hora de traducirlo al latín. Vedlo vos mismo…

El Médicis le acercó el segundo tomo, empujándolo suavemente a lo largo de la mesa. Nikos levantó la gruesa y desvencijada cubierta y buscó los primeros pergaminos. No llevaba sus anteojos consigo y se vio obligado a oscilar adelante y atrás hasta poder enfocar el texto con nitidez. Una expresión de perplejidad inundó su rostro al instante.

–¡Por la Diosa condenada al silencio, por la divina Isis, que es Astarté y es Ceres y es María! –tronó, levantándose con la velocidad del rayo–. ¡Los libros de Hermes, Bernard! ¡Los libros de Hermes Trismegisto!

–Sí, el *Corpus hermeticum*, de Hermes, Nikos; la Joya entre las joyas –asintió Marsilio.

–¿Cómo los habéis conseguido, señor? –indagó Bernard dirigiéndose a Cósimo.

–Los compré hace un mes. Se presentó una mañana un monje ortodoxo, recién llegado de Macedonia –explicó–. Los llevaba envueltos en telas. Tan protegidos que pasó el hombre apuros para liberarlos del hatillo. Necesitaba venderlos. Pero pese a lo andrajoso de su porte, que decía bien a las claras que le rugía el estómago, no cedió ni un ápice en el regateo. Me pidió una fortuna por ellos: quinientos florines.

Nikos se entristeció súbitamente. Podía imaginar el desgarro que para un filósofo supondría separarse de obra tan inmensa: libros que se decía habían sido escritos o revelados por Thot, el divino maestro egipcio al que los griegos denominaban Hermes, el que es tres veces grande, en los remotos días de Moisés. Pero así era el signo de los tiempos que corrían. Y la desgracia de Grecia caminaba impresa en los rostros de sus desterrados hijos, dispersos por toda Europa en una dramática diáspora.

La voz del banquero le rescató de su triste reflexión.

–Decidme, señor *Pikadakis*: ¿cuánto tiempo pensáis permanecer en Florencia?

La pregunta sorprendió a Nikos. Se quedó mudo durante unos segundos, abstraído en la contemplación de las páginas, haciendo verdaderos esfuerzos por no romper a llorar como un niño. Finalmente, se encogió de hombros y solicitó el parecer de Bernard.

—Nada nos retiene en Florencia. Pero tampoco nada nos reclama en parte alguna —afirmó el médico—. No habíamos determinado cuánto tiempo permanecer aquí, aunque creo que estos textos merecen, en cualquier caso, posponer los posibles planes futuros, siquiera unas semanas… ¿Qué piensas tú, Nikos?

—Lo mismo.

El banquero parecía satisfecho. Rubricaba con un leve asentir del rostro así veía sus expectativas colmarse. Dedicó una mirada de éxito a Marsilio, cuyo semblante reflejaba similar complacencia.

—Pues si es así, caballero, os invito a que trabajéis las semanas que consideréis necesarias en este libro, ayudando a Marsilio en su lectura y comprensión —propuso—. De paso tendréis oportunidad de intentar haceros con la clave de ese misterioso volumen que ha traído Renato. No es necesario que os diga que mi biblioteca está a vuestra disposición; de igual modo gozaréis, vos y el señor Villiers, de alojamiento y manutención en palacio y os aseguro que no discutiré ni uno de los florines que solicitéis en pago…

Nikos arqueó las cejas. La oferta de Cósimo era generosa. Y la visión de la magnífica biblioteca Médicis, una tentación difícil de resistir.

—Me parece bien. Pero no aceptaré ningún pago por el trabajo. De hecho, pagaría yo, de ser preciso, por poder realizarlo; aunque juraría que eso ya lo sabéis… ¿no? —y dedicó al banquero una sonrisa mordaz.

—Lo suponía, caballero, lo suponía… —confesó Cósimo, ahogando en el último momento una risilla que pugnaba por escapar de sus labios.

Entró en ese momento en la biblioteca Magdalena, el ama de llaves del palacio. Tras dedicar un saludo tímido y cortés a los reunidos se dirigió al patriarca.

—Señor, los primeros invitados desean presentaros sus respetos. Están en el saloncito pequeño. También ha llegado vuestro hijo Carlo, desde Prato. La *contessina* os ruega os reunáis con ella para atender a todos debidamente... –anunció a prudente distancia, con mirada remisa y actitud retraída.

–Muy bien. Ve y dile a Tessa que dentro de unos minutos estaré con ella.

La mujer se retiró sin dar la espalda, inclinándose ligeramente antes de desaparecer por el corredor.

–Bueno, amigos míos: continuaremos más tarde, durante la velada –decidió Cósimo–. Ahora vayamos a reunirnos con los recién llegados. Vamos, Piero..., deberías hacer un esfuerzo y recibir a tu hermano Carlo. Ha pasado mucho tiempo desde su última visita.

Bernard observó cómo la expresión dulce del rostro de Piero se tornaba, a la mención de ese nombre, adusta. De mala gana se incorporó, ayudado por Renato, y con ánimo taciturno, apoyándose en dos recios bastones, renqueó tras los pasos de su padre.

En una pequeña estancia de la parte posterior del palacio departían en animado compadreo algunos de los invitados de Cósimo. Paolo Uccello, uno de los artistas dilectos de la familia, bromeaba con Benozzo Gozzoli, ante un atento y muy dado a la guasa Michelozzo, artífice de la fastuosa mansión.

–Mi enhorabuena, Benozzo... –espetó Uccello, tras apurar hasta el final la copa de vino. Y propinó al joven un par de afectuosas palmadas en la espalda–. ¡Estáis consiguiendo lo que nadie antes había logrado!

Benozzo se quedó in albis, no sabía muy bien a qué se refería el gran pintor. Y lo que en labios de Uccello empezaba siendo halago muy bien podía acabar en sarcasmo o denostación.

–Conociéndoos como os conozco, señor, no podría asegurar si me estáis augurando un futuro brillante en Florencia, o un papel menor en la corte de los Sforza en Milán... –repuso, salpimentando con ingenio la conversación. Sus ojos, saltones, bailaban en sus órbitas sin saber dónde posarse–. Así que me prepararé para cualquier eventualidad.

Michelozzo se echó a reír e intervino.

–No temáis, que hoy Paolo está de excelente humor y tiene la risa floja –explicó–. Ocurre que nada más llegar hemos visto vuestros progresos en los frescos de la capilla del palacio. Y tanto él como yo hemos coincidido en que…

–¡En que sois el primero en lograr que un tema religioso acabe siendo absolutamente social y profano! –tronó Uccello, al tiempo en que extendía el brazo y reclamaba más vino al copero–. Os veo pintando a todas las grandes familias de Florencia en escenas bíblicas… ¡Os haréis inmensamente rico!

Benozzo entendió al instante el derrotero por el que se movía la chacota de los dos veteranos artistas. Su *Adoración de los Magos* se estaba convirtiendo, así pasaban los días, en una multitudinaria procesión de miembros de la familia Médicis; emperadores y patriarcas griegos; amigos ilustres y allegados. Tantos se habían sumado a la cabalgata, por deseo expreso de Cósimo, que hasta él, aprovechando un hueco de mal llenar, había plasmado su rostro en el fresco. Rezó para que Uccello y Michelozzo no hubieran reparado en el detalle.

–¡Ya lo veo, lo puedo ver! ¡Los Petrucci, compungidos, en el Calvario! Ésos pagarían bien, son muy devotos –comenzó a enumerar el arquitecto deshaciéndose en risas–. ¡Y los Barbadorus, completamente borrachos, en las bodas de Caná!

–¿Qué me dices de los Strozzi, sacando barriga de mal año, en la Última Cena? –apostilló Uccello, echando más leña al fuego.

Bernard y Nikos, desde una posición retraída, seguían divertidos, y a un tiempo perplejos, la broma. Entendían lo coloquial y desvergonzado de la chirigota pero les resultaba extraño que los artistas se mofaran tan abiertamente de quienes les pagaban pequeñas fortunas por llevar a cabo sus proyectos. Pero ninguno de ellos variaría un ápice ni el tono ni el planteamiento cuando Cósimo y Carlo Médicis se unieron a la conversación poco después.

–¿En qué *batallas* andáis, maese Uccello? –se interesó Cósimo–. Tal vez tenga algo importante para vos en los próximos meses…

—¿Acaso otra versión múltiple de alguna *batalla* célebre? —aventuró el pintor, contrayendo el rostro hasta reflejar infinito terror—. ¡Ah, no, no, gracias, Cósimo! ¡Con las variaciones sobre *La Batalla de San Romano* he tenido suficiente, mirad hacia otro lado, os lo suplico! ¿Queréis saber qué estoy pintando ahora? ¡Muy sencillo: un san Jorge con dragón! ¡Y si mucho me apuráis elimino al dragón y Santas Pascuas!

—Tampoco me miréis a mí —escabulló Michelozzo—. Construir vuestro palacio me ha supuesto un montón de canas nuevas. Desde hoy sólo pienso edificar cabañas para pastores.

Cósimo y Carlo rieron de buen grado. Bernard se quedó durante unos segundos observando la fisonomía del hijo menor de Cósimo. No se parecía en absoluto a Piero *Il Gotoso*. Y tampoco a Giovanni, el mediano —al que el patriarca había mandado a Brujas a iniciarse en el arte de los negocios de la mano de Tommaso Portinari, su hombre de confianza—, cuyas facciones había podido ver el médico en un fresco que iluminaba una de las paredes de la biblioteca. Carlo, a diferencia de sus dos hermanos, era de pelo castaño, rostro redondo y lustroso y escasa estatura. Vestía una sencilla sotana.

En los siguientes minutos otros comensales fueron sumándose a los ya reunidos. Hicieron su entrada Mauro Manetti, amigo íntimo del banquero y su mejor valedor en la Signoria, donde detentaba el cargo de adjunto del *gonfalonier* de Justicia; Francesco Ingherami y su esposa; el gran Donatello, ágil y vivaz pese a sus setenta y tres años —de hecho, el escultor no dejaría de alardear al respecto, una y otra vez, burlándose de los achaques de reuma de Michelozzo, al que le unía una profunda y vieja amistad, ya que los dos habían sido discípulos del inolvidable Ghiberti—; y, finalmente, cuando ya todos hubieran jurado que nadie faltaba y comenzaban a reclamar comida, sobre la que seguir vertiendo jarras de vino, apareció el arzobispo de Florencia, Antonino. Llegó compungido, excusándose por el retraso.

A Bernard se le iluminó el rostro. Recordó el agradable encuentro y la conversación mantenida con él días atrás, en el claustro del convento de San Marcos.

–Creo que esta noche, padre, vais a necesitar ayuda –susurró a sus espaldas.

Antonino se giró y le reconoció.

–¿Eh…, Villiers, verdad? –sonrió–. ¿Ayuda, decís?

–Sí, ayuda: entre banqueros, políticos, nobles y miembros del Arte de la Lana os van a faltar manos para estirar tanta oreja… –bromeó el médico–. Contad conmigo llegado el momento.

Anderlino, el senescal, anunció, con la debida pompa y circunstancia, que todo estaba dispuesto. Y Cósimo, exultante, instó a todos a dirigirse al gran salón de palacio, que ocupaba una de las estancias principales asomadas a Vía Larga. La entrada de los comensales coincidió con las primeras dulces y sincopadas notas de *Sento d'amor la fiamma*, una popular melodía de Lorenzo da Firenze, cantada a tres voces.

Nikos y Bernard intercambiaron una mirada de asombro ante la magnificencia del lugar. Colgaban del techo cuatro grandes lámparas circulares, de bronce, adornadas por vetas de plata, en las que ardían docenas de velones perfumados. Las paredes, decoradas por delicadas pinturas al fresco, recreaban una maravillosa balaustrada asomada a un jardín idílico, salpicado por fuentes, glorietas, avenidas, estatuas y pájaros exóticos. Michelozzo sonreía satisfecho. El palacio que había construido para Cósimo, pese a la apariencia sobria que el banquero exigió desde el primer momento, y que él había mantenido contra viento y marea, era digno de un césar.

–¡*Prego, prego*, caballeros, tomen asiento! –propuso Cósimo–. Eso sí: los artistas todos juntos y lo más lejos posible de las damas. Estoy seguro de que se pondrán, como de costumbre, a discutir de perspectiva, puntos de fuga y todas esas cosas que hacen bostezar a las señoras… ¡y también a mí!

Entre risas, todos se acomodaron en la parte exterior de las tres largas mesas situadas frente a la chimenea central. La parte interior quedaba reservada al servicio, que de inmediato comenzó a desfilar portando grandes bandejas repletas de caprichosos y suculentos manjares.

–Viendo lo que veo, Marsilio... –comentó Nikos entre dientes, con absoluta fruición, echando mano a unos pastelillos de pasta rellenos de capón y acelgas con parmesano, panceta y jengibre–, me parece que iniciarte en los principios herméticos y en la obra de Trismegisto me ocupará, más que semanas, varios meses.

Bernard y Marsilio sonrieron ante la declaración. Estaban situados en una de las mesas laterales, con financieros y miembros de los gremios de la ciudad a un lado y al otro. La principal estaba ocupada por Cósimo y Tessa –cuya elegancia fría y distante llamó poderosamente la atención del francés–; por Piero y su esposa, Lucrecia Tornabuoni, mujer de extraordinaria belleza pero de escasas palabras, ya que el cielo la había dotado de una voz nasal sumamente desagradable, sólo comparable a un instrumento de viento mal temperado. Renato de Anjou y la adorable Jeanne de Laval, Carlo Médicis, Antonino y Mauro Manetti ocupaban los extremos.

Desde la puerta del saloncito contiguo, utilizado por la servidumbre para el trasiego de platos, Magdalena clavaba sus ojos en esa mesa presidencial.

–¡Vamos, mujer, hazte a un lado! –gruñó Zita malhumorada, tratando de esquivarla–. ¡Me harás tropezar, maldita sea: saca tu culo de la puerta!

–¿Le has visto, Zita? –suspiró desconsolada el ama de llaves–. ¡Mírale, está guapísimo! ¿Verdad que le sienta bien el hábito?

–¡Bah, parece un enterrador, déjame pasar! –y la obligó a hacerse a un lado con un brusco golpe de cadera.

Magdalena repitió la pregunta a Cristina, que venía detrás, portando varios platos de perdices escabechadas.

–¡Escucha, si no te olvidas de Carlo, lograrás que todas acabemos locas de remate por tu culpa! –recriminó en tono desabrido.

–¿Cómo puedo olvidarlo, dime, cómo? –adujo lastimera.

–¡Vosotras dos, basta de cháchara! –interrumpió Domenico, el encargado de abastos, que se había plantado a sus espaldas sin que ninguna hubiera advertido su presencia–. Y tú, Cristina, vamos, que esas perdices se están enfriando...

Hasta bien entrada la madrugada, una interminable sucesión de viandas y postres fue servida y corrió el *chianti* con generosidad, refrescando gaznates y achispando el ingenio de unos y otros. A petición de todos, se levantó Renato, ante el sonrojo de Jeanne de Laval, y declamó no menos de veinte rimas de su interminable poema amoroso; contaron los laneros chascarrillos que causaban furor entre cardadoras e hilanderas y hasta el imperturbable Donatello, cuyo rostro noble y grave recordaba al del mismísimo Julio César, dedicó piropos y elogios subidos de tono a las damas presentes, asegurando que con los rasgos de todas ellas se podría cincelar la más sublime de las esculturas. Debería ser la nariz –precisó–, la de Jeanne de Laval; el cuello y la frente, de Lucrecia Tornabuoni; los ojos y labios, los de Tessa di Bardi. Y cuando vio que los presentes asentían, entre risas y palmas, propuso el artista realizar la obra por la módica suma de mil florines; cifra que a las damas pareció más que razonable, una bagatela, y a Cósimo, una auténtica salvajada.

Y en todo ese tiempo feliz, suspendido y sin límite, la orquesta siguió tocando madrigales y tonadas que todos conocían bien. Escucharon, con arrobo y admiración, la bellísima *De poni amor a me,* de Gherardello, y la inolvidable *Fenice fù,* de Jacopo da Bologna, que inflamaba el corazón de las mujeres y humedecía los ojos de los caballeros menos emotivos.

Entonces, súbitamente, ocurrió.

Sonó una nota estridente, aguda, metálica, que hizo que todos volvieran el rostro hacia los ministriles, extrañados ante disonancia tan hiriente. Pero los músicos, perplejos, miraban a su vez a los comensales encogiéndose de hombros.

Dejaron de tocar.

El sonido volvió a repetirse, amplificado por el silencio que se instaló en el salón. Venía de Vía Larga. No cabía duda alguna. Era el aullido metálico de una trompeta o un cornetín de guerra.

Todos se precipitaron a los ventanales. Dos jinetes embozados permanecían ante el palacio, sujetando con firmeza las riendas de sus monturas. Las antorchas y braseros de la calle hacían oscilar sus sombras negras sobre las losas. Arrastraban lo que parecía un cuerpo amortajado, atado como un fardo.

Uno de ellos, lentamente, alzó el brazo, crispando su puño en clara señal de amenaza. Y al punto espolearon a los jacos, rodeando la mansión y volviendo a reaparecer, poco más tarde, y ya al galope, por el extremo izquierdo.

—¡Por todos los santos, qué significa esto! —tronó Cósimo, asomado al alféizar—. ¿Quiénes sois, qué demonios queréis? ¡Malditos seáis! ¡Malditos, malditos!

Bernard creyó comprender al instante. Un intercambio rápido de miradas con Nikos y Marsilio convirtió la sospecha que latía en su pecho en absoluta certeza.

Seguían los encapuchados rodeando el palacio, una y otra vez, acarreando su siniestro bulto y haciendo sonar la trompeta, ante la mirada aterrorizada de todos.

—¡Qué diantre: van a conocer esos miserables la ira de un francés! —tronó Renato, saliendo con gesto enervado del salón. En su carrera hacia las escalinatas, arrancó la espada a una de las armaduras milanesas con tanta energía que ésta se vino abajo estrepitosamente. Descendió como una exhalación hasta el *cortile* e irrumpió en medio de la Vía Larga blandiendo el acero, dispuesto a propinar un tajo salvaje y despiadado a los misteriosos jinetes.

Pero poco pudo hacer el duque de Anjou ante la carga de las monturas, que le embistieron cuando se situó ante ellas, fiero y firme. El cuerpo que portaban al arrastre le barrió como una guadaña, haciéndole caer de bruces. Después, sin detenerse, se perdieron los dos extraños en dirección a Santa María de las Flores, calle abajo. Se precipitaron entonces los criados de palacio a atender a Renato, ayudándole a ponerse en pie. Sacándoselos de encima, encendido por la ira y con gesto dolorido, regresó el noble al gran salón donde todos, sumidos en un silencio angustioso, intercambiaban miradas de desconcierto.

–¿Quién os ha dicho que dejéis de tocar? –chilló Cósimo furioso, encarando a los músicos, pálidos y cariacontecidos–. ¡Vamos, seguid tocando! ¡Tocad, maldita sea!

Reemprendieron al punto los intérpretes su concierto.

Bernard se acercó hasta el corrillo que se había formado alrededor de Renato. Jeanne de Laval, presa de los nervios, palpaba el pecho de su marido intentando convencerse de que no había sido herido. El magullado duque farfullaba, rabioso, una ininteligible retahíla de improperios en francés, mientras intentaba desembarazarse de las atenciones dispensadas por unos y otros.

–¡Santa madre de Dios! ¿Y ahora qué pasa? ¿Qué está ocurriendo aquí? ¡Mirad, mirad! –alertó Piero *Il Gotoso*, reclamando la atención de todos y dirigiéndola, así se la prestaron, hacia la chimenea.

En un rapto de terror colectivo, pudieron ver a Mauro Manetti, magistrado de la Signoria de Florencia, lanzar espumarajos, dar unos pasos inseguros y desplomarse fulminado ante el amor de las llamas. Bernard, seguido por Marsilio, se apresuró a atender al prior. Su rostro se contraía en una mueca grotesca: permanecía con la boca abierta, los ojos hinchados en sus órbitas y los dedos crispados como las garras de un halcón.

–¿Qué le ocurre a este hombre, Bernard? –apremió Nikos, arrodillado junto al francés–. ¿Está muerto?

–Sí, está muerto…

–¿Crees que…?

Bernard desabotonó el *lucco* de Manetti, retiró la camisa y palpó el vientre, hinchado y duro. Después se acercó hasta sus labios amoratados y percibió el olor profundo y dulzón que emanaba con su último hálito.

–¡Vamos, vamos! ¿Es veneno? –insistió el cretense–. ¿*Arsenikós*? ¿*Cantarella*?

–No. Ha muerto sin proferir un solo grito. Es algo peor: *bang* hindú...

Se miraron los tres, durante un eterno instante de pánico. Bernard se alzó y encaró a los presentes, expectantes, sobrecogidos, hacinados como una turba.

–Escúchenme, no hay tiempo que perder... –anunció el médico aparentemente impávido pero con el miedo atenazando sus entrañas–: ¡Este hombre ha muerto envenenado! ¡Y tal vez todos hemos ingerido veneno! ¡Provóquense el vómito! ¡Fuercen el vómito ahora..., ahora mismo!

Y en el paroxismo del miedo que sucedió, se repartieron todos por el gran salón buscando un rincón en el que convocar la náusea. Regurgitaron bajo las mesas las damas; en los delicados frescos y alfombras los artistas; sobre platos y manteles los políticos y nobles; en la orla del propio hábito los clérigos.

Arrodillado y convulso, Bernard Villiers creyó entrever una silueta gris y vaporosa emerger del muro y caminar entre los despavoridos comensales; se detenía allí donde los gemidos y lamentos se hacían más notorios y tendía con generosidad su mano descarnada. Después, esperaba...

Y en medio del deshonor que mancillaba el terciopelo y la plata, interpretaban los ministriles la más célebre de las canciones compuestas por Francesco Landini.

La cantaban a tres voces.

Graves, circunspectas y llenas de emoción.

Non avrà má pietà...

20

PEQUEÑAS VIDAS

Bernard dejó el cálamo sobre la mesa y cerró el pliego de cuartillas sin haber logrado consignar nada sobre el papel. Había permanecido más de una hora enfrentado a ese exiguo espacio rectangular, al que de tarde en tarde, sin tiranías, solía acercarse buscando explicar o explicarse. La penumbra y el silencio reinaban en el destartalado altillo de la casa de Tomasso Landri. Unos metros más allá, Nikos yacía hecho un ovillo, recogido sobre sí mismo, entregado a la bendita tregua del sueño tras una de las noches más largas y angustiosas que cualquiera de los dos recordara haber vivido.

El médico sopló la vela y, cubriéndose el rostro con las manos, permaneció durante varios minutos inmóvil. Un ligero aleteo le devolvió a la realidad cuando su conciencia se adentraba en las lindes de la duermevela. Una luz tímida y triste se colaba por el desvencijado postigo anunciando la aclarada del día. Se levantó procurando no hacer ruido y abrió el ventanuco. Horacio, desde su pequeña jaula, le miraba con aire sorprendido.

—Buenos días, preciosidad... —susurró el médico—. ¿Ya estás despierto?

Horacio ladeó su cabeza breve y se agitó, poniendo sus plumas en solfa y aventando al tiempo la pereza.

—¿Sabes lo que decía tu tocayo, el gran poeta? —interrogó Villiers, con una sonrisa leve que a duras penas borraba el cansancio instalado en su semblante–. Pues decía el gran Horacio que cada día es comparable a una pequeña vida… ¿Qué te parece?

El gorrión retrocedió a lo largo de la rama que le servía de sustento y se refugió al otro lado de la pajarera sin dejar de mirarle.

–¿Te inquieta la comparación? ¡Oh, vamos! ¡Es sólo cuestión de entender los segundos como horas, los minutos como días y las horas como años! –enumeró el médico, desplegando uno a uno los dedos de la mano sin dejar de observarle–. Para los que aman, el tiempo es eternidad…

Nikos se revolvió en el jergón. Hablaba en sueños. Parecía no estar pasándolo muy bien. El francés se acercó y le zarandeó ligeramente. Al punto abrió los ojos y se incorporó. Parecía regresar de una agotadora lucha contra un ejército de fantasmas.

–¿Bernard? –dudó–. ¡Santa Panagia divina, qué pesadilla!

–¿Estás bien?

–No lo sé. Sí, creo que sí… –asintió–. Dime, medicucho: ¿estamos vivos o acaso hemos muerto y soñamos que vivimos?

Bernard no pudo evitar echarse a reír.

–¡Buena pregunta para empezar el día!

–Oye: no estoy para bromas, hablo muy en serio… ¡Me duele la cabeza!

–Si lo que quieres saber es si todo lo que ha pasado esta noche es real, la respuesta es sí. ¡No lo has soñado! –aseguró Villiers.

–¡Tremendo, francés, tremendo! ¡No lo olvidaré nunca, jamás!

Se quedaron mudos, rememorando todo lo ocurrido a lo largo de la noche. Durante interminables minutos, así dictaminó el médico que Mauro Manetti había sido envenenado, el pánico más absoluto invadió el gran salón del palacio Médicis. Gritaba Cósimo a los criados, reclamando con desespero jofainas y plumas de ave con las que provocar la náusea; perdió el sentido Donatello, víctima de la sugestión, se desplomó estrepitosamente entre las mesas, acrecentando la confusión del momento; hizo mella la histeria en Lucrecia Tornabuoni, la esposa de Piero, de modo tan desmesurado que Renato de Anjou, incapaz de hacerla entrar en razón, no dudó en abofetearla repetidamente hasta que cejó en su frenesí y, entre lloros, vació el estómago. En medio de ese amasijo de cuerpos convulsos, que se aferraban a la vida con denuedo, Bernard reparó en que Nikos permanecía alelado, estático, junto a la gran chimenea. Parecía que su conciencia hubiera abandonado el lugar. El médico se abalanzó sobre él, y sin contemplaciones le obligó a regurgitar todo lo que llevaba en las tripas.

–Debo darte las gracias, Bernard –confesó Nikos ausente, con la mirada enfocada en el drama que rememoraban–. Me quedé paralizado. Y no era miedo. Nunca antes me había ocurrido. Si no llega a ser por ti, me hubiera quedado allí, de pie, perplejo, esperando el toque de la muerte.

–Bueno…, después de todo es evidente que sólo la comida de Manetti estaba emponzoñada –apuntó Villiers–. Si el veneno hubiera estado en más de una bandeja, ni el vómito nos hubiera salvado. Pero en ese momento no había otra alternativa; no podíamos quedarnos sin hacer nada.

–¿Sabes qué vi en esos eternos segundos de estupefacción?

–No…

–Contemplé la visión más hermosa que guardo en mis recuerdos. La he evocado muchas veces, pero esta noche la he vuelto a ver tal y como la vi cuando era un chiquillo.

–Cuéntamela.

–Pues verás…, yo tenía ocho, tal vez nueve años –recordó Nikos–. Ocurrió en Creta, en primavera. Mi familia tenía un terreno en el que mi abuelo, muchos años atrás, había plantado almendros. Un centenar o más. Una mañana, mi padre me preguntó si quería ayudarle con las zanjas de riego, los aperos y esas cosas. Le acompañé…

Nikos se quedó en silencio durante breves segundos. Sonreía.

–Al llegar me quedé maravillado. Todos los árboles estaban en flor. Allá donde miraras, todo eran flores blancas… –y los ojos del cretense se inundaban de esplendor así iba narrando–. El cielo era diáfano, azul, de una intensidad casi irreal. Ya sabes cómo es la luz en esa parte del mundo…

–La recuerdo bien.

–Repentinamente comenzó a soplar viento, viento del mar. Muy suave al principio, con más fuerza al poco. Las flores empezaron a desprenderse; se desprendían a cientos, a miles. Yo las veía mecerse en el aire, quedaban suspendidas, bailando por todo el lugar. Me pareció un espectáculo tan grande y majestuoso que tomé conciencia de lo irrepetible del momento. Aquel día, en las colinas de la vieja Creta, siendo sólo un niño, vi la belleza del mundo, Bernard; se desplegó ante mí con toda su magia portentosa y me dijo en susurros quién era yo y qué sería de mí en el futuro; qué sería de todas las horas y de todos los días de Nikos Pagadakis. Y aún ahora, cuando tengo palabras suficientes y las derrocho a espuertas, no las encuentro ni justas ni adecuadas para explicar todo lo que supe y sentí entonces.

–El mundo te habló, Nikos. También yo he escuchado en algunas ocasiones su voz –afirmó Bernard–. Es el mayor de los regalos.

–Sí. Por eso, hace unas horas, cuando la incertidumbre de la muerte nos rondaba a todos, volvió a brotar esa visión con la que el mundo me despertó a su misterio fascinante y terrible y con la que el mundo cerrará mis ojos el día en que la parca diga que ya basta, que lo deje todo tal y como está y que la siga. Por eso, viejo amigo, estaba allí, en medio de esa locura, más que pasmado aquiescente, dispuesto a que el viento me barriera de esta tierra sin supervivientes como a una flor de almendro. Por eso ni gritaba, ni lloraba, ni temía…

Bernard abrazó a Nikos y lo zarandeó con afecto.

–Vamos, viejo gruñón –le confortó–. Cuando llegue el día, tú estarás en los campos de almendros de Creta y yo en las inmensas y desiertas playas de Normandía, escuchando el rugido del mar. La muerte nos encontrará tan serenos que se quedará desconcertada y no sabrá qué hacer.

El cretense se deshizo en lágrimas.

Y permanecieron los dos en silencio, mientras la luz del día crecía en intensidad y los sonidos cotidianos de Florencia, al despertar, inundaban el ambiente de realidad. La pequeña realidad que se toma por cierta y devuelve al mundo su forma, tras su tránsito fantástico por el reino intangible de la noche.

La realidad de los días.

Que como decía Horacio, son pequeñas vidas.

21

PARA BELLUM

Cósimo de Médicis, acompañado por Francesco Ingherami y Renato de Anjou, se dirigió a media mañana al palacio de la Signoria. No hubo forma de que el banquero aceptara trasladarse en un discreto carruaje –tal y como proponían el francés y su director de finanzas– que le salvaguardara de las miradas, proximidad y comentarios del populacho. Tras los funestos acontecimientos de la noche, Cósimo parecía necesitar, más que nunca, tomarle el pulso a la calle, mirar a la cara a los florentinos y entender de qué parte estaban sus fidelidades y afectos. Los oficiales judiciales seguían registrando el palacio familiar, tras haber retirado en un saco, antes del amanecer, el cuerpo de Mauro Manetti por una de las puertas traseras de la mansión. A esas horas ya se sabía que Domenico, el encargado de abastos, se había dado a la fuga durante la madrugada; que sólo la torpeza de una de las criadas había evitado la muerte del patriarca, a costa de la vida del adjunto del *gonfalonier* de Justicia de la ciudad, y que el cuerpo, amortajado y arrastrado por los misteriosos jinetes, abandonado, una vez más, ante la puerta Este del baptisterio, era el de Antonio Gentile, uno de los más viejos allegados de Cósimo: supervisor de los procesos de tintura de las prendas y conocedor de las fórmulas secretas del alumbre.

Atravesaron la plaza de San Giovanni, dejando el Duomo y el Campanile a su izquierda y el baptisterio a la derecha. Un retén de soldados custodiaba los alrededores e interrogaba a todos los transeúntes que cruzaban por el lugar, pese a que la superchería llevaba a los florentinos a evitar la zona o a pasar por ella santiguándose y sin detenerse. Poco después, eran recibidos en el Palacio del Pueblo por Flavio Premoli, la máxima autoridad de la ciudad junto al Consejo de Priores. Nada más ver entrar a Cósimo, se levantó y le abrazó con fuerza.

–Cósimo, amigo mío... –dijo apesadumbrado–. ¡Esto es terrible, Dios mío, terrible! Dime: ¿cómo está Tessa? ¿Y tu familia?

–Tessa está avergonzada, Flavio –confesó el banquero, que no había dormido ni un solo minuto en toda la noche–, ya la conoces. Considera que todo lo que está pasando es una deshonra para nuestro buen nombre.

–Entiendo...

–Pero yo estoy furioso y eso es infinitamente peor.

Tomaron asiento alrededor de una mesa ovalada, de mármol serpentino. Durante unos instantes permanecieron todos en silencio, sin saber por dónde empezar a desenredar la madeja de los luctuosos acontecimientos de las últimas horas.

–Hace unos minutos he firmado la orden de busca y captura de Domenico... –anunció finalmente el *gonfalonier*.

–Debes coger a ese cabrón, no puede escapar bajo ningún concepto.

–No escapará. Te lo juro por la amistad que nos une.

–*Bene*...

–Dime: ¿cuánto tiempo llevaba a tu servicio? –preguntó el magistrado.

El rostro de Cósimo reflejó desconocimiento. Más de una veintena de criados entraba, salía y pernoctaba en el palacio habitualmente.

–Unos tres o cuatro meses... –aclaró Ingherami, que conocía hasta el último detalle de los libros de cuentas, posesiones y asuntos de los Médicis–. Se ofreció cuando la familia preparaba su salida de la casa del Mercado Viejo, a finales del año pasado.

–Podéis estar tranquilos. Si está en la ciudad, no saldrá de ella –aseguró Premoli–. He ordenado bloquear las cuatro puertas y todas las poternas, pese al caos que eso supone. Todos los que entran y salen son interrogados. Se revisan carros y alforjas y se detiene a cualquiera ante la más mínima sospecha. Todos los hombres disponibles están en la calle, en los mercados y en las esquinas, a la puerta de las iglesias y en los puentes. Además, el Arte de la Lana ha movilizado a su propia guardia gremial. Florencia está bajo control.

Ninguna de las medidas de seguridad enumeradas por Premoli parecía satisfacer a Cósimo, que apretaba la mandíbula y hacía verdaderos ejercicios de contención.

–Alguien está buscando nuestra ruina, Flavio –apuntó el Médicis liberando finalmente su ira. Comenzó a golpear el índice contra la superficie fría de la mesa–. Mauro Manetti era tanto amigo mío como tuyo; pero él, y que Dios le tenga en Su Gloria que de su familia ya me ocuparé yo, tiene poco que ver con lo que sucede. Ha muerto por el error de una de las criadas. Ese veneno era para mí. Iban a por mí. Van a por mí. Y el asesinato de Antonio Gentile, el cuarto en veinte días, así lo corrobora.

–¿Gentile era tu experto en tintadas, verdad? –inquirió el magistrado.

–Más que un experto. Nadie controlaba los procesos y secretos del alumbre como él. Llevaba toda la vida conmigo. Y estoy convencido de que el alumbre está en el fondo de toda esta cuestión. Sabes bien, pues los Médicis confían plenamente en ti, que estamos negociando con el Papa la explotación de Tolfa…

–Sí, lo sé.

–Pero lo que quizá no sepas es que Anselmo Alberici está empeñado en hacerse con el monopolio a su vez. Negocia con la Santa Sede desde hace semanas.

–¿Estás seguro?

–Estamos completamente seguros… –afirmó Ingherami.

–¿Adónde nos lleva eso? –indagó temeroso el *gonfalonier*.

—Eso nos lleva a la guerra —sentenció Cósimo—. Escucha, voy a intentar explicártelo. Alberici odia a mi familia, aunque no tanto como yo les odio a ellos. Está convencido, el muy imbécil, de que a mí me quedan sólo dos misas y una buena extremaunción. Sabe que mi hijo, Giovanni, no está preparado para manejar nuestros negocios; Carlo, por su carácter y su condición de prelado, lo sabes bien, no cuenta; por último, Piero, debido a su salud, sólo podrá velar por nuestros intereses desde palacio cuando yo ya no esté. Lo que no ate yo, en vida, difícilmente podrá atarlo él después. Anselmo Alberici sabe que si ahora arroja el resto y vence se convertirá en el hombre más poderoso de Florencia.

—Todo me parece lógico, Cósimo —asintió Flavio—. El único problema es que no tenemos pruebas que le impliquen directamente en este reguero de muertos. Y sin pruebas no podemos hacer nada. Tampoco hemos sacado mucho en claro de las muertes de Fabriano y Frosino. No tenemos nada, nada…

—¿Pruebas? —tronó el banquero aporreando el brazo de su butaca—. ¿Qué pruebas tenían contra mí toda esa pandilla de facinerosos que buscaron mi muerte en el pasado y me mandaron al exilio?

El *gonfalonier* se quedó cabizbajo durante unos segundos. Dudaba de si articular o no lo que ya pasaba por su mente.

—Escúchame bien, viejo amigo: lo que te hicieron no tiene nombre, pero cuando lograste recuperar tu posición, tras ese año en Venecia, limpiaste la ciudad de opositores… ¿A cuántos desterraste? ¿A cien…, a doscientos? ¿No sería lógico, por tanto, que alguno de ellos estuviera detrás de esta conjura, siquiera alimentándola o comprando voluntades?

—Es posible…, aunque no probable: los vigilo a todos. Sé dónde están, sé qué hacen y sé cómo viven. Alberici es la mano que mueve los hilos de esta macabra conspiración. Por eso, Flavio, debes atrapar con vida a Domenico. Él nos dirá quién le pagó. Sólo necesitamos un nombre… —apostilló el patriarca.

—Hay algo más… —intervino Ingherami—. Hemos sabido que los Alberici se están armando. Han cursado una *condotta* a un mercenario. Ya sabes lo que eso significa.

–Sí. Lo sé y me aterra.

–También nosotros estamos convocando discretamente a algunos *amici degli amici...*, y mañana viajaré a Pisa: voy a entrevistarme con alguien capaz de velar por la seguridad de la familia –previno el director de finanzas.

Flavio Premoli miró con semblante demudado a Cósimo. Entendía perfectamente que los acontecimientos se precipitaban de forma inexorable, que una puerta a la violencia se había abierto de modo irreversible. Y una sensación de angustia indescriptible le invadió. Ocupaba el cargo desde hacía sólo tres semanas y haría falta un milagro para evitar que una espiral de muerte y violencia salpicara su corto reinado como alto magistrado de Florencia.

–Dime, Cósimo... ¿Quieres que ordene a una veintena de mis hombres que vigilen las proximidades de tu casa? –propuso–. Ahora mismo, mientras seguimos con las pesquisas, no puedo hacer mucho más.

–No será necesario –intervino Renato de Anjou, que hasta el momento había seguido el desarrollo de la conversación en silencio–. Mi guardia personal está conmigo. Y os aseguro, sin que ello suponga denostar el valor de vuestros soldados, que haría falta un ejército de asesinos para acabar con ellos. Esos hombres lucharon junto a mí, durante años, contra Inglaterra. Compadezco a aquellos que osen enfrentarles.

–Además..., dentro de unos días toda la familia se trasladará a Villa Careggi –anunció el Médicis–. Allí estarán a salvo, bien defendidos. No quiero que las mujeres y los niños presencien lo que se avecina. Sólo me resta pedirte una cosa, Flavio. Y sabes bien, pues te lo he demostrado muchas veces, que yo jamás olvido a los que me favorecen.

–Haré todo lo que esté en mi mano, Cósimo; no te quepa la menor duda.

–Esto te costará poco, Flavio..., muy poco –susurró el banquero–. Sólo te pido que mires hacia otro lado cuando llegue el momento.

–¿Piensas desencadenar una guerra en las calles de Florencia? ¡Dios mío!

–Los Estados no se gobiernan a base de padres nuestros, Flavio –puntualizó el patriarca–. Por eso te estoy pidiendo que cierres los ojos, o que mires al Campanile, cuando la sangre reclame sangre... *capisci?*

22

PIEZAS DE UN ENIGMA

Un pirata? ¿Estás seguro de lo que dices?

–Sí, un pirata, un auténtico salteador…

Bernard enarcó una ceja y miró con cierto escepticismo a Tomassino, pero sólo brevemente. Después sonrió y volvió a concentrarse en lo suyo. Escribía en un pequeño papel el nombre del específico que acababan de enfrascar, usando la clásica letra gótica de los apotecarios. Y trazarla con un cálamo fino requería de buena vista y de mejor pulso. Trabajaban los dos en la rebotica, desde primera hora de la mañana, envasando en todo tipo de tarros y recipientes quintaesencias destiladas por el florentino noches atrás.

–Me cuesta creerlo… –aseguró Bernard, mientras añadía con trazo firme las afiladas terminaciones que embellecían los grafemas–; pero, por otra parte, se diría que todo lo que rodea a esa familia está envuelto en un aura de misterio.

Tomassino había estado explicando a Bernard, a grandes rasgos, lo que sabía sobre los Médicis, que en buena medida era lo mismo que todo el mundo en Florencia sabía y contaba, añadiendo o restando aquí y allá. La presencia y actividad económica de la familia, que se instaló en la ciudad del Arno procedente de Mugello, se remontaba a las postrimerías del siglo XII. Asentados como cambistas en la zona del Mercado Viejo, multiplicaron ganancias sin perder de vista sus intereses en el Arte di Calimala, el gremio de la lana. Pertenecían a una de las facciones más intransigentes del partido güelfo –la *con-sorteria* de los Negros–, que lograría hacerse con el poder tras el cambio de siglo. A diferencia de otras empresas fundadas por familias florentinas, las creadas por los Médicis lograron capear las crisis y temporales de los siguientes años, que llevarían a muchos a la bancarrota, gracias a su buen tino a la hora de diversificar sus negocios y al sistema casi autónomo por el que se regían sus filiales y factorías en Italia y Francia. Y si importante era su estrategia a la hora de invertir, en la que se buscaba más la fidelidad inquebrantable de los copartícipes que el beneficio rápido, todavía resultaba más perspicaz y encomiable su pericia para nadar entre dos aguas. Nunca olvidaron su extracción plebeya, pero jamás cejaron en su empeño por alcanzar la posición preeminente a la que aspiraban. A tal fin, se habían mantenido, en lo emocional, cerca de las vicisitudes del *popolo minuto* –que les arropaba y les veía como a semejantes a los que imitar, bendecidos por la fortuna–, mientras reforzaban su posición entre el *popolo grasso*. Muchos chascarrillos populares sacaban punta a la táctica perseguida por los Médicis a la hora de concertar matrimonios que les encumbraran en lo social, generación tras generación.

–Me cuesta creer que Giovanni di Bicci, el padre de Cósimo, aceptara tener tratos con un corsario… ¿Cómo has dicho que se llamaba? –preguntó Bernard.

–Cossa…, Baltasar Cossa. Era un napolitano del que se cuenta había desempeñado oficio de armas –explicó Tomassino–. Pero era un malhechor, un garitero, un bellaco. Parece que se dedicó muchos años a la piratería y que logró reunir un inmenso tesoro. Tal vez sea cierto, o quizá sólo una leyenda, de esas que inflaman la imaginación de las gentes y crecen con el paso de los años.

–¿Para qué necesitaba ese hombre a los Médicis?

–Yo más bien diría que se necesitaban mutuamente… –conjeturó Tomassino–. En los días de Giovanni di Bicci, la familia ya era una de las mayores fortunas de Italia. Pese a toda su riqueza, vivían con sobriedad, evitando cualquier signo externo que denotara ostentación y suscitara envidias. El padre de Cósimo era hombre campechano y sencillo; muchos le recuerdan cerrando negocios o yendo de telar en telar a lomos de un pollino, empapado por la lluvia, con el ábaco bajo el brazo. De todos modos, tras ese modo de vida austero, que inculcó a sus hijos, se escondía una gran ambición. Baltasar Cossa quería hacer carrera en el seno de la Iglesia y a los Médicis les interesaba tener a hombres de confianza infiltrados en la curia pontificia, a la que ya venían financiando con empréstitos desde hacía mucho tiempo.

–Entiendo… ¿Qué ganaba Cossa aliándose con los Médicis?

–Lavar su imagen. Tenía un botín con el que comprar voluntades y cargos pero adolecía de una *bella figura* en lo social. Más de uno asegura que ese rufián cedió el usufructo de sus años de correrías a cambio de un apoyo incondicional por parte de la familia. Además: costear una carrera eclesiástica tan fulgurante es imposible sin muchísimo dinero. ¿Tú crees que Giovanni di Bicci y Cósimo hubieran invertido una fortuna en ese hombre de no tener a buen recaudo ese cacareado tesoro?

–Parece lógico…

–De este modo, Cossa, ayudado por Giovanni y por el joven Cósimo, se ordenó sacerdote. Y en los siguientes años, escaló, uno tras otro, todos los peldaños de la jerarquía eclesiástica hasta llegar a ser papa… –apostilló Tomassino.

–¿Papa? –Bernard no pudo evitar echarse a reír–. Nikos estará encantado de oír esta historia. Ya sabes que disfruta lo indecible coleccionando historias de papas depravados.

–Sí…, Cossa calzó las sandalias del Pescador –reiteró el florentino–. Pero Nikos y tú sabéis de él. Adoptó el nombre de Juan XXIII, el papa pisano.

Bernard asintió. Conocía la historia del gran cisma que había hecho temblar a la Iglesia católica hasta lo más profundo de sus cimientos durante las primeras décadas del siglo XV. Una conmoción que sacudió a Europa de Norte a Sur y de Este a Oeste, como nunca antes había ocurrido y que sólo terminaría con la celebración del mayor de los concilios convocados en la historia de la cristiandad. Todo había comenzado un siglo atrás, cuando los pontífices, a la vista del caos y la anarquía que reinaba en Roma –en buena parte propiciada por las luchas de los nobles por el poder–, fijaron su residencia en Avignon. Felipe IV, el rey francés, logró que Bertrand de Got, un arzobispo, fuera nombrado papa con el nombre de Clemente IV, iniciando así lo que los italianos denominarían *la cautividad de Babilonia*. Durante casi setenta años, siete Vicarios de Cristo residieron en Francia. El último de ellos, Gregorio XI, regresó a Italia dispuesto a trasladar la Santa Sede a Roma. Pero murió al poco. Los cardenales italianos se apresuraron a elegir, entonces, a Urbano VI; pero los franceses, en una maniobra rápida, impugnaron la elección e invistieron a Clemente VII, dando lugar al Gran Cisma de la Iglesia. Durante la segunda década del siglo XV, los católicos de Europa, en un estado de perplejidad y vergüenza, que redundaría en el descreimiento general, se hallaron ante tres obediencias, la de Roma, la de Avignon y la de Pisa, y presenciaron el bochornoso espectáculo de ver a tres papas excomulgándose respectivamente.

Todo terminó en Constanza. El emperador Segismundo convenció a Juan XXIII, Baltasar Cossa, que recibía buena parte del apoyo popular, de la necesidad de convocar un concilio ecuménico que pusiera orden en la cristiandad. Asistieron cientos de príncipes, nobles y soberanos, dieciocho mil prelados y mil quinientas prostitutas. Duró cuatro años. Gregorio XII abdicó; Benedicto XIII fue depuesto y se retiró al castillo de Peñíscola, asegurando, hasta el último de sus días, que era el papa legítimo. Juan XXIII, finalmente, fue acusado de robo, lascivia, paganismo, mentira, simonía y traición y fue despojado de su alto rango. Martín V fue señalado como nuevo pontífice de todos los cristianos en noviembre de 1417.

–La historia reciente de la Iglesia ha sido vergonzosa, Bernard... –comentó Tomassino con aire escéptico–. De estar el Maestro entre nosotros, se dejaría de látigos y la emprendería a base de pólvora y bolaños con todos ellos.

El francés sonrió. Y se quedó silencioso, ocupado en poner nombre a los compuestos que Tomasso le tendía. Conocía, como iniciado en los secretos de la Tradición Hermética, las innumerables mentiras y lecturas interesadas con que los estamentos religiosos habían tergiversado, a lo largo de los siglos, la más sencilla y sublime de las verdades. Ocultación y despropósito que perseguía, de forma zafia, la cautividad y la aquiescencia del pensamiento. De algún modo, se dijo el médico para sus adentros, nada había resultado más nefasto, ni producido semejante menoscabo a un mensaje revolucionario, destinado a hermanar a los seres en el Conocimiento, que las propias maquinaciones e intrigas perpetradas por los custodios de ese inmenso legado espiritual. Por fortuna, aquí y allá, la obra real y cotidiana de hombres abnegados como Antonino, el arzobispo, y otros religiosos a los que había tenido la fortuna de conocer en sus viajes, permitía albergar la esperanza de que la bondad, desnuda y desprovista de interés, acabaría por imponerse algún día a las miserias del dogmatismo.

Se disponía a reconducir, en ese sentido, el irónico comentario de Tomassino, cuando Nezetta entró en la rebotica hecha una furia.

Traía el rostro descompuesto, los labios contraídos en un mohín de enojo y la mirada impregnada en azufre. Se plantó en jarras delante del apotecario y le espetó…

–¡Tomasso, he recontado el dinero de la arquilla y faltan cinco florines!

El florentino la miró de soslayo, sin dejar de ocuparse en lo suyo. Y se resguardó tras un tenso mutismo que parecía preludio a la tempestad.

–¿No me has oído? –insistió–. He dicho que falta dinero en la arquilla…

–Te he oído; te oigo perfectamente –repuso Tomasso–. No hace falta gritar.

–¿Qué ha sido de ese dinero?

–Lo he utilizado…

—¿Que lo has utilizado? —gruñó la mujer—. ¿Y en qué, si puede saberse?

—Lo he entregado al *Ospedale degli Innocenti*…

—¡Al orfanato! —exclamó Nezetta incrédula—. ¿Has dado cinco florines al orfanato?

—Sí.

—Maldito seas, Tomasso Landri. Maldita sea tu estampa…

—Tenemos más dinero del que podamos necesitar. Me niego a discutir sobre esto —zanjó el apotecario al borde de la acritud—. ¿Crees que podrás llevarte todo el maldito dinero a la tumba? ¡Nadie se lleva nada de este mundo, Nezetta, nadie; sólo la satisfacción de lo que se hizo bien!

—Escucha lo que te voy a decir —recriminó la mujer sulfurada—. En mala hora te metieron esas ideas en la cabeza; ni sé ni me interesa nada de toda esa patraña gnóstica de hermandad alejandrina de beatos sin ambición, tampoco lo relacionado con los *buonnomini di san Martino* del arzobispo. Sólo sé que estoy harta, harta de que te niegues a prosperar como hacen todos en esta ciudad…

—La ambición te destruirá, Nezetta —replicó Tomasso con desazón, evitando mirarla—. Todos, algún día, deberemos rendir cuentas de la mucha o poca conciencia que logramos despertar…

Pero la mujer ya había salido de la rebotica dejando a su marido con la palabra en los labios. Tomasso y Bernard se quedaron en silencio; el apotecario, claramente avergonzado; el médico, intentando ocultar el bochorno que le producía comportamiento tan ruin.

—Vamos…, vamos… ¡coraje! —susurró Bernard intentando romper el maleficio—. Escucha, Tomasso: no es necesario ganar todas las batallas, ni siquiera librarlas todas; pero algunas no se pueden perder. Y ésta es de ésas. No dejes que te derrote.

—¿Estás seguro de que los asesinos de la otra noche no olvidaron siquiera un poco de ese veneno tan efectivo? —indagó con una sonrisa malévola el apotecario, provocando la hilaridad inmediata del francés.

–No te preocupes –le reconfortó Villiers–. Una idea me ronda por la cabeza desde hace días. Pero aún es pronto. Te lo contaré todo a su debido tiempo. Por cierto: háblame de esa hermandad a la que se ha referido Nezetta, los *buonnomini di san Martino*... ¿formas parte de ella?

Tomasso explicó que se trataba de una fraternidad, creada por el arzobispo Antonino, casi veinte años atrás. Estaba integrada por doce ciudadanos piadosos, los *Procuratori dei Poveri Vergognosi*, que dedicaban esfuerzo y dinero a paliar la miseria más lacerante.

–Dentro de la fraternidad cada uno desempeña tareas concretas –contó el florentino–. En mi caso, por oficio, elegí ayudar en el Hospicio de Florencia. Visito a los niños cada semana y velo por su salud. Se abandonan muchos niños en estos días; el orfanato está lleno, Bernard. Y la mayor parte de los médicos y boticarios de la ciudad no quieren perder el tiempo trabajando allí por pura filantropía.

–Me parece extraño que en una ciudad tan rica como ésta haya tantos niños sumidos en el desamparo... ¿existe alguna razón?

–Precisamente por ser Florencia una ciudad próspera –aclaró Tomaso– muchas son las madres que acuden de las poblaciones colindantes en la creencia de que aquí encontrarán familias que se hagan cargo. Dejan a sus hijos durante la noche en el torno de piedra del *Ospedale degli Innocenti,* alertan tocando la pequeña campana y se alejan.

Tomasso interrumpió sus explicaciones. Miró a Bernard de hito en hito, como si estuviera ponderando lo oportuno del momento para formular algo que le rondaba por la cabeza.

–Quisiera pedirte un pequeño favor, Bernard –dijo–, y no encuentro mejor momento que éste, ya que mi vinculación con el orfanato ha salido a colación. ¿Crees que podrías ayudarme en las visitas a los niños? Tengo tantos asuntos entre manos que no doy abasto para atenderlos. Y ya sabes cómo soy. Me desespero. Por otra parte, tú eres un médico excelente; nadie había logrado mitigar la dolencia de Piero *Il Gotoso* como tú lo has hecho...

Una sonrisa enigmática se dibujó en los labios del francés.

—Ocurre, Tomasso, que todos los que han tratado a Piero han errado en sus diagnósticos. Habrá que empezar a pensar en cambiarle el apodo a ese hombre.

—¿Qué quieres decir?

—Oh, bueno, pues que no es gota: es artritis, Piero *el Artrítico*. Y entre gota y artrosis media un buen trecho...

—¿Podrás ayudarme?

—Claro, no lo dudes. Además, en algo he de emplearme ahora que nuestra estancia en Florencia se va a prolongar más de lo que yo suponía. Visitaré a los niños del hospicio, no te preocupes.

Tomasso suspiró aliviado.

—Ya casi hemos terminado —observó Bernard, repasando la perfecta formación de todos los frascos que habían quedado cerrados y debidamente clasificados—. ¿Por qué no acabas de contarme los chanchullos y marrullerías que sepas sobre los Médicis mientras ordenamos todo esto en los estantes?

—¿Qué más quieres saber?

—No lo sé, cualquier cosa que relacione a esa familia con la catedral, con el baptisterio.

Tomasso reflexionó durante unos minutos. Parecía querer poner en orden sus recuerdos. La vinculación de Giovanni di Bicci, primero, y de Cósimo, después, con las iglesias, monumentos, bibliotecas e instituciones de Florencia era tanta que poner hilo a la aguja se le antojaba difícil. Los Médicis habían costeado la reconstrucción de San Lorenzo, su parroquia, sin reparar en gastos; ofrendado altares y capillas en la Santa Croce y en San Miniato; mantenían monasterios como el de Mugello, para los *frati minori*; habían derrochado el dinero a espuertas —no menos de cuarenta mil florines— en la restauración del convento de San Marcos y en la creación de su famosa biblioteca, archivo público al que siguió, tiempo después, otro similar en San Girolamo, un monasterio de la vecina Fiesole. Con ese mecenazgo, apuntó el boticario, la familia perseguía asegurarse un lugar de honor en la memoria colectiva del pueblo.

—Supongo que cuando uno llega a ser tan endiabladamente rico como es ese hombre —apuntó Bernard con deje irónico—, sólo resta comprar una buena cuota de posteridad.

Tomasso asintió divertido. Conocía a Cósimo perfectamente y sabía que el banquero —que confesaba sin rubor disfrutar mucho más gastando el dinero que ganándolo— no dudaría en pagar cualquier suma, por exorbitante que ésta fuera, con tal de perpetuar su memoria.

—Estás en lo cierto —convino, tras enumerar la larga lista de obras y logros atribuibles al patriarca—. Pero yo diría que, a estas alturas, el viejo ya se sabe inmortal. Florencia debe a los Médicis la cúpula del Duomo, su máximo orgullo. Cósimo y su padre no dudaron en apostar por Brunelleschi a la hora de acometer el trabajo, en contra del parecer popular, que sostenía que las ideas del arquitecto eran peregrinas y el proyecto, inviable.

—¿Cómo logró elevar esa cúpula? ¡Parece cosa de titanes!

—No lo sé. Yo no entiendo de arquitectura. Sólo sé que la catedral permaneció, para mayor vergüenza de Florencia, sin cerramiento alguno durante una eternidad. Cada vez que llovía, se inundaba. Y ningún estudio, de los muchos presentados, aseguraba coronar ese cimborio con éxito. Por otra parte, no había en La Toscana madera suficiente que permitiera construir un armazón sobre el que trabajar. Pero Brunelleschi, con su aspecto tosco, desaliñado, realizó el milagro. Dicen que se inspiró en la cúpula del Panteón de Roma…

—¿Qué hay del baptisterio? —inquirió Bernard cambiando de tercio.

—Por lo que respecta al baptisterio de San Juan, poco te puedo contar —Tomasso se rascó el cogote, como si intentara arañar algún dato vital—. Sé que a principios de siglo se convocó un concurso entre artistas, con vistas a construir las segundas puertas. Se presentaron los mejores. Brunelleschi entre ellos. Pero los Médicis y los responsables del Arte de la Lana, de los que dependía la adjudicación de la obra, optaron, tras una compleja prueba, por Lorenzo Ghiberti, que realizó los paneles de esas puertas y también, años más tarde, los de las terceras, las que están orientadas al Este.

Un destello lúcido iluminó la mirada de Bernard, llevándole a encerrarse en sus cavilaciones hasta el punto de abstraerse de la narración monocorde de Tomasso. Los crímenes cometidos a lo largo de las últimas semanas, a excepción del de Mauro Manetti, se dijo, parecían perseguir de forma inequívoca saldar una cuenta vieja de la que el gremio de laneros, y también los Médicis, se intuían como principales deudores. La revelación del apotecario, acerca de la concesión de las puertas del baptisterio, encajaba de forma curiosa con la extraña obsesión que los asesinos mostraban por ellas.

—De todos modos, si quieres saber más sobre este asunto... —escuchó decir a Tomasso— deberías hablar con Donatello.

—¿Donatello? ¿El escultor? ¿Qué tiene que ver Donatello en esto?

—Donatello fue discípulo de Ghiberti y trabajó con él en esas puertas. Lo sabe todo sobre el baptisterio. Y Michelozzo también te podría contar muchas cosas. De hecho, ambos, sobre todo este último, construyeron, por encargo de Cósimo, la tumba de Baltasar Cossa, el antipapa.

—¿Cósimo costeó el panteón de ese pirata?

—Sí, los Médicis protegieron a Cossa cuando fue desposeído de la tiara papal. Le protegieron hasta su muerte.

—¿Dónde está su tumba?

—Pues precisamente en el baptisterio...

—¿Baltasar Cossa está enterrado en el baptisterio de San Juan?

Bernard se sumió en un estado de turbación en el que toda la información facilitada por Tomasso pugnaba por encajar en su cabeza. Recontó cuidadosamente las piezas del rompecabezas. Cuatro asesinatos. Una clara venganza. Ghiberti y las puertas del baptisterio. El Arte de la Lana. Los Médicis. Un antipapa y su tumba. La leyenda de un tesoro...

Se quedó pensativo, asistiendo abstraído a las idas y venidas del florentino, que colocaba, con parsimonia, los frascos en los aparadores de la botica.

Y por un instante, se sintió capaz de resolver el maldito jeroglífico.

23

CONDOTTIERO

stás ahí, Muzio? ¡Maldita sea tu estirpe! ¡Eres un maula, un hara-
gán! ¡Sólo sirves para beber y roncar a la fresca! –la recrimina-
ción llegaba desde una de las ventanas de la destartalada quinta.

Muzio Fortebracci permanecía recostado en un diván desvencijado, junto a una pequeña mesa a la que faltaba una de las patas, bajo
un soportal de hiedra. Jugueteaba el hombre con una daga de filo mella-
do; ora pasándola suavemente por su barba corta y descuidada, ora
utilizándola para arrancar los pellejos de la cutícula de sus uñas.

–¿Es que no me oyes, pedazo de zafio? –volvió a increpar la voz.

–¿Qué quieres, mujer; qué demonios quieres ahora? –contestó
Muzio finalmente, con un deje arrastrado que denotaba fastidio y has-
tío a partes iguales.

–¡Quiero que hagas algo! ¡Quiero que dejes de criar panza y mue-
vas tus posaderas! ¡Haz el favor de traer unas cebollas y unos ajos del
huerto!

–Ya va…, ya va, maldita sea.

–¡Y una brazada más de leña!

–¡Sí, sí…, ajos, cebollas, leña!

Se incorporó con el apuro de un buey atrapado en el barro. Y al
erguirse, tomando la misericordia por la punta, la lanzó con rabia, al
tiempo que todo su cuerpo resollaba y el aire, al liberarse, expulsaba
la indolencia acumulada.

El cuchillo fue a clavarse en un gran tilo, de frondosa copa, que refrescaba toda el área de acceso al caserón. Muzio ajustó la trabilla de su cinturón, echó un vistazo a la cantarilla depositada en el centro de la mesa y le dio un manotazo al comprobar que estaba vacía. Después trastabilló en dirección al plantío.

–Cebollas, la señora quiere cebollas... –rezongó entre dientes.

Reparó en la polvareda que se levantaba en el camino. Alguien se acercaba al galope. Retrocedió unos pasos, hasta afianzar su espalda en el tronco del tilo, cerciorándose de que el puñal, de ser preciso su concurso, quedaba al alcance de la mano. Y se quedó inmóvil, en la penumbra, dispuesto a verlas venir. Al poco, dos jinetes entraban en la finca. El primero desmontó, tendiéndole las riendas al otro, y se dirigió, con paso decidido, hacia la entrada de la casa.

–¡Vaya, vaya! ¡Si no lo veo, no lo creo! –exclamó Muzio.

El forastero se detuvo y buscó la procedencia de una voz que se le antojaba harto conocida, si bien algo más pastosa y recia que la que conservaba en su recuerdo.

–¿Muzio? ¿Eres tú?

–¡Válgame el cielo! –dijo el hombre revelando su posición–. ¡El seboso de Ingherami en persona!

–Me alegra encontrarte, Muzio...

–Pues a mí ni una pizca verte –y esputó contra el suelo, por si el tono no dejaba bien a las claras el enojo que producía la visita–. ¿Qué pejiguera se te ofrece, Francesco?

Ingherami se adelantó, hasta quedar a sólo un par de metros de Muzio. Sacó una pequeña pieza de tela de su chaquetilla y enjugó el sudor que poblaba su frente.

–¡Diablos, qué calor!

–Tranquilo, que no tardará en llover. Me lo dicen los huesos.

–Cósimo me envía para decirte algo...

–¿Cósimo? ¡Redemonios... y yo que ya le hacía agusanado!

–Aun con gusanos diría que sigue pagando la renta de esta casa... ¿no?

–Ah, sí, la renta… –asintió con crispada ironía Fortebracci–. Cinco florines en goteras y desplomes de techumbre anuales; un florín en escalones *rompecrismas*, tres florines en cabras estériles y secas y alguno más en ajos y cebollas. Por cierto: te daré unos manojos para que se los coma a mi salud.

–Escucha, Muzio: Cósimo te pide que saldes ahora la deuda que tienes con él.

–¡Será cabrón! ¡Yo no tengo deudas con nadie, Ingherami!

–Tú sabrás. Pero lo que es con él, sí. Y lo sabes.

Muzio alargó el brazo, rodeando el grueso tronco del tilo, y desclavó el cuchillo. Después, dio dos pasos hasta el director de finanzas del banquero y se quedó tieso como un palo, dando golpecitos con la hoja de la daga en la palma de la mano, mirándole con aire displicente.

–¡Vamos, suéltalo! ¿Qué quiere Cósimo?

–Quiere ajustar cuentas a un tal Alberici… ¿le conoces?

–No. Ni ganas.

–El tipejo en cuestión ya se ha llevado a cuatro de los nuestros por delante. Es hora de devolver la visita.

–Sabes bien que ya no me ocupo en sacarle las castañas del fuego a nadie –aclaró–. Y menos si hay mujeres y niños de por medio.

–Aquí no hay mujeres ni niños, sólo un pedazo de barbón con cuernos, viudo y alcahuetero para más señas. Con dos hijos. Uno sodomita y chulesco; vanidoso y poca cosa el otro –puntualizó Ingherami.

–¿Y para tan poca morcilla necesitas matarife? ¡No me hagas reír!

–Los Alberici no están solos; han contratado a uno de tus viejos conocidos… ¿Quieres saber de quién se trata?

–Me lo dirás de todos modos. Te mueres de ganas por decírmelo.

–Han cursado *condotta* a Facino Verruchio –anunció–. ¿Le recuerdas, verdad?

A Muzio Fortebracci se le borró de un plumazo la sonrisilla descreída del rostro, que se transformó, en un abrir y cerrar de ojos, en el semblante impenetrable y astuto de un lobo que busca, sin prisas pero sin descanso, el rastro de un enemigo viejo.

–¿Verruchio?

–Sí, él.

–¿Dónde ha estado ese mastuerzo estos últimos años?

–En Milán. Lavándole ropa sucia a los Sforza.

–Ya…

–He supuesto que querrías saberlo –tentó Ingherami, buscando determinar cuánta convicción y odio albergaban los ojos desenfocados de Muzio, que escrutaban claramente el pasado–. Evidentemente, necesitarás a unos cuantos *fuorosciti*, bien armados y dispuestos, sin escrúpulos. No menos de veinte. Y a un caporal de confianza. Aquí tengo tu *condotta* preparada…

–¿Cuánto?

–Dos mil florines para ti si todo se resuelve en una semana –anunció Francesco–; quinientos para aquel que sea tu brazo derecho y cien para cada hombre. Si todo se cumple, sin más rifirrafes que los precisos, Cósimo te asegura dos mil más en concepto de *caposoldo*.

–¿Has previsto una *prestanza*?

Ingherami sonrió. Dio media vuelta y caminó hasta su montura. Rebuscó en una alforja y regresó con dos abultados sacos de piel.

–Quinientos florines en concepto de anticipo… –y diciendo eso descargó las dos bolsas en los brazos de Muzio–. ¿Qué me dices…, *condotta* cerrada?

–*Condotta* cerrada.

–¿Cuándo puedes estar en Florencia?

–Necesito al menos unos días para reunir a la gente y disponerlo todo.

–Avísame así te pongas en camino –apostilló Francesco. Y se giraba dispuesto a partir cuando volvió a encararle al entender que una puntada quedaba por hilar–: Algo más, Muzio. Entra en Florencia discretamente, sin alardes, por las puertas menores. Dispondré un viejo molino, junto al Arno, y una hilandería, para ti y para tus hombres. Y recuerda: no debe haber piedad…, ningún Alberici debe sobrevivir.

Ingherami y su acompañante se perdieron en dirección a Pisa, dejando a Fortebracci sopesando los dos pellejos de piel. El *condottiero* penetró en el interior del caserón y se dirigió a una habitación ubicada a la derecha del zaguán. Tropezó repetidas veces al intentar alcanzar la contraventana al final de la estancia, pateando todo lo que estorbaba su avance. Cuando la luz inundó por fin el lugar, se quedó mirando en derredor. Deslizó los dedos sobre ballestas destempladas, espadas herrumbrosas, silenciosos quijotes, grebas y escarcelas que se amontonaban sobre un par de mesas. Descubrió, tras la ronda, en un gesto rápido y decidido, una armadura, adormecida en el regazo del dios del acero a juzgar por el polvo acumulado en la tela. Tomó el *bacinetto*, suspendido del extremo de la pértiga que servía de alma a la estructura, y lo acomodó en su cabeza, tras devolverle el brillo con la manga del blusón y reencontrar su reflejo fiero y olvidado en la parte trasera del yelmo. Acarició los *bracciale*, surcados por un centenar de tajos destinados a sus carnes y recordó una muesca, más profunda, que corría desde su frente hasta la sien, partiendo su ceja izquierda en oblicuo.

Una sonrisa torcida animó la comisura de sus labios.

–Venganza, Verruchio… –musitó, resiguiendo la cicatriz de principio a fin–. Venganza…

24

AL FINAL DE LA NOCHE

Al amanecer, entonces?
—Sí. Al alba —respondió el capitán desde la borda, mientras se entretenía en desenredar un cabo que iba ordenando en amplios aros sobre la cubierta—. No se duerma o se quedará en tierra. Así anuncie la aclarada, largaremos vela.

—Aquí estaré, sin falta.

Domenico echó a andar por el muelle de Livorno, que permanecía silencioso a esa hora de la noche. A lo largo del atracadero se mecían, abarloadas y con la proa encarando la bocana, numerosas galeras, carracas y naos florentinas, junto a otras, procedentes de Génova, Barcelona y Marsella. La superficie de las aguas, como la capa de azogue de un espejo, invertía el orden del mundo, en una simetría perfecta que impedía discernir entre realidad y reflejo.

Al llegar al final del malecón, tras asegurarse de que nadie andaba escudándose en el eco de sus pasos, entró en El Calafate de Livorno. La taberna, que durante el día era el lugar más bullicioso del puerto, aparecía desierta; sólo unos cuantos amonados, derrumbados sobre la mesa, dormitaban velando los restos de sus jarras.

—¿Qué se le ofrece? —preguntó el cantinero—. De comer no pida, que ya no queda nada que llevarse al buche...

—No quiero comer, sólo quiero vino... —anunció, buscando un bancal apartado.

El hombre extrajo a medias el tapón de un tonel y llenó una cantarilla, después tomó un cuenco y se acercó hasta la mesa de Domenico.

–Aquí tiene, vino de La Toscana…, el mejor del mundo –afirmó, secándose las manos. Y mirando al recién llegado husmeó–: ¿De paso, no?

–Sí, de paso –contestó lacónico. Y escanció y vació el cuenco de un trago.

–¿Por muchos días?

–No.

Dado que el forastero no parecía predispuesto al palique, el mesonero se retiró y volvió a sus ocupaciones aunque sin quitarle ojo al extraño. Entró entonces en el lugar una mujer; alta, bien proporcionada, de ojos oscuros y labios perfectos. Llevaba una capa negra doblada en el brazo y lucía un ajustado corpiño verde, que obligaba a dirigir la mirada hacia su pecho. Echó un vistazo rápido a diestra y a siniestra.

–No rebusques, Catalina, que ya no queda nadie… –advirtió el dueño–. Y a los que ves no les enderezas la hombría ni con cabestrante.

–¿Quién es ese? –susurró la mujer aproximándose al mostrador.

–No lo sé. Pero diría que no está para mucha jarana.

Catalina se aproximó a la mesa de Domenico.

–Hola, hombretón… –dijo sentándose–. ¿Puedo hacerte compañía, no?

–Ya te has sentado sin esperar a ser invitada.

–¿Bebes *chianti*? ¡Estoy seca! –y arrancó suavemente el cuenco de las manos del hombre, asegurándose de dejar constancia de su tacto sedoso en el movimiento. Bebió y luego mostró sus labios tintados y brillantes.

–¿Ya has apaciguado la sed? ¡Pues ya puedes marcharte!

–Anda, vamos…, no seas huraño, que me parece que estás muy solo.

–Estoy bien.

—Podrías estar mejor.

—Podría...

—¿Entonces?

—Entonces me voy a ir a dormir, mañana me marcho.

—¿No te gustaría dormir enredado en mi cuerpo? ¿Me has mirado bien?

Domenico alzó la vista. Hasta el momento se había negado a encontrar sus ojos con los de la mujer, forzándose a mantenerlos clavados en la tabla. No pudo evitar sentir vértigo a la vista de la plenitud que ella mostraba, sin recato ni rubor.

—Tal vez..., sí, dormir.

—Bueno, eso está mejor. Podrías dormir conmigo. Por una noche de amor cobro un florín; pero si sólo quieres dormir, con medio bastará.

Domenico sonrió por primera vez. No tenía objeto, pensó para sus adentros, sustraerse a una noche agradable, la última, antes de alejarse para siempre de las costas de Italia, rumbo a Francia.

—Está bien. Medio florín; a lo sumo, uno. Sólo si quedo satisfecho.

—Quedarás satisfecho.

Tras pagar salieron los dos de la taberna. Tomaron una estrecha callejuela que se alejaba de los muelles en dirección al centro de Livorno. Llegaron al poco ante una casa de tres plantas. Catalina levantó la orla de su falda y rebuscó en el refajo hasta extraer una gruesa llave. La puerta daba acceso directo a unas escaleras empinadas que desembocaban en las estancias del piso superior.

—Mi casa no es muy lujosa —dijo ella comenzando a subir, sin soltarle la mano—, pero te sentirás muy bien.

La puerta chirrió al girar sobre los goznes. Dentro ardía una lamparilla de aceite, inundando de luz mortecina y difusa el lugar. Una cama, una mesilla, dos arquillas bajas y alargadas, algunas sillas y una jofaina eran el único mobiliario.

—Vamos, quítate la ropa... —sugirió ella, mientras desanudaba las cintas de su corsé—. Veamos qué tesoros escondes, caballerete.

Domenico se quitó los botines, la chaquetilla y el blusón, desanudó el cinto y se desprendió de las mallas. Una vez desnudo, se estiró sobre el cuerpo de la prostituta. Buscó con avidez su cuello y su pecho. Y ya se sumía en un estado de incontrolable frenesí cuando notó el filo helado de una daga en el cuello.

–Vaya, vaya... –dijo una voz–. ¿A quién tenemos aquí? ¡Ojo con lo que haces o te rebano el pescuezo, mequetrefe!

El encargado de abastos de los Médicis fue alzado por los cabellos sin la más mínima contemplación. Catalina aprovechó la circunstancia para incorporarse del jergón y hacerse a un lado rápidamente. Cuatro hombres habían entrado en la estancia, fuertemente armados. Obligaron a Domenico a encararles, después lo arrinconaron contra la pared a punta de espada.

–¿Te hemos fastidiado la jodienda, Domenico? ¡Oh, qué lastima! –ironizó el que parecía estar al mando–. Siempre he dicho que no hay mayor crimen que joderle a un hombre la jodienda...

–Yo..., yo no soy el que buscáis –farfulló Domenico–. Os confundís. No me llamo Domenico, soy Carlo.

–¿Carlo? Sí, claro, Carlo... ¿Verdad que tiene pinta de llamarse Carlo?

Todos prorrumpieron en una risotada estentórea.

–Pues bueno, Carlo, verás... –prosiguió el matón–. A nosotros nos han encargado que matemos al primer Carlo que encontremos, ¿entiendes? Y sería una lástima, pues nos han insistido en que si dábamos con el paradero de un tal Domenico y nos decía la verdad, le dejáramos libre.

Domenico se derrumbó.

–Está bien, yo soy Domenico...

–Bueno, esto mejora. Vamos, cúbrete.

Domenico recuperó sus ropas y se vistió. Temblaba como una hoja. El sicario se llevó la mano al cinto y desanudó una pequeña bolsa de piel que arrojó a Catalina.

–Por tus servicios, mujer... ¡Y ahora márchate! –gruñó–. Espera, antes de irte: ¿adónde conduce esa escalera del rellano?

—A la azotea...

—Muy bien, anda, vete. Y tú, afánate, que no tenemos toda la noche.

La mujer enfiló hacia la puerta y salió. No pudo evitar, en el último momento, mirar de soslayo al hombre al que había embaucado con sus artes zalameras. Se mordió el labio y desapareció crispando sus dedos sobre el pequeño pellejo de monedas.

Condujeron a Domenico a empellones hasta lo alto de la casa, sin distraer ni un instante los filos de su cuerpo.

El silencio y la quietud flotaban sobre Livorno.

—Éste es un buen sitio, por lo menos aquí se respira —constató complacido el esbirro, girando sobre sus talones—. Bueno, Carlo, digo... Domenico: ya sólo resta que nos digas quién te pagó para envenenar a Cósimo. Después puedes esfumarte.

—¿De que servirá que os lo diga? Me vais a matar de todos modos...

—¡Mira que eres desconfiado! —susurró el matasietes—. A Cósimo, un alfeñique como tú le importa muy poco. Claro está que si quisiera matarte lo haría. Y nunca nadie sabría que él ordenó tu muerte. ¿Recuerdas a Baldaccio d'Anghiari?

—No sé quién es Baldaccio...

—Era. Baldaccio era. Ya no es. Es normal que no sepas de él, tú eras muy joven entonces. Baldaccio era un capitán de infantería, muy amigo de Neri Capponi, el diplomático. El tal Baldaccio apoyaba a Neri. Y el pueblo adoraba a Baldaccio, era realmente un buen tipo. Ese apoyo, que él iba haciendo público, aquí y allá, hizo muy popular a Neri. Y a Cósimo no le convenía que Neri se hiciera poderoso. Así que una noche, hace casi veinte años, nos llevamos al pobre Baldaccio a la torre del palacio Bargello... ¿recordáis? —y al decir eso se giró por un instante buscando la aquiescencia de los que le acompañaban.

Todos asintieron.

—Siempre que matamos a alguien nos ponemos tristes —prosiguió el bellaco—. Pero lo de Baldaccio nos hundió durante días... ¡Pobre hombre! Le hicimos retroceder hasta la ventana de la torre y, con el ánimo en pena, le dimos a elegir entre zurcirle la panza o dejarle saltar al vacío.

—¿Por qué me estáis contando todo esto? —preguntó perplejo y desesperado Domenico.

—Bueno…, para que creas en lo que te contamos. Somos gente de palabra. ¿Verdad que nunca has oído decir que Cósimo ordenara la muerte de Baldaccio? ¡Qué disparate! ¡Cósimo lloró largo tiempo a Baldaccio!

—No entiendo nada…

—Escucha, imbécil: quiero decir que si Cósimo dice que no tiene interés en ti, es que no lo tiene. Así que habla y desaparece… ¿Quién te pago?

—No lo sé. No les conozco —confesó finalmente Domenico, desatando su lengua—. Un día, hace dos meses, en una taberna, un hombre me dio una nota, en la que alguien me proponía una cita en el Puente de los Carros a medianoche. La nota decía que recibiría una fuerte suma si aceptaba hacer un trabajo. Y acudí. Allí me encontré con tres hombres a los que no vi el rostro, andaban embozados. Sólo uno de ellos habló. Me dijo que me pagarían mucho dinero si aceptaba envenenar a Cósimo. Yo dudé, pero aquel hombre me aseguró que no habría problema, que era cosa fácil. Que era sólo cuestión de poner el veneno en la comida, asegurarme de que le servían el plato y largarme sin mirar atrás…

—Entiendo. Y ahora dime: ¿quién te proporcionó el veneno?

—Andrea Rampaldi, en el mercado. El del puente me dijo que él estaba al caso. Que sólo tenía que pedir perdices y que él me indicaría.

—Muy bien, realmente bien… ¿Ves? ¡Colaborar es fácil! Sólo alguna cosa más y podrás irte: ¿mencionaron esos tipos del Puente de los Carros algún otro nombre? ¡Vamos, haz memoria!

Domenico guardó silencio. Su corazón, en el centro del pecho, batía encogido por el miedo. Pensó que iba a desplomarse sin sentido. Pero necesitaba jugarse el todo por el todo.

–Sí..., dijeron que los Alberici me protegerían si algo salía mal.

–Los Alberici. Bueno. Lo cierto es que lo sabíamos por otras vías. Lo barruntábamos, en definitiva. Pero no está de más que nos lo confirmes.

–Ya no sé nada más... ¿Puedo marcharme?

–Claro. Nosotros siempre cumplimos nuestras promesas.

Domenico hizo ademán de encaminarse en dirección a las escaleras. Pero no había dado ni un paso cuando tres espadas se alzaron cortando su retirada.

–No, por ahí no. Puedes irte por allí –y el asesino señaló el borde de la azotea.

–Habéis jurado que me dejaríais libre.

–Sí, libre como un pájaro.

Un terror infinito invadió la mirada de Domenico. Los cuatro hombres comenzaron a avanzar inexorablemente, empujando con los filos al desdichado hasta el borde de la terraza, metro tras metro.

Le hicieron retroceder hasta que no quedó más suelo que pisar.

–Vuela, Domenico. Ya eres libre.

Con un empujón final precipitaron el cuerpo al vacío.

Sólo un alarido breve acompañó la caída. Quedó roto y tendido en el fondo de una sucia calleja.

Al final de la noche.

25

DE SOLEDADES Y PESADILLAS

Buenas noches, *contessina…*
Tessa di Bardi no contestó. Permanecía estática, como una figura más, ubicada con absoluta gracia y proporción, recortándose sobre la alegoría del otoño que se extendía a lo largo de la pared, tras ella. Escribía a la luz de dos gruesos velones perfumados.

–¿Escribes? –indagó Cósimo desde el umbral del pequeño saloncito.

–Sí, escribo.

–¿A quién?

–A mi familia… –respondió ella sin alzar los ojos. Con absoluta delicadeza hundió la punta de la pluma de faisán en el tintero y prosiguió llenando de letras bellas y apretadas el papel.

Cósimo entró en la estancia. Andaba apoyándose en su bastón, con cara de mala noche y con las pesadillas asomando en la mirada. Se acercó hasta la pequeña chimenea que aún quemaba y se quedó absorto en el baileto de las llamas.

–¿No puedes dormir, Cósimo? –preguntó la *contessina*, con deje que denotaba más conmiseración que interés. No le miró, sólo constató por el rabillo de los ojos que él permanecía ahí, doblado como un árbol enclenque pero obstinado, cuyas raíces afloran intentando retener un talud que se desmorona.

–No. No puedo. Además me duele todo…

–¿Te duelen los huesos?

–Los huesos y el alma…

Tessa dejó la pluma sobre la mesa. Sopló suavemente sobre la superficie del papel, espolvoreó secante con una salvadera y después lo dobló por la mitad, retrasando las alas de la cuartilla hasta el centro. Hecho eso, tomó el lacre y comenzó a reblandecerlo sobre la llama de la vela.

–¿Te duele el alma, Cósimo? –preguntó–. ¿Qué sabes tú de dolores del alma?

El banquero giró el rostro, sin variar su posición lo más mínimo. La contempló en silencio, recreándose en su perfil digno. Todo en Tessa rezumaba dignidad y, además, seguía siendo bellísima –pensó–; bellísima a pesar de todos los pesares, que eran muchos y se amontonaban como las hojas que al desprenderse ocultan el sendero del afecto y la complicidad. Hermosa a pesar del tiempo y del abandono al que se habían condenado el uno al otro.

–¿Sabes, *contessina*? –susurró el Médicis con voz pausada–. Hace mucho tiempo que me acostumbré a vivir sin ti, pero reconozco que siempre echo en falta tu ironía…

Tessa cerró la carta, estampando su sello personal sobre el manchón de lacre.

–No te apures, Cósimo: te garantizo que mi ironía te acompañará durante el resto de tus días.

–Oh, vamos, vamos…, no puedo creerlo.

–¿Qué es lo que no puedes creer?

–Que ese muro de estacas que has levantado sea real; que no sientas nada por mí, que seas capaz de presidir mis exequias sin verter siquiera una mala lágrima.

–Te prometo unas cuantas. No temas, lloraré ante todos cuando llegue el día.

El rostro de Cósimo osciló denotando incredulidad e impotencia.

–Olvidaba que eres la mejor de las maestras en el arte de la impostura. Seguro que representarás tu papel mejor que cualquier plañidera de oficio.

–No lo dudes –sentenció ella tajante.

–¿Tanto daño te he hecho, *contessina*? ¿Tanto? ¿Qué debería yo decir del abandono y de la falta de amor con que me has castigado todos estos años? ¿No he saldado todas y cada una de mis deudas contigo? –inquirió Cósimo quejumbroso–. Te he dado prestigio..., esa maldita posición y respeto que has deseado toda tu vida; he ayudado a tu familia, arruinada por su pésimo tino con el dinero; he construido este palacio para ti y para nuestros hijos y nietos...

Tessa cruzó los largos dedos de sus manos sobre el regazo. Sus dedos, gráciles, fueron el primer rasgo en que reparó Cósimo al conocerla. Recordó el banquero que otros quedaban irremediablemente prendados de lo altivo de su mirada, imperial e intranquilizadora; pero él se enamoró de sus dedos al imaginar la felicidad que supondría sentirlos sobre su piel.

La *contessina* se acomodó contra el respaldo de la silla.

–Sí, has hecho todo eso, es cierto –convino suavemente–. Sabes la gratitud que mi padre, el conde de Vernio, te ha dispensado siempre. Por mi padre y por los míos he guardado, en buena medida, silencio todo este tiempo. He aceptado muchas infamias por ellos, por mis hijos y por mis nietos... ¿Sabes qué dice mi confesor, Cósimo? Dice que debemos sobrellevar el dolor con resignación y ofrendarlo en remisión por los muchos pecados que todos acarreamos. Tal vez sea cierto. Así que haz lo que quieras. Ya sabes que yo te dejo hacer. Busca, si te place, consuelo en otros brazos y pon tu apellido a los frutos de tu maldita incontinencia. No me inmutaré. Pero hay algo que no puedes hacer...

–¿Qué?

–No puedes venir a buscarme a medianoche y plantarte ante mí diciendo que te duele el alma.

–Entiendo...

–No puedes hacerlo..., del mismo modo en que no se te ocurriría ponerte a contarle tus cuitas a cualquiera de los muchos a los que has hundido en el fango en esta vida.

—Estás llena de odio, *contessina*.

—No te confundas. El odio no es un sentimiento cristiano. Yo no te odio; sólo me preocupo de olvidarte, día a día. Un poco cada día…

—Bueno. Como quieras. Ya basta por hoy —musitó Cósimo—. Prefiero volver a mi habitación y charlar con mis pesadillas.

El Médicis giró sobre sus talones y se encaminó hacia la puerta.

—Déjame que te diga algo sobre tus pesadillas antes de irte…

Cósimo se detuvo, pero no se dignó a volverse.

—Lo que quieras. Como siempre…

—No sé, ni he querido saber, nunca nada acerca de tus negocios. Pero lo poco que conozco me aterra, Cósimo. Pasas por ser uno de los hombres más piadosos de Florencia. Un prohombre. *Pater Patriae* te llaman todos. Lo has hecho realmente bien. Te has construido esa reputación a base de florines. Pero me temo que cargas con tanto horror en la conciencia que no dejarás de vivir entre pesadillas toda tu vida.

—¿Has terminado?

—No. No he terminado… Quien siembra vientos recoge tempestades, quien a hierro mata a hierro muere —advirtió Tessa—. Lo que ocurrió en este palacio la otra noche, además de un deshonor, otro más, es una advertencia muy clara. Repasa tus recuerdos, Cósimo; o mejor dicho: tus pesadillas. Esas que nunca cuentas. Convócalas a todas y aféntalas, pues una de ellas ha vuelto para matarte. Y no siempre el veneno cambiará de posición en la mesa.

Cósimo salió de la estancia y se deslizó por los largos corredores de palacio, caminando sobre alfombras de Damasco que silenciaban sus pasos. Alcanzó su cámara. Cerró las puertas y dejó el bastón junto al lecho. Sopló la vela que ardía en la mesita y se tumbó. Clavó sus ojos en el dibujo del artesonado, apenas perceptible al amparo de la luz parca de la luna flotando en el centro del cielo.

No necesitaba cerrar los ojos para verlo.

Ahí, en la penumbra, seguía balanceándose el cuerpo inerte del ahorcado.

Con su mirada terrible y grotesca.

26

OTRO TIPO DE AMOR

Estáis loco, caballero; lo que pedís es una fortuna!
–Sí, es una inversión importante…, lo sé. Pero pensad en la gran cantidad de libros que podréis copiar con este ingenio. Las ganancias cubrirán su coste en muy poco tiempo.

–Bueno, bueno… ¡eso está por ver!

–Además, no olvidéis algo muy importante: todos los ejemplares serán idénticos, sin la más mínima errata, de absoluta calidad.

Vespasiano da Bisticci, reputado librero florentino, andaba sumido en un mar de dudas. Sostenía y comparaba, con gesto escéptico, varias páginas que Herbert Dustman, un comerciante del Norte, le había tendido como muestra de la excelencia que se podía alcanzar por medio de la imprenta; invención de nuevo cuño de la que todos, en esos días, habían oído hablar en mayor o menor medida, pero que muy pocos, todavía, habían visto funcionar personalmente.

Escrutaba el hombre las muestras impasible, recelando de las imperfecciones que a buen seguro se ocultaban tras la impecable apariencia del trabajo. Una veintena de copistas, en otras tantas mesas, se aplicaba en silencio a su tarea, pero sin quitarle el ojo al patrón ni obviar ningún pormenor de los muchos y convincentes argumentos que esgrimía el forastero.

–Lo lamento, caballero, pero no lo veo claro… –concluyó Bisticci reticente.

–Pues es el futuro, creedme: dentro de pocos años, con este proceso, se llenarán de libros las bibliotecas y las casas de toda Europa.

–¿El futuro? ¡A la mierda con el futuro! –replicó visiblemente contrariado el florentino–. De entrada, señor, yo no veré ese futuro, así que me importa un celemín.

–¿Y la continuidad de vuestro negocio? –arguyó el corredor, dando un quiebro al asunto al entender que se le escapaba de las manos–. ¡Tenéis hijos que seguirán vuestros pasos! ¡La imprenta les asegurará altos ingresos!

–¡Al diablo con mis hijos! –refunfuñó despectivo–. ¡Ya comprarán ellos ese trebejo si es que tan claro lo ven! Además: decís que la instalación de ese armatoste requiere espacio y yo no lo tengo.

–¿Por qué sois tan reticente, señor Bisticci? ¡En Venecia ya se interesan por esta herramienta! ¡Los venecianos tienen buen olfato para los negocios!

–¡Al infierno con esos cabrones de venecianos! ¡Un pozal de mierda para todos ellos! –farfulló claramente enojado–. Os explicaré algo, señor Dustman. Aquí se ocupan a diario más de veinte personas. Todas son excelentes en lo suyo. Y cada libro que terminan es una maravilla. En ocasiones, cuando los pedidos aumentan, contrato a otros si es que los míos no dan abasto. Una vez, requerí del concurso de cuarenta y cinco copistas, durante veintidós meses, para transcribir doscientas obras que Cósimo de Médicis quería donar a la biblioteca de Fiesole…

–¡Ahí está, ése es el *quid* de la cuestión: habéis dado en el clavo! –interrumpió alborozado el vendedor viendo el cielo abierto–. ¡Esa faena podríais servirla en tan sólo seis meses y con la mitad del personal, o menos, si contarais con una imprenta!

Bisticci le miró con cara de asco.

–¿Y con todos estos qué hago, eh? –razonó el librero señalando el abarrotado *scriptorium*–. Decidme… ¿los despacho y que la Divina Providencia les ayude?

Calígrafos e iluminadores cruzaron una mirada compungida y temerosa, redoblando a renglón seguido su celo en las páginas.

Se abrió en ese momento la puerta de la librería y entró Marsilio, seguido a distancia corta por Nikos, que sonrió complacido ante el buen olor a tinta y a pigmentos que impregnaba el lugar.

–¡Buenos días nos dé Dios a todos, Vespasiano! –saludó jovial Ficino.

–¡Que todo lo que hagamos sea agradable a sus ojos! –correspondió Bisticci adoptando una guasona y falsa beatitud–. ¿Qué buen viento te trae por aquí, muchacho? ¿Tenemos alguna entrega pendiente? Diría que no…

Bisticci se separó unos pasos de Dustman, que quedó a la espera, rascándose la nuca, aprovechando el respiro para barruntar nuevos argumentos que le ayudaran a endilgarle la imprenta al librero.

–No…, creo que nada hay pendiente –afirmó Marsilio–. Os traemos un trabajo delicado… ¡Oh, qué torpeza la mía! Dejadme presentaros a Nikos Pagadakis, de Creta, un especialista en textos clásicos.

Vespasiano y Nikos se dispensaron un saludo cordial.

–¿Qué trabajo delicado es ése? –indagó el librero intentando atisbar en el hatillo que liberaba el joven sobre una tarima.

–El *Corpus hermeticum,* de Trismegisto… ¿Habéis oído hablar de él?

–¿Que si he oído hablar de él? ¡Lo he buscado toda la vida! ¿Dónde habéis obtenido esta maravilla?

–Cósimo. Cósimo lo compró recientemente.

Bisticci se deleitó repasando los numerosos pliegos del mamotreto. Se cercioró de que todo se podía leer con facilidad a pesar de que el estado general era lamentable y amenazaba ruina. Después encaró a Marsilio.

–Juraría que está incompleto… ¿no?

–Sí, aquí están la mitad de las obras. Las últimas. Nikos y yo estamos trabajando con las primeras, que os entregaré así tengáis dos copias de esta parte…

–¿Dos? ¿Y si fueran… tres? –tanteó Bisticci.

—¿Tres? —Marsilio captó al instante—. Si Cósimo se entera, se eno-
jará. Pero muy bien: tres. Siempre y cuando la tercera copia quede en
vuestro poder. No debéis venderla ni volverla a copiar.

—Eso ni insinuarlo. Por descontado. Te devolveré el favor, Marsilio.

—¡Que sean cuatro, entonces! —exclamó Nikos cuando todo parecía dicho—. Yo pago la mía.

Se miraron todos durante un segundo, con absoluta picardía, y
prorrumpieron en una carcajada franca. Carraspeó entonces de forma tímida el vendedor de imprentas, recordando que aún seguía ahí.
Bisticci le invitó a sumarse al corrillo y, tras una breve presentación,
le espetó…

—Hay otro motivo por el que no compraré vuestra imprenta, señor
Dustman.

—¿Cuál?

—Este *Corpus hermeticum* es el motivo —afirmó con la sonrisa en
los labios, señalando el volumen—. Aquí tenéis una obra cumbre del
pensamiento. Un monumento espiritual que no puede perderse y que
merece ser transcrito, letra a letra, renglón a renglón. Con infinita
paciencia y amor. Aquí copiamos los tesoros que la memoria no puede permitirse olvidar. El día en que toda Europa esté llena de vuestros
cachivaches, como aseguráis sucederá irremediablemente, cualquier
Nerón de rima estridente y lira mal temperada nos castigará con sus
cuartetas peripatéticas; se desperdiciará tiempo, tinta y papel; se creerá
el zopenco Dante y el mameluco Virgilio. Y todo mentecato que pueda pagar vuestro cacharro se considerará un librero. Presiento que
habrá muchos libreros en el futuro, tantos como cacharros. Pero me
temo que no demasiados libros…

—Como gustéis… —concluyó Dustman, claramente decepcio-
nado.

—Pero tal y como os he dicho, yo no pienso ver todo eso. Ya soy
viejo. Volved en unos pocos años. Mis hijos seguramente os comprarán una imprenta. Ellos sí son florentinos de pura cepa y no muy dados,
tristemente, a la lectura.

Salió el comerciante de la librería tras despedirse. Bisticci se quedó durante unos instantes silencioso, sumido en una orgullosa complacencia mientras le veía desaparecer entre el tráfago de gentes que era la calle a media mañana. Dio unas palmaditas sobre la cubierta del *Corpus hermeticum* y encaró a Marsilio y a Nikos.

–Bueno, Marsilio... ¿Para cuándo has dicho que lo quieres?

Tras acordar la entrega, Marsilio y Nikos salieron de la librería, que estaba situada en las inmediaciones de la iglesia de San Lorenzo, y se encaminaron a una de las tabernas más bulliciosas de la ciudad, Los Tres Turcos Sojuzgados, cuyo dueño, un jactancioso que explicaba a todo aquel que le prestara oídos sus correrías y degollinas por tierras osmanlíes, había cambiado espada por muleta, y yelmo por marmita, cuando un tajo avieso de alfanje le cercenó una pierna. Tres *basibozuks*, soldados irregulares otomanos, tallados en madera, se erguían en el centro del tugurio. Y era costumbre abofetearlos o darles un capón al entrar y arrojar sobre ellos los posos que el vino dejaba en sus cuencos vacíos. Aunque muchos parroquianos, cuando se achispaban en exceso, optaban por estrellar las vasijas sobre sus cabezas.

Distinguieron a Bernard, aposentado en un bancal junto a una de las ventanas, abstraído, con una enigmática sonrisa dibujada en los labios.

–¿En qué cavilaciones andas, francés? –inquirió jocoso Nikos, plantándose de sopetón frente a él–. ¡Deja de abismarte y prepara una burjaca: nos vamos todos a Careggi!

–¡Marsilio, Nikos, me alegra veros! –saludó el médico pillado de improviso–. ¿A Careggi, dices? ¿Qué pasa en Careggi?

–Sí... –afirmó Marsilio tomando asiento–. Mañana Cósimo y sus invitados se trasladan a su villa de Careggi, en las afueras de Florencia. Cada año, cuando llega esta época, los Médicis abren la mansión a sus amigos. Es una delicia..., se recitan poesías y textos, proponen las damas todo tipo de juegos y, por las noches, se organizan largas veladas de narraciones y música. Piero me ha pedido que os transmita que le complacería sobremanera contar con vuestra presencia. ¿Vendréis?

—¿Y qué ocurrirá con todo ese trabajo que estáis haciendo con los textos de Hermes? —indagó el médico al reparar en la expresión laxa y complacida de Nikos.

—Estamos traduciendo el *Poimandres* y el *Discurso Universal de Hermes a Asclepios* —explicó Nikos—. Ya casi tenemos esos dos primeros textos listos.

—¿Entonces?

—Entonces, Bernard, seguiremos con el resto; pero a la sombra de tilos y moreras, junto al estanque, contemplando las flores y bien provistos de *chianti*... ¿Qué me dices, eh?

—Diría que te estás acostumbrando a vivir a cuerpo de rey, cascarrabias...

Nikos sonrió abiertamente.

—No te negaré que he estado en cuchitriles peores, medicucho —aceptó el cretense—, pero... ¿quieres que te diga algo?

—Lo que quieras.

—Lo mejor del palacio Médicis no son sus camas con dosel, ni las mullidas alfombras que lo cubren, ni las comidas opíparas a cualquier hora. Lo mejor es no tener que sufrir a esa pécora de Nezetta.

Bernard se echó a reír.

—¿Nezetta? No temas: ya te pondré al corriente de sus últimas inquinas. Pero a propósito de ella... —Villiers se acodó, adelantándose en la mesa—. De camino hacia aquí, como disponía de tiempo, he dado una vuelta por el Mercado Viejo. Y he descubierto lo que hace Veroncia, su hija, cada día. Había observado que sale de casa siempre a la misma hora. Y siempre con prisas...

—¿Qué pasa con Veroncia? —indagó Marsilio, que conocía bien a la joven.

—Bueno, nada extraordinario... —aseguró Bernard—. Ocurre que su madre es una mujer tremendamente ambiciosa y desagradable. Nikos y yo llevamos días soportándola, pero eso es lo de menos.

Creo que sufriría lo indecible si supiera que esa hija, a la que sueña con casar con algún acaudalado florentino, se encuentra, a diario y en secreto, con un farandulero...

–¿Un tragasables? –preguntó Nikos, frunciendo el ceño.

–Bueno, llámalo como quieras. Es un joven apuesto, alto, bien plantado. Creo que forma parte de una compañía de esas que declaman rimas jocosas y entretienen a la gente con números de prestidigitación. Les he visto abrazados tras un tenderete, besándose sin reservas.

–¡Estás hecho una alcahueta, Villiers! Nunca me hubiera imaginado que los chismes de mercado fueran lo tuyo –se burló Nikos, al tiempo que alzaba la mano y reclamaba vino al mesonero.

–¡Veroncia con un titiritero! –musitó Marsilio, perplejo. Y dicho eso, se quedó más agostado y mustio que la hierba de un prado en pleno verano. El detalle no pasó inadvertido a los ojos de Villiers.

–¿Conoces a la hijastra de Tomasso, Marsilio? –indagó el médico.

–Sí, claro. La conozco...

–¿Así que te gusta Veroncia, eh, muchacho? ¡Vamos, confiésalo! –el cretense dio un ligero codazo al joven intentando ganar su complicidad–. De todos modos, te diré que no me extraña lo más mínimo. Esas exuberancias no pasan desapercibidas ni para un estudiante de filosofía...

Bernard dedicó una mirada reconvenida a Nikos, que optó por callar.

–Veroncia me ha gustado siempre, Nikos –dijo el estudiante–. La conozco desde hace muchos años, pero...

–¡Pero no te decides! –apostó el cretense–. ¿Es eso?

–No, no es eso...

–¿Entonces qué?

–Verás, no me resulta fácil explicarlo –Ficino se encogió de hombros–. Lo que me atrae de esa mujer es el halo que la envuelve. Toda ella propaga luz a su paso, dulzura, delicadeza. Me ocurre también con otras personas. Incluso con algunos hombres..., y no me toméis por un adamado, ¿eh? No se trata de amor corporal. No me he negado nunca esa posibilidad, entendedme, pero es lo que menos me interesa de las relaciones humanas. Es…, no lo sé: otro tipo de amor.

—Te entiendo perfectamente, Marsilio —aseguró Bernard. Y por un instante rememoró la imagen etérea de Claire de Grosparmy, la mujer a la que nunca había olvidado a pesar de los años transcurridos.

—De algún modo no tengo ningún interés en poseerla, en que sea mía, en tocarla… —explicó—. Me siento feliz queriéndola en la distancia. Sabiendo que está ahí, que está bien, que vive y que respira. Muchas veces, cuando me asaltan esas melancolías saturnales, pienso en ella. Pienso en ella aunque sé muy poco de su vida. Ignoro lo que hace, en qué sueña o qué busca. Pero puedo imaginarla así cierro los ojos y la evoco. Algunas veces escribo versos que nunca le he mandado o dejo pasar las horas pulsando las cuerdas de la lira. Recuerdo que, siendo un niño, su padre la trajo a casa un día. Él era notario y vino a escriturar una tierras que mi familia había adquirido. Jugamos juntos esa tarde, toda la tarde. Nunca lo olvidaré. Cuando se fue supe que la querría siempre. En algunas ocasiones nos cruzamos por la calle pero… ¡Han pasado tantos años! Me saluda levemente y sigue su camino. Siempre espero unos segundos para volverme y ver en calma cómo se aleja…

Se quedaron los tres en silencio. El tabernero se acercó en el intervalo y depositó una jarra de vino y cuencos en el centro de la mesa, advirtiéndoles de que si estrellaban algún tazón contra los turcos deberían pagarlo.

—Supongo que me tomaréis por un loco, un idealista o un alma cándida —prosiguió Marsilio mientras vertía *chianti* en los tazones—. Pero mi vínculo emocional con los demás es de esa índole. Amo en la distancia. Soy un ladrón silencioso cuyo mejor botín es el extraño delirio interior que brota cuando siento que las personas forman parte de mí. Que están en mí. Que son una extensión de mi alma. Es una emoción muy profunda. Amo a los demás del mismo modo que Platón amaba la verdad, la belleza y el bien. No deseaba poseer nada de todo eso, sólo contemplarlo…

–¿Nunca has pensado en casarte, Marsilio? –inquirió Nikos.

–No..., nunca.

–¿Por qué?

–Porque busco otra cosa. Hace mucho tiempo decidí dedicar mis energías al estudio, al conocimiento del alma humana, a demostrar que en los ojos de Platón subyace la misma esencia luminosa, el mismo concepto de bien, que anima al cristianismo –afirmó pletórico–; quiero devolver con mis textos la mirada mágica y perdida a los hombres, demostrar la absoluta unicidad que subyace tras todo lo creado. Recordaréis que el gran discípulo de Sócrates decía que el mundo debería estar regido por filósofos, que los gobernantes y políticos deberían ser filósofos. No se puede pretender que todos los hombres posean la misma capacidad espiritual. Pero un filósofo, como se dice en el libro VII de *La República*, ha logrado liberarse de las cadenas que nos atan y mantienen idiotizados en lo más hondo de esa caverna lóbrega que es el mundo en el que todos estamos; ha salido al exterior y, tras acostumbrar sus ojos a la luz, ha comprendido que lo que todos tomaban por real, allá, abajo, en la sima, son sólo sombras y falsas especulaciones proyectadas sobre la pared.

–No olvides, de todos modos –puntualizó Bernard–, que en el mito platónico que citas, el alma del filósofo, que es la que efectúa ese viaje liberador, regresa junto a sus antiguos compañeros de cadenas y, al explicarles la verdad radiante que luce en el exterior, es tomada por loca. Todos prefieren seguir encadenados. Nadie acepta el reto de alzarse y buscar la salida de esa cueva. Es más, matarían a cualquiera que intentara liberarles de sus absurdas concepciones, de sus existencias estériles, de su ceguera. ¿Recuerdas aquella frase de los textos sagrados que dice que las tinieblas no quieren comprender a la luz? Ahí tienes un buen ejemplo de concordancia entre platonismo y cristianismo.

–¡Ardua tarea la tuya, a fe mía! –susurró Nikos–. Pero creo que vas por buen camino, Marsilio...

–Necesitamos reencontrarnos con la filosofía, Nikos. Vivimos días extraños, presididos por esa máxima necia que parece haberse convertido en credo universal. Ya sabéis: *nacer pobre no es un deshonor; morir sin ser inmensamente rico sí.*

Bernard y Nikos prorrumpieron en una estrepitosa carcajada, acompañada por una serie de golpes que estuvieron a punto de derribar la cantarilla y volcar los tazones. Los dos conocían muy bien el dicho, del que abominaban por completo. La risa venía provocada, en cualquier caso, por la expresión teatral y el tono altisonante de Marsilio al verbalizarlo.

–Sí, todo anda muy revuelto en el ánimo de las gentes… –admitió Bernard, ahogando la hilaridad–. Parece que el tiempo escasea y nadie mira a nadie. Lo he notado en esta ciudad más que en ninguna otra…

–Sí. En Florencia ya nadie vive el presente –afirmó Marsilio–. Todos corren en pos de una quimera, de un espejismo engañoso.

–*Fuge excessum, fuge negotia, laetus in praesens!* –advirtió Nikos en tono solemne–. Es una gran frase que todos los ambiciosos deberían grabar en su mente con un hierro candente.

–¿Evita los excesos, aléjate de los problemas, regocíjate en el presente? –repitió el florentino–. ¡Excelente máxima! Haré que la escriban en una de las paredes de la Academia Platónica de Florencia, si Cósimo me proporciona esa pequeña finca, cercana a su villa de Careggi, tal y como me viene prometiendo, claro. A día de hoy, nos reunimos a salto de mata, aquí y allá, como podemos.

–¿Sabes, Marsilio? Siempre he creído que en toda época germina la semilla de lo que florecerá a continuación… –especuló Bernard–. Siempre ha sido así. Pero creo que ésta, más que ninguna otra época, forjará el futuro de los hombres y su mirada. De algún modo todos los mitos y enseñanzas de Platón ilustran muy bien lo que está sucediendo ahora mismo. Todos esos libros recuperados, todo ese afán por sondear el pasado, toda esa veneración por el conocimiento, que siempre tiene por objeto final el bien común de las sociedades creadas por el hombre, choca con el materialismo desaforado que parece haberse desatado al unísono. Sólo resta por ver qué prevalecerá en el futuro.

Se quedaron los tres en silencio.

–Volviendo a los asuntos del mundo de cada día... –anunció Bernard, en un sorpresivo cambio de tercio–. En el mercado, además de chafardear en la vida de Veroncia, también he podido escuchar algo inquietante.

–¿Qué? –preguntó Marsilio.

–Todos comentaban que uno de los vendedores habituales, un volatero llamado Andrea Rampaldi, y su hijo, han sido asesinados. Les han encontrado ahorcados, colgando de una de las vigas de su casa en Pistoia.

–¡Divina Hodegetria! –exclamó Nikos.

–Se decía en los corrillos que ellos fueron los que proporcionaron el veneno destinado a Cósimo. Pero tal vez no sea cierto y nada tengan que ver con lo que está ocurriendo...

Marsilio se quedó cabizbajo al oír eso. Como si la noticia no hiciera sino confirmar una posibilidad que intuía pero que se negaba a aceptar.

–Yo sé algo más... –confesó al punto–. Hoy he escuchado a Magdalena y a Cristina, dos de las criadas, cuchichear en un pasillo de palacio. Decían que ayer por la mañana apareció Domenico, el encargado de abastos, muerto en un callejón de Livorno. Supongo que la Signoria está detrás de esos ajusticiamientos...

–Sí, Marsilio, la Signoria... –acordó el francés–. ¿Pero quién está detrás de lo que hace la Signoria?

Marsilio, sin que mediaran palabras, manifestó su desconocimiento. La pregunta de Bernard era muy clara y no dejaba demasiado lugar a las dudas. Pero algo en su interior se resistía a admitir, siquiera a considerar, que Cósimo, su benefactor, un hombre al que consideraba sumamente piadoso y con el que mantenía enorme deuda de gratitud, moviera los hilos de ese cruel ajuste de cuentas que no hacía sino sumar más y más muertos al numeroso reguero de cadáveres de las últimas semanas.

Bernard entendió lo incómodo que resultaba para Marsilio barajar esa posibilidad y, una vez más, dio un giro a la conversación.

–Debo marcharme… –anunció–. He de visitar a mis nuevos pacientes.

–¿Nuevos pacientes? –husmeó Nikos.

–Sí, los zagalillos del hospicio. Tomassino me lo ha pedido… –y se levantó, desentumeciendo su espalda, dispuesto a salir de Los Tres Turcos Sojuzgados.

–No te olvides, Bernard: mañana vamos a Careggi –recordó el cretense.

–¿En qué momento del día?

–A media tarde –precisó Marsilio.

–Contad conmigo. Mañana quisiera hablar con Donatello, en su taller, y visitar detenidamente el baptisterio –explicó–. Algo me ronda por la cabeza aunque no sé muy bien qué es. Pero imagino que a esa hora ya habré terminado. Que Dios os bendiga e ilumine, par de filosofastros. Y no tardéis en encontrar soluciones a este mundo triste antes de que ya nada tenga remedio…

Y se encaminaba hacia la puerta, decidido, cuando deshizo sus pasos y se plantó frente a Marsilio, inquisitivo, enredando sus dedos en la barba corta que poblaba su rostro.

–Olvidaba algo… –dijo–. Dime, Marsilio: ¿sabes quién fue Baltasar Cossa?

–¿Cossa? ¿El antipapa?

–Sí, él…

–Claro. Todo el mundo lo sabe.

–¿Habrás oído hablar, entonces, de esa leyenda acerca de un fabuloso tesoro, no?

Marsilio asintió, dibujando una encantadora sonrisa en sus labios.

–¿Crees que es cierta?

–No. Eso es una patraña, Bernard. Nunca existió tal tesoro –negó divertido.

–Bueno es saberlo. Os veré mañana entonces. Quedad con Dios.

–Escucha, francés –añadió Nikos en el último momento–. Mañana por la mañana no vamos a trabajar en los textos. Así que te acompañaré en esa visita a Donatello. Te recogeré en la apoteca de Tomassino a primera hora.

–Muy bien, gruñón. Te esperaré.

Una vez en la calle, Bernard optó por atravesar la Vía Larga así se topó con ella, entre el palacio de los Médicis y el convento de San Marcos, y transitar por un callejón estrecho que le permitía acortar trayecto hasta el *Ospedale degli Innocenti* y evitar el molesto sol frontal del mediodía.

Se entretuvo, en ese juego de luz y sombra, que tan pronto le cegaba como le devolvía la visión, en interrogar las miradas de todos aquellos con los que cruzaba camino; intentando descubrir, al menos, a uno que andara con la conciencia encendida y las preguntas en los labios.

Con los ojos asombrados de Platón.

Fuera de la caverna, a pleno sol.

27

INOCENTES

Bernard se quedó admirado ante la pureza de líneas y la bellísima estampa del *Ospedale degli Innocenti*, cuyo diseño y construcción comenzó Brunelleschi, por encargo del Arte de la Seda, y terminó, años más tarde, Francesco de la Luna. Su logia elegante, sustentada por columnas corintias, se desplegaba serena junto a la iglesia de la Santísima Anunciación, algo más allá del convento de San Marcos. El hospicio, el primero y mayor de todos los de Europa, conmemoraba la matanza de Belén en tiempos de Herodes y era para los florentinos motivo de orgullo. Durante todo el tiempo empleado en su construcción, los ciudadanos acudían a diario a presenciar los trabajos. En esos días, la ciudad contaba con una treintena de hospitales y lugares de acogida. Pero ninguno tan querido como el *Ospedale*.

Lo primero que atrajo la atención del francés, nada más penetrar en el interior del edificio, fue la curiosa mezcla de gritos alegres y llanto que poblaba el lugar. No tardó en reparar en arrapiezos que cruzaban a la carrera entre las estancias que se abrían a ambos lados del zaguán y el patio posterior.

Un chiquillo de unos siete años descubrió al recién llegado. Se quedó inmóvil, resiguiendo su altura de los pies a la cabeza, escrutándole inquisitivo. Era moreno y lucía estampa desaliñada. Andaba descalzo.

Corrió hacia él y se abrazó a sus piernas.

–¡Papá! ¡Eres mi papá! –aseguró con voz chillona.

–¿Yo... tu papá?

–Sí, tú.

–Bueno, podría serlo –susurró el francés, embebiéndose en sus ojos oscuros y dulces–. Dime, malandrín: ¿cómo te llamas?

–Bernardo.

–¿Bernardo? ¡Vaya! ¿Sabes que tenemos el mismo nombre?

El zagal le miró con cierta incredulidad, contrayendo sus hombros y enarcando las cejas. Después se puso a toser.

–Escucha, Bernardo: no deberías andar descalzo, todavía el tiempo es fresco. Esa tos no es buena.

–Me gusta andar descalzo...

–Siempre anda descalzo, no hay manera de que obedezca... –dijo una voz a espaldas del médico.

Bernard se incorporó. Descubrió, al volverse, a una mujer que miraba al chiquillo con impotencia y evidente cansancio. Era joven, de unos treinta años. Llevaba a un pequeño en brazos, que lloriqueaba y hundía el rostro en su hombro, mordisqueando un pequeño saquito que contenía rábano triturado, y a dos niñas de aspecto pícaro aferradas a la falda y al delantal. Las dos se ocultaron tras el cuerpo de la mujer tan pronto les dedicó el médico un vistazo rápido.

–¿Y a este pequeño qué le ocurre? –inquirió Bernard, deslizando sus dedos por el pelo suave del niño.

–Nada importante, echa los dientes y babea todo el día –aclaró ella–. Decidme, señor: ¿qué se os ofrece?

–Me llamo Bernard Villiers, soy un viejo amigo de Tomasso Landri...

–¡Ah, Tomasso, sí!

–Me ha pedido que le sustituya hoy en su visita –explicó Bernard, encontrando sus ojos con los de ella, que eran hermosos y profundos, como dos pozos de agua fresca–. Busco a Stella..., creo que es una de las encargadas del hospicio.

—Yo soy Stella, señor –dijo. Intentó alargar la mano en señal de saludo pero no le resultó posible. Sonrió–. Por un momento he pensado…

—¿Qué habéis pensado? –preguntó Bernard afable.

—Que veníais a adoptar a uno de estos ángeles sin alas…

—Pues parece que Bernardo también pensaba lo mismo –explicó Villiers, enredando sus dedos en los cabellos azabache del niño que permanecía junto a él, pendiente de todas y cada una de sus palabras–. Nada más verme me ha llamado papá…

Una sonrisa amplia iluminó el rostro de la mujer, borrando la huella del agotamiento que pesaba en su rostro.

—¿Nunca habéis trabajado en un hospicio, verdad?

—No, nunca.

—De haberlo hecho, sabríais que aquí todos los niños llaman papá o mamá al primero que traspasa esa puerta –explicó con voz dulce.

—Claro, entiendo –asintió el médico–. Decidme, Stella: ¿cómo se dan los niños en adopción?

Ella le invitó a seguirla hasta un gran patio interior donde correteaban niños de todas las edades bajo la mirada atenta de media docena de mujeres. Solicitó ayuda a una de sus compañeras, que se hizo cargo del pequeño que llevaba.

—La gran mayoría de los chiquillos que veis aquí fueron abandonados en la *rota*, el torno de piedra del muro izquierdo que comunica con la calle. Sus madres los dejan allí y tocan la campana –contó mientras caminaban por el lugar–. En las siguientes semanas, sobre todo con sol y buen tiempo, llevamos a los pequeños a la Logia del Bigallo, frente al baptisterio, en la plaza del Duomo. Ese edificio ha sido sede de la Confraternidad de la Misericordia y alberga, en la actualidad, a la Compañía del Bigallo. Son dos hermandades dedicadas al cuidado de los huérfanos, enfermos, ancianos y pobres.

—¿Se quedan ellos a los pequeños?

—No. Bajo los arcos de su edificio mostramos a los niños durante tres días –puntualizó Stella–; cuanto más pequeños son, más fácil resulta encontrarles unos padres. Así que pasamos allí las mañanas, yendo y viniendo con ellos en brazos, esperando a que algún matrimonio se compadezca y los adopte. A los tres días, si nadie se interesa o los reclama, los traemos aquí y los inscribimos en el hospicio. Supongo que entenderéis que así pasa el tiempo y crecen, se hace más difícil hallarles una familia.

–Lo intuyo...

Bernardo, que andaba cogido al *lucco* del médico, comenzó a toser nuevamente.

–Bueno, granujilla: me parece que es hora de que empiece a ocuparme en recetaros a todos uno de esos jarabes de sabor realmente repugnante... –bromeó Bernard mirando al pequeño con expresión de absoluto asco–. Ya sabes..., lagartija machacada, sangre de murciélago, ajo y vinagre.

Bernardo negó con su cabecilla breve al tiempo que sus ojos reflejaban terror.

Stella volvió a sonreír.

–Decidme por dónde queréis que empiece... –propuso el francés.

–Estáis de suerte, señor Villiers... –tranquilizó la mujer–. Algunos días aquí pasa de todo. Hoy sólo encontraréis asuntos menores. Venid conmigo, en el piso superior hay una sala dedicada a curas donde hallaréis todo lo que podáis necesitar.

Tal y como había afirmado Stella, el hospital del orfanato estaba excelentemente equipado. Disponía de una docena de camas que se utilizaban para los casos que requerían aislamiento o una atención continuada; mesas para trabajar; instrumental y los principales extractos, pomadas y jarabes de uso más frecuente suministrados por los laboratorios y apotecas de Florencia. Al ser diversos los médicos que pasaban a diario por el hospital, en una habitación contigua a la sala de pacientes, se había creado una biblioteca básica en la que se podían consultar numerosas conferencias de la Escuela de Salerno y un puñado de obras clásicas tan dispares como los *Aforismos,* de Hipócrates, el *De materia medica,* de Dioscórides, o el *Canon,* de Avicena.

En las siguientes horas, Bernard atendió a varios niños aquejados de tos seca, a la que no prestó mayor importancia por estar en meses en los que el frío y el calor se sucedían a capricho; una fractura de muñeca; diversos cortes en codos y barbillas; algunas llagas en la boca y una afonía aguda, más debida a la vocinglera diaria que acompañaba a los juegos que a afección que debiera tomarse en consideración. Stella le acompañó durante las visitas, ayudándole en todo cuanto él requería.

–Diría que ya estamos… ¿no? –preguntó Bernard al constatar que ningún rostro menudo asomaba en ademán fisgón por la puerta.

–Sí. Creo que con Ágata hemos cumplido por hoy, señor Villiers.

–Os lo ruego, llamadme Bernard.

El médico tomó por la cintura a la niña y la ayudó a descender de la mesa en que había permanecido sentada. Antes de apartar sus manos de su talle breve la miró a los ojos…

–¿Ágata? Tienes un nombre realmente bonito…

La pequeña salió corriendo de la estancia sin mirar atrás.

–Aquí siempre tenemos a una Ágata –explicó Stella–. El hospicio se inauguró hace catorce años, el día de santa Ágata. Y ese mismo día llegó la primera niña. Es una costumbre que mantenemos y a la que todos tenemos cariño.

–¿Bautizáis a los niños en función del santoral? Supongo que es lo más sencillo, ¿no? –indagó Bernard mientras recogía su pequeña burjaca y la colgaba al hombro. Después encaró a Stella, entendiendo que era momento de despedirse. Al mirarla pensó que era realmente bella. Sus ojos, que en una primera mirada había considerado dos pozos capaces de aplacar cualquier sed, se le antojaban ahora dos hogueras en las que un hombre podría consumirse de no sustraerse a su embrujo.

–No. En algunas ocasiones se bautiza a los niños con el nombre de la persona a la que quedan asignados, aquí, en el orfanato –aclaró con una tranquila sonrisa en el semblante–. Otras veces, llevan nombres que ilustran alguna cosa, algún pequeño detalle vinculado a su abandono.

—No os entiendo…

—Es sencillo. Veréis… —la mujer se quedó en silencio mientras descendían la escalera, pero luego, ya en el zaguán, con un tono de voz nuevo que sonaba a confesión, explicó—: Imaginad a una niña abandonada junto a la puerta de entrada, en invierno, a altas horas de la noche. Su madre, tras arroparla lo mejor posible en el arrullo, hace sonar la campana y parte a toda prisa para evitarse la vergüenza de las explicaciones.

Bernard asintió.

—Imaginad que esa noche nadie escucha el tañido de aviso.

—Comprendo.

—Sólo un borrachín pasa por el lugar, a pocos metros. En Florencia, las noches de invierno suelen ser frías, flota siempre la humedad espesa del Arno en el ambiente. Así que la luz frente al orfanato es exigua… —los ojos de Stella se hundían más y más en el vacío mientras contaba— y la pequeña parece condenada a morir. Pero esa noche, por fortuna, es serena y el cielo está despejado, lleno de estrellas. Gracias a su claridad, el hombre repara en el pequeño bulto, se acerca y alerta a todos en el hospicio.

La mujer interrumpió su relato mientras en los pensamientos del médico se abría paso la certeza.

—Decidme, señor Villiers —preguntó con voz débil, atenazada por una vaga emoción—. ¿Qué nombre le pondríais vos a esa niña?

—¿Estrella?

—Sí, exacto, Estrella.

Bernard se quedó sin palabras al comprender que la mujer había narrado, en una elipsis, su propia historia. Evitó mirarla a los ojos. Finalmente reunió arrestos para enfrentarla y sonreír con timidez.

—Todos estamos un poco desamparados en este mundo, pero es agradable creer que alguna estrella nos hace siempre compañía o nos salva —dijo buscando reconfortarla, aunque entendía que la afirmación sonaba terriblemente hueca ante confesión semejante.

–Sí. Todos tenemos una estrella que guía nuestros pasos, no lo dudéis –aseguró ella. Y parecía querer añadir algo más cuando la llegada de Bernardo a la carrera la hizo desistir.

Se acercó sonriente y tiró del *lucco* del francés.

–¿Ya te vas? ¿Volverás a verme, Bernard? –preguntó.

El médico lo alzó hasta situar sus rostros a la misma altura.

–Claro que volveré… –afirmó–. Pero sólo si me prometes una cosa.

–¿Qué cosa?

–¡Que te vas a poner las malditas sandalias en los pies!

–¡Prometido! –y cruzó sus dos índices formando una cruz sobre la que estampó un beso sonoro.

Caminaron hasta la entrada del *Ospedale*. El médico devolvió a Bernardo al suelo y ajustó la correa del zurrón.

–¿Estáis de paso por Florencia, verdad? –preguntó Stella, tomando la mano del chiquillo y retrayéndose de regreso a la penumbra interior.

–¿Tanto se nota que soy forastero?

La mujer rió de buena gana.

–Sí.

–Por mi apellido francés, claro.

–No.

–¿Debido a mi mal acento?

–¡Oh, no, habláis un toscano perfecto, muy musical!

–¿Entonces?

–Entonces debe de ser esa barba corta que lucís…

Bernard deslizó los dedos por su rostro y asintió esbozando una leve sonrisa. Después descendió la breve escalinata del orfanato y atravesó la plaza de la Santísima Anunciación en oblicuo, en dirección a San Marcos.

El sol lucía brillante y espléndido en lo alto del cielo.

Sin que mediara pensamiento previo, volvió el rostro hacia el *Ospedale* cuando ya alcanzaba los pórticos de las casas que lo encaraban al otro lado de la explanada. Un latido extraño, un rapto de vaga tristeza en el centro del pecho, le llevó a detenerse y a buscar la silueta de Stella en un umbral desierto.

Entendió cómo debía de sentirse Marsilio cada vez que veía alejarse a Veroncia.

Con el corazón convertido en un páramo.

28

EL JARDÍN DE LAS ESTATUAS ROTAS

Te condeno! –tronó una voz destemplada–. ¡Yo te condeno a volver al caos del que te saqué! ¡Descansa, héroe osado, duerme en paz, que no habrá alimaña que devore tus entrañas!

Bernard y Nikos cruzaron una mirada perpleja y breve. Después, volvieron a observar a Donatello, sin atreverse a llamar su atención, amparados en la penumbra de la galería del impluvio. Habían llegado al taller del artista, situado en una bocacalle de la *via degli Arrazieri*, pocos minutos antes. A pesar de los sonoros aldabonazos propinados por Nikos en el portón, nadie había acudido a recibirlos. La puerta entreabierta y la voz airada que llegaba desde el final de la casa les habían conducido hasta la parte posterior.

Donatello encaraba una estatua de mármol inconclusa. Del enorme bloque blanco emergía Prometeo, en lastimera actitud. Permanecía postrado en un escorzo doloroso, aherrojado a un pilón por una gruesa cadena que inmovilizaba su brazo izquierdo, mientras intentaba, con el otro, proteger cuerpo y rostro de un ave inexistente, aún dormida en el interior de la piedra.

–¡No temas! –exclamó el artista furioso–. ¡Te ahorraré esa eternidad de dolor a la que fuiste condenado por conmiserarte de los hombres! ¡Yo te vengaré!

Y se dirigió, recogiendo las mangas de su *lucco*, hasta una mesa cercana, llena de cepillos y cinceles.

—Este hombre está orate perdido... —susurró Nikos al oído del francés.

Bernard se llevó el índice a los labios.

El escultor se plantó delante de la estatua, blandiendo una enorme maza de madera que desequilibraba su figura enjuta. Aferró el mango con las dos manos, como si fuera una espada pesada que necesita de toda la fuerza e intención del cuerpo para ser temible. Y ya se ladeaba, dispuesto a propinar un golpe demoledor, cuando un ruido leve le hizo volverse.

—¿Quién anda ahí? —increpó belicoso.

Bernard y Nikos se adelantaron unos pasos revelando su presencia.

—Buenos días, señor, disculpad nuestra intromisión —dijo el médico.

—¿Qué se os ofrece? ¡Estoy ocupado!

—Desearíamos hablar con vos —anunció Bernard—. Espero que nos recordéis. Nos conocimos en el palacio Médicis. Soy Bernard Villiers.

Donato di Niccolo dejó el martinete junto a sus pies, volvió a erguirse y, protegiendo sus ojos del molesto contraluz, escudriñó sus rostros.

—¡Oh, sí, sí! ¡Vos sois el que nos hizo vomitar a todos! —aseguró en tono cáustico—. Recuerdo que me desvanecí durante unos segundos. No olvidaré esa noche en lo que me reste de vida. Y bien... ¿Qué se os ofrece, caballeros?

Bernard se adelantó hasta quedar a menos de un metro del artista.

—Desearía conocer algunos detalles referidos a las puertas del baptisterio de San Juan. Me han dicho que trabajasteis con Lorenzo Ghiberti...

El escultor le dedicó una mirada escamada.

—Sí, claro. No sé qué os puedo decir yo que os interese, pero no tengo inconveniente. El caso es que llegáis en mal momento. Me disponía a hacer una obra de caridad —puntualizó.

—Podemos visitaros otro día, si así lo preferís.

—¿Tenéis prisa?

—Ninguna.

—Pues concededme unos minutos —rogó—. Pero haceos a un lado. No quisiera que alguna piedra os abriera brecha en la crisma.

Bernard y Nikos se retiraron unos metros.

—¿Aquí?

—No, más atrás, más… —indicó, aventándoles con el dorso de la mano.

Cuando Donatello consideró que estaban a distancia prudente retomó la maza, la elevó por encima del hombro y descargó un formidable golpe en la cabeza de Prometeo. La mitad del rostro se quebró y rodó por los suelos. Al punto arremetió contra las manos, las rodillas y el tronco. Cientos de pequeños fragmentos salieron disparados en todas direcciones. Enrojecido y convulso, acompañaba cada una de sus acometidas de un exabrupto en el que liberaba el evidente enojo que la figura suponía.

Pocos minutos más tarde, Prometeo era sólo un recuerdo. Apenas los restos de una sandalia y un tobillo permanecían visibles en el bloque de mármol. El escultor dejó caer la herramienta a peso y se quedó sumido en un largo tembleque. Enjugó el sudor de la frente y del cuello en una pieza de tela y, dando la espalda al monumental estropicio, encaró a Bernard y a Nikos.

—¡Ya está! —anunció satisfecho—. ¡Hace tiempo que se la tenía jurada!

—Os ruego que me disculpéis: no entiendo demasiado de escultura —confesó el médico—. Pero sí sé lo que me gusta y lo que no. Y esa figura se me antojaba extraordinaria.

—Bellísima —apostilló Nikos.

—¿Bellísima? ¿Extraordinaria? —Donatello les miró incrédulo—. Es evidente que sois profanos en asuntos artísticos, caballeros. Ese Prometeo era una bazofia. ¿Veis todos los fragmentos de esculturas que hay en este patio?

El francés y el cretense miraron en derredor. Por todas partes se amontonaban restos de figuras clásicas: la cabeza de un emperador, brazos, rodillas, pedestales, fragmentos de frisos ornados con motivos vegetales, tímpanos, torsos desnudos.

–Sí, los vemos –afirmó Bernard.

–Son partes de estatuas arruinadas que he ido reuniendo con los años. Toda Italia está llena de ellas... –y se agachó y tomó una mano de mármol que expuso ante sus ojos como un gran trofeo–. Fijaos: esta mano es perfecta, los dedos se recogen armoniosamente sin llegar a aferrar nada. Ningún ser humano podría asegurar de qué escultura formó parte y aún menos explicar en qué postura o actitud fue cincelada la obra... ¿Era un político disertando en el senado, un filósofo hablando de asuntos celestes, un emperador triunfante? ¡Imposible! Esta mano es perfecta, bellísima. Y aquel torso, y esos pies, también lo son. No existe la perfección absoluta, sólo la belleza parcial que nos recuerda esa posibilidad...

Donatello se expresaba con vehemencia. Aún seguía encendido por el ardor justiciero que le había llevado a hacer añicos su creación.

–Tampoco los seres humanos, que sirven de modelo, son perfectos, aunque alguna virtud los adorne... –adujo Bernard en tono conciliador. Sabía por referencias que el artista era hombre sanguíneo y presa fácil de la cólera. Pensó que debía andarse con tiento y evitar airarle.

–Exacto. Pues esta mano, señor Villiers, era la virtud de la escultura a la que estuvo unida. El resto, a buen seguro, era una soberbia birria –Donatello suspiró y cambió de asunto–. Muy bien, decidme: ¿qué queréis saber de ese petulante de Ghiberti?

No había lugar en el que conversar con relativa comodidad, así que se sentaron sobre algunos restos de capiteles y columnas que quedaban guarecidos de la fuerza del sol, que caía a plomo. Bernard explicó abiertamente sus sospechas al escultor; éste le escuchó atentamente, distendido, asintiendo levemente, enarcando las cejas o negando así él iba exponiendo sus conjeturas.

—¿Insinuáis que alguno de los artistas que concurrieron al concurso que adjudicó la obra de esas puertas ha vuelto del más allá, despechado y dispuesto a pasar cuentas? —Donatello prorrumpió en una inmensa carcajada que acabó provocándole un acceso de tos seca.

—¿Están todos muertos? —inquirió Nikos.

—Pues no lo sé. Varios de ellos sí —Donatello dudó, quedó en silencio durante unos segundos y recuperó el hilo—: Yo era muy joven cuando se licitó la obra. Tenía unos catorce o quince años. Recuerdo que Ghiberti andaba en esos días ocupado en otros encargos fuera de Florencia, pero lo dejó todo y regresó así se enteró del concurso. Brunelleschi también se presentó. Esas puertas suponían dinero y años de trabajo asegurado; además, claro está, de un enorme prestigio.

—¿Qué me decís del resto? Tengo entendido que fueron siete los artistas que pasaron la primera criba —indagó Bernard.

—Sí, siete. Los recuerdo a todos. Jacobo della Quercia, un sienés; Symone Da Colle; Nicolo di Areto; Francesco di Valdambrino, también de Siena; Piero di Nicolo Lamperti, que vino desde Venecia… —enumeró—. Todos ellos trabajaron en un cuarterón de muestra que debía reflejar el sacrificio de Isaac.

—Y venció Ghiberti…

—Sí, pero no lo tuvo fácil: todas las obras eran buenas, en especial la de Brunelleschi. ¡Ahí tenéis a vuestro asesino! ¡Seguro que ese cabrón desaliñado conspira desde el más allá! —Donatello volvió a carcajearse—. Escupió sapos y culebras cuando se anunció el fallo. ¡Pero se vengó…, vaya si se vengó! Años más tarde, Ghiberti ambicionaba la concesión de la cúpula de la catedral, pero Brunelleschi le venció limpiamente. Donde las dan, las toman.

—¿El jurado que falló ese concurso estaba integrado por Fabriano Bramante, Frosino Mainardi y Antonio Gentile? —inquirió Nikos.

—Sí…, estaba Noé…

—¿Noé?

—A Fabriano todos le llamaban Noé… —aclaró Donatello.

—¿De dónde sale ese apodo? —husmeó Bernard.

–En Florencia casi todo el mundo tiene un mote –explicó el escultor–. Creo que a Bramante le llamaban Noé porque puso a salvo, con sus tejemanejes, en más de una ocasión, negocios de unos y de otros en tiempos de inundación. Era un hombre listo, muy influyente, un verdadero intrigante; ocupaba un lugar preeminente dentro del Arte de la Lana...

–Al igual que Mainardi y Gentile... ¿no?

–Sí. Los tres adjudicaron esas puertas. Ellos y los Médicis.

–Y ahora están todos muertos... –musitó Nikos.

Se quedaron en silencio. Bernard estuvo tentado de preguntar por Baltasar Cossa y su mausoleo, pero se contuvo. Prefería recorrer toda la línea de indicios referidos a las puertas de Lorenzo Ghiberti.

–¿En qué consistía vuestro trabajo como aprendiz de Ghiberti? –preguntó al punto el francés.

–Yo me encargaba de trabajos menores. Pulía los bajorrelieves; sobre todo las partes más sencillas..., éramos unos cuantos.

Súbitamente Donatello se quedó en silencio. Sumido en un impenetrable mutismo. Parecía rescatar un hecho significativo, un detalle perdido en algún recoveco de la memoria.

–Hay algo que tal vez os pueda ser de utilidad... –dijo–. Lo cierto es que nunca había vuelto a recordarlo.

–¿De qué se trata?

–Años después, cuando esas primeras puertas creadas por Ghiberti estaban conclusas y colocadas sobre sus goznes, recibió el maestro el encargo de trabajar en las segundas. En mil cuatrocientos veinticinco, si la memoria no me falla. Él aceptó... Gozaba de una enorme reputación y diría que lo que más le atraía de la oferta era la absoluta libertad que le ofrecieron; amén del dinero que se embolsó. Yo ya no colaboré con él en esas nuevas puertas, pero le visitaba muchas veces. Tenía un discípulo aventajado...

Donatello se quedó pensativo una vez más.

–¡Maldita sea, no recuerdo su nombre! ¡Puedo ver su cara como si fuera ayer, pero no recuerdo su nombre, lo siento! –concluyó.

—No importa... ¿Qué pasó con ese ayudante?

—Era un verdadero genio, un joven brillante. Quería trabajar con Ghiberti a cualquier precio. Se presentó un día ante él, cuando las primeras puertas ya estaban prácticamente acabadas, y le pidió trabajo. Pero Lorenzo tenía el taller abarrotado de aprendices y rehusó. Sin embargo, aquel muchacho no cejó en su obstinación. Trabajó un cuarterón de muestra, inspirándose en uno de los paneles de Andrea Pisano, el autor de las primeras puertas. Realizó una decapitación de san Juan Bautista asombrosa, impropia de un aprendiz. Trabajaba el bronce como un maestro. Sus figuras hablaban, estaban vivas. Cuando Ghiberti examinó ese cuarterón se quedó mudo... ¡No podía creer que un joven hubiera realizado ese bajorrelieve complejo, trabajado en una sola pieza, sin el más mínimo error!

—Y le aceptó como ayudante... —adelantó Bernard.

—Sí, al momento...

Una voz, procedente del zaguán, interrumpió la conversación.

—¿Donato di Niccolo, estás ahí?

—¿Quién va?

—¡Yo!

Al poco, el rostro tosco y bonachón de Michelozzo asomaba en el impluvio. Llegaba el hombre sin resuello, sudando como un buey. Se quitó el *cupolino tondo* y lo agitó ante el rostro para refrescarse.

—No sabía que tenías visitas... —dijo resoplando.

—Recordarás al señor Villiers y al señor Pagadakis. Vomitaron con nosotros... —y el escultor soltó una risilla de hiena, fina como un estilete.

Michelozzo reconoció al médico y a Nikos al instante. Les saludó levemente.

—¿Sabéis? ¡Aún me duele la garganta del esfuerzo! —aseguró—. ¡Pero os lo agradezco! ¿A qué se debe reunión tan grata?

—Hablábamos de Ghiberti, amigo mío.

—¿De Lorenzo?

–Sí. Escucha: seguro que tú recordarás a ese joven portentoso que se convirtió en su mano derecha cuando comenzó a trabajar en las segundas puertas…

El arquitecto se rascó la barba y frunció el ceño. Asintió.

–Sí, claro que le recuerdo: se llamaba Benedetto, Benedetto Ubaldini… ¡Menudo elemento! –aseguró–. ¿Eh? ¿Qué? ¡Maldito seas, Donato! ¿Qué has hecho? ¡Qué demonios has hecho con el Prometeo!

Volvieron todos la vista hacia los restos de la escultura.

–¡Lo que debía hacerse, ya te dije que lo haría!

–¡Por los clavos de Cristo que estás loco de atar, Donato; esa pieza me encantaba! –gruñó–. ¡Bueno, dejémoslo estar! ¿Qué pasa con Benedetto Ubaldini?

Michelozzo tomó asiento. Donatello, tras poner en antecedentes al arquitecto, prosiguió la narración en el punto en que había quedado interrumpida.

–El maestro pagaría muy caro el haber confiado en Ubaldini –afirmó–. Al principio se mostraba ufano, convencido de haber formado el mejor de los equipos posibles. Delegó en Benedetto trabajos de cierta importancia, que éste ejecutaba, mano a mano, con Vittorio, el hijo de Ghiberti. El resto de aprendices se ocupaba del pulido de fondos y de asuntos menores. Imagino que lo ignoráis todo acerca del trabajo en bronce. Baste decir que requiere de una paciencia infinita. Un error puede arruinar toda la pieza. Cada uno de esos cuarterones supone meses, incluso años –dependiendo del número de figuras–, de trabajo minucioso. Comenzaron dos de esos paneles simultáneamente: el referido al diluvio universal y…, el otro… ¿cuál era el otro?

–El de Josué –aclaró Michelozzo.

–Sí, ése. Recordaréis la escena bíblica –presupuso el escultor–. Josué y los israelitas durante el asedio a la ciudad de Jericó.

–Según las Sagradas Escrituras, los israelitas recorrieron los muros, portando el Arca de la Alianza, haciendo sonar sus trompetas –ilustró Nikos–. Al rodear por séptima vez la ciudad, las murallas se vinieron abajo. Conocemos la historia…

–Bien. Lorenzo trabajó en esos dos paneles con verdadera pasión durante casi dos años. Pero un día, cuando ya estaban en fase de resolución, reparó en algo extraño. Examinando las figuras terminadas, comprobó que algunos personajes secundarios, situados en segundo plano, poseían tanto detalle como los protagonistas del cuarterón...

–¡Se les podían contar los cabellos uno a uno! –ilustró Michelozzo en medio de una risilla mal contenida.

–Al principio Ghiberti pensó que todo eran imaginaciones suyas –continuó explicando Donatello–. Pero así pasaban los días detectaba más y más detalles que no recordaba haber cincelado. Llegó a pensar que tenía serios problemas de memoria. Descubría pliegues en las túnicas, detalles en los paisajes y fondos...

–¡Incluso pequeños remaches en los aros de los toneles que aparecen tras el Noé borracho! ¡Jajaja! –apostilló el arquitecto.

–¿Ubaldini trabajaba por su cuenta? –conjeturó Bernard con gesto suspicaz.

–Sí.

–¿Y eso es grave?

–¿Grave? ¡Gravísimo! –exclamó el escultor–. ¡Un delito terrible!

–No lo entiendo..., o sólo lo entiendo a medias –aseguró Nikos–. ¿Por qué es tan grave?

–Se nota que no conocéis las reglas que rigen los oficios, caballeros: ¡jamás un aprendiz puede realizar tareas encomendadas a un discípulo aventajado, ni éste, a su vez, inmiscuirse en lo que sólo un maestro puede hacer! –rezongó–. Fijaos si es importante el asunto que hasta en los contratos se consignan esas cosas. En el caso de las puertas del baptisterio, se dejó constancia, al licitar la obra, de que sólo Ghiberti podría trabajar las figuras. Las frondas lejanas, los edificios desdibujados o algún que otro elemento secundario, siempre que el maestro lo considere oportuno, pueden ser completados por los mejores de su equipo...

Bernard y Nikos entendieron la gravedad del acto de Ubaldini.

—¿Cómo terminó el asunto? —curioseó el médico.

—Como no podía ser de otro modo: en un auténtico drama —rememoró Michelozzo haciendo suyo el relato—. Lorenzo Ghiberti transmitió sus sospechas al Arte de la Lana y a los Médicis. Ese mismo día se movilizó la policía gremial. Y no tardaron en comprobar que Ubaldini acudía al taller a altas horas de la noche y trabajaba en los cuarterones. Fue detenido y juzgado en la sede de las Artes Mayores de Florencia. Ghiberti intentó defenderle, pero ese joven era violento, vengativo y jactancioso. No había ni una pizca de humildad en su espíritu. Cósimo estaba furioso y convenció a los jueces de que merecía un castigo ejemplar...

—¿Le encarcelaron?

—No. Se le prohibió trabajar en cualquier actividad artística. No sólo era bueno con el bronce: era un verdadero diablo con el mármol, y sus conocimientos de pintura y arquitectura, ciertamente notables. Cósimo se encargó de que se le cerraran todas las puertas. También Ghiberti sufrió lo indecible en esos días. Los dos paneles fueron descartados por el jurado y se vio obligado a recomenzar el trabajo.

—De todos modos, Ubaldini se llevó la peor parte. Estaba rabioso, hecho una furia. En un rapto de locura intentó asesinar a Cósimo... —concluyó Donatello.

El rostro de Bernard se ensombreció.

—¿Cómo?

—Le esperó una mañana en los alrededores de la Signoria y se abalanzó sobre él. Le clavó un cuchillo en el hombro. Por suerte la guardia intervino y lograron reducirle. Los Médicis se encargaron de que el *gonfalonier* de Justicia firmara un decreto de proscripción contra él. Fue desterrado de Florencia. Dicen que juró dedicar su vida a acabar con los Médicis. Y eso es todo, señor Villiers... ¿Queréis saber algo más?

—¿Sabéis qué fue de él?

Donatello y Michelozzo se interrogaron con la mirada.

—Oí decir, años después, que estaba en Milán —dijo el arquitecto—. Pero no hagáis mucho caso. De eso hace ya mucho tiempo.

—¿Formaban parte Fabriano Bramante, Frosino Mainardi y Antonio Gentile de ese tribunal gremial que juzgó a Benedetto Ubaldini?

—Sí.

—¿Y no os parece significativo?

—En esta vida, hombres como Cósimo se ganan muchos enemigos, caballeros —razonó Donatello—. Los Médicis tienen tantos detractores como allegados. Acaso más de lo primero que de lo segundo. No sé, ni me interesa saber, quién está detrás de esos asesinatos. Lo que sí os puedo asegurar es que esos tres marrulleros estaban metidos hasta el cuello en montones de asuntos sucios, y que muchos, en Florencia, habrán celebrado su muerte por todo lo alto.

Donatello se puso en pie dando a entender que no disponía de más tiempo.

—Un último detalle referido al baptisterio —anunció Bernard cuando ya procedían a despedirse—. ¿Por qué se erigió el mausoleo del antipapa Baltasar Cossa precisamente ahí? No parece un lugar muy apropiado.

—A pesar de haber sido despojado de su cargo, ese hombre conservaba grandes riquezas. A su muerte, hace unos cuarenta años, legó sumas y reliquias al baptisterio de San Juan. Los administradores de su fortuna autorizaron la construcción de ese monumento funerario. Deberéis preguntarle eso a Cósimo —zanjó Michelozzo divertido—. Eran grandes amigos. Nosotros sólo nos encargamos de la obra.

Donatello se echó a reír.

—Y ahora, claro, querréis saber nuestra opinión acerca del legendario tesoro de ese pirata… ¿no? —espetó en tono jocoso—. ¡Vamos, vamos, no os privéis: todos en Florencia nos han hecho esa pregunta hasta el aburrimiento!

—¿Existió realmente? —curioseó Nikos.

—No —resolvió rotundo el escultor.

—Sí —despachó con idéntica convicción el arquitecto.

Bernard y Nikos salieron del taller de Donatello, dejando a los dos amigos enzarzados en una discusión que parecía vieja y recurrente, rodeados por los restos de la estatua de Prometeo y otros fragmentos de anónima y bellísima perfección. Caminaron un buen trecho, zig-zagueando, en dirección a Vía Larga, sumidos los dos en un mutismo hermético.

—No sé qué opinarás tú, Nikos... —comentó finalmente el médico—, pero a mí me parece que el tal Ubaldini tiene que ver, y mucho, con lo que está pasando.

—¡*Psé!* ¡Vete tú a saber!

Bernard se detuvo repentinamente. Se llevó la mano a los labios y permaneció en actitud reflexiva hasta que el cretense, harto de esperar a pleno sol, le obligó a salir de su estado ensimismado.

—¡Nikos, escucha: me parece que lo tengo!

—¿Qué tienes?

—Una hipótesis... —susurró. Y al punto chasqueó los dedos—: ¡Vamos, tenemos que examinar detenidamente esas puertas!

Y apretó el paso en dirección al baptisterio de San Juan, seguido a corta distancia por los reniegos de Nikos.

29

BAPTISTERIO

Y ahora qué? –farfulló Nikos, congestionado por la apresurada caminata–. ¿Vas a explicarme esa brillante hipótesis, endemoniado francés?

Habían recorrido tres veces el perímetro octogonal del baptisterio, sólo roto, en uno de sus lados, por una capilla o ábside rectangular que los florentinos denominaban *scarsella*, ya que recordaba la forma de las bolsas clásicas que portaban los peregrinos. Bernard caminaba con parsimonia, observando todos los detalles de la fachada, revestida en mármol blanco y verde, separada por pilastras decorativas y dividida, en lo concerniente a altura, en tres pisos diferenciados por cornisas y arcos de medio punto.

–¡Te estoy hablando, francés! ¿Quieres dejar de comportarte como si estuvieras solo en el mundo?

–Sí..., discúlpame. Sólo pensaba... –Villiers se detuvo pero su mirada seguía clavada en el edificio–. Pensaba en que éste es, sin duda alguna, el lugar más sagrado de Florencia. Fue en un tiempo iglesia episcopal; aquí se bautiza a todos los florentinos, desde tiempo inmemorial, y aquí han sido armados caballeros los hijos más notables de la República. Por si todo lo dicho fuera poco, no olvides, maldito impaciente, que el recinto está dedicado a san Juan, que es patrón y protector de la ciudad.

Nikos suspiró. Secó el sudor con la manga del *lucco* y miró con desazón al médico, que seguía abstraído, plantado frente a las puertas orientadas al Sur, las creadas por Andrea Pisano.

—¡Supongo que ahora me dirás algo nuevo de verdad, me tienes en ascuas!

—Todo a su debido tiempo… —aseguró Bernard—. Vamos a echar un vistazo al interior. He visto entrar a un diácono cuando llegábamos.

El francés se adentró en el baptisterio. Permanecía en penumbra. La tenue claridad del lugar llegaba desde lo alto, colándose por la linterna superior del techo. No tardó en descubrir al clérigo: sustituía velones y adecentaba el recinto.

—Dios os guarde… ¿Qué se os ofrece, señor? —dijo al reparar en su presencia—. No podéis entrar aquí, lo siento.

—No os inquietéis, somos amigos del arzobispo e invitados de los Médicis… —adujo—. Sólo queremos echar un vistazo rápido. Saldremos cuando lo hagáis vos.

El diácono les miró con evidente recelo. Pese a que las rondas de los guardias de la Signoria por la plaza no eran ya tan frecuentes, nadie olvidaba la maldición que parecía pesar sobre el templo.

—Les ruego que sean breves y no toquen nada. Habré terminado dentro de unos minutos… —advirtió en tono adusto.

Nikos y Bernard pasearon en silencio, alzando el rostro hacia los impresionantes mosaicos de regusto bizantino que escalaban hasta lo alto, formando ocho círculos concéntricos, y se fundían, en el plano ocupado por los coros de ángeles, con la luz cenital que abotonaba la cúpula. Un *tondo* circular, representando a Cristo, presidía, con absoluta majestad, el baptisterio.

Se detuvieron ante el sepulcro del antipapa Juan XXIII. El monumento funerario creado por Donatello y Michelozzo había sido esculpido en bronce y mármol. Se elevaba sobre un baldaquín, afianzado sobre ménsulas bajo las que los artistas habían labrado las alegorías de la Fe, la Caridad y la Esperanza. En una inscripción, se recordaba que los restos allí depositados eran los de Baltasar Cossa, que un día ocupó la Silla de Pedro.

—Viéndole vestido de esta guisa, yaciente y pacífico, cuesta creer que fuera un rufián —susurró Nikos ante la figura dorada del antipapa, representada en su lecho mortuorio. Su cabeza, que ceñía la mitra pontificia, se ladeaba y parecía atenderles.

Bernard asintió. Tocó levemente a su amigo en el hombro, invitándole a aproximarse a la gran pila bautismal que ocupaba el centro de la basílica. Había sido vaciada. El médico deslizó sus dedos por el brocal de piedra y luego, dedicando una mirada de agradecimiento al diácono, que no les había quitado ojo en todo el tiempo, cruzó la puerta. Ya en el exterior, volvió a quedarse plantado delante de las puertas de Andrea Pisano.

—¿Y bien…?

—Demos un par de vueltas más, Nikos, y te explicaré lo que pienso…

—¿Más vueltas?

—Escucha —dijo—. Cuando llegamos a Florencia se había cometido un asesinato. El de Fabriano Bramante. Al poco, presenciamos el hallazgo de la cabeza de Frosino Mainardi en este baptisterio. Dos días más tarde, acudimos con Tomassino a la Signoria…

—Lo recuerdo.

—Me llamó la atención el hecho de que los dos asesinatos acabaran aquí, en este baptisterio. Todavía no entiendo, y acaso no haya respuesta plausible, pues la he buscado sin dar con ella, el motivo que llevó a esos desalmados a colgar el cuerpo de Mainardi de la balaustrada del Puente Viejo y a depositar, a continuación, la cabeza en la pila del agua bendita —Bernard interrumpió la narración. Caminaba con las manos enlazadas a la espalda. Miró de soslayo a Nikos y prosiguió—. En cualquier caso, ni los oficiales de la Signoria, ni Marsilio, ni los médicos, ni nadie, pareció prestar mucha atención a ese detalle. Incluso yo acabé por descartarlo y creer que era sólo una mera coincidencia.

—Está muy claro que no lo es…

—Sí. Déjame proseguir… —pidió alzando levemente la mano—. La noche del banquete en el palacio Médicis se produjo un nuevo asesinato. El de Antonio Gentile. Esos jinetes arrastraron su cuerpo, una vez más, hasta aquí. Y al mismo tiempo, Domenico envenenó la comida de Cósimo, que se salvó, por motivos que sólo Dios conoce, in extremis…

–No debía de ser su hora… –ironizó el cretense.

Bernard sonrió.

–Tal vez… –asintió–. Tal vez estaba escrito que Mauro Manetti debía morir en su lugar. La Ley Hermética de Compensación resulta muchas veces incomprensible. Tú y yo hemos sido iniciados en esos principios y, pese a ello, siempre nos acaban sorprendiendo cuando se manifiestan. De todos modos, hay algo claro: Manetti no tiene nada que ver con esta trama.

–Muy cierto. Continúa…

–En los últimos días han ocurrido unas cuantas cosas. En primer lugar, Tomassino, mientras trabajábamos, me contó muchos asuntos referidos a Cósimo y a su padre, Giovanni; entre ellos, su vinculación con Baltasar Cossa. Cuando me habló, con tanta convicción, de ese fabuloso tesoro, mi mente se disparó. Comencé a especular con la posibilidad de que los asesinatos pudieran guardar alguna relación con ese legado que, supuestamente, custodian los Médicis. Y de hecho, tras nuestra conversación con Donatello y Michelozzo, sigo sin descartar la posibilidad, pero…

–Pero ha aparecido el tal Ubaldini y has cambiado de idea –apostó Nikos.

–Sí. Su clara deuda de odio hacia Cósimo, Bramante, Mainardi y Gentile le convierte en el principal sospechoso. Pero hay algo más… –advirtió el médico–. Dos detalles que me han sacudido especialmente. Uno lo ha aportado Donatello; el otro tú.

–¿Yo?

–Sí, tú. Con tu proverbial sapiencia y esa irritante propensión a ilustrar cuanto se dice… –Bernard sonrió y propinó una afectuosa palmada en los hombros de Nikos–. Dime, filosofastro: ¿en cuántos paneles trabajó Ubaldini?

–En dos...

–No. En tres... –corrigió Bernard–. No olvides que creó uno por su cuenta, basándose en un cuarterón de la puerta de Andrea Pisano.

–¡La decapitación del Bautista!

–Exacto. Ahí tienes, posiblemente, la razón de esa cabeza cortada, sumergida en la pila bautismal... –concluyó el francés–. Y ahora, sígueme.

Rodearon el baptisterio hasta situarse frente a las segundas puertas de Lorenzo Ghiberti. Parecían recoger toda la luz del sol y magnificarla en un cegador destello.

–Aquí tienes tus Puertas del Paraíso, tal y como las bautizaste... –Bernard señaló el segundo panel de la hoja izquierda y el cuarto de los cinco que conformaban la hoja derecha de las puertas–. El primer cuarterón se refiere al diluvio universal y su protagonista es...

–¡Noé, maldita sea! ¡Noé! –exclamó el cretense chasqueando los dedos–. Donatello ha dicho que a Bramante todo el mundo le conocía por ese mote: Noé.

–Y ahí tienes a Noé, borracho, yaciendo bajo un chamizo –ilustró el francés–, ante la vergüenza y el sonrojo de los suyos. A Bramante le acuchillaron ahí, en la esquina de la Logia del Bigallo. Después arrastraron su cuerpo hasta aquí. Si te fijas, aún es perceptible el tono sonrosado que la sangre dejó en las losas. Según me dijo Tomasso, esa noche andaba el hombre ajumado perdido.

–Eso no es relevante. Marsilio me aseguró que Fabriano era borrachín viejo.

–Tal vez no sea importante. Pero lo cierto es que estaba ebrio de solemnidad.

–¿Y qué relación ves tú entre el tercer cuarterón, el de la historia de Josué, y el asesinato de Antonio Gentile la noche de la cena en palacio? –interpeló Nikos con evidente impaciencia, clavando la mirada en el bajorrelieve.

–Ésa es la pista que me has proporcionado tú, sabiondo... –afirmó Villiers con expresión mordaz–. Vamos, exprímete la sesera y demuéstrame cuánto da de sí ese caletre cretense: ¿qué ocurrió en el palacio Médicis durante la cena?

Nikos frunció el ceño y se rascó la barba.

–Ocurrió que se presentaron esos sicarios arrastrando el cuerpo de Gentile...

–Sí. Pero estás obviando un detalle muy significativo, un detalle que precedió a su irrupción en la calle. Todos pudimos escuchar un sonido estridente... ¿recuerdas?

–¡Sí, el sonido de una trompeta o de un corno, un sonido similar al de los añafiles de los moriscos, largo e hiriente! –convino Nikos.

–Exacto. Eso hizo que todos nos asomáramos a las ventanas de Vía Larga... –apostilló Bernard–. Al punto, comenzaron a rodear la mansión al galope.

–¡Siete veces, Bernard, lo hicieron siete veces! –exclamó excitado el cretense–. ¡Yo las conté! En aquel momento ese proceder me pareció sumamente extraño. Y cada vez que completaban el recorrido y pasaban ante nuestros ojos, volvían a hacer sonar ese chisme.

–¿Por tanto...?

Nikos se quedó perplejo. En el cuarterón de Ghiberti, los israelitas rodeaban los muros de Jericó, baluarte del poder cananeo, portando trompas y cornos. El cretense buscó los ojos del médico. Brillaban asertivos. A ninguno de los dos se le escapaba el hecho de que Gentile era pieza clave en los negocios e intereses de la familia Médicis. De todos los asesinatos cometidos, este último había supuesto un terrible golpe para Cósimo.

–Por tanto, tienes razón: ese Ubaldini está detrás de todo esto... ¡Demasiadas casualidades! –aseguró Nikos–. Sea como sea, hay algo que no acabo de ver claro.

–¿Qué?

–¡Han pasado treinta años desde que ese aprendiz fue expulsado de Florencia, Villiers! ¿Tú crees que alguien puede mantener tanto tiempo la hoguera del odio encendida? –interpeló incrédulo–. Y todavía algo más... ¿No te parece que, habiendo preparado su revancha de modo tan minucioso, el tal Ubaldini está yendo con muy poco tiento a la hora de evitar ser relacionado con los crímenes?

—Me has leído el pensamiento, Nikos. Me estaba preguntando exactamente lo mismo... —susurró Bernard—. Creo que la inmensa mayoría de los hombres buscaría desquitarse con rapidez, al calor de la cólera; de hecho, él lo intentó y se ganó el destierro. Sólo Dios sabe cómo habrá pasado todos estos años y qué alianzas habrá forjado en su camino. Me parece evidente que no está solo en este asunto. Juraría que hay alguien más...

—Sí. No puede estar haciendo todo esto él solo...

—Y en lo tocante a cómo está ajustando cuentas con sus viejos enemigos —caviló Bernard—, se diría que, o bien la oscuridad del tiempo le proporciona confianza en su impunidad, o le importa bien poco. Recuerda en qué términos se ha referido a él Michelozzo: vengativo y jactancioso. Encaja.

Se quedaron en silencio, mirándose fijamente el uno al otro.

—Creo que deberíamos comunicar nuestras sospechas al *gonfalonier* de Justicia, francés —propuso Nikos—. Tal vez a los Ocho de Guardia, los priores que dirigen a los comisarios políticos de la ciudad. Me parece que esto no ha hecho sino comenzar.

—No, Nikos. No tiene sentido alguno acudir a la Signoria —negó el médico—. El gobierno de Florencia no reside en el Palacio del Pueblo; el verdadero gobierno tiene su sede en Vía Larga. Cósimo detenta el poder. Nuestro anfitrión es quien verdaderamente decide y el mayor interesado en que todo esto se resuelva lo antes posible. No olvides que él es el último en la lista de Ubaldini.

—Pues debemos hablar con Cósimo aprovechando nuestra estancia en Careggi —decidió Nikos—. No me gusta nada todo esto. En el palacio flota un ambiente extraño, como si todos fueran conscientes de que algo se cierne sobre la ciudad y prepararan la huida...

Bernard asintió. También él intuía que todo lo ocurrido hasta la fecha no era sino el prólogo de un drama aún mayor. Alzó la vista al cielo. Unos nubarrones espesos avanzaban, ocultando parcialmente el sol, augurando lluvia copiosa antes del final del día. Abandonaron los alrededores del baptisterio en silencio, sin volver a mirar siquiera por última vez las puertas de Lorenzo Ghiberti.

Se encaminaron en dirección a la mansión de los Médicis.

Con el peor de los presagios sobrevolando el ánimo.

30

DEUDAS DE ACERO

Al mismo tiempo que los Médicis y su comitiva de invitados salían de Florencia, camino de Careggi, Muzio Fortebracci, a la cabeza de una veintena de *fuorosciti* reclutados en los últimos días, llegaba a la vista de las murallas de la capital. Todos iban armados *alla borgognona*, con espada y daga al cinto. Descabalgaron en un altozano alejado de la vía principal, dejaron las monturas entre los matorrales y se pusieron a resguardo del sol bajo una fronda cercana. Después, quedaron a la espera según se había convenido.

Greco Monforte, el caporal que el *condottiero* había puesto al frente de la caterva, se desprendió de tres misericordias; dagas de remate que siempre portaba, por cuestión supersticiosa, a la espalda. Las dejó caer sobre la hierba alta. Después liberó la trabilla del *corsaletto* milanés que cubría su pecho y se deshizo de él con gesto de fastidio, arrojándolo sobre el resto de corazas que los demás habían ido amontonando. Sudaba la gota gorda.

–¿Dónde está ese maldito carro? ¡Hatajo de inútiles! –increpó, dirigiéndose a la partida que ya haraganeaba al fresco–. ¿No nos seguía de cerca y a buena marcha?

–Eso parece… –contestó uno de los mercenarios, encogiéndose de hombros ante la vista del camino vacío. Después, se dejó caer al pie de un árbol con un pellejo de vino en la mano.

Muzio Fortebracci se aproximó tras haber atado a su caballo, de mal carácter y propenso a piafar, a cierta distancia del resto de monturas. Portaba el *bacinetto* bajo el brazo.

–Calma, Greco, que no tenemos ninguna prisa... –aseguró–. El carro no tardará. Y espero que ese hombre de Ingherami tampoco se demore. Me duele la espalda, diablos, cómo me duele.

Greco sonrió. Tenía la sonrisa invertida. La comisura de los labios no ascendía, sino que se desplomaba por la izquierda hasta el infierno.

–Pues estamos en las mismas. A mí me duele la rodilla. Y es que va a llover... –afirmó señalando la abigarrada formación de nubes plomizas que cubrían las montañas y el norte de Florencia.

–Eso parece... –convino Muzio–. ¡Tanto mejor! La lluvia lava la sangre. No hay nada que me moleste más que tener que limpiar la armadura tras la escabechina.

–Esto no llegará a refriega, se quedará en altercado luctuoso –afirmó Greco soltando una risotada gruesa a continuación.

–Veremos. No sé cuántos sacamantecas habrá reunido Verruchio. Pero en cualquier caso serán profesionales. De confianzas, ninguna.

El traqueteo de unas ruedas les advirtió de la llegada del carro.

–Ahí viene...

–Sí, ahí. Escucha, Greco: asegúrate de que todas las armas se depositan bajo las pacas de lana. Todas. Como mucho, una daga al cinto por hombre. Pero nada de yelmos, cotas, brazaletes o quijotes. Nada que brille en el atuendo. También quiero que algunos entren a pie, con algún cesto o saco al hombro. Y que sus caballos entren por otra puerta. La más cercana al Mercado Viejo, como si fueran a ser vendidos.

–Entendido. No te preocupes. Representaremos el papel de paletos toscanos a la perfección.

Los dos prorrumpieron en carcajadas. Muzio miró a la cuadrilla. Todos llevaban la mala ralea en el rostro. Conocía a algunos de ellos, ya que habían servido a sus órdenes cuando era caporal del gran Bartolomeo Colleoni, durante la guerra entre Venecia y los Sforza, pero no a la mayoría. Rufianes, mercenarios, salteadores y morralla de la peor calaña vagaba, en esos días, tras la maldita Paz de Lodi, por los caminos de Italia, a la busca de una ocupación que permitiera llenar la andorga sin tener que caer en el oprobio del arado, la hoz y las gavillas.

—Ese grupo de ahí… —susurró, señalando con el mentón a cuatro que permanecían apartados del resto—. ¿De qué les conoces?

Greco les miró de soslayo.

—El de la barba afilada es Ruggero Naldi, de mal pronto, zafio y callado. Nunca habla. No admite que le digan las cosas más de una vez —explicó el caporal—. Es un demonio con los cuchillos. Capaz de clavar una daga, a más de veinte pasos, en el ojo de un caballo. Temible.

—¿Y ese par que parecen contar chascarrillos y mofarse de todo?

—Esos dos son hermanos: Vincenzo y Paolo Rossi. Un par de malas bestias. Se dice que hace años, en su lugar de origen, en una disputa, acabaron con toda una familia. Van de acá para allá. Y pelean siempre juntos.

—¿Y el otro?

—El que dormita es Taddeo Palmeri. Un asesino que buscó redención en el oficio de armas. Se jacta de poder estrangular a cualquiera con una mano. Pero lo suyo es la ballesta. No falla jamás.

—¡Recristo, menuda hornada! —admitió Muzio.

—Lo mejor de cada casa.

El enviado de Francesco Ingherami llegó cuando el carro ya estaba cargado con todas las armas y el material y Greco volvía a impacientarse.

—¡Lamento el retraso, señores! —se excusó echando pie a tierra. Portaba un pequeño morral del que sacó unas cuartillas que entregó a Muzio.

—¿Qué es esto?

—Descripciones detalladas de todos los miembros de la familia Alberici, también de la ubicación de su palacio y de todos y cada uno de sus negocios, talleres e hilanderías en Florencia. Toda la información que necesitáis está aquí –aseguró.

–¿Algo más? –preguntó el *condottiero* pasando el pliego a Greco.

–Sí, seguidme hasta el borde de la colina...

Caminaron unos metros. Se divisaba toda la ciudad.

–¿Veis esa zona, a la izquierda, en que el Arno forma una pequeña playa? –señaló–. Detrás, aisladas, distinguiréis un grupo de casas. Y en primer término un molino, que se ha habilitado para que os alojéis mientras dure esto. De todos modos, en las instrucciones, hallaréis referencia de una vieja hilandería, al otro lado de la ciudad, por si os vierais obligado a cambiar de refugio.

–Entendido... ¿Qué hay de las puertas de entrada?

–La Signoria sabe de vuestra llegada. Ha retirado la vigilancia de las puertas principales. Entraréis sin problema alguno. De todos modos, Ingherami me pide que os recuerde que debéis ser discretos.

–Lo seremos. Por cierto... –dijo Muzio cuando ya el hombre daba por concluido el encuentro–: ¿Sabéis si Facino Verruchio ya está en la ciudad?

–Me temo que sí, pero no disponemos de información sobre cuántos le acompañan. Buena suerte, caballero.

El emisario partió al galope. Muzio desandó los pasos hasta volver a encarar la ciudad en todo su esplendor. Greco se le unió cuando constató que los hombres preparaban monturas y se disponían a partir.

–¿No lo hueles, Greco? –preguntó el *condottiero* con sonrisa satisfecha–. ¡Yo puedo olerle desde aquí!

–¿Hablas de Verruchio?

–Sí, de ese cerdo...

–Verruchio siempre olía mal...

–Pues en breve olerá peor...

Montaron y se encaminaron a la ciudad, dividiéndose en varios grupos así se unían al tráfago de las vías principales. Por primera vez –pensó Muzio al aproximarse a los imponentes muros–, valía la pena completar una *condotta* en menos días que en más. Las guerras eran otra cosa. En ese estado de pólvora y delirio colectivo, carnicerías y campañas, cuanto más largas mejor, ya que aseguraban bolsa abultada y condumio fácil. Pero cuando se trata de dirimir deudas de acero, de las viejas, de las que se eternizan y lastran el ánimo de por vida, y ésta era una de ésas, la espada debe salir de su vaina una sola vez; la daga, silbar una única nota y la flecha, saldar cuentas incluso a traición, devolviendo así la paz perdida al alma.

–No sufrirás mucho, Facino… –murmuró–. No sufrirás mucho. O tal vez sí.

31

ET IN ARCADIA EGO

Bernard abrió los ojos bien entrada la mañana. Lo primero que escuchó, aún sumido en una agradable pereza, fue la voz musical de Marsilio que llegaba desde el jardín. Planteaba el joven una pregunta referida al *Discurso Sagrado de Hermes Trismegisto*, breve y bellísimo texto sobre la Creación, a la que Nikos respondía al punto con una larga y oscura perorata sobre el Verbo Divino.

El médico sonrió y volvió a recogerse sobre un costado, abrazando la almohada, dudando si arrojarse, una vez más, en los brazos pegajosos del sueño. No había logrado dormir hasta bien entrada la madrugada, desvelado por el constante repiqueteo de la lluvia sobre el tejado de la mansión de Careggi. Y cuando lo consiguió, vencido por el agotamiento, soñó con Andrónico León, el viejo sacerdote de la basílica de *Haghia Sofía* de Constantinopla. En su visión, le veía avanzar con su mirada airada y su cuerpo seco y frágil, remarcando cada una de sus zancadas con un golpe de bastón contra el piso. Se plantaba ante él, encendido, como si cada poro de su piel fuera luz, y le mostraba el pequeño recipiente de cristal, engarzado en oro, que pendía de su cuello. Contenía un líquido oscuro y espeso.

—No importa cuál sea vuestro destino, Bernard Villiers…, allá donde vayáis llevaréis con vos una carga que yo he llevado y que ahora sé que no podría confiar a nadie más. Es una carga pequeña, pero muy pesada… –le decía, envuelto en el extraño fulgor que acompaña a los sueños.

–¿Qué remedio milagroso es éste, padre? –recordó haber preguntado aquel día, seis años atrás.

–No es ninguna droga, ningún remedio; aunque lo es todo… –revelaba Andrónico–. Es sangre, Bernard…

El francés se incorporó tras rememorar el retazo del sueño, un jirón de la tela del pasado que le visitaba de forma recurrente. Palpó la superficie de la pequeña mesa dispuesta entre su jergón y el de Nikos y acarició con los dedos el precioso frasquito. Lo elevó en el aire, sosteniéndolo por la cadena y volvió a colgarlo sobre su pecho, cerca del corazón.

Tras asearse, descendió al zaguán y salió al jardín. Frente a la puerta principal de la quinta, las criadas habían dispuesto una mesa llena de frutas y quesos.

–Las fresas son muy dulces… –susurró una voz femenina a sus espaldas.

Bernard se volvió. Magdalena, el ama de llaves, llegaba cargando un canastillo con pan recién horneado. Lo depositó en un extremo de la mesa y aventó las migas prendidas en el delantal. Le dedicó una sonrisa tímida y se puso a organizar las bandejas con gesto contrariado, como si hubiera repetido ese trabajo varias veces en las horas previas.

–Diría que soy el último en amanecer –se excusó el médico, mordisqueando uno de los frutos, fascinado ante el destello cobrizo de los cabellos de la mujer.

–Todos se han levantado muy pronto, señor… –informó ella–. Luce un día espléndido.

–¿Y dónde están todos en estos momentos?

–El joven Marsilio y vuestro amigo, tras la casa, bajo los tilos. Llevan dos horas ahí, con sus libros… –explicó con voz remisa–; las señoras, junto al estanque; el señor y el duque de Anjou han salido a caminar tras el almuerzo.

–¿Y Piero?

–Piero aún duerme, señor…

–¿Sabéis si ha pasado buena noche?

–Creo que sí. Cristina le ha servido en su alcoba y ha vuelto a dormirse…

Apareció en ese momento Anderlino, el mayordomo de la familia, seguido por Zita, que venía con el rostro deformado y la excusa en los labios.

–Escucha, Magdalena, esto es un desastre… –espetó el senescal en tono agrio–; si no pones tú orden en la cocina, hoy aquí no come nadie. Y dile a esta acémila que si persiste en sus malos modos me veré obligado a informar a la señora en persona…

–¡Yo no he hecho nada! –exclamó Zita crispada.

–¿Qué ha pasado esta vez, Zita? –preguntó el ama de llaves.

–¡Ha echado a perder el guisado de liebre, eso es lo que ha pasado! –zanjó Anderlino.

Magdalena se volvió hacia Bernard, se disculpó y entró en la casa seguida por las quejas y los lamentos del uno y de la otra.

El médico sonrió y, con un puñado de fresas en la mano, paseó por los jardines principales de Careggi. Se quedó durante unos minutos contemplando la presencia austera y sólida de la villa de los Médicis. Parecía estar ahí desde el tiempo de los césares, en solitaria duermevela bajo el sol de La Toscana, aletargada por el monótono zumbido de los insectos. El edificio, de planta trapezoidal, conservaba parte de su carácter defensivo original. Michelozzo, tal vez instado por Cósimo, había mantenido en su reforma el voladizo de la tercera planta –más parecido a la barbacana de una fortaleza que a la buharda de una casa–, que emergía a todo lo largo de la fachada, confiriendo un aire fiero y disuasorio al conjunto.

Se encaminó a la parte posterior, cruzándose con varios de los hombres de Renato de Anjou. Permanecían tranquilos bajo los árboles, pero guardando armas, dispuestos a intervenir ante cualquier injerencia o situación anómala. Portaban el gesto hosco indeleble en el rostro y eran poco o nada dados a la deferencia, pero saludaron con gesto cordial a Bernard cuando cruzó ante ellos. Sabían que era francés. Y los franceses –se dijo el médico, correspondiendo con una mirada amable–, si bien nos ignoramos en casa, somos corteses fuera de ella.

–¡No, Marsilio, no! –corregía Nikos–: ¿El móvil no es necesariamente menos grande que el lugar en que se produce el movimiento? ¿No debe ser, además, la naturaleza del lugar en que se procesa ese movimiento contraria a la del móvil?

–Sí, es lógico… –admitió el florentino.

–¿Enfrascados en el *Discurso Universal de Hermes a Asclepios*? –preguntó con ironía Bernard.

–¡Villiers, ya era hora! –gruñó el cretense–. ¡Has dormido como una marmota!

–Lo cierto es que he empezado la noche como un murciélago y la he acabado como un lirón… –bromeó–. ¿En qué trajináis?

–Seguimos con la traducción de Hermes –anunció Marsilio. El joven parecía exultante, descansado. Había recogido sus rizos dorados en una larga cola y atado las mangas del *lucco* con dos cintas, para evitar mancharse con la tinta del cálamo. Escribía con trazo delicado y armonioso.

–Yo sigo dándole vueltas a este maldito libro cifrado… ¡No hay manera Bernard, no hay manera! –aseguró contrariado–. He probado todos los códigos que conozco y aún no he dado con la clave. Ni los métodos hebreos, que son los mejores, parecen servir de nada.

Bernard se sentó junto a ellos. Corría un aire ligero y agradable que llevaba prendido en su soplo el aroma del verano por venir. Revisó las cuartillas emborronadas por Nikos, en las que el cretense intentaba establecer relación o correspondencia entre los extraños signos del libro y las letras griegas, latinas y hebreas. Examinó las equivalencias propuestas, aventuradas siempre en función de la frecuencia de uso de los grafemas en las tres lenguas, y acabó dudando de que el extraño tratado pudiera ser traducido.

—Es posible que esté equivocado... —dijo tras una eternidad en silencio—. Pero creo que este libro es una broma sublime, Nikos.

—¿Una broma?

—Sí, una broma. El autor debe de estar riéndose en su tumba.

—¿Cómo puedes estar tan seguro?

—Ya te he dicho que no estoy seguro. Sólo es una sensación... —advirtió—. Para afirmarlo me baso en dos detalles incontestables. El primero, referido a la correspondencia entre estos extraños grafemas y las letras habituales. Tu relación es correcta. Y la sustitución que haces de la primera letra de cada alfabeto por la última también. Ese es un sistema viejo. Tú y yo conocemos unos cuantos...

—Sí, maldita sea... —exclamó el cretense—. ¡Mi paciencia se está acabando!

—Nunca has tenido demasiada, pero te entiendo —ironizó el médico—. No tiene demasiado sentido que el gran Roger Bacon, de ser suya la autoría, dedicara esfuerzo tan desmesurado a ocultar el proceso alquímico. Los pasos y secretos del Arte Regio ya están a salvo de *sopladores* y chusma tras el galimatías de símbolos y metáforas. Sólo los puros y piadosos acceden a La Corona: ¿a qué, pues, toda esta jerigonza ininteligible?

—Muy cierto...

—¿Conocéis los escalones de la Gran Obra? —interrumpió Marsilio, dirigiéndose a Bernard. La admiración inundaba su rostro.

—Sí. Trabajé durante varios años, siendo muy joven, con Nicolás de Grosparmy, conde de Flers. Conozco el proceso... —afirmó el médico.

—¿Eso quiere decir que sabéis cómo obtener oro partiendo de metales impuros?

Bernard y Nikos se echaron a reír al instante.

—¿He dicho algo inoportuno?

—No, Marsilio. En absoluto —contestó Villiers—. Es cierto que durante siglos, desde tiempo inmemorial, la alquimia ha perseguido transmutar los metales, sublimarlos. En ese sentido, es lógico que el oro, que es paradigma de lo perfecto por su pureza y estabilidad, haya sido entendido como la meta a alcanzar. Pero existe, en paralelo, otro proceso, interior, que no brilla sino para uno mismo, que es el trabajo sobre el propio espíritu...

—Entiendo...

Bernard sonrió y volvió a centrar su atención en el desconcertante libro.

—El segundo detalle que me lleva a dudar de la autenticidad de esta obra son las ilustraciones...

—¿Qué pasa con ellas? —indagó Marsilio—. ¡Son excelentes!

—Sí..., excelentes, muy bonitas —convino Villiers—. Lástima que ninguna de las numerosas plantas que aquí se relacionan exista. Te aseguro que estoy familiarizado con las plantas; conozco muchas, muchísimas. Y Nikos, acaso más. No recuerdo haber visto jamás ninguna de las que aparecen en estas páginas.

—Es cierto, yo tampoco he logrado identificar ni una sola —sentenció Nikos.

—¿Entonces..., es falso? —tanteó el joven.

—Probablemente. Creo que alguien se ha divertido ideando y vendiendo esta farsa a algún noble incauto —aventuró el médico—. Hay mucho embaucador suelto.

Llegaron en ese momento Cósimo y Renato de su paseo por los alrededores, sonrientes y relajados. Parecían dos nobles romanos regresando de un viaje de inspección por sus tierras. El banquero, que había sustituido su habitual *cupolino tondo* por un amplio sombrero de paja, jugueteaba con una rosa roja entre los dedos. Nada más tomar asiento, solicitó una cantarilla de vino con que aplacar la sed, apoyó su bastón en el borde de la mesa y se interesó por los progresos de Marsilio y Nikos con los textos. Bernard le informó de sus sospechas acerca de la autenticidad del libro. Una mueca incrédula se dibujó en el rostro del Médicis, al tiempo que un rictus de decepción asomaba en el de Renato. El noble había traído el extraño códice desde Francia, a modo de presente, y acaso había pagado una fuerte suma por él.

–¿Debo entender, por tanto, que no hallaremos aquí el famoso elixir de la eterna juventud? –inquirió contrariado Cósimo–. ¿Ninguna piedra filosofal, siquiera pequeña, que nos garantice una eternidad, siquiera breve?

–Hay más lozanía y juventud concentrada en este delicioso *chianti* que en todas las páginas de este volumen –ironizó el francés, tomando la jarra que el criado había depositado en la mesa. Llenó los cuencos–. De todos modos, como rareza, es valioso. Conservadlo. Tal vez alguien, en el futuro, sea capaz de expugnar su secreto, si es que lo guarda...

Cósimo negó divertido.

–No, no... –aseguró–. Nada de futuros. Se lo regalaré a ese pendejo de Sforza. Le encantan los libros. No los lee pero los amontona. Haré que gaste enormes sumas intentando descifrarlo.

Unos gritos alegres obligaron a todos a volverse hacia el jardín. Lorenzo y Giuliano, los hijos de Piero, llegaban a la carrera, excitados y con la mirada encendida, riendo a mandíbula batiente ante lo que parecía ser una barrabasada en toda regla. El primero portaba una pequeña caja de madera bajo el brazo. Les seguían, a corta distancia, Bianca y Nannina, sus hermanas, que avanzaban con mueca contrariada, ceño fruncido y el ánimo a la greña.

Los dos muchachos se arrojaron en brazos de su abuelo.

–¿Qué trastada habéis hecho ahora? –preguntó Cósimo, alborotando los rizos de sus doradas cabelleras así los tuvo a su lado.

–¡Mira, abuelo, mira! –gritaban al unísono, reclamando atención–. ¡Hemos atrapado una rana gigante! ¡La más grande del estanque!

–¡La he cogido yo! –proclamó Lorenzo orgulloso. Levantó levemente la tapa de la caja para mostrar su trofeo.

–¡Querían meternos ese bicho asqueroso en el refajo, abuelo! –espetó Bianca dando un empellón a Lorenzo, aún presa de la hilaridad.

El rostro de Cósimo reflejaba felicidad. Extendió sus brazos cuanto pudo, intentando abarcar a toda la chiquillería, y los atrajo hacia sí en un fuerte apretón. Después dedicó una mirada orgullosa a todos sus invitados.

—¡Mis nietos! —anunció ufano—. Ellos son el mejor elixir de juventud. Aunque también un constante dolor de cabeza… ¡Vamos, malandrines, saludad con cortesía! ¡Con deferencia pero sin servilismo!

Lorenzo y Giuliano se inclinaron, efectuando un elegante barrido con el brazo derecho, al tiempo que las dos niñas tomaban levemente los costados de las faldas y flexionaban la rodilla. Después, entre risas, se alejaron.

Bernard dudó por unos instantes en si plantear, aprovechando la agradable distensión del momento, sus conjeturas acerca de los crímenes y su posible autoría. Pero desechó la idea al entender que tal vez sería más oportuno hacerlo en privado o en ocasión más propicia.

—¿Realmente albergabais esperanzas de que este libro pudiera proporcionaros la fórmula de ese cacareado elixir? —preguntó con indisimulado sarcasmo—. Me cuesta creerlo…

Cósimo asintió levemente.

—Sí. No pierdo la esperanza de hallarlo antes de que sea demasiado tarde —afirmó sin titubeos, con una media sonrisa irónica en los labios. Era obvio que no bromeaba en absoluto. Apuró de un trago el vino y planteó, a su vez, una pregunta al médico—: ¿Qué me decís de vos, señor Villiers? ¿Dudaríais en usar ese portentoso bebedizo si por azar, o por voluntad del cielo, lo obtuvierais? Sois joven pero eso no durará siempre… —y extendiendo el dilema al resto, añadió—: ¿Y vos, señor *Pikadakis*? ¿Y tú, mi querido Renato? ¡A ti, Marsilio, ni te lo pregunto: aún no se te cierra la barba del todo!

Se miraron todos entre sí, desconcertados ante semejante pregunta.

—Dicho de otro modo… —rubricó el Médicis—: ¿Es legítimo aspirar a vencer a la decrepitud, el dolor y la muerte? ¿Es un acto arrogante contra la naturaleza y sus leyes? ¿Es rebeldía insensata y estéril?

—No hay arrogancia ni insensatez en la búsqueda del bienestar, espiritual y físico —intervino Nikos resuelto—. Pero sí estupidez en la presunción de que la muerte puede ser burlada o vencida. La vida no se entiende ni se completa sin ese hecho, sin esa piedra angular, sin ese gozne sobre el que todo pivota y adquiere sentido.

—Comparto la idea plenamente —convino Renato.

—Escuchadme, señor. Nos habéis pedido que traduzcamos este *Corpus hermeticum*... —razonó Nikos—. En estos textos hallaréis muchas respuestas a vuestras preguntas. Permitidme, en el intervalo, leeros un fragmento del libro XII, un excepcional diálogo conocido como *Sobre la inteligencia común*, en que Hermes habla a su hijo Tat.

Nikos tomó el libro, humedeció las yemas de sus dedos y pasó las gruesas páginas hasta localizar el párrafo.

«La vida universal es una transformación necesaria. En su conjunto, el mundo no cambia, hijo mío, sino que todas sus partes se transforman. Nada se destruye o se pierde; existe sólo una confusión en las palabras: no es el nacimiento lo que es la vida, es la sensación; no es el cambio lo que es la muerte, es el olvido. Siendo así, todo es inmortal..., la materia, la vida, la inteligencia, el aliento, el alma, todo lo que constituye el ser vivo. Todo animal es, pues, inmortal por la inteligencia, y sobre todo el hombre que es capaz de recibir a Dios y que participa en su esencia. Porque es el único animal que está en comunicación con Dios; por la noche a través del sueño y durante el día a través de símbolos y presagios...»

—Brillante, Nikos —afirmó Bernard—. Pero hay algo más. Me atrevería a decir que la muerte no es sólo el punto extremo del oscilar del péndulo de la existencia, una puerta entre dos realidades o dos sueños, que poco importa, sino una maestra prudente y sabia...

—¿Qué queréis decir con eso? —preguntó el banquero desconcertado.

—Es muy simple... —explicó el médico—. La presencia constante de la muerte, su recuerdo, su proximidad, se convierte en una guía valiosa que arroja luz y dota de sentido y propósito a nuestros actos en este mundo.

—Lo lamento, pero lo que decís se me antoja oscuro y confuso…

—De no existir la muerte, gobernando la espiral del viaje del espíritu de regreso a la Luz, no haríamos nada; o de hacerlo, lo haríamos mal… –puntualizó Villiers–. Saber que ella está ahí, nos regala la certeza de lo efímero, de lo frágil, de lo perecedero. Y desde esa posición incierta, el que quiere entender entiende que no tiene tiempo para equivocaciones. Mañana es sólo una palabra vacía, hueca, sin sentido, ya que el tiempo es ilusorio y nadie nos asegura que vayamos a disponer de otro plazo para enmendar nuestros numerosos errores.

—Por eso la muerte es la mejor consejera… –aseguró Renato, refrendando las palabras de Bernard–. Ante su presencia todo pierde sentido: el odio, la avaricia, la envidia, la maledicencia, la venganza… ¿Os entretendríais en cualquiera de esas miserables ocupaciones si supierais que ése sería el último acto de vuestra vida? Yo creo que no, Cósimo…

—El mayor error consiste en creer que tenemos tiempo por delante –aseveró Nikos, sumamente serio–. Esa convicción nos aboca al error. Nadie dispone de tiempo en este mundo. Nadie sobrevive. Y sólo queda, cuenta y pesa lo que hicimos bien y por amor…

Cósimo asintió levemente. Su cuerpo se había recogido sobre sí mismo, hasta retraerse y separarse de la mesa. No había imaginado, siquiera por un momento, que su pregunta obtendría respuesta tan unánime. Más que aquiescente, parecía luchar en silencio por contener su contrariedad o encajar la reflexión propuesta por sus invitados. Bernard entendió que algo se movía en su interior, pasándole cuentas, y no dudó en proseguir…

—Nuestros actos son, en definitiva, nuestra única y verdadera riqueza –concluyó–. El amor es el único bien preciado y la impecabilidad, la única ley que jamás se debe traicionar. La muerte nos ayuda a ser impecables. Por todo lo dicho no deseo evitarla: creo que yo no tomaría ese elixir…

–Yo tampoco –afirmó el duque de Anjou.

–Por lo que a mí respecta –dudó Nikos–, no lo tengo tan claro. Debería meditar en ello. Tal vez otra jarra de este excelente *chianti* me ayudaría a decidir. Lástima que se ha terminado.

Y miró fijamente a Cósimo, que, perdido en el hilo de la disertación de unos y otros, parecía abstraído y distante. Las risas de Bernard, Renato y Marsilio ante la sutil demanda de Nikos devolvieron al Médicis a la realidad.

–¿No queda vino? –preguntó–. Pues pediremos más. Nunca ha faltado el buen vino en Careggi. Todo lo dicho me parece sumamente interesante, señores. Una reflexión digna de ser considerada. Veremos qué opina del asunto el padre Antonino. Llegará esta tarde y nos acompañará durante la velada. Os ruego me excuséis, debo solventar un par de asuntos con Francesco Ingherami. Nos veremos más tarde...

Y ya se retiraba en dirección a la casa cuando se volvió.

–Por cierto, señor Villiers, creo que os gustaría ver el jardín de plantas medicinales. Está tras el estanque, junto a la rosaleda –dijo, señalando con su bastón en dirección a la hilera de cipreses que flanqueaban el camino central de la quinta.

Mientras Marsilio y Nikos volvían a concentrarse en su trabajo, Renato tomó cálamo y cuartilla y escribió una breve frase. Miró a Bernard y deslizó lentamente el papel sobre la mesa. El francés tomó la hoja y leyó. Eran apenas unas pocas palabras...

Et in Arcadia ego.

Un poderoso sobresalto sacudió el estómago del médico. Esa frase –*y yo en la Arcadia*–, sin sentido aparente para los profanos, era una poderosa y secreta clave de reconocimiento; un protocolo que, invariablemente, generaba un diálogo críptico, poblado de señales y signos, preguntas y respuestas, encaminado a confirmar a los iniciados y a evidenciar a falsarios y charlatanes. Los miembros de las Fraternidades Herméticas, más allá de la línea de conocimiento seguida, perseguían los mismos fines desde tiempo inmemorial: el advenimiento de la Luz y de la Verdad, la preservación del Conocimiento Sagrado y la reinstauración del Edén sobre la tierra. La Arcadia, el mítico paraíso de la vieja Hélade, era para todos ellos claro símbolo del camino que debe seguirse.

Bernard Villiers dobló la cuartilla y la depositó en el bolsillo interior del *lucco*; observó de reojo a su amigo y al florentino, ajenos al pormenor, y encontró su mirada con la del noble. El duque de Anjou asintió discretamente, a modo de señal. El francés se levantó y comenzó a caminar solo, en dirección al herbario. Renato le siguió unos momentos más tarde. Se reunieron en una fronda por encima del estanque. Se escuchaban las risas y confidencias de la *contessina* di Bardi, Lucrecia Tornabuoni y Jeanne de Laval en animada charla, un poco más allá.

–¿Comprendéis el significado de lo que he escrito, señor Villiers? –preguntó Renato tras cerciorarse de que estaban completamente solos.

–Sí, perfectamente.

–¿Entonces…?

–Y yo en la Arcadia, maestro.

–¿Quién está en la Arcadia, caballero?

–La muerte, señor.

–¿Por qué la muerte está en la Arcadia, caballero?

–Porque custodia La Puerta, señor.

–¿Cuál es el tributo que debemos satisfacer para cruzar el umbral?

–La muerte de todo lo vano e innecesario. La muerte del ego, decapitado una y mil veces, por la espada de fuego.

–¿Qué fuego arde en la hoja de la espada, caballero?

–La llama generada por la observación de uno mismo, señor.

–¿Quién penetra en la Arcadia, caballero?

–El espíritu, desprovisto de deseos, dispuesto al sacrificio, señor.

–¿Quién sois?

–No lo sé.

–Os he preguntado quién sois.

–Un eterno aspirante a la gnosis, un sincero buscador.

–¿Qué buscáis?

–Nada.

–Os he preguntado qué buscáis.

–Luz.

Se quedaron largo tiempo en silencio, enfrentados. Renato colocó los dedos de su mano derecha de forma peculiar. Bernard respondió mostrando los suyos en otra disposición.

–Os reconozco y bendigo, querido hermano –susurraron los dos mientras dibujaban el aspa de san Andrés sobre el corazón.

Se fundieron en el largo e intenso abrazo que se dispensan los iniciados en la Tradición Secreta al reconocerse.

Entre un millón.

En la tierra de los durmientes.

–¿Cómo habéis sabido quién soy? –curioseó Bernard.

–Una intuición. Al escuchar cómo hablabais acerca de la muerte, he supuesto que vos y vuestro amigo erais iniciados. Pero he querido comprobarlo de forma discreta… ¿Quién os reveló Los Misterios?

–El hermano Gabriel y otros maestros, en Alejandría, hace muchos años. Mantienen viva una línea secular de Tradición Gnóstica –reveló el médico–. Decidme, señor, ¿cuál es el motivo de vuestra visita a Florencia?

–En unas semanas se celebrará un congreso en Mantua, bajo el auspicio del Pontífice, Pío II –explicó el duque–. El Papa quiere promulgar una nueva cruzada contra los turcos y ha emitido bula para la creación de una nueva orden de caballería, la Orden de Nuestra Señora de Belén. Como sabréis, la nobleza de nuestro país es reticente a apoyar al Santo Padre, por la cuestión de la corona de Nápoles, que me afecta de forma muy directa…

–¿Os referís al apoyo de la Santa Sede a Fernando I?

–Sí. Ese respaldo es un sonoro portazo a las pretensiones de la Casa de Anjou…

–¿Por qué deseais participar, entonces, en esa cámara?

—Pese al agravio, tengo verdadero interés en seguir de cerca los movimientos de la Iglesia —adujo Renato—. Tanto vos como yo conocemos perfectamente la manipulación llevada a cabo en ciertos asuntos de inmensa trascendencia espiritual.

—En efecto.

—No es éste momento ni lugar adecuado para hablaros de todo eso… —aseguró, disminuyendo el tono hasta convertirlo casi en un susurro—. Sólo os diré, por ahora, que pertenezco a una línea de la Tradición que vela por la preservación del mayor de los secretos. Mi antecesor en el cargo que detento fue Nicolás Flamel…

—¿Flamel? ¿El alquimista?

—Sí, Flamel —asintió Renato—. Pero como os digo, no es ahora momento apropiado. Será para mí un inmenso honor recibiros en el castillo de Saumur, o en mi fortaleza de Tarancón, cuando regreséis a Francia. Haced extensible mi invitación al hermano Pagadakis.

—Así lo haré —convino Villiers, todavía asombrado del modo en que se había producido el encuentro y sumamente intrigado ante el aura de misterio que parecía envolver al noble francés.

Sabiendo que estaba ante un iniciado de alto rango, el médico no dudó en transmitirle las sospechas que albergaba acerca de los asesinatos que parecían buscar la perdición de los Médicis. Renato le escuchó en silencio, con gesto grave, asintiendo así él procedía a devanar la madeja de sus conclusiones.

—Todo es tan lógico y obvio que resulta difícil de creer —afirmó tras cavilar un tiempo—. Pero la mayor de las veces, la verdad se oculta tras lo evidente. Creo que aquí está pasando algo raro, Bernard. Cósimo está absolutamente convencido de que la familia Alberici, enemigos viejos cuya pretensión sobre el alumbre de Tolfa es notoria, está tras los hechos. Os puedo asegurar que en las próximas horas, en Florencia, se desatará una venganza sangrienta. Por eso estamos todos en Careggi, a salvo y a prudente distancia de esa reyerta inminente.

—¿Cómo puede Cósimo comenzar una guerra sin tener pruebas concluyentes que impliquen a los Alberici?

–Lo único que sé es que los responsables de todo lo que sucedió la noche del banquete en Vía Larga señalaron a los Alberici antes de morir...

–No sé cómo exponer esto a Cósimo –confesó el médico–. Por otra parte, no tengo absoluta certeza, a pesar de que todas las pistas apuntan en esa dirección, de que Benedetto Ubaldini sea el responsable. Tal vez sea mejor desechar la idea.

–No. Juraría que no vais errado –convino el duque de Anjou–. Y se me ocurre una forma sutil de sacar el asunto a colación, esta noche, durante la velada. Confiad en mí y dejadme tomar la iniciativa, señor Villiers.

–Como gustéis.

Caminaron de regreso a la quinta, sin percatarse de que, tras su marcha, una silueta furtiva abandonaba sigilosamente el amparo de un grueso árbol y se deslizaba en silencio por la fronda.

–Maldito seas, Bernard Villiers –murmuró, viendo al francés y al duque de Anjou alejarse.

32

LA STUFA DI ROMA

Al atardecer, mientras los Médicis y sus invitados se disponían a disfrutar de una deliciosa velada en los jardines de Careggi, Greco Monforte y unos cuantos de los suyos llegaban a las inmediaciones de la Stufa di Roma, una de las muchas casas de baños que abrían a diario sus puertas en Florencia. La *stufa* estaba situada bajo el Arno, cerca de la Puerta Romana, una de las de mayor tráfago de la ciudad, al final de un discreto callejón. La regentaban un *stufaro* y un barbero, en connivencia con una alcahueta que ofrecía cama y comida en el edificio contiguo a aquellos asiduos que, tras los baños, buscaban fornicar discretamente. El vaporario era punto de encuentro habitual entre los adamados de clase alta.

Monforte y los suyos iban a la zaga de Gerardo, uno de los hijos de Anselmo Alberici. Un soplo de taberna les había alertado de los días y las horas en que solía frecuentar el lugar.

—Así que es aquí donde se reúnen todos esos barbilindos impúdicos —murmuró entre dientes Ruggero Naldi, con cara de asco, echando un rápido vistazo a la casa, fundiéndose con las columnas de un soportal cercano.

—Sí, aquí —aseguró Greco a sus espaldas.

Constataron que dos hombres parecían guardar la entrada a la *stufa*.

—Ese par de bellacos son de la cuadrilla de Verruchio —reconoció de un simple vistazo Taddeo Palmeri asomándose–. Les conozco. Seguro que están aquí para guardarle el culo a Gerardo.

Greco ordenó a los hermanos Rossi despejar el camino.

Se aproximaron los dos con aire afectado, dedicándose entre sí miradas lánguidas y fingiendo un tremendo e insoportable agobio.

–¡Qué calor, Virgen Santa, qué calor! –exclamó con voz atiplada y melosa Vincenzo así tuvo a los dos matones a corta distancia. Les miraban con abierto recelo y mano inquieta, dispuestos a blandir las dagas a la más mínima de cambio.

Todo sucedió en un santiamén. Vincenzo y Paolo echaron mano a las *misericordias* que ocultaban bajo las *giorneas* y, de una estocada impredecible y rabiosa, las fueron a hundir en el centro del pecho de los sicarios de Verruchio.

–¡Malditos felones, acaso nos habéis tomado por acaponados! –rezongó sañudo Paolo, mientras removía la hoja en el corazón de su presa sin dejar de propinar patadas y rodillazos al moribundo.

Así se desplomaron los dos, sin gritos ni gemidos delatores, los Rossi hicieron señal al resto. Ocultaron los cuerpos tras una desvencijada carreta cercana.

Greco, seguido por Ruggero y Taddeo, entró en la terma dejando a los hermanos Rossi al cargo de la puerta. Se encontraron en un zaguán vacío. Unas escaleras, a la derecha, escalaban conduciendo a la *stufa* seca, a la húmeda y a los baños. A la izquierda, se abría un largo corredor que permitía acceder a las calderas. Se oían las risas de los parroquianos y su chapoteo en las grandes tinas.

–¿Es que nadie atiende en esta calda? –rugió Greco.

Apareció al poco el *stufaro*, un hombre regordete, empapado en sudor.

–¡Disculpen, señores, pero desde la caldera apenas se oye nada! –se excusó–. Bienvenidos a la mejor *stufa* de Florencia… ¡La única que ofrece paños de lino de Chipre perfumados en agua de rosas tras el baño! ¿Desean teñirse el cabello, acaso una sangría, ungüentos balsámicos? ¿Baños templados, calientes o fríos? ¿Vapor?

—No, mierda, no —zanjó despectivo Greco—. Buscamos a Gerardo Alberici, un viejo amigo. ¿Dónde podemos encontrarle?

—Perdone, caballero, pero mi establecimiento es un lugar tranquilo. No tenemos por costumbre molestar a nuestros clientes —adujo nervioso el propietario, al constatar el rictus sañudo que adquiría el entrecejo del recién llegado y la notoria mala casta de los otros dos.

Greco se dejó de contemplaciones al punto. Agarró al hombre por el cuello y lo incrustó contra la pared. Extrajo una daga y la llevó a la entrepierna del *stufaro*.

—Te he hecho una pregunta, miserable chafallón —espetó—. Si te corto este par de odrecillos de un tajo, me responderás con voz aflautada. Así que tú mismo…

Viendo su pellejo en serio peligro y temblando como una hoja, el hombre señaló las escaleras.

—Arriba —farfulló—, en la sala de vahos o en el *frigidarium*.

—Bien, bien —sonrió satisfecho Greco, dándole unas palmaditas en el hombro—. Descuida, que no causaremos estrapalucio importante. Cuando despiertes, sólo deberás limpiar un poco. Ahora, duerme.

Y diciendo eso, le propinó un golpe seco en la sien, con el pomo del cuchillo. El *stufaro* se desplomó inconsciente sobre las tablas del piso. Subieron con absoluto sigilo hasta alcanzar los baños. Los distintos servicios de la terma se abrían a la derecha de un amplio pasillo, en habitaciones separadas por mamparas de madera y cortinas. Taddeo Palmeri dispuso dos pequeños dardos en la diminuta ballesta que siempre portaba y que él mismo había perfeccionado a partir de un viejo modelo genovés; Ruggero aferró levemente la punta de dos dagas con los dedos de su mano izquierda y aprestó una tercera, en la diestra, listo para lanzarla.

—Recordad… —bisbiseó Greco cerrando la marcha—, Gerardo Alberici: más bien alto, flacucho, de cabellos ensortijados y rubios, con una peca en el pómulo o en la mejilla.

Los dos matasietes asintieron. Taddeo apartó levemente una tela liviana y fisgó en el interior. Dentro de una gran tina de agua caliente garzoneaba un hombre magro y calvo, de rostro ovalado y ojos hundidos, remarcados por sendas ojeras del color de la ceniza. Se deleitaba sobando el cuerpo de un adolescente al que apenas despuntaba el vello en el rostro.

—¡Qué asco, por Dios, qué asco! —susurró Taddeo. Y ya se disponía a proseguir la ronda por los siguientes departamentos cuando deshizo los dos pasos dados, descorrió la cortina, alargó el brazo y accionó el percutor de la ballesta de mano poseído por una furia irracional.

Los dos dardos se clavaron en el pecho del sodomita, que se hundió a plomo en el interior de la bañera. El efebo miró a Taddeo despavorido. Se alzó protegiendo sus genitales con las manos y gritó invadido por el pánico.

—Algún día me lo agradecerás, chaval —tronó el asesino—. ¡Vamos, lárgate de aquí, carininfo estúpido, vuelve con tu pobre madre!

Greco irrumpió al instante en el baño. Abrió los ojos desorbitadamente al constatar el estrago efectuado por Palmeri, que ya recargaba la ballesta.

—¡Maldito zofras! —gritó, crispando sus dedos en el pecho del sicario y sacudiéndole—. ¡Estúpido! ¿Has olvidado a qué hemos venido? ¿Por qué le has matado?

—No, no lo he olvidado —replicó airado Taddeo, zafándose de Greco—. Pero hay cosas que me dan náuseas. No lo puedo evitar.

—¿Y ahora qué, eh? —increpó—. ¿Y ahora qué?

—Ahora a por Gerardo —aseguró el matón dando un respingo.

Greco tenía razón. Los gritos habían alertado a los usuarios de la *stufa* de que algo anormal ocurría en el lugar. Salían en tropel de las salas de vapor, de las tinas de agua fría y de las zonas de masaje. Andaban prácticamente desnudos, cubriéndose como podían. En pocos segundos, el pasillo se llenó de ahembrados perplejos y asustados, entrechocando en busca de salvación.

—¡Mierda! ¡Me cago en todo lo que veo! —bramó sulfurado Greco—. ¡Pero si todos son rubios, delicados y con bucles! ¡Gerardo Alberici, so bragazas, sal y da la cara!

Greco, soltando espumarajos por la boca, avanzó repartiendo empellones a unos y a otros así le salían al paso. Odiaba que las cosas se salieran de madre, y parecía más que evidente que se estaban saliendo por momentos. Un amasijo de cuerpos corría hacia la parte trasera del establecimiento en una barbulla de alaridos histéricos, o se hacinaba buscando refugio en los rincones. Taddeo y Ruggero, unos metros más atrás, sacudían a diestro y siniestro a todos aquellos que intentaban sobrepasarles y alcanzar las escaleras; los lanzaban contra las mamparas y se aseguraban de que no guardaban parecido alguno con la descripción de Gerardo antes de dejarles marchar.

–¡Otro flacucho con rizos de oro! –anunció Ruggero, propinando inconmovible un tajo en el bajo vientre a un joven desesperado.

–¡Serás zoquete! ¡Si es más bien bajito y no tiene peca alguna en el rostro! –reprobó Taddeo, despachando a bofetones a dos tipos macilentos que imploraban por su vida–. ¡Largaos, hijos de las mil leches! ¡Y cubrios esos pingajos ridículos!

–¡Recristo! ¡Es cierto, no tiene pecas! –comprobó contrariado Ruggero examinando el cadáver–. ¡Pero era flacucho y con ricitos dorados, no jodamos!

Para cuando los tres matones llegaron hasta el *frigidarium*, al final del corredor, ya eran cinco los parroquianos que yacían zurcidos a puñaladas o ensartados por las flechas de Taddeo, sobre un inmenso charco de sangre. Greco, dándose a todos los diablos, encaró a siete rezagados acorralados en esa parte de la terma. Cuatro de ellos eran de buena estatura, más bien escuchimizados y con pecas. Dejó salir al resto, que abandonó el lugar como alma que lleva el diablo. Después, examinó a los que quedaban: tres de ellos lucían cabellos dorados y un cuarto en discordia, cobrizos.

–¿Alguno de vosotros se llama Gerardo, muñecazas?

Todos negaron en silencio, atenazados por el miedo, cubriéndose las pudendas con las piezas de lino de Chipre que el *stufaro* depositaba junto a cada tina.

—¡Me cago en vuestra estirpe, hatajo de flores silvestres! —vociferó—. ¿Habéis visto a Gerardo Alberici? ¡Contaré hasta tres, y si para entonces no me explicáis algo que me guste, os zurzo la andorga a cuchillazos, pandilla de comineros!

—Gerardo ha salido corriendo —balbuceó uno—; le he visto correr cuando ha empezado todo.

—Es verdad —aseguró otro.

—¡Eso no es posible! —rezongó Greco. Y cogiendo sin contemplaciones al joven por el cuello, lo sacó a empellones hasta el pasillo y le instó a reconocer a Gerardo entre los fiambres acumulados en el piso.

—Ninguno de estos es Gerardo Alberici, señor —confirmó temblando.

—¡Cómo que no! —resopló incrédulo el mercenario—. ¿Te mofas de mí? ¿De qué color lleva tintados los caracolillos ese sodomita?

—De color castaño, señor…, su padre le obligó hace unos días a decolorarse los rizos —explicó con voz trémula el joven, sin alzar la vista del suelo.

—¡Malditos seáis, mil veces malditos! —espetó furioso Monforte. Y soltando un bramido ensordecedor, propinó una demoledora patada a la mampara, que se hizo astillas y cayó. El rehén aprovechó el arrebato del matón para salir como una exhalación del lugar.

Taddeo y Ruggero se acercaron con cara de circunstancias, iban limpiando las armas. Se quedaron expectantes mirando a Greco.

—Así que se ha escapado… —musitó el primero.

—¡Sí, hay que joderse! —afirmó Greco intentando dominarse—. Bueno, ya está bien de estropicio. ¡Menuda sarracina hemos montado! ¡Cuando Muzio se entere de esto nos castra a todos! ¡Dejad marchar a las tres mariposas del *frigidarium* y larguémonos ya!

—A las tres mariposas nos las hemos cargado, Greco…

—¿Qué? ¡Malditos empecinados!

—Nos han visto la cara bien vista, Greco —adujo Ruggero.

—¡Dios mío, qué escabechina sin sentido!

Descendieron hasta el zaguán de los baños. El *stufaro* se recuperaba del fuerte golpe recibido. Permanecía arrodillado en el suelo, frotándose la cabeza, con una queja lastimera en los labios. Greco le dirigió una mirada de conmiseración y salió al callejón. Pero volvió a entrar al poco, con la ballesta de mano de Taddeo.

—Lo siento. Las cosas no salen siempre como uno quiere —dijo quejumbroso y con semblante compungido mientras alzaba el arma—. ¡Vive el cielo que odio que las cosas se me vayan de las manos, creedme!

Disparó los dos dardos al unísono, apartando la mirada en el último instante.

Después, salió de la Stufa di Roma apretando la mandíbula.

—¡Rápido, no hay tiempo que perder: pegadle fuego a todo! —ordenó a los hermanos Rossi—. Reducid este antro a cenizas.

Vincenzo y Paolo penetraron en los baños, tomaron varias teas que alimentaban las gruesas calderas de cobre y propagaron las llamas por todo el piso superior. Para cuando regresaron al callejón, toda la parte alta de la casa era pasto del fuego.

Se alejaron a paso rápido del lugar.

—¡Por los clavos de Cristo, menuda chapuza! —murmuró Greco, echando un último vistazo a la impresionante hoguera.

33

LAS VELADAS DE CAREGGI

Al atardecer, así recorría el sol los últimos tramos del cielo en abierta retirada, Careggi se vestía de gala. La quinta resplandecía iluminada por multitud de antorchas y velas, que las criadas habían dispuesto por todo el jardín, realzando la delicia del lugar; por doquier ardían braseros bajos, ubicados por toda el área central, cubierta por amplios toldos bajo los que resguardarse del relente de la noche; almohadones y suaves colchas, con las que calentar los pies a altas horas, se repartían por los divanes, situados junto a las mesas, profusamente ornadas de flores silvestres.

La cena transcurrió entre risas y bromas. Propusieron las damas, como era habitual, una serie de juegos en los que entretenerse mientras se retiraban los servicios y se ofrecían frutas, dulces y vinos; entre adivinanzas, rimas guasonas y enigmas, se contaron chascarrillos, fábulas y viejas leyendas florentinas; también historias de amantes fogosos y despechados que hubieran provocado sonrojo hasta al mismísimo Boccaccio. Ya avanzada la noche, a petición de todos, tocó Marsilio la lira órfica, que resonó en la absoluta quietud del lugar, engarzando en el cielo cientos de pequeñas notas de plata destinadas a ornar el himno a Venus. Y cuando en ese estado laxo y arrobado vieron todos emerger a Selene, elegante y clara, camino de lo alto, un suspiro plácido invadió los jardines. El joven recitó el verso final de la oda dedicada por Orfeo al astro de la noche...

Ven, bendita diosa, prudente, estrellada y brillante.
Ven, lucerna de la luna, de luz casta y espléndida.
Ilumina estos ritos sagrados con tus rayos fecundos.
Recoge las plegarias de esta alabanza mística...

Y en ese retorno emocional, siquiera breve, al sagrado paganismo que iluminó en otros tiempos el mundo, resultó inevitable que unos y otros acabaran conversando sobre deidades, genios, ninfas y espíritus. Marsilio sonreía satisfecho. Su música y sus viejos cantos telúricos siempre acababan por entreabrir la puerta a la Magia Natural de la Creación, que con tanto ahínco defendía. Antonino, el arzobispo, hombre sencillo y humilde, lejos de escandalizarse, rememoró a su vez milagros, curaciones y portentos acaecidos bajo la égida del Dios Único. Y en el sortilegio del tiempo suspendido y sin límite, ceremonias cristianas y rituales bárbaros, mundos olvidados y emergentes, ángeles y nereidas, parecían dispuestos a reconciliarse y fundirse en absoluta armonía bajo el cielo insondable y sereno de La Toscana.

Sería Lucrecia Tornabuoni, la esposa de Piero, la que con voz chillona rompiera el embrujo en el que todos andaban sumidos.

—¡Bueno, ya está bien de dioses por esta noche! —exclamó—. Es hora de narraciones. Alguien debe narrar una historia que nos entretenga, una historia real...

—Yo desearía escuchar de labios de nuestro anfitrión el relato terrible de cómo logró zafarse de la muerte —propuso Jeanne de Laval, con ojos somnolientos y sonrisa cautivadora en los labios. Y dirigiéndose al patriarca de los Médicis, añadió—: Renato me ha contado en alguna ocasión cómo vuestra astucia y frialdad os libraron de una encerrona cruel y terrible en el pasado, en los días en que todos vuestros enemigos se conjuraron para acabar con vos...

El gesto de contrariedad que asomó en el rostro de Cósimo decía a las claras que no esperaba solicitud semejante. Miró con desasosiego a la mujer, rezando para que otra idea caprichosa y peregrina turbara su deseo voluble y la llevara a desistir de su petición. No se veía con ánimo de retrotraerse a los días turbulentos en que el odio y la desgracia marcaron el destino de los suyos. Pero el entusiasmo y la curiosidad de la duquesa de Anjou se contagió rápidamente al resto. Renato cruzó una mirada cómplice con Bernard, que se sumó a la demanda.

—Muchos de nosotros hemos oído hablar de esa trama oscura —aseguró el médico—, pero sus pormenores nos resultan desconocidos por completo. Sería un privilegio escuchar ese relato, señor.

Cósimo se quedó silencioso. Miró de soslayo a su hijo y a Francesco Ingherami, acaso en demanda de ayuda, pero ambos se encogieron de hombros. Evitó encontrar sus ojos con los de Tessa, que permanecía imperturbable, recostada como una matrona.

—No me place demasiado recordar aquellos años —confesó en voz queda el banquero—. Siempre que me vienen a la memoria retazos de esos tiempos busco cómo evitarlos y distraer el ánimo en otros asuntos. Pero muy bien, como gustéis... —concedió—. Sois mis invitados y, tal vez, después de todo, ésta sea una buena manera de exorcizar algunos demonios viejos.

Un murmullo de satisfacción refrendó la disposición de Cósimo a narrar. Se ladeó en su diván, trasegó un largo sorbo de vino y se arrebujó en la manta. Después, sus ojos parecieron cubrirse de un ligero telo de niebla, como si atravesara el mar de bruma que rodea y oculta el pasado.

—Todo sucedió a comienzos de los años treinta... —rememoró—. Como sabréis, mi padre, Giovanni, murió en el veintinueve, antes de cumplir los setenta. Por aquel entonces, yo ya llevaba mucho tiempo al frente de los asuntos familiares. Florencia, en esos días, estaba bajo el control de una serie de clanes poderosos. Las familias poderosas han sido siempre una constante en nuestra historia... —ironizó—: Siempre a cuestas con sus celos, rivalidades y todo tipo de pendencias. Afrentas que, casi siempre, suelen ser tan viejas que ni los más viejos son capaces de recordar el origen de la inquina. Recuerdo que de niño me encantaba escuchar los relatos de mi abuelo, Averardo. Contaba cosas que no había vivido, pero que conocía bien. Yo solía quedarme fascinado cuando explicaba cómo se zanjaban diferencias y asuntos de sangre en el pasado. Las venganzas eran siempre a la luz del día. Nada de andarse con tapadillos ni remilgos. Cuando dos familias se la juraban, se declaraban la guerra, sin más. Muchas veces, eso sucedía por el simple control de una calle o una plaza. En aquellos tiempos, las mansiones y palacios de la ciudad poseían torres altas, almenadas –ahora están prohibidas por la Signoria–, y estaban dotadas de aspilleras y barbacana en la planta superior. Cuando se desataba un conflicto entre estirpes, se luchaba de casa a casa, a veces durante semanas. Se asaeteaban desde las ventanas y los tejados, de día y de noche, mientras la población evitaba atravesar la calle y seguía con su vida. Y así hasta que la cosa acababa en exterminio, rendición o tregua… ¡Como veréis, nada que ver con la zafiedad de ahora mismo!

Una risotada espontánea resonó en el ambiente. Cósimo se ajustó el *cupolino* para proteger las orejas del fresco de la noche, pidió que le llenaran, una vez más, la copa y prosiguió.

–Lo que ocurrió en los años treinta es fácil de entender… –aseguró retomando el hilo–. Los Médicis siempre hemos favorecido al *popolo minuto*, a los trabajadores y pequeños comerciantes. Esa fidelidad hacia la gente sencilla ha sido el secreto de nuestro éxito. Hacer dinero es fácil, apasionante; pero ganar el corazón y el beneplácito de las gentes requiere de perspicacia e inteligencia. Los primeros Médicis, como bien indica nuestro apellido, fueron médicos. Las bolas de nuestro escudo familiar representan píldoras… ¡Nada de besantes de oro ni florines! ¡Qué tontería! Nada de leyendas sobre un ancestro que sirvió en los ejércitos de Carlomagno: píldoras, caballeros. Y los médicos, los buenos, que de malos hay muchos, permanecen siempre cerca de la vicisitud de la gente… ¿No es así, señor Villiers?

–Al menos así debería ser –convino el francés sonriendo.

–Por tanto, pese a haber cambiado el arte de la medicina por el arte del comercio, los Médicis siempre hemos dado al pueblo las píldoras que necesita –aseguró con deje guasón–. Remedios en forma de incentivos, eliminación de impuestos, créditos y ayudas. Eso nos ha granjeado simpatía y apoyo popular. Pero también la enemistad de los oligarcas. Cuando mi padre murió, su fortuna alcanzaba los ciento ochenta mil florines. Supo jugar bien sus bazas. Éramos banqueros de la Santa Sede y una de las mayores fortunas de Florencia. Pero Rinaldo Albizzi y Rodolfo Petrucci, dos poderosos patriarcas, nos odiaban de antiguo. Ese par urdió, en comandita con muchos otros, la forma de acabar conmigo. Me acusaron de traición a la patria, de conspirar contra la República; de sedición, de prevaricación y de no sé cuántas majaderías más. Todo sucedió muy rápido. El siete de septiembre de mil cuatrocientos treinta y tres fui detenido y confinado en una celda lóbrega de la torre del Bargello. La *barbería...*, así llamaban todos a esa mazmorra.

Cósimo quedó ausente durante unos momentos. Parecía estar viendo los muros grises y húmedos del calabozo como si el tiempo no hubiera transcurrido. Todos guardaron un silencio respetuoso. Era evidente que el apodo del lugar hacía alusión al último corte de pelo que aguarda a los que van a ser ajusticiados. Al principio, para mantener la cordura, Cósimo desechó la idea de que su ejecución fuera cosa inminente. No había sido juzgado. Y no se puede acabar con un hombre preeminente sin un juicio a la vista de todos. No tardó en intuir cuál era el verdadero propósito de sus enemigos.

Estaba en lo cierto.

Dos días después, Rodolfo Petrucci se entrevistó con Federigo Malavolti, el encargado de la intendencia de las prisiones públicas de Florencia. Le pidió que no sirvieran alimento alguno al preso –excepto aquellos que le hicieran ellos llegar desde el exterior– y le ofreció una fuerte suma en pago. Federigo entendió que buscaban envenenar a Cósimo y que a tal fin su concurso resultaba imprescindible. Pidió el triple de lo que Petrucci le proponía. Pero no contaban con que el

Médicis se negaría sistemáticamente a comer. Pasó cuatro días sin probar bocado y sin beber ni un sorbo, sumido en un estado de abatimiento y debilidad. Si el acaudalado moría de inanición –acabó por razonar Federigo–, no sólo perdería lo ofrecido, sino que él mismo se vería en serios problemas. Para ganarse la confianza del preso, decidió, al quinto día, preparar una comida apetitosa y compartirla con él. Cósimo, al borde de la extenuación, barruntó el propósito del carcelero y dio buena cuenta de la colación al ver que Federigo degustaba sin reparos lo servido.

–Entendí que la cordialidad de Malavolti era ladina. En las prisiones no se sirve lasaña, ni pato a la naranja, ni *chianti*... –concluyó mordaz–. No olvidaré nunca ese banquete, creedme. El mejor de mi vida.

–¿Qué ocurrió durante la cena? –husmeó Nikos.

–Tuve claro que Federigo había sido untado por mis enemigos. Era un tipo inteligente y ambicioso, con pocos o ningún escrúpulo. Así que decidí jugar fuerte...

–¿Qué hicisteis? –inquirió Renato visiblemente intrigado. El duque se había reclinado a la etrusca en el diván de su mujer, rodeando su talle con el brazo.

–¡Intentar mejorar la oferta de Petrucci, por descontado!

Una risotada abierta y franca resonó en los jardines de Careggi.

Tras la cena, así se sintió reconfortado, Cósimo se deshizo en agradecimientos. Pese a que su patrimonio había sido inmovilizado cautelarmente, persuadió al sinvergüenza de que tenía enormes riquezas escondidas por toda Florencia y que estaba dispuesto a compartirlas con él si le ayudaba a salvar la vida.

–Era duro de pelar el maldito perillán –ironizó el Médicis–. No quería oír hablar de pagarés, participaciones ni negocios futuros. Pero sucumbió cuando mencioné que podría entregarle el tesoro de Baltasar Cossa, el antipapa, si se ponía de mi parte...

–¡Entonces es cierto, el tesoro existe! –exclamó en tono ingenuo y de forma espontánea Marsilio.

–No. Nunca hubo tal tesoro, Marsilio –aseguró Cósimo, jugueteando con la copa entre los dedos. Notó al instante cómo la diminuta llave que llevaba siempre al cuello oscilaba, acariciando su piel–. Pero dado que la gente sí cree a pies juntillas en su existencia, decidí usar la falacia como último recurso.

Federigo Malavolti entendió que valía la pena ponerse de parte de Cósimo o, cuando menos, jugar con dos naipes a la vez mientras llegaba el momento de la verdad. Desde esa noche comenzó a preocuparse por el bienestar del preso. Para sustraerle de su estado taciturno, invitó, al día siguiente, a un florentino llamado Farganacia a cenar con ellos. El tipejo en cuestión era sumamente conocido en la ciudad: un dicharachero habitual en todos los banquetes y francachelas, ingenioso y amante de dimes y diretes. Tras la cena, que fue copiosa, el funcionario de prisiones se sintió indispuesto y se retiró momentáneamente, dejándolos solos. El Médicis aprovechó el respiro para intentar atraerse a Farganacia, revelándole su buena relación con el *gonfalonier* de Justicia, Bernard Gadagne, al que todavía le quedaba un mes al frente del cargo. Le convenció de que su único crimen era haberse convertido, de modo legítimo, en el hombre más rico de Florencia. Le entregó la mitad de una sortija con el escudo de los Médicis y le pidió que la llevara al prior de los dominicos de la ciudad al día siguiente. Farganacia cumplió el encargo así despuntó el día. El abad, al ver el anillo, entendió la situación y le recompensó con cien florines, prometiéndole muchos más si aceptaba visitar al *gonfalonier* y alertarle de los hechos y de la desesperada situación del financiero. El rector entregó a Farganacia una bolsa con mil florines para el magistrado, esperando que esa fortuna despertara su interés por el caso y le llevara a tomar cartas en el asunto.

Cuando Bernard Gadagne escuchó, todavía somnoliento, el relato de Farganacia, entendió que se estaba cometiendo una grave injusticia con Cósimo. Y cuando el correveidile puso el dinero sobre la mesa, su indignación ante la tropelía fue absoluta.

—Una jugada magistral, amigo mío —afirmó Renato.

—Sí, pero lo más difícil estaba por venir —aseguró el banquero—. Gadagne comprendió que debía actuar deprisa, antes de que me envenenaran. Y que incluso en el mejor de los casos, en el supuesto de que Malavolti no cediera a las presiones de mis enemigos, éstos no dudarían en revolver al pueblo y levantarlo en armas exigiendo mi cabeza.

—¿Qué hizo el *gonfalonier* entonces? —curioseó Bernard.

—Ese hombre actuó con una inteligencia absoluta... —afirmó Cósimo con la admiración en el rostro—. Mi deuda con él será eterna.

Gadagne convocó a los conjurados. Les escuchó y fingió estar de su parte. A los enemigos de la patria, les dijo, había que ajusticiarlos; pero en cualquier caso, siguiendo un proceso legal, al menos en lo aparente. Cósimo debía ser juzgado y condenado por un tribunal, que de la sentencia ya se encargaría él. Rinaldo Albizzi, Rodolfo Petrucci y el resto de confabulados aceptaron el plan a regañadientes, aunque encantados, al poco, de la connivencia mostrada por el magistrado, que se dedicó, en los siguientes días, a favorecer sin reservas los intereses comerciales de todos ellos. La primera batalla estaba ganada: Cósimo no moriría envenenado.

El sumario contra el Médicis fue instruido por jueces subalternos, por decisión de Gadagne, en detrimento de magistrados de fidelidad ambigua y voluntad comprada. El caso fue remitido al Consejo de los Ocho, simplificando todos los cargos en una acusación única: maquinación contra la libertad de la patria. Las vistas del proceso se alargaron más de lo previsto, debido a las numerosas declaraciones y testimonios de unos y otros. Gadagne se aseguró el veredicto de los jueces. Era claramente favorable: Cósimo no era culpable de ningún delito que atentara contra la República, su libertad o sus instituciones.

—Pero Gadagne poseía una mente lúcida —susurró Cósimo, que mantenía en vilo con su narración a todos los invitados—. Entendió que el desenlace podía desatar reacciones violentas y altercados de todo tipo. Si el tribunal me absolvía, las iras de todos esos infames, al saberse traicionados, podrían volverse contra los jueces. Además, ponerme en libertad equivalía a firmar mi sentencia de muerte. Me hubieran acuchillado antes de una hora...

—Así que Gadagne decidió, en plena noche, sacarte del territorio florentino y cambiar la sentencia de libertad por la de destierro... —apostilló Piero.

—En efecto... —acordó Cósimo—. Su actuación fue tan rápida que sorprendió a amigos y a enemigos por igual. Pero el pobre Gadagne lo pagó caro. Cuando al cabo de un mes abandonó el cargo, todos arremetieron contra él: auditaron sus cuentas, le amenazaron..., convirtieron su vida en un verdadero infierno.

Cósimo de Médicis se exilió en Venecia, poniendo a salvo gran parte de su fortuna y reactivando sus negocios. Invitó a Gadagne a reunirse con él. Durante un año, los dos tuvieron que protegerse de sicarios y amenazas y trabajar aunando esfuerzos. Los numerosos amigos del uno y del otro, reunidos en secreto, barajaron posibles candidatos al cargo de *gonfalonier* y acabaron eligiendo a un amigo de Gadagne, Nicolás Cocco, de cuna noble y muy querido por la gente. Nicolás optó a la magistratura y se hizo con ella antes de que los rivales del banquero pudieran reaccionar. En los siguientes meses, fomentó la indignación popular, soliviantando a las gentes ante las injusticias cometidas con ellos.

—Su ayuda fue decisiva —intervino Francesco Ingherami, que conocía la historia con detalle—. Pero si algo precipitó el regreso de Cósimo a Florencia, un año después, eso sería, sin duda alguna, lo mucho que se notó, en lo económico, su ausencia.

—Sí. Mis empresas daban trabajo a mucha gente. Cuando trasladé mis negocios a Venecia, miles de personas perdieron el empleo. No tardaron en exigir mi regreso a gritos —añadió Cósimo—. Y eso fue, más o menos, todo lo que sucedió.

—Sólo has contado la parte amarga de la historia, padre —señaló Piero—. Queda la parte dulce.

–¿Dulce? –dudó el banquero–. Sí. No voy a negar que hubo momentos dulces. De regreso en Florencia, se presentó una mañana Malavolti, llamando a mi puerta con cara de perro apaleado. Buscaba, el muy pendejo, una recompensa por no haberse puesto de parte de mis enemigos. Aseguró que le debía la vida. Yo le prometí que la recibiría, y bien generosa, si testificaba a mi favor y destapaba toda la trama.

–¡Cambiaron las tornas! –exclamó ufana Jeanne de Laval.

–Sí, así fue… –afirmó con satisfacción el Médicis–. Logré sentarlos a todos en el banquillo, enfrentados a una pena de muerte más que probable. Pero condenarlos me hubiera creado nuevos enemigos. Decidí que sería mejor pagarles con la misma moneda y desterrarlos a todos. A los Albizzi, Petrucci, Strozzi, Frescobaldi y Ricasoli. A todos. La mayoría se instalaron en Milán. Por ahí andan…

El silencio, sólo roto por el aleteo fugaz de un búho sobrevolando sus cabezas, presidió el final de la historia.

–¿No habéis vuelto a saber de ellos? –interpeló Bernard.

–¡Oh, sí! Los vigilo discretamente –admitió Cósimo con un brillo malévolo en la mirada–. A esa gente no se le puede quitar el ojo de encima. En cierta ocasión, Rinaldo Albizzi, el muy garañón, me envió una carta amenazadora. Decía escuetamente: ¡vigila, Cósimo, que la gallina incuba! Y yo le contesté: ¡sí, pero incuba mal fuera del nido!

Una risotada resonó en la noche.

–Se diría que Milán es refugio seguro para muchos de vuestros enemigos –comentó Bernard con aparente despreocupación tras intercambiar una mirada cómplice con Renato–. ¿Los recordáis a todos? Tal vez alguno haya escapado a vuestro control…

Por primera vez en toda la velada, el rostro hierático de Tessa di Bardi pareció cobrar vida y descomponerse. Cósimo enarcó las cejas ante la pregunta.

–¿Qué queréis decir, señor Villiers? –preguntó perplejo.

–¿Recordáis a Benedetto Ubaldini, señor?

Y así se disponía a explicarse el francés, ante la mirada inquisitiva de todos los presentes, un chasquido seco resonó en la arboleda cercana.

Una bandada de pájaros abandonó las ramas.

Una flecha silbó, rasgando la quietud de la noche.

Volando directa al corazón del médico.

34

EL AHORCADO

Ubaldini? ¿Quién demonios es ese Ubaldini? –curioseó Francesco Ingherami. Conocía bien a todos los enemigos de la familia. Y ése no constaba en su lista.

El rostro de Cósimo se torno adusto. Clavó sus ojos en el médico en demanda de respuesta. Bernard, que hasta el momento había permanecido reclinado sobre el diván, se incorporó, dispuesto a servirse vino, mientras sopesaba la mejor forma de explicar al banquero las conjeturas que horas antes había expuesto al duque de Anjou.

La flecha cortó el aire, pasó rozando el cuello de Cósimo y alcanzó de lleno a Villiers cuando se disponía a hablar. Profirió un grito doloroso, agudo; se levantó, como impulsado por un resorte invisible, y se derrumbó a plomo entre las mesas, de bruces, tras dar dos pasos, arrastrando cantarillas y bandejas de frutas en la caída.

Marsilio, ubicado a su izquierda, fue el primero en entender lo que ocurría.

–¡Una flecha! –gritó–. ¡Nos están disparando!

–¡Bernard, Bernard, divina Hodegetria! –balbuceó Nikos.

En un segundo la confusión se generalizó. Tessa di Bardi, Lucrecia Tornabuoni y Jeanne de Laval y su doncella prorrumpieron en gritos histéricos y emprendieron una desesperada carrera en dirección a la mansión; mientras Piero, Cósimo, Antonino e Ingherami se arrojaban al suelo, buscando la protección de divanes y braseros. Sólo Renato mantuvo el temple frío. Alzó una pequeña mesa, a guisa de escudo, desenvainó su daga y vociferó a cajas destempladas, alertando a la guardia y a su ayuda de cámara.

–¡A las armas! ¡Todos a las armas! –bramó–. ¡Nos están atacando! ¡Guilbert, Guilbert, rápido, rápido!

Una docena de franceses irrumpió al poco, blandiendo espadas y portando escudos con los que proteger la retirada de los invitados. Venían sobresaltados, con el semblante crispado y la somnolencia en los ojos. Era evidente que la súbita batahola les había sorprendido en plácida duermevela. Sin dilación, levantaron una pared de acero que facilitara el acceso a la casa. Nikos, Renato y Marsilio cargaron con el médico. Permanecía inconsciente, con el dardo hincado por debajo de la clavícula, en una zona próxima al hombro.

–¡La arboleda…, la flecha ha sido disparada desde la arboleda! –indicó Renato a los suyos cuando ya transponían el umbral de la quinta–. ¡Maldita sea, Guilbert, que no escapen, cogedles!

Corrieron los soldados, dispuestos a inspeccionar el bosque y los alrededores, mientras los Médicis y sus invitados buscaban refugio en el gran salón de la planta baja de la villa. Durante eternos minutos se vivió la misma confusión y se desató la misma angustia que días atrás había enseñoreado Vía Larga. El semblante de Cósimo reflejaba infinita rabia y frustración. Acababan de ser atacados en Careggi, en el lugar que él creía el más seguro del mundo, a la vista de todos, burlando a la guardia y con absoluta impunidad.

Cuando Bernard abrió los ojos, poco más tarde, vio una multitud de rostros observándole en silencio desde lo alto. Notó al instante la mano cálida de Nikos asiendo la suya, con fuerza. Las manos de Nikos siempre ardían.

–¿Cómo estás, Bernard? –susurró el cretense.

–Mal… pero creo que sobreviviré –musitó, mirando de reojo el dardo, hincado en la parte alta de su pecho. Un quejido leve se le escapó de los labios. Volvió a encarar el techo de la estancia. Respiró profundamente. Estaba pálido como el papel.

—Sí, duele... —afirmó Renato, arrodillándose a su izquierda—. Pero os aseguro que he visto a cientos de hombres ensartados por flechas y que he arrancado docenas de ellas. Ésta no es de las que matan a un francés de buena alcuña...

Bernard esbozó una sonrisa breve.

—¿Y quién ha dicho que yo sea de alcurnia vieja y buena? —ironizó con un hilo de voz—. Sólo soy un matasanos de Normandía.

Nikos hizo esfuerzos por contener las lágrimas.

—Lo sois, Bernard Villiers, lo sois... —aseguró el duque—. Sé distinguir a un caballero aunque no lleve blasón en la capa ni daga al cinto. Y ahora, escuchad: os voy a sacar este dardo. Lo haré sin contemplaciones. Será un movimiento rápido. No os privéis de gritar...

Al instante, todas las damas acordaron abandonar la escena, yendo a refugiarse frente a la gran chimenea que ardía al final de la estancia. El noble solicitó a Anderlino y a Magdalena vendas, agua limpia, un pozal de brasas y tenacillas.

—¿Queréis que sea yo quien arranque la flecha? —preguntó Nikos.

—No. Si se rompe la punta será mucho más complicado —aseguró—. Tú, Marsilio, sujétale con fuerza el brazo izquierdo y la frente. Vos, señor Pagadakis, haced lo propio al otro lado.

El duque de Anjou cauterizó la punta de su daga entre las brasas y, en un gesto rápido y preciso, procedió a cortar, en una incisión limpia, a ambos lados del dardo para facilitar la extracción. El semblante de Bernard se contrajo en una mueca reconcomida; apretó la mandíbula con rabia, intentando sobrellevar el dolor. Renato, sin dilación, desclavó limpiamente la saeta, aferrándola por su base; después, lavó la herida, tomó una brasa al rojo con las tenacillas y la aplicó sobre la brecha.

El médico se dobló. Profirió un alarido y volvió a perder la consciencia.

—Ya está —afirmó Renato mirando la flecha. Después entreabrió los dedos inertes del médico y la colocó en su mano—. Guardadla siempre, hermano Villiers, en recuerdo del ángel que hoy os ha salvado de la parca.

Todos intercambiaron una mirada de alivio al entender que Bernard estaba fuera de peligro. Mientras Nikos y Marsilio procedían a vendar el pecho del francés, se derrumbaron todos por sillas y bancales, aquí y allá, sin fuerzas, consternados. Un silencio ominoso se instaló en el salón, sólo roto por el bisbisear de Antonino, que con un rosario entre los dedos desgranaba oración tras oración en un rincón en penumbra.

Los hombres del duque, con Guilbert a la cabeza, no tardaron en regresar. Sólo habían podido localizar una ballesta abandonada entre los matorrales y un rastro de ramas quebradas por el agresor en su precipitada huida. La pista se perdía a unas decenas de metros de la casona. El noble ordenó redoblar la guardia alrededor del edificio y atrancar el gran portón de entrada.

Tras acomodar a Bernard junto al calor del fuego, Nikos susurró algo en el oído de Renato, que asintió, y se dirigió a todos en tono grave...

–No sé si lo que acaba de suceder tiene que ver con lo que Bernard se disponía a contar hace unos minutos –comenzó preguntándose, alzando los brazos en gesto impotente–, o sólo es achacable a la zafiedad y pésimo tino de aquellos que buscan vuestra muerte, caballero... –y se dirigió sin ambages a Cósimo de Médicis, que permanecía arrellanado en una silla de respaldo alto con el ánimo hundido–. En cualquier caso, sólo puedo felicitaros por burlar, una y otra vez, un destino trágico que parece querer alcanzaros a toda costa. No lo olvidéis: la muerte os ronda, aunque su guadaña yerre al segar. Escuchad la historia que ahora narraré y juzgad por vos mismo...

El cretense, caminando a lo largo de la estancia, repasó los hechos acaecidos y las conjeturas que Bernard había ido hilvanando desde su llegada a Florencia; hipótesis basadas en lo peculiar y coincidente de los crímenes. Acabó por explicar la visita que ambos habían realizado, dos días atrás, al taller de Donatello, y cómo éste les había revelado la existencia de Benedetto Ubaldini.

—Ese bribón era un don nadie, señor *Pikadakis*... —espetó Cósimo con desdén, golpeando su bastón contra la madera del piso—. Debo admitir, eso sí, que la forma en que vuestro amigo ha relacionado los crímenes con esos tres cuarterones de las puertas del baptisterio es, como mínimo, ingeniosa. Pero poco más. No os quepa la menor duda: los Alberici son los verdaderos responsables de todo lo que está pasando. Ésta es una guerra por el alumbre, por el alumbre de Tolfa.

—¿Recordáis si Ubaldini tuvo algún tipo de trato o relación con la familia Alberici en aquellos días? —preguntó Nikos suspicaz.

—¡Ninguna! ¡Qué tontería! —zanjó Cósimo—. ¿Adónde queréis ir a parar?

—Pues no lo sé..., posiblemente a ninguna parte —admitió el cretense—. Pero puestos a suponer, que en ésas estamos, por qué no aventurar que ese pinchaúvas vengativo pudiera haber tramado todo esto en contubernio con otros enemigos. Alguien más..., alguno que no sólo deseara acabar con vuestra familia, sino con los Alberici a un tiempo.

Cósimo no contestó, se encerró en un contrariado mutismo.

Renato observó que una duda razonable asomaba en los rostros de Francesco Ingherami y Piero de Médicis. La posibilidad de que el artista hubiera urdido el desquite, conchabado con otros, no les parecía tan descabellada y así lo manifestaron. Tampoco Marsilio, que no se privó de dar su opinión, suscribía la teoría de que el interés de los Alberici por hacerse con la concesión del alumbre de Tolfa hubiera llevado a Anselmo a ordenar las muertes de los allegados de Cósimo. Debía de haber, según él, algo más. Algo que se les escapaba a todos.

Tras discutir durante dos largas horas, sin llegar a conclusiones esclarecedoras o plausibles, se quedaron sumidos en un silencio enojoso, casi en ascuas, mirándose unos a otros sin saber qué decir.

—Sea como sea: creo que lo mejor que podemos hacer es enviar un mensaje a nuestros allegados en Milán, pidiendo ayuda, así despunte el día —resolvió Ingherami—. No perdemos nada averiguando qué ha sido de Ubaldini, dónde anda y qué se lleva entre manos. Hay demasiadas coincidencias en el relato del señor Pagadakis como para descartar esa pista...

La idea parecía acertada. Los Sforza de Milán debían muchos favores a los Médicis y pocos asuntos escapaban a su férreo control en esa ciudad. Podían disponer de información fidedigna sobre el paradero de Ubaldini en tan sólo unos días. Incluso Cósimo, en principio reticente, acabó por aceptar la propuesta ante la insistencia de Piero y Renato.

El cansancio hacía mella en todos. Se retiraron, uno tras otro, a las estancias y aposentos del piso superior, tras comprobar que Bernard descansaba apaciblemente en el improvisado lecho habilitado por las criadas. Nikos decidió quedarse a velar al francés. Se instaló en un bancal amplio, junto a los restos del fuego, y osciló entre el sueño y la vigilia, con un oído puesto en la respiración del francés y atento a la posible acometida de la fiebre. Pero el médico durmió plácidamente el resto de la noche.

La hora era la del alba cuando el cretense entreabrió los ojos, dolorido por la dureza de la madera. El salón permanecía en penumbra, débilmente iluminado por los rescoldos del hogar y la luz gris y triste que se colaba por los postigos.

Le pareció escuchar un lamento distante. Un gemido. Procedía del piso superior.

Se incorporó y se asomó al zaguán. Ascendió las escaleras con sigilo. Al llegar al distribuidor de la planta, escuchó la voz trémula de Cósimo, convertida en un plañido desolado. El Médicis parecía agitarse en sueños, víctima de una pesadilla.

–¿Por qué Fiametta? –le oyó mascullar–. ¿Por qué? ¡Qué te hice, Dios mío, qué te hice!

En su visión, Cósimo se abría paso penosamente entre la multitud que abarrotaba el Mercado Viejo. Las gentes se hacían a un lado mientras avanzaba con el corazón encogido, reducido a un mero pálpito. Distinguía, en su recorrido, los rostros consternados de los oficiales judiciales, la mirada vacía del *gonfalonier* de Justicia, las preguntas en los ojos de vecinos y patriarcas. Todos le contemplaban en silencio, imperturbables, mientras cruzaba el portón de un gran palacio; le abrían un pasillo, largo y estrecho, que encaminaba sus pasos hasta un salón vacío.

Allí estaba Agostino, balanceándose en lo alto, amoratado y grotesco.

Y postrada a sus pies, la bellísima Fiametta. Bella como una *madonna* bella. Con los ojos arrasados por las lágrimas y un rictus de amargura en los labios.

Sonriendo en la penumbra, Anselmo Alberici contemplaba el drama.

35

TISIS

Bernard despertó a media mañana y consiguió incorporarse. El dolor en el pecho y en el hombro aún era intenso, pero llevadero. Nikos deshizo su vendaje, aplicó un emplasto de hierbas en la herida y volvió a fajarle. Por lo demás, el sueño había devuelto el buen color a su rostro y reparado su ánimo. Un plato lleno de frutas y un tazón de leche de cabra hizo el resto. Pasó las siguientes horas en compañía de Nikos y de Marsilio, bajo la sombra de los tilos, rememorando todo lo acaecido durante la noche. Constataron que el resto de invitados parecía haberse desvanecido como por arte de ensalmo; sólo las criadas y el mayordomo entraban y salían de la casa, afanados en sus quehaceres. Los hombres de Renato mantenían toda el área bajo control férreo.

Hacia el mediodía, observaron cómo Francesco Ingherami y el duque de Anjou salían de la quinta y hablaban con Guilbert. El caporal preparaba su montura y revisaba sus armas. Le tendieron un documento que introdujo en una de las alforjas. Después partió al galope, en dirección a Milán.

Bernard optó por recogerse en sí mismo y dormitar mientras sus amigos discutían acerca del significado último de un complejo pasaje de Hermes. Poco más tarde, el traqueteo de un carro que entraba en la villa reclamó su atención. El visitante era un subdiácono de san Marcos. Detuvo las mulas al final de la avenida principal, bajó del pescante e intercambió algunas frases con los franceses, que le acompañaron hasta el umbral de la mansión. Al rato, vieron a Antonino aproximarse con aspecto taciturno, cargando una burjaca al hombro.

—Buenos días, queridos amigos —dijo. Sonrió, tocando levemente a Bernard—. ¿Estáis mejor, caballero? Os he incluido en mis oraciones esta noche.

—Gracias, padre. Me encuentro bastante mejor —correspondió el médico—. ¿Os ocurre algo? No se os ve muy risueño esta mañana. Tomad asiento y acompañadnos. Comed algo de fruta.

Antonino negó. Ajustó la banda del zurrón.

—Muy a mi pesar debo marcharme. Regreso a Florencia. Hago falta allí —aseguró—. Debo alertar a todos los *buonnomini di san Martino*…

Bernard recordó al instante la hermandad de caballeros florentinos creada por Antonino. Tomasso, uno de ellos, le había explicado que se dedicaban a reconfortar y a ayudar a los más pobres y desamparados.

—¿Ha ocurrido algo? —husmeó Nikos desprendiéndose de sus anteojos.

—Un brote de consunción.

—¿Consunción? ¿Tisis? —inquirió Bernard en ascuas—. ¿En Florencia? ¿Dónde?

—En el *Ospedale degli Innocenti*, señor Villiers, en el hospicio… —anunció consternado el arzobispo—. Me dicen que la Signoria está considerando dictar orden de cuarentena para evitar la propagación.

Una sacudida violenta, infinitamente más dolorosa que el dolor provocado por la herida del dardo, recorrió la boca del estómago y el pecho del francés; el sobresalto desencadenó un alud de imágenes y sensaciones. Resonó en su cerebro el eco de la tos cavernosa y seca de Bernardo y de otros niños a los que había visitado. Se maldijo por no haber sabido identificar, en ese y otros síntomas, que ahora se le antojaban claros, el embate de la tisis en sus pechos. En un vislumbre fugaz entrevió la mirada desolada de Stella. La imaginó embargada por la misma angustia que ahora golpeaba inclemente en su interior.

Se levantó con gesto dolorido y encaró al religioso.

–Padre, os lo ruego: permitidme ir con vos a Florencia –declaró resuelto–. ¿Podéis esperarme? Recogeré mis cosas en pocos minutos.

Nikos y Marsilio le miraron perplejos.

–¡Villiers, estás loco! –desaprobó el cretense–. ¡Tú no estás para ir a ningún lado! ¡Esa herida apenas cicatriza!

–¡Me voy, amigo mío, ya nos veremos! –sentenció encaminándose hacia la casa.

–Pues iré contigo –gruñó Nikos yendo tras él.

–No. Tú te quedas aquí. Yo me voy. Tú te quedas…

Mientras introducía en la bolsa las pocas pertenencias que había trasladado a Careggi, el médico convenció a su amigo de lo conveniente de permanecer en la villa. De poco sirvieron las protestas de Nikos. Bernard opuso cerrazón y terquedad a la proverbial testarudez del filósofo y, por una vez, se salió con la suya.

–Escúchame, Pagadakis –susurró en tono conciliador–. No niego que sabes tanto o más que yo de asuntos médicos, y que eres capaz de hallar remedios incluso para lo que parece no tener remedio… ¡Vamos, que ése no es el caso! Es más importante que permanezcas aquí, atento a todo lo que pasa. Creo que estamos muy cerca de resolver este maldito embrollo. Para mí, tras lo de ayer, llegar hasta el final en este asunto se ha convertido en algo personal. Necesito que alargues el oído y tomes buena nota de todo. Cósimo está aprovechando la circunstancia para acabar con los Alberici, pero estoy seguro de que sabe o intuye la verdadera identidad de los asesinos… ¿entiendes?

–No te entiendo, pero haz lo que te plazca –refunfuñó–. Y cambia esa venda a diario. Tu dejadez es proverbial.

–Lo haré. Anda, despídeme de Renato y de los demás.

Nikos claudicó de mala gana. Minutos más tarde, el francés y el arzobispo partían de Careggi en dirección a Florencia. La ciudad estaba a tan sólo unos pocos kilómetros, pero el camino era sinuoso, serpenteaba por las estribaciones de los Apeninos, en suave descenso, y obligaba a transitar lentamente.

Antonino se percató del ánimo sombrío que embargaba al francés y, venciendo su inclinación a la reserva, entabló conversación...

–¿Por qué habéis insistido tanto en venir, señor Villiers? –preguntó–. Vuestro amigo tiene toda la razón, deberíais reposar. Otros se ocuparán de los niños.

–Debo enmendar un error, padre –adujo–. Hace dos días estuve en el orfanato y no supe identificar la evidencia de la tisis en muchos de esos zagales. Y yo he visto pandemias de tisis en muchas partes. Es imperdonable.

–¿No os tratáis con demasiada severidad? –observó el religioso–. Diría que existe cierta propensión en vuestro carácter a castigaros de modo inmisericorde.

–Es posible...

–Eso no es bueno.

–Seguramente no.

–Escuchadme, Bernard Villiers –Antonino hizo una pausa y se afianzó en el banco; la carreta avanzaba a trompicones evitando los baches del camino–. Algunas personas, y he conocido a muchas, pasan su vida mortificándose por los errores cometidos. Imponiéndose una penitencia desmesurada e inclemente. Sea cual sea vuestro pecado, deberíais perdonaros.

Villiers sonrió.

–Creo que yo me he reconciliado con los míos. Lo intento cada día...

Durante buena parte del trayecto, Bernard se sinceró con el arzobispo, explicándole, a grandes rasgos, la historia de su vida. Los lejanos días de juventud en Caux; su trabajo como aprendiz en el laboratorio del castillo de Nicolás de Grosparmy, conde de Flers, dedicado a la alquimia junto a sus dos inseparables amigos, Nicolás de Valois y Pierre Vicot; su apasionado amor por Claire de Grosparmy, sobrina de su mentor; los días felices de su matrimonio y el terrible avatar, súbito y temprano, del destino, que le llevó a perder, en un solo día, a la mujer que amaba y al hijo que esperaban. Ese golpe le convirtió, durante años, en una sombra de sí mismo, en un ser cínico y pendenciero, descreído y solitario.

–Por suerte pasaron algunas cosas que me permitieron corregir el rumbo... –aseguró Bernard con una sonrisa franca en los labios.

–Os habéis castigado en vano... –aseguró Antonino en voz leve–. No hay pecado que no se pueda expiar. Siempre se lo repito a Cósimo. Hasta la saciedad. Pero no me escucha. En su caso ha vivido toda su vida en contrición por algo terrible que hizo.

Bernard miró fijamente a los ojos del religioso con indisimulado interés. No se le escapaba el hecho de que el arzobispo estaba induciendo la conversación.

–¿Algo que tal vez ha desencadenado lo que ahora ocurre?

Antonino se encogió de hombros. Bajó la mirada.

–No lo sé. Tal vez sí. Pero no puedo hablar de ello. Soy su confesor y no me está permitido. Lo que sí puedo deciros es que anoche, mientras permanecíais inconsciente, se habló de la posibilidad de que esta conjura persiga no sólo acabar con Cósimo, sino con Anselmo a la vez.

–¿Podéis explicarme algo más? –tanteó Bernard–. Estoy convencido de que ahí está la clave de todo...

–Poco más. Sólo añadir que Cósimo y Anselmo, aunque os cueste creerlo, fueron aliados en un pasado lejano –reveló el arzobispo azorado–; en los días en que ese hecho trágico que os he comentado aconteció. Creo que soy la única persona que sabe esto, pero lamentablemente no puedo añadir más. Ya he hablado demasiado...

Los dos permanecieron en silencio el resto del camino.

Una hora más tarde llegaron a Florencia. Entraron en la ciudad por una puerta secundaria, una poterna de carros, la de *Mugnone*, por encima de Santa María Novella, y zigzaguearon a través del endiablado laberinto de callejas hasta alcanzar san Marcos y el *Ospedale*.

Conforme se acercaban, el nerviosismo atenazaba más y más el ánimo del médico. La plaza frente al hospicio permanecía cerrada y vigilada por funcionarios de la Signoria.

—Aquí os dejamos, señor Villiers, no podemos acercarnos más… —constató contrariado Antonino—. Mañana habré movilizado a los *buonnomini di san Martino* y a todos los apotecarios de Florencia. Tendréis todo lo que podáis necesitar. Dios os guarde.

El francés cruzó la explanada a la carrera, sin hacer caso de las indicaciones de los guardias, y cruzó el portón del orfanato. En el interior reinaba un silencio extraño, impropio. No se oían los gritos alegres ni los lloros de la chiquillería. Distinguió, al final del ala izquierda, la silueta de tres mujeres. Reubicaban un camastro. Caminó hacia ellas. Al aproximarse, reconoció a Stella. Su corazón comenzó a batir con fuerza en el centro del pecho.

—¿Puedo ayudar? —dijo delatando su presencia.

Las tres le encararon.

—¿Bernard…? —inquirió Stella en un susurro.

36

EL ARNO ROJO

El sol se hundía como un discóbolo de fuego por poniente, más allá de los últimos meandros del Arno, incendiando el cielo sobre Florencia. En su abierta retirada, tiraba de la tela oscura de la noche, desplegándola como una mortaja. Amparados en esa brecha crepuscular, que desdibuja los contornos de seres y objetos, Facino Verruchio y una treintena de hombres, con absoluto sigilo, tomaban posiciones en los alrededores del molino que servía a Muzio Fortebracci y a los suyos de refugio.

Dispuestos a devolver la visita.

La aceña había sido, en los primeros años del siglo, cuando abastecía a buena parte de las tahonas de la capital, la principal muela de la ciudad. Poseía una gran rueda, ahora varada y carcomida, hundida en un canal impetuoso que nacía en un recodo del río. Todo el edificio, construido en madera sobre una amplia base de piedra, era una pura ruina. La techumbre amenazaba con desplomarse en diversos puntos.

Gerardo Alberici se arrastró entre la matas como un lagarto, tras la estela de Facino. Acabaron situándose frente al edificio, a una cincuentena de metros del portón de doble hoja que antaño permitía la entrada de carretas y caballerías.

—Así que éste es el palacio en que Cósimo aloja a los suyos... —susurró Facino con despectiva ironía—. ¡Menuda letrina apestosa!

—¿Qué debemos hacer ahora? —inquirió Gerardo jugueteando con su daga.

—Ahora toca esperar... —aseguró el *condottiero* bostezando—. Nada de moverse hasta que la oscuridad sea completa. Y cuando empiece el baile, ya sabes lo que tienes que hacer: ponerte a cubierto... ¿Entendido?

Gerardo asintió de mala gana y envainó el cuchillo con fastidio. Estaba ansioso por ajustar cuentas con esa caterva de forajidos que había desparramado las tripas de dos de sus mejores amigos en la Stufa di Roma. Pero Facino mandaba. Así lo había remarcado su padre, horas antes, cuando un soplo bien pagado les puso sobre la pista del escondrijo de los chacales de los Médicis.

Miró de soslayo a Facino. El rufián se había quedado amodorrado en cuestión de segundos, entre frase y frase. Apestaba a vino barato. Pero incluso aletargado, Facino daba miedo. Era de facciones toscas, grueso y alto; un verdadero gigante de cabello hirsuto y negro, tan áspero y desagradable como el de las cabras. Tenía fama de ser el mercenario más despiadado de Italia, capaz de despeñar a su propia madre desde una atalaya sin inmutarse lo más mínimo. La inscripción repujada que lucía en el *corsaletto* de acero —ni Dios, ni príncipe ni ley— alertaba de su pronto iracundo y de la absoluta inclemencia que le animaba.

En el interior de la aceña, ajenos a la que se les venía encima, Muzio Fortebracci y Greco Monforte ultimaban los preparativos de un ataque en toda regla al palacio de los Alberici. En el pésimo remiendo perpetrado en los baños públicos, no sólo habían desperdiciado miserablemente la ventaja del primer golpe; la chapuza les había obligado a permanecer, pese a la clara connivencia de la Signoria, ocultos como ratas en su madriguera, durante horas y horas.

—Esta vez no toleraré el más mínimo error, Greco... —advirtió Muzio, golpeando repetidas veces con el índice un dibujo de la planta de la mansión de los Alberici—. No tendremos más oportunidades. Si esta noche la cosa sale mal, habrá que luchar a cara descubierta.

Si fracasamos, el Médicis se encargará de que nos capen como a pollos...

–Descuida, que esta vez no la vamos a cagar –tranquilizó el caporal, hablando con la boca llena–. Entramos en la casa y los degollamos a todos, despiertos o dormidos, y el fuego hace el resto.

Muzio asintió. Se quedó mirando el maldito esquema. Parecía fácil. Pero de ahí a que lo fuera, mediaba un buen trecho. Además estaba Verruchio, a buen seguro controlando las calles próximas al palacio. Sería preciso simular un ataque a la puerta principal, a modo de reclamo, y concentrarse en una pequeña entrada de servicio de la parte trasera. Dobló la cuartilla y cerró los ojos.

Greco cortó una rebanada de una hogaza y un generoso pedazo de panceta y lo ofreció a su amigo.

–No tengo hambre...

–¿Qué te preocupa?

–No me preocupa nada, Greco –tranquilizó Muzio–. Sólo recordaba. Estaba recordando el jodido invierno en los alrededores del Lago de Como... ¿Lo has olvidado?

–¡Claro que no! –afirmó Greco–. Sólo de pensar en ello tirito. Pero ahora mismo lo repetiría, pese a la penuria que pasamos.

–Los días al servicio de Bartolomeo Colleoni fueron buenos tiempos... ¿eh?

–Los mejores. De no ser por ese hideputa de Facino Verruchio, los mejores de mi vida, Muzio.

–Por el hideputa no te preocupes. Le ha llegado la hora.

Los dos se quedaron absortos, aletargados como el resto de camaradas de mesnada, que yacían adormilados por todo el molino; atrapados en el recuerdo de las ventiscas y aguaceros de un enero vivido nueve años atrás. Peleaban, en aquellos días, a las órdenes de Bartolomeo Colleoni, al que el Dux de Venecia pagaba generosa *condotta* por guerrear contra Giovanni Sforza por tierras lombardas. Muzio mandaba buena parte de la caterva; Greco, a una nutrida hueste de infantería y arcabuceros; el maldito Facino Verruchio, dos unidades de caballería. Los tres rivalizaban por ganar el favor de Colleoni y el *caposoldo* prometido, que era abultado y en piezas de oro, contantes y sonantes. Vencieron en Mandello del Lario, cubiertos de barro hasta las cejas; salieron de Bellano triunfantes y tintados en sangre; combatieron hasta la extenuación en Asso y Erba; reconquistaron el Monte Barro en un cuerpo a cuerpo cerril y despiadado. Todo terminó cuando la fortuna cambió de bando y Giovanni Sforza los cercó a orillas del lago, en lo más crudo del invierno, con los filos mellados y sin alimentos. En pocos días todo se precipitó: Milán abrió sus puertas al Sforza; Bartolomeo Colleoni decidió retirarse; Facino Verruchio les traicionó y huyó, con la soldada de los tres, tras dejarles malheridos.

–¡Muzio Fortebracci! ¿Me oyes, pedazo de cabrón? –tronó una voz frente al molino–. ¡Y tú, Greco Monforte, lameculos! ¿Estás ahí, so caponazo?

Muzio y Greco cruzaron una mirada perpleja. Reconocieron la voz al instante.

Así se extinguió el voceo, pudieron oír con claridad el chasquido inconfundible de las cuerdas de los arcos al liberar las saetas. La andanada resonó por toda la fachada. En una fracción de segundo, todos empuñaron las armas aprestándose a la defensa.

–¿Cómo demonios nos han encontrado? –se preguntó entre reniegos Greco, escudriñando la oscuridad del lugar por las rendijas del portón–. Los veo por todas partes. La hemos jodido…

–¡Y eso qué importa ahora! –espetó Muzio, ordenando a Taddeo elegir a unos cuantos, auparse a la algorfa del lugar y responder al ataque.

Taddeo Palmeri seleccionó en un abrir y cerrar de ojos a cinco que eran buenos con la ballesta; escalaron al altillo y se repartieron entre viejos sacos y cajas, buscando orificios por los que disparar cómodamente apostados.

–Desde aquí parecen conejos… ¡qué digo parecen: son conejos! –musitó el ballestero fijando el blanco–. ¿Los tenéis? ¡Pues a por ellos!

Seis dardos silbaron, traspasando de parte a parte a dos de los hombres de Facino e hiriendo a un tercero.

–¡Me cago en todo lo que veo! –gritó el mercenario de los Alberici agazapándose y encogiendo el cuello–. ¡Basta de flechitas y juegos! ¡Traed el carro!

Obedeciendo la orden del *condottiero*, un puñado de los suyos, protegidos por escudos, comenzaron a empujar una vieja carreta que habían cargado de ramas secas hasta los topes. Enfilaron la explanada frente al molino, soportando un huracán de dardos. En un empellón final, estrellaron la garlera contra el portón y se retiraron ordenadamente, protegidos por una salva de los suyos.

–La cosa pinta fea... –gruñó Muzio viendo clara la maniobra–. Nos quieren asar vivos los hideputas. Esto arderá como yesca.

–¿Qué hacemos? –interpeló nervioso Greco.

–Ordena a unos cuantos que ensillen las monturas –propuso–. Y rápido: cuando el fuego se extienda, los jacos se volverán locos y no habrá manera de dominarlos. Después, vuelve. Tengo una idea.

Muzio no se equivocaba. Apenas se cumplían sus órdenes cuando los arqueros de Facino acribillaron el carro con flechas incendiarias. Una llamarada, viva y alta, lamió las resecas hojas del molino; los defensores se vieron obligados a retirarse del portalón.

–¡Los caballos estarán listos en breve! –anunció Greco regresando junto al *condottiero*–. ¿Y ahora qué pejiguera milagrosa propones?

Muzio señaló el torno transversal que comunicaba la noria del canal con la muela. En esa parte, la pared se había desplomado parcialmente, permitiendo la salida al exterior. No había más opciones.

–Coge a un puñado, Greco; un puñado que sea bueno y certero con el arco –dispuso–. Descended la noria con sigilo y, al amparo de la corriente, situaos en la retaguardia de esos bastardos.

–No llegaremos a tiempo, esto arderá antes... –objetó.

–Escucha, estúpido: tenéis que ser rápidos –rezongó furioso–. Yo me mantendré al fondo del molino, con las monturas preparadas.

Cuando la puerta se desplome esperaré a poder atravesar las llamas. Saldremos al galope y cargaremos. Para entonces necesito que ensartes por la espalda a esa caterva o nos masacrarán... ¿Me entiendes?

–Perfectamente...

–Buena suerte.

Greco, Vincenzo y Paolo Rossi, Ruggero Naldi y otros diez, se encaramaron al torno, con los cintos llenos de dagas y *misericordias* y la carcaza, a la espalda, bien repleta de dardos; resiguieron el madero a horcajadas hasta alcanzar la brecha del muro y, una vez en el exterior, descendieron por las palas de la noria. Se sumergieron en las aguas. El río bajaba gélido.

Frente al molino, Facino organizaba a los suyos. Sabía que Muzio y Greco intentarían salir, de un momento a otro, si no querían morir abrasados como ratas. Dispuso a una veintena de hombres en una doble línea de ballestas y arcos, frente al portón.

–Así aparezcan esos condenados, traspasadlos sin piedad... –ordenó.

Las llamas se habían propagado a toda la fachada del edificio y ya comenzaban a extenderse por las resecas vigas del techo. En el interior, Muzio y el resto de la mesnada permanecían a caballo, esperando un milagro, con un nudo atenazándoles la garganta. El calor era insoportable y la presencia del fuego llevaba a los brutos a piafar y corcovear aterrorizados.

–¡Rápido, desmonta y trae esos sacos! –ordenó Fortebracci a uno de los suyos, señalando un montón de costales vacíos–. ¡Cubridles los ojos a las bestias o no lograremos que atraviesen las llamas!

Consciente de que a sus compañeros no les quedaba mucho tiempo antes de arder en esa pira infernal, Greco había forzado la marcha; avanzaba penosamente, con el agua hasta el pecho, aferrado a las altas hierbas de la orilla. Y los demás le seguían sin flaquear. Cuando alcanzaron, empapados y ateridos, la retaguardia de Verruchio, abandonaron el cauce y reptaron como culebras, hasta poderle ver la espalda al enemigo. Contuvieron la respiración y esperaron.

Las grandes puertas del molino se vinieron abajo al poco, arrastrando buena parte de la fachada y la techumbre. El resto no tardaría mucho más en desplomarse.

Greco Monforte ordenó calzar los dardos y tensar.

—¡Por vuestros muertos, no falléis! —conminó en un grito sordo.

Una vocinglera atronadora se dejó oír entonces en el interior de la aceña, convertida en una inmensa antorcha.

—¡Greco... por tu vida! —clamaron doce gargantas al unísono, anunciando una salida inmediata y desesperada.

—¡Ahora! —rugió Monforte alzándose—. ¡Disparad!

Catorce flechas surcaron el cielo a traición. Se hincaron en las espaldas de la segunda línea de arqueros dispuesta por Verruchio. Al mismo tiempo, una carga infernal emergía de la cortina de llamas y humo que envolvía el molino. Muzio Fortebracci, como un diablo furioso, irrumpió en la explanada, seguido por una cohorte de ángeles negros. Venían todos aullando y blandiendo las espadas, embozados en sus capotes hasta las cejas, enredados en un torbellino de fuego, arrastrando en su salida a todos los jacos sin jinete de la mesnada.

Para cuando Verruchio logró entender lo que estaba ocurriendo, una segunda andanada de dardos diezmaba a los suyos y Muzio cargaba contra su línea más avanzada con un alarido infrahumano.

—¡Maldito seas, Muzio! —tronó Facino al ver a su enemigo aproximarse al galope, arrastrando jirones de fuego a su paso—. ¡Nos han cercado! ¡Rápido, a los caballos!

Deshicieron los arqueros la línea, retomando escudos y espadas y emprendieron una carrera desesperada, más parecida a un sálvese quien pueda que a una retirada en regla, en pos de sus monturas. Gerardo Alberici, que hasta el momento había permanecido en un discreto segundo plano, siguiendo las órdenes de Facino, se sumó a la desbandada aterrorizado, sin comprender cómo habían pasado, en cuestión de segundos, de hostigadores a hostigados. Ruggero Naldi le dio alcance, cuando ya el florentino corría por la penumbra, lejos del resplandor del área próxima a la aceña. Su espada segó el aire buscando partirle el espinazo, pero un requiebro imprevisto del joven hizo que el filo cercenara su brazo izquierdo a la altura del codo. Profirió un grito desgarrado y se adentró en la oscuridad de la noche.

Fortebracci mandó detener la carga. Echaron todos pie a tierra. Andaban chamuscados y ennegrecidos, retorcidos por el dolor. Muchos optaron por arrojarse a las aguas del Arno para mitigar la quemazón que les abrasaba los brazos y el rostro.

Greco y los arqueros se reunieron con ellos segundos más tarde. Muzio, empapado y sin resuello, miró a su amigo.

—Te debo una, Greco... —resopló—. Una muy grande; si no es por ti...

—Ya sabes que no hay nada que me guste tanto como sodomizar a hideputas... —y el caporal soltó una ristotada—. ¿Por qué has dejado huir a Facino?

Muzio se incorporó. Parte de su cabellera había desaparecido consumida por el fuego. Su estado era lastimoso. Aferró a Greco por el hombro y lo atrajo hacia sí.

—¿Qué placer encuentras, tras tantos años de espera, en rajar a un cabrón por la espalda? —susurró—. Ninguno. Hoy se la hemos endiñado. Ha perdido a la mitad de sus hombres y ha huido como lo que es... ¡una vulgar rata! Rehagámonos, Greco, y ya iremos, en breve, a por él y a por los Alberici.

Monforte miró en derredor. Muzio tenía razón. Entre sus flechas y la tajadera salvaje del *condottiero* habían despachado a doce hombres y herido a unos cuantos más. Sólo dos de los suyos habían muerto en el encontronazo, pero todos presentaban un aspecto lamentable.

—¿Qué hacemos ahora? —interpeló Greco a la vista de la sarracina.

—Ahora arrojamos a todos estos bujarrones al río —propuso—. Después nos dirigimos al segundo refugio dispuesto por Ingherami. Necesitamos descansar. Descansar y pensar, Greco...

Las indicaciones de Fortebracci se cumplieron sin dilación. Uno a uno, los cadáveres fueron arrastrados hasta la orilla y arrojados al cauce, que los recibió en un abrazo helado y silente. Parecían maderos mecidos por la corriente.

El Arno se bebería su sangre.

En pago a un viaje al confín más oscuro del mundo.

37

LA PESTE Y LA FE

Cuántos niños, a vuestro juicio, están afectados por la peste, señor Villiers? –inquirió Antonio Deruta, oficial judicial que encabezaba la comisión de médicos, apotecarios y frailes encargados de evaluar la dimensión real de la pandemia desatada en el *Ospedale degli Innocenti*.

Sostenía en sus manos, enlazadas a la espalda, el documento que decretaba la cuarentena del orfanato.

–Once, seis niñas y cinco niños –contestó Bernard. El francés lucía unas profundas ojeras. Había pasado toda la noche en vela, organizando la ubicación de los enfermos en el ala derecha del piso superior, junto al laboratorio.

–¿Los once presentan síntomas inequívocos de tisis? –curioseó un boticario.

–Sí. Todos están muy delgados; la fiebre les ha provocado enrojecimiento en la piel y expectoran al toser…

–¿El esputo es… sangriento?

–No en todos –tranquilizó Villiers–. Creo que estamos a tiempo de detener o estabilizar el mal en su primera fase. Dos de ellos, lamentablemente, están peor. Muy débiles. Y no podemos descartar que en los próximos días surjan más y más casos.

Antonio Deruta respiró con cierto alivio. Esperaba un panorama infinitamente peor que el descrito por el médico. La noticia del brote de consunción en la inclusa corría como un reguero de pólvora por toda la ciudad. Florencia, a diferencia de Nápoles y Génova, llevaba casi cuarenta años a salvo de la temible plaga. Y su súbita irrupción se había convertido, en muy pocas horas, en el principal temor de las gentes y en motivo único de conversación en azogues, sedes gremiales y tabernas. La rumorología no tardaría en señalar a un tal Babino Narni —médico pisano que había contraído la tisis en Chipre y que visitaba ocasionalmente a los huérfanos del *Ospedale*— como principal responsable. Los Priores de la Signoria, conscientes de que el pánico a la peste era, a todas luces, más grave y perturbador que las escabechinas perpetradas por los esbirros de Verruchio y Fortebracci en las calles, habían decretado orden de confinamiento para los afectados y sus cuidadores.

—Nos han dicho que habéis separado a esos once niños del resto. ¿Lo creéis conveniente? Según Hipócrates, la tisis es hereditaria... —reconvino con acritud un médico del comité, molesto por el papel relevante de un extranjero en la crisis.

—¿Hereditaria? —interrogó con cínica incredulidad Bernard—. La única herencia que han recibido estos niños de sus progenitores, caballero, es el abandono. Y de ser la consunción, tal y como afirmáis —enmendándole la plana al mismísimo Galeno—, enfermedad hereditaria, me pregunto el porqué de esa orden de cuarentena y también dónde están, a estas horas, los muchos médicos de Florencia. Os aseguro que ninguno ha asomado su nariz por aquí en lo que va de día...

La perorata de Bernard, que había fluido hosca y sin margen alguno a la indulgencia, causó al instante malestar entre los presentes. Antonio Deruta observó al francés con detenimiento. Había un algo indómito en su mirada; cierta fiereza, de las que se sustentan en convicciones férreas y viejas, que se contraponía a la suavidad y nobleza de sus rasgos. Algo le decía que podía confiar en el quehacer y buen juicio de ese hombre.

—Dejémonos de discusiones estériles —zanjó el oficial judicial, apaciguando los ánimos—. Decidnos, maestro Villiers: ¿qué tratamiento pensáis seguir para combatir el mal? ¿El aceite para tísicos a base de agua de cebada y leche de burra?

–No… –negó resuelto el médico–. Creo que deberíamos aplicar varios métodos al mismo tiempo. Por descontado: abundante leche fresca, y antes de cabra que de burra. Pero sobre todo, *djeleudjubin*…

–¿Qué demonios es eso? –indagó un fraile.

–El elixir consignado por Avicena y también por Abulcasis: el azúcar de rosas… –aclaró Bernard–. Y también algunas de las prescripciones de este último y de Averroes, destinadas a frenar y aliviar el esputo. He visto sanar a tísicos en Alejandría gracias a esos preparados. Obran milagros…

–¿Avicena? ¿Abulcasis? ¿Milagros? –increpó airado el religioso a la sola mención de los nombres–. ¡Eso son remedios musulmanes, señor mío; sólo aptos para infieles y salvajes! ¡No hallaréis ningún milagro en ellos! ¡Debemos ceñirnos a los antidotarios y recomendaciones de la Escuela de Salerno!

Los médicos florentinos asintieron. La seguridad que esgrimía el francés se les antojaba irritante. Por añadidura, al igual que sucedía en otros lugares de Europa, todos denostaban con superflua sinrazón los logros y la efectividad de la medicina árabe.

–¡A la mierda Salerno! –exclamó Villiers perdiendo la paciencia. Propinó un golpe contundente a la mesa. Alzando la voz espetó con sarcasmo–: ¿Por qué no recurrimos al *toque del Rey* para curar a estos niños? ¿No tenemos a algún rey por ahí…, alguno que venga a imponerles sus manos y con mirada circunspecta les diga: *Yo te toco y Dios te cura*?

La ironía de Bernard azuzó el ánimo ya de por sí greñudo de los comisionados. Antonio Deruta, ante el bochinche de unos y otros, optó por concluir la reunión. Así abandonaron todos el lugar, intercambió unas últimas frases con el médico.

–Escuchadme, señor Villiers –dijo tras cavilar unos segundos–. Yo no sé de medicina y me es igual una fórmula de Salerno que una de Averroes. Tal vez sería mejor que os desentendierais de este asunto..., pero el arzobispo ha insistido en que os dejemos gobernar esta crisis. Confía absolutamente en vos. Y el *gonfalonier* no quiere contrariarle. Pero os daré sólo unos días. Si en unos pocos días esto no tiene visos de ir a mejor...

–Entonces podéis convocar a todos los salernitas disponibles y atiborrar a esos niños a base de harina de cebada disuelta en agua, caballero –apostilló Villiers mirándole fijamente a los ojos.

El oficial judicial salió de la estancia dejando al médico solo, ausente, recogido junto a un ventanal, con la mirada perdida en algún punto indeterminado de la amplia plaza que se abría ante el hospicio. Una tierra de nadie, pensó. Sintió que le fallaban las fuerzas, que se iba a derrumbar. Un dolor persistente le recordó que su herida aún estaba ahí, que necesitaba dormir, alejarse siquiera por unas horas de la realidad. Pero los ojos claros de Bernardo, rebosantes de un afecto no colmado, se dibujaron con nitidez en sus pensamientos. Los ojos de ese niño le habían traspasado de parte a parte cuando lo vio por vez primera, días atrás; al reencontrarlo, tembloroso e inerme como el pávilo de una vela al viento, su mirada había arrasado su espíritu, reduciéndolo a cenizas.

Respiró profundamente.

Stella entró en la estancia. Bernard sabía, a pesar de las pocas horas que llevaba en el hospicio, que ella siempre llegaba envuelta en una capa de silencio, sin hacer ruido alguno. Al igual que Claire, su compañera perdida, era de paso liviano y presencia leve.

–Bernard... –le susurró a corta distancia–. Debes dormir. Estás agotado. Hemos preparado una habitación para ti.

–No podría dormir, Stella –contestó volviéndose y encarándola–. Me han concedido un plazo muy breve para aliviar una enfermedad que casi siempre dura toda una vida si no acaba antes con ella... ¡Qué estupidez! ¡Cuánta cerrazón y despropósito!

–Haremos lo que podamos. Como siempre hemos hecho en esta casa. Hacer todo lo que uno puede es más de lo que hace la inmensa mayoría...

—¿Y si aun con todo no es suficiente? ¿Y si se multiplican los casos? Me parece que estamos muy solos, Stella... –y tan pronto la duda quedó articulada en sus labios, Bernard supo que no tenía derecho a mostrarse débil ante una mujer irreductible, acostumbrada a sacar fuerzas de flaqueza.

—Entonces, Bernard Villiers, miraremos al cielo. Y esperaremos que alguna estrella nos mande una señal, clara e inequívoca. El cielo siempre habla...

El médico sonrió. Bajó la mirada.

—Tienes razón –asintió llenando su pecho de aire–. Te voy a tomar como ejemplo. El mejor de los ejemplos. Anda, vamos...

En las siguientes horas, Bernard habló con cada una de las mujeres que atendían el orfelinato. Constató que en todas ellas anidaba el mismo espíritu tenaz que animaba a Stella. Muchas eran hospicianas, abandonadas en su día como los niños que ahora cuidaban sin descanso ni retribución; algunas, viudas, de corazón generoso y horizonte solitario; todas, sin excepción, mujeres de profundas convicciones cristianas.

—Repasemos todo el tratamiento una vez más –propuso Villiers en una reunión a última hora del día. Una extraña energía, acaso nacida del propio cansancio, le encendía y le permitía pensar con claridad–. Todas las mañanas, durante las horas en que el sol baña la fachada orientada a los Apeninos, situaremos a los niños en ese lado, arropados. Deben respirar, ocuparse sólo de respirar profundamente, con el emplasto de hierbas que he descrito, abundante y fajado al pecho; deberán beber leche fresca cinco veces al día y comer frutas o miel siempre que tengan hambre. En caso de fiebre tomarán agua de cebada con leche. El azúcar de rosas se administrará a primera y a última hora del día.

—¿Qué hay de los preparados estos de los sarracenos? –preguntó una mujer, gruesa como una matrona. Blandía una de las recetas en la mano y fruncía el ceño–. ¡Ya sé que son fórmulas de infieles! Pero... ¿alguna sabe qué demonios son estas medidas?, ¿cocer en cinco arreldes de agua?, ¿una dosis de cuatro dírhemes con jarabe de mirto?, ¿dos meticales de flor de granado, ámbar, coral, clarión y rosa roja? ¡Yo no tengo nada contra los moriscos pero deberéis hablar con nosotras en cristiano, Bernard!

Una carcajada prolongada y feliz resonó en el ámbito triste del *Ospedale*. Villiers, ruborizado, prometió traducir a pesos y volúmenes comunes las medidas así concluyera la reunión. Acabó sonriendo, con un nudo en la garganta, al ver a todas esas mujeres dispuestas a librar un combate rehuido por la mayoría de hombres.

—Sigamos... —propuso conteniendo a duras penas la emoción—: El remedio que he llamado de Abulcasis, a base de pasas, sebestén, regaliz, azufaifa, cañafístula y aceite de calabaza, deben tomarlo a mediodía; la cataplasma de Averroes, que sólo aplicaremos a los que esputen sangre, a base de malvavisco y tierra sigilata, mientras estén expuestos al sol y al aire. Y en todos los casos, para las escrófulas, la inflamación, la segunda de las cataplasmas, la de aguajaque, coriandro y harina de habas... ¿entendido?

—¡Mientras no lo hagamos todo al revés! —bromeó una viuda.

Volvieron a resonar las risas. Todos necesitaban reír para ahuyentar la angustia.

—Sólo dos cosas más... —advirtió Bernard cuando parecía todo resuelto—. Debemos encontrar el modo de llevar, durante la noche, cada dos horas, calderos de agua hirviendo con brotes tiernos de pino blanco y resina a la estancia del piso superior. Los niños deben respirar ese vapor mientras descansan. Pero las escaleras son empinadas y esos peroles, muy pesados. No sé cómo lo haremos, pero algo se nos ocurrirá. Por último una recomendación: ignoro cómo se propaga esta enfermedad. Lo que sí sé es que no se hereda...

—¿Qué propones? —preguntó Stella.

—Propongo algo que tal vez no sea eficaz —advirtió el médico—. Si la peste se transmite por simple contacto, no hay nada que podamos hacer; pero si se transmite por el aliento o los esputos, como creía Galeno, debemos evitar aproximar el rostro a los niños todo lo que sea posible. Evitar su respiración. Mirad, he fabricado algo que tal vez nos ayude...

Bernard tomó un pedazo de lino de la mesa. Había anudado una cuerda en los dos extremos de la pieza de modo que ésta pudiera fijarse al rostro.

—Escaldaremos estas telas en una disolución concentrada de limón, menta, hierbabuena, albahaca y mucho vinagre, y las usaremos cuando haya que administrar alimentos y la proximidad sea inevitable.

No mediaron comentarios ni preguntas. Se dispersaron todas, cada una a su quehacer. Bernard se encerró en el laboratorio dispuesto a preparar las fórmulas. Sonrió al comprobar que incluso los ingredientes más raros que había solicitado estaban allí. Tomassino y el arzobispo habían puesto en zafarrancho a todas las apotecas de Florencia. Se llevó a los labios los frutos de la azufaifa y el sebestén, negros y dulces; su sabor siempre le recordaba las calles y mercados de Alejandría y el olor pegajoso que flotaba en el ambiente.

Trabajaba, desmenuzando con parsimonia un puñado de alumbre jemení y achicoria, cuando escuchó la voz de Antonino, el arzobispo, pronunciando su nombre; llegaba con claridad desde la plaza, amplificada por el silencio casi sepulcral de la noche. Se asomó al ventanal. Reconoció la silueta del religioso, erguido en medio de un grupo de hombres. Descendió hasta el portalón del hospicio. Coincidió con Stella en el recorrido.

—¿Qué pasa, Bernard? —preguntó ella, con el ánimo inquieto, recogiendo el vuelo de su falda—. ¿Ha ocurrido algo..., hay algún problema?

—No lo sé, Stella... —murmuró—. Dios no lo quiera.

Salieron y avanzaron hasta el borde de los escalones. El médico distinguió, entonces, a Tomassino, que emergió de la fosca. El boticario sonreía y cargaba una pequeña alforja al hombro, al igual que el resto.

—Aquí estamos, señor Villiers... —anunció el arzobispo adelantándose—. No sé si os seremos de gran ayuda o si por el contrario os daremos más mal que bien, pero aquí estamos. No os vamos a dejar solo. Decidnos qué debemos hacer.

Bernard y Stella cruzaron una mirada perpleja.

Esos doce hombres eran los *buonnomini di san Martino*.

Por primera vez, desde la creación de la fraternidad, esos doce hombres descubrían su identidad, rompiendo la única regla de su código: «No reveles nunca tu rostro a fin de que nadie deba darte las gracias por el bien hecho».

Eran tres notarios, dos médicos, un apotecario, un cambista, el propietario de una hilandería, un funcionario del palacio Bargello, un juez y dos nobles florentinos.

Las lágrimas desbordaron los ojos del francés, al tiempo que una sonrisa encendía los labios de Stella. Ella le tocó levemente en el hombro, entendiendo su desconcierto, mientras los *buonnomini* les sobrepasaban, saludando levemente, y penetraban, en silencio, en el *Ospedale*.

—¿Necesitas alguna señal más, Bernard Villiers? —le susurró al oído. Después miró a lo alto, se recogió en su chal y entró.

Una miriada de estrellas brillaba en la noche.

Parecían dibujar una rosa blanca en lo alto.

38

UN GIRO INESPERADO

La llegada a Careggi del cardenal Pierconte Gaetani no pasó desapercibida para ninguno de los invitados de Cósimo. El secretario papal hizo su entrada en la quinta en un carruaje cubierto, tirado por cuatro caballos negros, que lucía en lugar bien visible el escudo de Pío II. Venía escoltado por media docena de guardias pontificios, revestidos en brillantes corazas y armados con largas picas.

Nikos, que trabajaba junto a Marsilio en el jardín, dedujo que la visita se producía sin aviso previo, ya que al poco corrían los criados de un lado al otro; se retiraba discretamente la *contessina* di Bardi –seguida por el resto de las damas– a sus aposentos, y se apresuraba Francesco Ingherami a hacer los honores en nombre de Cósimo y Piero. Pierconte descendió del carro con mohín contrariado, llevándose la mano a la espalda, dolorido por el traqueteo y los tumbos del camino. Tras él, asomó un diácono, cargando una bolsa de piel de la que asomaban rollos y documentos.

–No esperábamos vuestra visita, eminencia –se disculpó Ingherami ante la evidente ausencia de boato que presidía el encuentro.

–No os preocupéis. No importa. Venimos de Florencia, querido Ingherami –anunció Pierconte, adecentando el ropaje–. Y a Florencia volveremos, a media tarde, ya que debo despachar asuntos de muy diversa índole con el arzobispo. Pero he creído conveniente esta visita de cara a establecer los preliminares de nuestro acuerdo.

El director de finanzas de los Médicis y el cardenal se reunieron poco después con Cósimo y Piero en un despacho de la mansión. Renato de Anjou asistió, como amigo de la familia, a la reunión, si bien permaneció en un discreto segundo plano.

—Disculpad lo pobre del recibimiento —volvió a excusarse Cósimo así se encontraron. Los ojos del banquero se abrían desmesuradamente. Besó el anillo de Pierconte—. Espero que nos hagáis el honor de acompañarnos durante la comida.

Gaetani asintió con una sonrisa y se llevó la mano a la gruesa panza.

—Tengo un hambre de mil demonios, Cósimo —aseguró—. Pero mejor será que posterguemos el condumio hasta haber hablado de lo que me trae hasta aquí. Y si a todos parece bien lo que ahora os diré, podremos cerrar tranquilamente nuestro acuerdo en los próximos días. Permaneceré en Florencia hasta el sábado…

Se acomodaron pero no empezaron a charlar hasta que Anderlino dispuso una bandeja con frutos secos y dos jarras de *chianti* en el centro de la mesa.

—¿Y bien? —bisbiseó Cósimo sin poder ocultar su impaciencia.

—Su Santidad ha tomado una decisión —anunció Gaetani—. La familia Médicis participará de la explotación del alumbre del depósito de Tolfa una vez terminen las prospecciones que ahora se realizan, a finales de verano. Aquí os traigo carta personal de Pío II al respecto; amén de varios documentos, que ya estudiaréis con la debida parsimonia, en los que se os propone un reparto de beneficios, con unas regalías que yo, en lo personal, considero ventajosas y claramente satisfactorias. Estoy seguro de que gozarán de vuestro beneplácito.

El diácono, a una señal del cardenal, extrajo los contratos y los tendió a Cósimo, deslizándolos a lo largo de la mesa. El banquero, sin inmutarse lo más mínimo, interceptó la trayectoria de los cilindros y los desvió lentamente hasta ponerlos al alcance de Ingherami. Francesco rompió los lacres y comenzó a revisarlos, con semblante impasible, enarcando una ceja.

—No sabéis cuánto me satisface la confianza que la Santa Sede deposita en la familia Médicis —afirmó Cósimo ufano, conteniendo con éxito el júbilo que le invadía—. Revisaremos estas cláusulas como se merecen, eminencia.

—Hay mucho dinero en juego, Cósimo, muchísimo, más del que podamos imaginar —confesó Gaetani, adoptando una postura menos retraída—. Este acuerdo no sólo os reportará riquezas incalculables. Os permitirá también controlar por completo el Arte de la Lana, el sector textil y las exportaciones; incluso decidir en qué medida se enriquecerán vuestros competidores. Ahora que los suministros de Focea están en la cuerda floja, cada gramo de alumbre que se extraiga de Tolfa valdrá su peso en oro.

—Lo sé, lo sé —aseguró Cósimo, deslizando su mano por el rostro y afilando su barbilla en el trayecto—. De todos modos, quisiera preguntaros algo de forma directa. Nos conocemos desde hace muchos años, eminencia, y ya sabéis cómo soy. No me gusta amontonar albarda sobre albarda. Del negocio del alumbre ya lo hemos hablado casi todo…

El cardenal se quedó a verlas venir. Sabía perfectamente que Cósimo no se andaba con rodeos y que era capaz de clavar su aguijón en el momento más inesperado.

—Os ruego que me contestéis en confianza, sin ambages, con claridad, como soléis hacer… —divagó, con objeto de que el preámbulo relajara la evidente contención del secretario papal—. Decidme: ¿cuál ha sido el motivo que ha decidido a su Santidad, Pío II, a optar por nuestra propuesta? Hemos sabido que habéis estado negociando, largo y tendido, con la familia Alberici, al mismo tiempo en que lo hacíais con nosotros…

Pese a que se había jurado mantener contra viento y marea un rictus imperturbable, el rostro del cardenal se contrajo de forma evidente.

—En los negocios siempre se escucha a todo el mundo, Cósimo —adujo balbuceante Pierconte Gaetani—. Lo sabes bien. El Pontífice ha elegido a los Médicis como socios por su larga vinculación con la Santa Sede. Vuestros empréstitos facilitan su obra y sus planes. Sería ingrato compartir los beneficios, cuando se divisan, con otros que nada han hecho por la Iglesia de Cristo. ¿Qué os preocupa? ¿Acaso la posibilidad de que el esfuerzo inversor de los primeros años no halle recompensa cuando llegue la hora de renovar el acuerdo? Las cláusulas son muy claras al respecto…, quedad tranquilo.

Cósimo enarcó una ceja y apuntó su nariz al secretario. Era evidente que la respuesta no le satisfacía en absoluto. Pero entendía que ningún argumento más surgiría de sus labios. Aferró el puño del bastón y asintió complacido.

–*Bene*… –susurró–. Estudiaremos estos papeles y los firmaremos, si nada debe enmendarse, en nuestras dependencias de gobierno en Vía Larga, dentro de dos o tres días. Y ahora, si os parece, salgamos: luce un día magnífico.

Mientras todos buscaban la claridad y el frescor del jardín, Renato, que había permanecido atento a lo dicho, buscó la proximidad de Piero y Francesco y en un breve aparte les transmitió algo que rondaba por su cabeza.

–La confirmación a ese acuerdo sobre el alumbre –titubeó, hablándoles casi al oído– arroja serias dudas sobre la autoría de los crímenes de las últimas semanas. No quiero inmiscuirme en los asuntos privados de los Médicis, lo sabéis, pero… ¿no sería prudente detener lo que está sucediendo ahora mismo en Florencia?

Piero, apoyado en su muleta, respondió tras reflexionar brevemente.

–El que la Santa Sede se decante por nosotros –razonó– no significa que hasta hace bien poco hayan estado sopesando con quién bailar en esta fiesta. Podréis imaginar con qué facilidad se hubiera resuelto el dilema de estar mi padre muerto a estas horas…

Ingherami asintió.

–Desde mi punto de vista, todo esto no cambia nada, Renato. Los Alberici han jugado fuerte y, afortunadamente, han perdido –opinó.

Cósimo agasajó al portador de las excelentes noticias a lo largo de la comida, celebrada en el salón principal de Careggi. Pierconte Gaetani, eufórico y más achispado de lo que en un cardenal sería considerado prudente, desató su lengua; reveló asuntos y detalles del próximo congreso de Mantua, de los que Renato, como parte interesada, tomó buena nota. Dedujo el francés de las diversas indiscreciones que no existía siquiera unanimidad en el seno de la Iglesia en lo referido a la promulgación de una nueva cruzada contra el turco. Y que a escasas semanas de la cita, eran todavía pocos los reyes, príncipes y nobles que habían confirmado su asistencia.

El secretario papal, abotargado por los excesos, renqueó hasta su carro a media tarde y partió en dirección a Florencia. Aún flotaba en el ambiente la polvareda levantada por su carruaje, rodando colina abajo, cuando llegó al galope Guilbert, el caporal del duque de Anjou. Venía con las muchas horas de camino marcadas en el rostro, la chaquetilla y el porte desaliñado y cubierto de barro hasta las rodillas. Arrastraba consigo a un segundo caballo, que había portado de refresco. Desmontó, dejando a los jacos a su antojo, y trastabilló hasta el cenador de piedra en que Cósimo, Piero, Renato, Ingherami, Marsilio y Nikos departían.

—¡Diablos, Guilbert! —exclamó Renato nada más verlo—. ¡Vive Dios que pareces salido de la pesadilla de Agincourt! ¿No te habrás topado con los malditos ingleses entre Florencia y Milán? ¿Has acabado tú solo con todos ellos? ¡Vas hecho un zarrapastrón!

Renato prorrumpió en carcajadas. Se levantó, palmeó las espaldas de su oficial y le invitó a sentarse. Guilbert se desplomó desvencijado y vació dos cuencos de vino antes de recuperar el resuello y la calma. Parecía estar al borde de la extenuación.

—He hecho todo el camino desde Milán sin apenas detenerme… —aseguró medio ahogado, intentando llenar el pecho de aire—. Llevo dos jornadas galopando.

El caporal encaró al patriarca de los Médicis, mirándole de hito en hito; parecía buscar su aquiescencia en lo referido a transmitir la información que portaba delante del resto. Cósimo efectuó un expresivo gesto con la mano, invitándole a hablar.

–Adelante, Guilbert... explícanos qué has averiguado sobre ese tripicallero de Ubaldini –animó con inflexión guasona.

–Bastantes cosas... –respondió–. He obtenido toda la colaboración de Francesco Sforza. Le entregué vuestra carta y el libro de regalo. Se quedó fascinado con el libro. Llegué a pensar que no me escuchaba mientras le explicaba el motivo que me había llevado hasta allí. Pasó todas las páginas; todas, de una en una.

Cósimo unió sus manos en una palmada silenciosa y satisfecha. Era evidente que disfrutaba lo indecible con la broma.

–¡Vamos, qué más, qué más! –apremió.

–Me proporcionó acomodo en palacio mientras ordenaba a los suyos pesquisar el paradero de ese hombre –prosiguió el francés–. En poco más de un día lo sabían todo sobre su vida. Veréis..., parece que ese artista se instaló, efectivamente, tras su expulsión de Florencia, en Milán. Pasó allí varios años. Se trasladó posteriormente a Venecia, donde trabajó en algunos proyectos menores para el Dux. Pero de lo que hizo en esa ciudad no se sabe demasiado. Lo que sí parece cierto y probado es que regresó a Milán hace unos quince años. Casó entonces con una joven de reputada belleza, una muchacha florentina llamada Agnella...

Un halo de incredulidad envolvió al Médicis a la sola mención del nombre. La voluntad pareció abandonar sus manos, que dejaron caer el sempiterno bastón al que se aferraban al suelo.

–¿Agnella? –inquirió con voz trémula, adelantándose sobre la mesa.

–Pues..., sí, una tal Agnella. Esperad: apunté todo lo que me transmitieron... –confirmó Guilbert, palpando en el interior de la polvorienta chaquetilla. Desplegó unas cuartillas y rebuscó en ellas hasta cerciorarse–. Aquí está. Una mujer llamada Agnella Antelami Baglioni. Hija de una viuda florentina, que se instaló en Milán hace mucho tiempo. Una tal Fiametta Baglioni, con dos hijos; la mencionada Agnella, y su hermano, Salvestro.

De inmediato, en el pensamiento de Nikos, emergió el recuerdo de la pesadilla que parecía agitar el sueño del banquero a altas horas de la madrugada, días atrás. Había pronunciado claramente ese nombre, Fiametta, con voz lastimera, implorando su perdón.

Cósimo de Médicis, turbado y blanco como la cera, apoyó su mano en el hombro de su hijo. Todos los rostros se volvieron hacia él. Sus ojos, abiertos desmesuradamente, parecían hundirse en un pozo sin fondo. Intentó aspirar una bocanada de aire, pero sólo un gemido atenazado surgió de su garganta. Se desvaneció. La rápida reacción de Piero y Francesco impidió que cayera a peso, hacia atrás, desarbolado como el mástil de un navío tras una andanada certera.

—¡Padre! ¿Qué te pasa? —gritó Piero—. ¡Dios mío, ayudadme!

Nikos y Marsilio corrieron en auxilio del patriarca. Lograron afianzarlo en el bancal. El cretense humedeció su rostro con agua y desabotonó el *lucco*. Unos segundos más tarde abría los ojos.

—¡Dejadme, estoy bien, dejadme! —rogó aferrándose al borde de la mesa—. ¡He dicho que estoy bien, sólo ha sido un vahído!

Volvieron todos a ocupar sus puestos en silencio. El Médicis respiró profundamente, una y otra vez, hasta que consiguió calmarse. Ingherami llenó una copa de vino y se la tendió.

—Bebed un poco, os reconfortará y devolverá el color —sugirió.

Cósimo rehusó. Volvió a mirar fijamente a Guilbert.

—¿Qué más habéis logrado averiguar? —espetó impaciente.

—Pues…, no mucho más —el caporal, confuso, buscó el beneplácito del duque de Anjou para proseguir. Renato asintió—. Me contaron que esa viuda, Fiametta, vivió buena parte de su vida en la más absoluta miseria. Crió a sus dos hijos, tras empeñar lo poco que tenía, gracias a la caridad de un convento. Cuando Benedetto Ubaldini casó con su hija, parece que la fortuna cambió a mejor. Sin que nadie sepa explicar muy bien cómo o de qué modo, dispusieron de dinero. Hace unos cinco años, Fiametta murió. El rastro de Ubaldini, Agnella y Salvestro desaparece por completo dos años atrás. Nadie ha vuelto a verles en Milán. Eso es todo.

Guilbert concluyó su narración. Cósimo, enajenado, se quedó con los dedos entrecruzados, sumido en un mutismo hermético.

–¿Sabíais de la existencia de esa mujer, Cósimo? –se atrevió a preguntar finalmente Renato.

–Sí... –bisbiseó. Las lágrimas afloraron en sus ojos hasta desbordarlos.

Sucedió un silencio largo, enojoso, que nadie se atrevía a romper con preguntas que permitieran ir más allá de la lacónica aquiescencia expresada por el Médicis. Sería, minutos más tarde, el propio banquero, con voz débil y vencida, dirigiéndose a Ingherami y a Renato, el que dijera...

–Francesco, Renato, os lo ruego: galopad a Florencia. Cabalgad ahora. Buscad a Fortebracci. Detened esta matanza, este tremendo error.

39

DONDE MORAN LOS ÁNGELES

Bernard? ¿Estás ahí?

La voz, frágil como un hilo de seda, llegaba desde el fondo de la sala del *Ospedale*, adyacente a la zona de curas. Todo el lugar permanecía en acogedora penumbra. Bernard Villiers dormitaba en atenta duermevela apoyado sobre la mesa.

–Sí, aquí estoy... ¿cómo te encuentras, Bernardo? –susurró abriendo los ojos. Se aproximó y tomó asiento en un escabel. Alargó la mano y palpó el cuello y la frente del muchacho.

–Tengo frío... –balbuceó sumido en la tiritona.

–Es la fiebre, siempre sube por la noche, pero la calentura ya no es tan alta –aseguró, arreglando las mantas–. Anda, bebe un poco más del azúcar de rosas.

Bernardo estiró su cuello breve y sorbió del cuenco que Villiers llevó hasta sus labios. El embate de la tisis se reflejaba en su rostro, del que la vida parecía huir a paso largo; sus ojos vivaces, hasta poco antes hermosos como dos ópalos árabes, se consumían como ascuas. El médico atusó sus alborotados cabellos.

–¿Me haces compañía? –rogó–. Tengo miedo...

–¿Miedo? ¿A qué tienes miedo?

–A morirme..., creo que me voy a morir, Bernard.

–No quiero que digas eso, no te vas a morir –reprendió suavemente el francés–. Además… ¿quieres que te revele un secreto que muy pocos conocen?

–Sí.

–Eso de la muerte es una mentira apestosa, de las más podridas. La que más.

Bernardo le miró desconcertado.

–Pero yo…, yo he visto morir a más de uno –aseguró–. Mi amigo Corradino se murió el año pasado, de las fiebres. Y también Brodetto. Brodetto se cayó y murió.

–No. No murieron, cruzaron un puente que existe y se marcharon –sonrió Bernard–. Están al otro lado de ese puente.

–¿Qué puente es ése?

–¿Te gustan los cuentos, las historias? –indagó–. Podría contarte una, si quieres.

–Sí, me gustan. Sobre todo las de *condottieros* –afirmó, intentando incorporarse.

Bernard le acomodó. Echó un rápido vistazo a la silenciosa sala. Todos dormían. En el centro, dos grandes calderos desprendían un suave vapor balsámico y atemperaban el ambiente.

–De *condottieros* no sé nada, Bernardo, lo siento –confesó con desencanto–. Pero conozco algunas historias bonitas. Recuerdo dos especialmente bonitas. Una sobre los cinco mil espíritus que viven en las capas de las cebollas, la otra se refiere a ese puente…

–¿Cinco mil espíritus?

–Sí, cinco mil… ¿Por qué crees que la gente llora cuando parte una cebolla?

–No lo sé. Pero no me gustan nada las cebollas. Explícame la historia del puente.

El médico sonrió.

–Muy bien. Escucha. Ésta es una historia que me contó, hace muchos años, un viejo sacerdote de Etiopía. Le conocí una tarde en Alejandría… –rememoró–. Explicó que en un pasado remoto, hace

tantos años que no podrían contarse ni siquiera con un ábaco, existió ese puente que te he dicho. Un puente maravilloso…

–¿Dónde estaba?

–Bueno…, eso es lo mejor. Parece que no estaba en ninguna parte en concreto. Relató que lo habían construido los propios ángeles
con sus manos, tras las terribles guerras que libraron contra Lucifer
y sus huestes. El puente, al que sólo se podía acceder en sueños, unía
nuestro mundo con el suyo. En aquellos días, la gente vivía feliz, satisfecha y sin preocupaciones. La tierra era un jardín en el que muy pocas
o ninguna cosa faltaba, ya que había sido hecho por el mejor arquitecto
posible. Había agua, y leche y miel, grandes hogazas tiernas, almen-
dras, frutas y vino. Y nadie sentía deseo alguno por nada, salvo por
aquello que era apetecible y bueno y estaba a mano. En aquel tiempo, las gentes no viajaban; no tenían el más mínimo interés por lo
que ocurría en otros lugares. Nacían, vivían y morían en paz, rodeados por los suyos, sin haberse alejado de sus casas más allá de lo que
se recorre en una o dos jornadas a lo sumo. Entendían que todo era
un regalo y que su única obligación era disfrutarlo y preservarlo. Y
en ese estado bendito, se movían bien despiertos y conscientes de sus
actos en el mundo y en el reino del sueño. Cuando dormían, siempre
soñaban…

–¿Qué cosas soñaban? –indagó Bernardo.

–A ver…, dime: ¿qué cosas sueñas tú?

El niño se quedó pensativo. Rebuscó en sus recuerdos durante
unos segundos.

–Alguna vez sueño que gano a Mateo en la guerra de sopapos, al
civettine –explicó–, o que le doy su merecido a Ágata. Ágata siempre
se ríe de mí, me hace la filfa, cuenta mentiras para que los demás se
burlen.

–¿Ágata?, entiendo: ¿ves?, ¡no hay tanta diferencia! –bromeó
Bernard–. Uno sueña siempre con todo aquello que le ocupa y le apu-
ra durante el día. El zampón busca comida en sus sueños, el avaro fan-
tasea con dinero, el vanidoso con espejos y el agraviado con vengan-

zas. En los tiempos en que todo lo que te cuento sucedió, nadie soñaba con zarandajas de ésas. Simplemente dormían y despertaban al otro lado; aún no había laberintos, ni despropósitos, ni ganas de perder el tiempo en asuntos que no fueran honestos y limpios. Así que durante las horas quietas de la noche proseguían su existencia en ese ámbito libre en el que todo se hace posible.

–Y allí estaba el puente...

–Ajajá, exacto, el puente construido por los ángeles –afirmó satisfecho Bernard–. La gente conocía el camino. Llegaban hasta el puente, lo cruzaban y convivían durante horas con los ángeles; aprendían de ellos y recibían luz y salud. Y al despertar lo recordaban todo. Pero sin que se sepa muy bien cómo ocurrió, un día sucedió algo terrible...

–¿Qué? –los ojos de Bernardo se abrieron desorbitados.

–Una mañana, mientras labraban unos campos, desenterraron un arcón de plomo negro, muy, muy pesado. Y lo abrieron. Al principio pensaron que habían dado con un raro tesoro de otros tiempos. Pero lo que contenía era una maldición. La peor de todas. Verás..., parece ser que un poderoso diablo, que había sobrevivido, encerró a un millón de pequeños demonios en el interior, diminutos como centellas negras, inapreciables a simple vista. Así quedó abierta la urna, se diseminaron por todos los confines de la tierra. Entraban en el interior de las personas por sus ojos y se instalaban en sus corazones...

–Bernard, esta historia me da miedo.

–Tiene un final feliz, no temas.

–Entonces, sigue...

–Bien. Ese enjambre de demonios era capaz de desatar todo tipo de deseos –explicó Bernard–. Unos liberaban la ira, otros la ambición, el ansia por los excesos, los deseos de conquista, el orgullo, la traición. En muy poco tiempo se apoderaron de todos los humanos. Y así se hacían más y más fuertes, provocando todo tipo de calamidades y guerras, las gentes perdieron la gracia de los sueños. Cuando dormían no conseguían despertar en el otro lado, en el reino etéreo.

Caminaban por él como sonámbulos, peleando, discutiendo, robando o vengándose. Y si por algún casual llegaban hasta el puente no conseguían atravesarlo. El puente estaba hecho de luz dorada y no soportaba el peso de los deseos. La mitad del arco se vino abajo, se derrumbó. Los ángeles intentaron reconstruirlo en vano. Lo intentaron una y otra vez. No tardaron en comprender que sólo desde el lado de los hombres podría ser reparado...

–¿Cómo lo hicieron si ya nadie soñaba despierto? –curioseó Bernardo con el asombro instalado en la mirada.

–Los ángeles acudieron a la Gran Cámara de Almas, un inmenso salón en lo más profundo del Atmán –aseguró el médico–. Es un lugar bellísimo en el que habitan los espíritus en forma de chispas divinas. Piensa en una luciérnaga de luz cegadora..., se parecen mucho. Eligieron a las más brillantes y puras, a millones de ellas. Esas almas no tenían necesidad de volver a nacer, pues ya habían aprendido todo lo que la Rueda de los Nacimientos enseña. Como dicen en Oriente: se habían liberado de las cadenas de Maya, que es la ilusión, el espejismo, lo aparente. Pero todas entendieron que su concurso resultaba indispensable para reparar el puente y aceptaron renacer, una y otra vez, a pesar del dolor que supone a un alma pura despertar en este plano, que es pobre en luz y vibración y rico en maldad y locura.

El médico hizo una pausa. Apartó sus ojos de la mirada febril e inquisitiva de Bernardo. Sabía que el niño se estaba muriendo. Bernardo y Riccio, posiblemente los primeros en contraer la tisis, los más débiles, no respondían al tratamiento que él y los dos médicos que le ayudaban estaban aplicando. Funcionaba con el resto de enfermos, pero no con ellos. En su obstinación, Bernard había llegado a depositar en sus labios, durante el sueño, una gota del líquido oscuro y espeso que llenaba el pequeño frasquito que siempre llevaba al cuello. Pero, para su desesperación, la Sangre Real, recogida por José de Arimatea y custodiada durante siglos en la basílica de *Haghia Sofia* de Constantinopla, vertida por una brecha del costado de Cristo, sólo tenía la propiedad, milagrosa, de cicatrizar heridas.

–¿Cómo acaba la historia, Bernard? –la vocecita de Bernardo sustrajo al francés de su estado absorto y lánguido. Volvió a arreglar el embozo de la manta.

–Contó ese sabio etíope que el puente, gracias a esos ángeles, casi está restaurado –prosiguió Bernard tras dedicarle una sonrisa–. Cada año nacen niños. Muchos. Y algunos de ellos, pese al olvido que supone descender hasta aquí, llevan prendida en la mirada una chispa de fulgor. Un brillo precioso que ni las joyas más bellas poseen. Están despiertos. Y esas centellas negras, esos diablos mezquinos, nada pueden contra ellos. Su presencia nos obliga a todos a ser mejores cada día, a ser dignos de su sacrificio y entrega. Esos niños nos devuelven la capacidad de soñar. Tú eres uno de ellos…

–¿Yo?

–Sí, tú. Lo supe nada más verte. Esa luz en tus ojos me hace sentir viejo y malvado, aun sin serlo, y me lleva a desear ser mejor –concluyó–. Así que duerme, duerme y despierta en medio de tus sueños. Busca ese puente dorado por el que los ángeles cruzan. Y, sobre todo, nunca tengas miedo a nada. A nada. La muerte sólo alcanza a los que merecen el olvido.

Bernado cerró los ojos y se sumió en un sueño tranquilo, sin alteración. El médico se quedó allí, mirándolo, sin poder evitar un llanto atenazado y silencioso. Se quedó pensativo, sumido en una desolada tristeza, tratando de imaginar cómo podría haber sido el rostro del hijo al que perdió muchos años atrás. Se vio corriendo junto a él por un prado abierto y verde, en Francia, en una deliciosa mañana de otoño.

Una mano se posó en su hombro. Elevó la vista. Era Stella.

–Escucha, Bernard –dijo acercando sus labios–. Quiero que vengas conmigo.

El médico carraspeó sepultando cuello abajo la emoción.

–¿Adónde?

–Nunca le he pedido esto a nadie… –susurró–. Ni lo volveré a pedir en el futuro.

–Puedes pedirme lo que quieras, Stella.

–Jamás había escuchado a nadie contar una historia semejante...

–Es una historia preciosa, sí...

–Te pido que duermas a mi lado esta noche, Bernard Villiers... –aseguró con voz suave–. Quiero dormirme notando tu respiración junto a la mía. Y despertar contigo en sueños. Yo también deseo ver ese puente. Llévame hasta allí.

Sopló la vela que ardía en la mesita próxima a Bernardo. Tomó al médico de la mano y tiró suavemente de él. Salieron livianos de la estancia del *Ospedale degli Innocenti* dejando a once ángeles mecidos en el regazo del sueño.

Trabajaban al otro lado.

Restaurando un puente de luz.

40

EL FIN DE LOS ALBERICI

Al tiempo que Francesco Ingherami y Renato de Anjou —seguidos de cerca por Guilbert y varios hombres de la guardia personal del duque— partían de Careggi al galope, en dirección a Florencia, Muzio Fortebracci y los suyos completaban el cerco al palacio Alberici amparados por las sombras. La mansión, de planta cuadrada y tres pisos, se alzaba al final de los últimos barrios de la ciudad, por debajo del *Borgo di San Piero*, entre la pequeña poterna del mismo nombre y la Puerta Gibelina. Era zona de huertos y baldíos, despejada de edificaciones y próxima a la muralla.

—¡Vamos, hatajo de truhanes: antes de que acabe la noche los Alberici y el hideputa de Verruchio criarán malvas! —tronó Muzio eufórico, pateando desde su montura el trasero de los que empujaban la enorme carreta techada—. ¡Recordad el *caposoldo* prometido!

—Puedo imaginar en qué se lo gastarán estos dos... —bromeó Greco Monforte. Apuntó el rostro hacia los hermanos Rossi, que resoplaban como bueyes tras la garlera.

Un gruñido de satisfacción escapó de las gargantas de Vincenzo y Paolo.

—¡En meretrices, rameras y busconas... al menos la mitad! —rezongó el primero, empeñando todo su esfuerzo en los radios de una de las ruedas.

Los dos portaban las espadas y dagas bien afiladas y sendos arcabuces cebados y listos. Ardían en deseos de entablar combate. Taddeo Palmeri, caminando tras ellos, asintió satisfecho a la sola mención del dinero. El recuerdo de la dentellada dejada por las llamas en su rostro le confería un aspecto terrorífico. Llevaba el arco calzado a la espalda y dos ballestas en las manos.

–¡Y tú, Ruggero, no olvides que Facino es mío, conténtate con degollar al adamado! –espetó el *condottiero* al ver el semblante sañudo con que andaba el hombre. Iba a la zaga de los otros. Sostenía cinco *misericordias* por sus puntas, dispuestas en perfecto abanico, listas para ser arrojadas una tras otra. Y unas cuantas más al cinto.

Se detuvieron a escasos metros de la fachada principal del palacio, que brillaba iluminada por los braseros. El portón estaba atrancado a cal y canto. Y las ventanas del segundo piso, bíforas de doble arco y pilastra, aparecían reforzadas por sacos hasta media altura. Se apostaron en las inmediaciones, a resguardo de un repecho.

–No me gusta la pinta del lugar, Muzio –observó Greco tras examinar detenidamente el edificio–. Esos cabrones nos están esperando..., ¿no lo hueles?

–Sí. Nos esperan –convino Fortebracci–. Lo que no se imaginan es qué tipo de zalagarda les hemos preparado.

A una señal de Muzio, la mesnada situó el carro en la explanada, listo para ser lanzado como un ariete contra las hojas del portalón. Retiraron entonces las telas que lo cubrían. El pescante, los flancos y la parte superior habían sido revestidos con una gruesa capa de piel, lana y corteza. Tras enfilarlo, todos fueron a colocarse en la parte posterior.

–Nada de tientos ni escarceos, Greco. Sin piedad –advirtió el *condottiero* haciendo señal a los suyos.

Protegidos por el forcaz y cubriéndose con escudos, los mercenarios avanzaron directos hacia la casa. Apenas habían recorrido una decena de metros cuando desde las ventanas de los pisos superiores emergió un bosque de arcabuces, culebrinas y ballestas. Una andanada sañuda de acero y fuego cayó sobre sus cabezas como una maldición. Entre gritos excitados y alaridos, los hombres de Fortebracci propinaron un brutal empellón final a la garlera, que chocó contra la puerta, y se retiraron en desbandada.

–¡Ahora, Taddeo! –ordenó Muzio.

Palmeri calzó una flecha encendida en la cuerda, tensó y disparó. El dardo penetró por la parte posterior del carro. Se clavó en uno de los muchos toneles acumulados. Al punto, una formidable detonación atronó en la noche, arrancando el portalón de cuajo, que salió despedido junto a un huracán de piedras, vigas, astillas y escombros. Cuando finalmente el polvo y la confusión se disiparon, Muzio y Greco constataron, perplejos, que buena parte de la fachada, a ambos lados de las jambas y hasta la altura del primer piso, se había desplomado. Distinguieron varias estancias y aposentos en los que el fuego se propagaba con rapidez.

–¡Recristo, Greco, tal vez con la mitad de pólvora hubiéramos hecho lo mismo! –afirmó el *condottiero* sin salir de su asombro.

Monforte sonrió. Después, desenvainando la espada, se lanzó a una frenética carrera en dirección a la casa, arrastrando en su grito airado a todos los *fuorosciti* de la mesnada. Penetraron en el interior como una tromba, llevándose por delante a los aturdidos y maltrechos defensores del zaguán. Al poco alcanzaban el *cortile* y las escaleras.

Cuando Muzio se sumó a la ensordecedora batahola que mantenían los suyos en el impluvio, el restallido del metal al medirse ya resonaba por el piso superior. Paolo y Vincenzo Rossi, seguidos por Ruggero y Taddeo, habían sobrepasado a los primeros defensores como un vendaval, y ya combatían por corredores, estancias y salones: hendían yelmos y cráneos, propinaban salvajes tajos, traspasando de parte a parte a los hombres de Verruchio, que se batían desconcertados y sin orden, derribando esculturas y objetos en su abierta retirada. En muy poco tiempo, toda la primera planta de la mansión quedaba en poder de los hombres de Fortebracci y la lucha se desplazaba hacia el tramo de escalones que ascendía a las buhardas. Parapetados tras una larga y recia mesa, usada a guisa de pavés móvil, que les salvaguardaba de los terribles hachazos y mandobles, Greco y los suyos ganaron terreno, peldaño a peldaño, y llevaron el rifirrafe y la sangre hasta lo alto del palacio. La lucha sería breve. Los sicarios de los Alberici, desbordados, cayeron uno a uno. Después, un silencio sobrecogedor se instaló en el interior del edificio.

—Ya está… –anunció Monforte, resoplando y derrumbándose en un bancal de la galería interior. Llevaba toda la sobreveste cubierta de sangre y un pequeño corte en el pómulo–. Se acabó. Pero no he visto a Facino. O bien esa rata se esconde o ha escapado.

Muzio le miró de soslayo. Se entretenía en limpiar las dagas en el suave terciopelo de una cortina con cara de asco.

—Pronto lo sabremos… –gruñó. Y dirigiéndose a los Rossi, que deambulaban portando sacos, dispuestos a cargar cuanto objeto valioso pudiera ser transportado, ordenó–: ¡Recorred la casa, de habitación en habitación, no dejéis nada por revisar!

Sería Ruggero el que daría con el paradero de Gerardo Alberici. El joven se había refugiado en el interior de un gran armario taraceado, de gruesas puertas. Ante la imposibilidad de sacarlo, el matón la emprendió a hachazos con las hojas, pero tras descargar una docena de golpes, que apenas hicieron mella en el armatoste, optó por pegarle fuego. Cuando el mueble comenzó a arder, Gerardo salió aullando, momento que Ruggero aprovechó para hincar el hacha en su espalda. El Alberici, con el segur clavado en un costado, cegado por el dolor, se precipitó hasta la balaustrada interior. Cayó y fue a estrellarse contra las losas del *cortile*.

Anselmo Alberici y su hijo Bruno se habían escondido, tras la tremenda explosión inicial, bajo una gran cama con dosel, en una de las alcobas. Los Rossi, tras mucho husmear aquí y allá, les encontraron. Y como ninguno de los dos andaba dispuesto a arrastrarse por los suelos, decidieron hundir las espadas en el colchón, con saña, una y otra vez, ensartándoles como a bestias. Después los arrastraron hasta el corredor, dejando un reguero de sangre, y los arrojaron al patio.

Aún se afanaban, unos y otros, en dar con el paradero de Facino Verruchio, cuando la voz del mercenario se oyó con claridad, tronando en el exterior del palacio. Reclamaba a gritos la presencia del *condottiero* y de su caporal. Muzio y Greco se asomaron a una bífora. Allí estaba. A caballo y con todas sus armas.

–¡Caramba, Facino, sodomita de mierda! –exclamó burlón Muzio acodándose en el alféizar–. Te estábamos buscando. Pero ya veo que has ensuciado la armadura. Desde aquí se huele la mierda. Muy propio.

–¡Escuchadme, par de cornudos! –chilló alzando la espada–. ¡No cejaré hasta veros muertos! Mañana. Os espero mañana, a los dos, si es que aún os quedan arrestos. Mañana a medianoche. De uno en uno. En el Ponte Vecchio...

Clavó sus escarpines de acero azuzando al jaco y partió al galope, en dirección al centro de la ciudad. Su silueta se perdió antes que sus injurias y reniegos se desvanecieran. Poco después, cuando la mesnada de Fortebracci ya comenzaba a abandonar el palacio, llegaron Ingherami, Renato y Guilbert. En el rostro del primero se dibujó el horror así entendió todo lo sucedido. Descabalgó y recorrió la desolación del palacio Alberici. No pudo evitar quedar consternado ante la mueca grotesca de los cadáveres de Anselmo y sus hijos. Cubrió los cuerpos con una improvisada mortaja y salió en silencio. Topó con Muzio. El mercenario se sorprendió al encontrarle.

–¿Querías asegurarte de que cumplíamos la *condotta*, Francesco? –ironizó.

–No. Quería detener esta matanza –murmuró–. Pero ya es demasiado tarde...

–¿Detener esta matanza? –preguntó incrédulo el *condottiero*–. ¿Qué pejiguera dices?

–Digo que tal vez hemos cometido un tremendo error, Muzio...

–¿Un tremendo error? –increpó Fortebracci con expresión asquea-
da–. ¿Dices que hemos cometido un error? ¡Maldito engibador!
Escucha, Ingherami: en este mundo el único error sois vosotros.
Nosotros empuñamos las armas, pero sois vosotros los que cometéis
los crímenes. Así que, si ha habido un error, dile al prohombre que te
paga que corra a buscar un cura y se confiese, que restaure algún
convento, que haga lo que quiera. Y que Dios le perdone a él pero no
a mí. Yo soy un matarife, pero él es un carnicero. Así que no me vengas ahora diciendo que la hemos jodido, cabrón de mierda.

El *condottiero* enfiló la salida. Se volvió en el último momento y
añadió:

–Dile a Cósimo que por mi parte ya está todo saldado… –afirmó
en tono feroz–, que nada queda pendiente. Y de quedar algo, ya lo
encontraremos en el infierno.

41

SOMBRAS EN PALACIO

Stella abrió los ojos cuando tañeron las campanas de San Marcos y, poco después, las de la Santísima Anunciación, llamando primas. Un tenue albor, triste y gris, se colaba por los postigos de su habitación, ubicada al final de un largo corredor de la planta superior del hospicio. Se arrebujó buscando reunir el calor de la manta. Recordó, al instante, la presencia de Bernard a su lado. Palpó las sábanas, aún tibias, sin hallarlo. Se incorporó y distinguió al médico erguido, enfundándose en su *lucco*, en mitad de la estancia.

—Bernard... —musitó—. ¿Ya te has levantado? Ven. Ven aquí...

El francés se acercó. Se recostó a su lado y prendió un beso breve en los labios de la mujer. Ella enredó sus dedos en sus cabellos largos. Después los deslizó suavemente por su rostro.

—¡Bernard!

—¿Qué...?

—¡Tu barba! —murmuró incrédula—. ¡Te has rasurado la barba!

—Sí. Hace una hora —explicó él en susurros—. Empiezo a estar cansado de que todos aludan a la *bella figura* cuando me conocen...

Stella se echó a reír. Tomó su rostro entre las dos manos e intentó adivinar, al amparo de la luz exigua, la nueva fisonomía del médico una vez liberado de la barba corta y cerrada que lucía. Le besó y, apartándole levemente, le dijo:

–Dime una cosa… –tanteó con voz perezosa, aún sumida en la laxitud del despertar–: ¿Lo has hecho por mí? ¡Vamos, no me mientas! Si me mientes lo sabré.

–¿Te gustaría que lo hubiera hecho por ti?

Villiers vio sus ojos brillar en el claroscuro de la hora. Denotaban felicidad y, a un tiempo, una mezcla de prudencia y timidez. Sonrió dibujando un arco largo en su semblante.

–Sí, claro…, claro que me gustaría –balbuceó Stella ruborizada.

–Pues lo he hecho por ti –afirmó él–. A mí la barba siempre me ha gustado.

–Tu barba me encantaba. No deberías haberlo hecho.

–¿En qué quedamos? –indagó el médico en tono irónico–. ¿Me querías con barba o sin ella? Las mujeres fluctuáis eternamente entre el dilema y… el dilema.

–Eso no es cierto –adujo ella con el ánimo dispuesto a la greña.

–Tal vez no lo sea… –concedió Bernard cortés, conteniendo a duras penas la hilaridad.

–No. No lo es… –zanjó Stella. Alargó los brazos hasta rodear su cuello. Lo atrajo hasta su rostro y mordisqueó sus labios, resiguiendo sus líneas suaves a pequeñas dentelladas–. Escucha, Villiers, médico imperturbable, quiero que sepas algo…

–Eso suena a confesión íntima, de las que vinculan de por vida. No sé si quiero saberlo…

–Debes oírlo. Quiero que sepas que me he sentido feliz esta noche. Sólo eso. Y que el hecho de que esto haya ocurrido… –vaciló– no significa que tú y yo…

–Te lo agradezco mucho, Stella…, mucho.

–¿Qué?

–Que me liberes de cualquier compromiso –apostilló el francés adoptando un tono grave–. No sabía cómo demonios decirte que mi interés por ti no pasa de…

Stella, en un gesto rápido, selló los labios de Bernard, extrajo el almohadón y le propinó una airada somanta de blandos mamporros.

Se enzarzaron en un delicioso forcejeo de zarpazos, arrullos y besos. Él acabó trabando sus brazos a los lados.

—Te voy a confesar algo a mi vez —musitó respirando en su cuello—. Ayer, cuando hablaba con Bernardo, sólo deseaba llorar, pero no podía hacerlo. Me sentía perdido. Cuando te vi supe que deseaba estar entre tus brazos. Necesitaba refugiarme en ellos. No sé si me hubiera atrevido a decírtelo. Probablemente no...

—Debes pensar que soy una desvergonzada, Dios mío...

—¿Eso te preocupa?

—Sí, mucho. Si no me gustaras tanto..., tal vez no me importaría. Me diría: a lo hecho, pecho. Y punto.

—¿Sabes una cosa? Ninguno de los dos necesitamos excusa alguna. Acabo de descubrir algo que nos exime de cualquier responsabilidad.

Bernard se incorporó ante la mirada desconcertada de la mujer. Tomó la orla de su *lucco* y le mostró el pespunte interior. Un pequeño pedazo de tela aparecía cosido a la prenda por cuatro hiladas breves y apresuradas.

—¿Qué es esto? —inquirió ella examinando el retal. Se distinguía claramente el dibujo de dos figuras, una masculina y otra femenina, unidas por el símbolo de Venus. Y un conjuro escrito en grafemas griegos y latinos.

—Esto es un hechizo..., lo he descubierto hace unos instantes, al ponerme la prenda.

—¿Un hechizo?

—Sí..., un sortilegio —aseguró—. No te he hablado de un par de buenos amigos, Nikos y Marsilio. Un par de tunantes encantadores, fascinados por grimorios y ensalmos. Éste, en concreto, es uno de los más famosos de un tratado llamado *Picatrix*..., un libro de alta magia. Debieron de coserlo mientras estaba en Careggi.

—Y eso... ¿quiere decir algo?

—Quiere decir que, por mucho que lo hubiéramos intentado evitar, estábamos condenados el uno al otro —y diciendo eso, Bernard prorrumpió en una inmensa carcajada a la que se sumó ella sin reservas.

—Pero aquí aparece tu nombre y el mío… —pesquisó ella observando el añadido con detenimiento—. Eso significa que tú les habías hablado de mí a tus amigos… ¿me equivoco?

—No. No te equivocas. Le hablé de ti a Nikos…

—Entonces no ha sido cosa de Venus, Bernard Villiers.

—Entonces has sido tú… —admitió él.

Un último beso selló una despedida que los dos entendían momentánea. Bernard pasó el resto del día trabajando en el laboratorio del orfanato, junto a Corrado Doccia y Girolamo Fenaroli, dos reputados médicos florentinos, miembros de la hermandad creada por el arzobispo. Su llegada, cuatro días atrás, había insuflado ánimo a todos, especialmente al francés. Su concurso, y la inestimable ayuda de Tomasso Landri, que iba y venía a diario por todas las apotecas, aportando los compuestos, hierbas y esencias requeridas en las fórmulas, había logrado lo que a todos parecía imposible. El brote de consunción estaba controlado. Ningún nuevo episodio había sido detectado y nueve de los once niños comenzaban a mostrar evidentes síntomas de mejoría. Todos excepto Bernardo y Riccio, que se apagaban un poco más cada día, sin que los médicos supieran cómo detener el proceso.

—Tal vez hemos hecho algo mal… —afirmó Bernard con desazón. Suspiró. Se entretenía resiguiendo con el índice la boca de un pequeño almirez metálico.

Fenaroli y Doccia negaron suavemente.

—Creo que los remedios de Averroes y Abulcasis funcionan, señor Villiers —confortó el segundo—. Todo lo que estamos haciendo es correcto. Tal vez algún día descubramos más cosas sobre esta enfermedad. Ahora mismo sólo podemos confiar en que la propia energía del cuerpo restaure la salud.

—Y rezar… —apostilló Fenaroli—. La oración también es muy importante.

Bernard enarcó las cejas, en gesto descreído, y volvió a abstraerse. A pesar de sus profundas convicciones y su fe en los asuntos del cielo, a los que había dedicado tantos años de estudio, sentía, en momentos así, que todo se desmoronaba a su alrededor hasta convertirse en un desatino.

Entró en la estancia una de las mujeres que cuidaba de los niños.

–Alguien pregunta por vos en la puerta... –alertó dirigiéndose al francés.

–¿De quién se trata?

–Me han dicho el apellido, pero no sé si lo he entendido bien –se excusó–. Un tal señor Pagadakis...

–¡Nikos! –el rostro de Bernard se iluminó súbitamente.

Descendió hasta la entrada del *Ospedale*. Nikos daba vueltas en el amplio zaguán con las manos enlazadas en la espalda. Un gruñido de satisfacción escapó de su garganta cuando vio aparecer al médico.

–¡Bernard! –exclamó alborozado–. No sabes cuánto me alegra verte... ¿Eh? ¡Por la Divina Hodegetria, francés! ¿Qué has hecho?

–¿A qué te refieres, amigo mío? –interpeló Villiers dándole una afectuosa palmada.

–¡Te has rasurado, medicucho!

–Ya te lo explicaré y..., de paso, me explicarás –contestó con un brillo malicioso en la mirada–. Dime, filosofastro: ¿qué haces aquí?

–Han pasado bastantes cosas en los últimos días, Bernard –explicó–. He creído que sería bueno ponerte al corriente. Por cierto... ¿cómo va esa herida?

–¿La herida..., qué herida? ¡Ah, claro, la herida! ¡Ya no me acordaba de ella!

Fueron a sentarse en los escalones que comunicaban con la plaza. La Signoria había revocado la orden de aislamiento que pesaba sobre el orfanato y el andorreo de gentes, carros y caballerías volvía a ser el habitual. Nikos explicó en detalle todo lo sucedido en Careggi desde la salida del médico. Relató la visita de la delegación papal y el acuerdo alcanzado sobre el alumbre, cuya firma se produciría al día siguiente en Vía Larga; el informe de Guilbert acerca del paradero de Ubaldini –investigación que, lejos de clarificar las cosas, había traído a colación la existencia de una misteriosa viuda florentina, Fiametta Baglioni, y sus dos hijos, Agnella y Salvestro–; la muerte de los Alberici la noche anterior y el hermético mutismo y consternación en que Cósimo se había sumido tras todo lo acaecido.

–No sé cómo acabará todo esto, Bernard –razonó Nikos–. Pero te diré algo. Creo que es hora de empezar a pensar en empacar y marcharse. No me gusta ese hombre. Ahora lo sé. Cósimo, como todo buen fariseo, es un sepulcro blanqueado por fuera y negro por dentro. Lo de los Alberici ha sido un asesinato en toda regla. Escucha: mi trabajo con Marsilio concluirá en pocos días y ya nada nos...

–¿Qué ha ocurrido con la *contessina*, con Jeanne de Laval y Lucrecia?

–Las mujeres y los niños se han quedado en Careggi, con la servidumbre –informó el cretense–. Guilbert y los hombres del duque velan por su seguridad.

–¿Y Renato?

–Renato, Cósimo, Piero, Ingherami, Marsilio y yo hemos llegado esta mañana a la ciudad. Marsilio está con su familia. Su padre, Diotifeci, ha regresado de Venecia. He acordado reunirme con él en el palacio, al atardecer.

–Tal vez nunca sepamos qué ha ocurrido realmente... –opinó el médico tras meditar en todo lo explicado–. Y tal vez, después de todo, eso sea lo mejor.

–Algo más... –recordó Nikos al levantarse dispuesto a partir.

–¿Qué?

–Piero. Piero me ha pedido que le visites –añadió–. Está inmóvil desde ayer por la tarde. Apenas puede hablar. Está hecho una piltrafa. Parece que su enfermedad arrecia.

–Lamento oírlo –murmuró Bernard visiblemente contrariado–. Nadie merece sufrir tanto. Intentaré acudir a palacio al acabar el día. Unas horas fuera de aquí me vendrán bien. ¿Sabes, Nikos? Dos de los niños están bastante mal..., temo lo peor y no sé qué hacer.

Nikos, con expresión resignada, dispensó un abrazo condolido y afectuoso a su amigo y enfiló cabizbajo en dirección a San Marcos. Al anochecer, Bernard, tras comprobar que todo en el orfanato quedaba en orden, resiguió las mismas callejas hasta alcanzar la mansión del banquero. Tal y como había anunciado el cretense, flotaba en el lugar un silencio pesado, molesto, que se hacía más y más evidente así se atravesaba el *cortile* y se ascendía la elegante escalinata. Se topó con Anderlino, el mayordomo, que se dirigía a echar cerrojo al portón, y con Magdalena, que le saludó levemente y le acompañó hasta la alcoba de Piero. El Médicis yacía con el rostro desencajado por la enfermedad. Bernard requirió la ayuda del ama de llaves. Pidió una jofaina de agua caliente y paños limpios.

–Esta agua está ardiendo pero os aliviará –alertó mientras aplicaba las telas en pies, rodillas y codos–. Vamos a probar con una pomada de virutas de madera de enebro. Eso calmará el dolor. Y después deberéis quedaros inmóvil con la cataplasma que he preparado bien fajada en las articulaciones...

–No temáis. No podría ir a ningún lado –ironizó Piero–. ¿Qué cataplasma es ésa?

–Una a base de flores cordiales: malva real, borraja y verbasco –detalló Bernard.

–Siempre estaré en deuda con vos, señor Villiers –agradeció entre dos suspiros.

Bernard negó. Le miró fijamente a los ojos. Eran realmente muy distintos a los de su padre. Los ojos de Cósimo eran viejos y astutos. Desconfiados. La mirada de Piero era dulce y resignada.

Tras completar el proceso, Piero entró en un estado somnoliento. Bernard salió de la estancia y resiguió el corredor yendo a reunirse con Renato, Marsilio y Nikos, que departían a media voz en un salón junto a la biblioteca. El duque de Anjou y el joven se alegraron de verle. Como si un acuerdo tácito se hubiera establecido entre ellos, evitaron cualquier alusión a lo sucedido en días anteriores. Poco más tarde hizo su aparición Cósimo. Venía con semblante adusto y ánimo taciturno. Villiers pensó que el potentado había envejecido notablemente en menos de una semana. Comió con desgana y apenas pronunció unas pocas frases durante la cena que Magdalena les sirvió. Explicó que había pasado la tarde reunido con Ingherami, revisando el contrato del alumbre. Pero era evidente que ni una arquilla llena de oro le devolvería el interés por los asuntos del mundo en su estado azorado.

Poco antes de la medianoche, tras una velada en la que pesó más el silencio que la palabra, y cuando ya el médico se disponía a despedirse, entró en el salón el ama de llaves. Su precipitada irrupción puso a todos sobre aviso de que algo anormal ocurría. Cerró la puerta y corrió hasta el sitial junto a la chimenea en que Cósimo permanecía somnoliento.

–¡Señor…, señor…! –anunció con atropello–. ¡Alguien ha entrado en palacio!

–Eso no es posible, Magdalena –repuso el Médicis sin encararla.

Renato de Anjou se alzó como el rayo. Bernard, Marsilio y Nikos intercambiaron una mirada intranquila.

–¡Señor, os lo juro por mi vida, por lo que más quiero: me ha parecido ver a varias personas atravesar el *cortile* y husmear por las dependencias de la entrada. Parecían fantasmas! –reiteró Magadalena completamente fuera de sí.

–¡Rápido, no hay tiempo que perder! –espetó el duque de Anjou con absoluto convencimiento. Todo su cuerpo se tensó–. Deberemos defendernos…

No tuvieron tiempo de aprestar defensa alguna. Las puertas que comunicaban con el corredor se abrieron de par en par, violentamente. Una tras otra, cinco siluetas negras penetraron en la estancia. Envueltas en un halo de silencio y muerte.

Se situaron en un extremo. En línea cerrada.

El corazón de Bernard Villiers comenzó a batir violentamente.

–Buenas noches, Cósimo –dijo uno de ellos adelantándose–. Ha pasado mucho tiempo, pero aquí nos tienes…

42

DUELO EN PONTE VECCHIO

Estamos perdiendo el tiempo, Muzio. Facino no vendrá –afirmó Greco golpeándose los hombros. La humedad del Arno les calaba hasta el tuétano–. Ha huido. Igual que huyó hace diez años.

–Vendrá, Greco. Esta vez, vendrá –aseguró Fortebracci, hincando la rodilla y ajustando la correa de los quijotes–. Sabe que esto hay que liquidarlo ahora.

Monforte se frotó las manos frente a la boca. Exhaló una vaharada a fin de templarlas. Unos metros más atrás, apoyados en la balaustrada del puente, estaban Taddeo y Ruggero. Ninguno de los dos quería perderse el duelo apalabrado la noche anterior. El resto de la mesnada se había dispersado tras cobrar hasta el último florín estipulado. Algunos permanecían aún en la ciudad, pues el dinero quemaba y pedía ser gastado, pero la mayoría había optado por regresar a sus lugares de origen.

Una neblina espesa flotaba sobre las aguas, levantándose hasta cubrir buena parte de los muelles y embarcaderos. Las siluetas de la Signoria, el Bargello y el Campanile emergían, en medio de ese ambiente espectral, amenazadoras.

Fortebracci caminó todo lo ancho del puente, una y otra vez. Sólo el tintineo de su cota de malla acariciando el *corsaletto* resonaba en la noche. Volvió hasta su caporal con un ruego en los labios.

–Greco, amigo… –dijo–. Creo que todo irá bien. De todos modos, ya sabes: si no sobrevivo, encárgate de entregarle el dinero a mi mujer.

–Mañana estaremos en casa, Muzio –confortó Monforte–. Y seguro que dentro de una semana, aburridos y hartos de los gritos de la parienta.

El *condottiero* sonrió. Y reemprendió la ronda para matar los nervios.

Resonó a lo lejos el repiqueteo de los cascos de un caballo contra las losas. Un jinete apareció al otro lado del Arno, por la derecha, procedente de la Santa Croce. Venía a trote corto. Recorrió la calzada hasta situarse en el lado opuesto del puente. Avanzó unos metros y echó pie a tierra.

–Ha venido, te he dicho que vendría... –Muzio entrechocó los guanteletes en gesto satisfecho, comprobó las dagas y miró a Greco–. Deséame suerte. Si logro matarlo, no dudes que lo haré en nombre de los dos.

Sin más demora, Fortebracci se encaminó, con paso largo y decidido, al encuentro de Verruchio. Facino venía apretando las mandíbulas, revestido en metal de pies a cabeza. Se detuvieron a escasos metros el uno del otro.

–Sin preámbulos, Muzio –propuso–. Y sin cuartel. Cuando quieras.

–Así sea...

Los dos *condottieros* deslizaron las espadas fuera de sus vainas y comenzaron a girar el uno alrededor del otro, midiendo las distancias, tentándose con las miradas, la intención y los filos. Se oía con claridad su respiración, poderosa como los fuelles en las fraguas, hinchando el pecho y llevando la ira al rojo.

Verruchio embistió. Propinó un primer golpe vertical, el *ataque del halcón*, desmesurado, ladeando su cuerpo y descargando el acero como la maza de un cíclope. Fortebracci lo detuvo y retiró la hoja, dejándola sin vida; se hizo atrás y permitió que la inercia descompensara al adversario. Como un rayo, barrió en horizontal, llevando a su enemigo a retroceder sin gallardía alguna. Descargó una furiosa tajadera, a diestra y a siniestra, tomando la iniciativa, mellando el acero sin remilgo. El duelo se desplazó hasta los tenderetes de los curtidores de pieles. Entre perchas y postes se entregaron a un rabioso intercambio de estocadas, mandobles y molinetes capaces de traspasar o cercenar un cuerpo, incluso enfundado en metal.

Así pasaban los minutos, Muzio consiguió arrinconar a Facino contra la balaustrada izquierda del Vecchio. A duras penas lograba el segundo contener la furibunda acometida del primero, que, lejos de agotarse, tras docenas de golpes terribles, parecía crecerse a cada restallido. Seguro de poder acabar con su enemigo sin más dilación, Muzio alzó la espada sobre la cabeza, dispuesto a hender de arriba abajo. Pero Verruchio, en un quiebro tan desesperado como sorpresivo, interpuso el recio armazón de uno de los tenduchos en la trayectoria de la hoja. El hierro de Fortebracci quedó atrapado en la madera. Facino, viendo su oportunidad llegar, descargó una poderosa patada en el pecho de su oponente, que salió despedido. Cayó de espaldas y desarmado.

El *condottiero* no tuvo oportunidad de levantarse. Verruchio se abalanzó sobre él, obligándole a girar sobre sí mismo y a gatear para eludir el vendaval de tajos.

–¡Deja que se levante, cerdo! –gritó indignado Greco, apelando a una vieja regla de honor que regía en los duelos–. ¡Él no te mataría desarmado y en el suelo!

Taddeo y Ruggero asistían sobrecogidos y con semblante torvo al súbito cambio de fortuna.

–Ese canalla le ensartará como a una rata, Greco –murmuró Taddeo.

–Dame tu ballesta, amigo –rogó Monforte.

Muzio intentó incorporarse. Hincó la rodilla en tierra. Facino le golpeó entonces de lleno en el rostro, con el guantelete, devolviéndole al suelo; extrajo la *misericordia* del cinto y le acuchilló con saña en el costado, entre el peto y el espaldar de la coraza. Una y otra vez. Fortebracci, desarbolado, profirió un grito, largo y crispado, y quedó inmóvil.

Greco se aproximó. Recomido por la furia y la indignación.

Verruchio resopló y le miró con expresión de matarife satisfecho.

—Es tu turno, Monforte —rezongó—. Tranquilo, que en breve te reúnes con él.

Greco no contestó. Alzó la ballesta hasta situarla a corta distancia del pecho de Facino. Accionó los percutores y disparó los dos dardos a la vez.

Directos al corazón.

Facino Verruchio cayó a plomo, de rodillas, con la incredulidad en los ojos.

—Jamás había hecho algo así, maldito chacal —aseguró con absoluto desprecio, arrojando el arma a un lado—. Púdrete en el infierno, hideputa.

Se arrodilló junto a Muzio. Permanecía con los ojos abiertos, clavados en lo negro del cielo, con un último destello de lucidez en las pupilas. Alzó los dedos hasta rozar la sobreveste de su compañero de armas.

—Todo está… bien… —farfulló—. El dinero… mi esposa.

—No temas. Mañana mismo lo tendrá —juró Monforte—. Ahora, duerme, *condottiero.*

Muzio asintió con un leve parpadeo y cerró los ojos.

Greco extrajo su espada y la colocó en su mano.

—Para el camino, viejo amigo, para el camino…

43

LOS DIABLOS DE LA NOCHE

Cósimo, demudado, se alzó. Sus dedos se crisparon sobre el puño del bastón. Una punzada nerviosa sacudió su cuerpo. Clavó la mirada en esas cinco figuras malditas, plantadas en silencio en un extremo del salón. Cinco siluetas envueltas en largas capas negras. Ocultaban el rostro bajo amplias almocelas. Sólo el reflejo de la luz, perfilando labios y mentones, humanizaba su diabólica apariencia. Parecían surgidos de una pesadilla. La peor de todas cuantas le arrebataban el sueño desde antiguo.

–¿Nos esperabas, Cósimo? –preguntó con voz sinuosa y grave el que había saludado al entrar–. Estoy seguro de que nos esperabas.

–¿Quiénes sois? –interpeló el Médicis–. ¡Miserables carroñeros! ¿Qué queréis?

–En principio sólo queríamos tu vida –anunció en tono lúgubre el encapuchado–. Lamentablemente, ahora, por culpa de ese entrometido, las cosas han cambiado.

Y señaló de manera clara e inequívoca a Bernard Villiers.

El médico cruzó una mirada intranquila con Nikos y Marsilio, que permanecían petrificados, a su derecha, junto a la chimenea. Los tres parecían intuir que nadie saldría con vida de la que se avecinaba. Sólo Renato, algo más retrasado que el resto, presenciaba la escena imperturbable, con las manos enlazadas en la espalda.

El desconocido echó atrás el capuz y reveló su rostro, huesudo y seco.

–¿Me recuerdas, Cósimo? –preguntó con deleite–. Han pasado treinta años, pero no he cambiado tanto...

El banquero afiló la mirada y resiguió las líneas de ese rostro nuevo, hasta desempolvar las facciones de un odio viejo que él creía enterrado.

Era Benedetto Ubaldini. El más aventajado discípulo de Lorenzo Ghiberti.

–¡Hatajo de víboras! ¿Cómo habéis entrado en mi casa? –indagó encendido en ira. Golpeó con fuerza el bastón contra el piso. Temblaba de pies a cabeza.

Ubaldini sonrió. Con un gesto leve de su rostro parecía sugerir al Médicis que echara un vistazo a sus espaldas. Todos se volvieron. Anderlino permanecía bloqueando la puerta que comunicaba el salón con la biblioteca.

–Yo he dejado entrar a estos caballeros, señor... –aseguró con pompa y circunstancia el mayordomo, erguido como un poste. Vestía una impecable librea azul.

–¿Anderlino...? –murmuró Cósimo sin dar crédito a la situación–. ¡Anderlino!

El estupor invadió el rostro de Magdalena al comprobar que en los ojos del senescal asomaba un brillo extraño y retador que jamás había detectado.

–Sí, Cósimo, el fiel y siempre silencioso Anderlino... –aclaró Ubaldini–. Mi hermano ha pasado cinco largos años a tu servicio, día tras día, esperando, como todos nosotros, a que este momento llegara.

Bernard volvió a encarar durante unos segundos al mayordomo. Se miraron fijamente. Sin lugar a dudas, se dijo el francés, él había disparado la ballesta desde la arboleda durante la velada en Careggi.

–No sabes cuánto lamento que Mauro Manetti muriera... –explicó el artista ante una audiencia demudada–. El veneno era sólo para ti, miserable hiena. Pero algunas veces las cosas se tuercen y unos pagan por otros. Esta noche todos tus invitados deberán pagar un alto precio por tus pecados, Cósimo. Y lo siento de veras...

Un silencio zahiriente invadió la estancia. Casi se podía escuchar el latido desbocado de los corazones de todos al batir en el pecho. Bernard reparó en que Renato le hacía señal clara de que se acercara a él discretamente. Cuando Ubaldini volvió a hablar, el médico se desplazó con sigilo hasta situarse junto al duque.

–Pero… ¡Válgame el cielo! ¡Soy un desconsiderado: he olvidado hacer las debidas presentaciones, deberás perdonarme! –exclamó con teatral cinismo Benedetto, señalando a todos los que le acompañaban. Habían permanecido inmóviles, formados como las cariátides de un templo–. ¿Sabes, Cósimo? ¡Lo mejor de odiarte no reside en el placer de soñar la venganza! ¡Lo mejor acontece cuando uno descubre que otros que te aborrecen tanto o más de lo que yo te desprecio transitan por los mismos caminos!

Ubaldini se hizo a un lado. Al instante, los dos encapuchados que le flanqueaban mostraron su rostro. Eran un hombre y una mujer. De unos cincuenta años. Él, algo canoso y ajado; ella, de belleza pálida y mórbida.

Sólo sus miradas les asemejaban. Indómitas. Duras como el pedernal.

–¿Salvestro…, Agnella…? –balbuceó el Médicis, mirándoles de hito en hito, temiendo reconocerles. Retrocedió interponiendo su mano abierta, en un vano intento por detener el avance de esos dos seres surgidos de las fauces del tiempo. Topó con el sitial. No acertó a desplomarse en él. Se dejó caer de rodillas, ocultando el rostro, consumido por la vergüenza–. ¡Dios mío, Dios mío…, perdonadme, perdonadme!

Cósimo *Il Vecchio* se deshizo en un llanto abierto y desolado.

–¿Recuerdas? Éramos sólo dos niños cuando todo ocurrió… –dijo Salvestro–. Pero tú no tuviste piedad alguna. Nos arrebataste todo lo que nos era querido. Nos condenaste a vivir una vida miserable. Tal vez te guste saber que nuestra madre no volvió a pronunciar ni una sola vez tu nombre, Cósimo. Jamás. Cuando se refería a ti siempre hablaba de El Maldito.

–Hemos venido a devolverte este anillo envenenado –aseguró Agnella alzando su mano y mostrando un aro con el escudo de los Médicis. Las esferas carmesí, dispuestas en forma de almendra, arropaban la inicial del banquero.

Cósimo, incapaz de mirarles a los ojos, gimoteaba como un niño postrado a los pies de Magdalena. El ama de llaves intentaba incorporarle, pero la voluntad parecía haber abandonado el cuerpo del potentado, convertido en un fardo de carne y huesos. Al mismo tiempo, Renato de Anjou bisbiseaba en el oído de Bernard instrucciones claras y precisas. En francés. Solicitaba desesperadamente ayuda para llevar a cabo su plan.

–*Écoutez-moi, Bernard. J'ai deux poignards dans la ceinture...* –anunció, haciéndole reparar en las dos dagas que ocultaba en el cinto–. *Je vais les lancer...* –y dejó clara la dirección en que partirían con un leve movimiento del mentón–. *Vous devez prendre la responsabilité d'organiser la retraite vers la bibliothèque...* –y llevando la mirada hasta el rabillo de los ojos, indicó la que sería su única vía de escape posible–. *Avez-vous compris?*

–*Oui, j'ai compris. Je ferai de mon mieux...* –aseguró Villiers, mirando de soslayo al noble. Pese a lo terrible de la circunstancia parecía entero, de una pieza; sumido en la tensa calma previa al combate. El médico rezó para que las muchas historias que por toda Europa se contaban acerca de las hazañas de Renato de Anjou fueran ciertas. Una de ellas, convertida en leyenda al ser cantada por trovadores en mercados y caminos, narraba cómo logró zafarse de una encerrona mandando a mejor vida a siete ingleses, armado con una espada y una daga. Si alguien podía sacarles con vida de la jaula que era el salón, ése era él.

–*La cheminée, Bernard...* –apostilló el duque ladeando la cabeza en dirección a las llamas–. *Les torches sont une arme excellente.*

Bernard asintió. La sangre se agolpaba en su cabeza. Le costaba pensar con claridad. Sabía que en cuestión de segundos, así terminaran Ubaldini y los Antelami su amenazador preámbulo, todo se precipitaría abocándoles a un desenlace imprevisible. El artista seguía dirigiéndose al banquero. Narraba, con parsimonia y detalle, cómo el destino le llevó a conocer a Agnella y a Salvestro, dos hermanos que alimentaban un único afán: acabar con el patriarca de los Médicis; y con todos los secuaces que le respaldaron cuando éste propició la desgracia de su familia.

–Descubrir que Bramante, Mainardi y Gentile, tus cómplices en el Arte de la Lana, a los que dictaste mi sentencia tras aquella farsa de juicio, fueron también responsables del drama de Salvestro y Agnella Antelami, nos dejó conmocionados, sin aliento –aseguró Ubaldini–. Los tres supimos que el destino nos había reunido de modo inexorable. Teníamos los mismos enemigos, uno por uno. O casi los mismos. En la repugnante maquinación que urdiste contra sus padres, te serviste del concurso de ese cerdo de Anselmo Alberici. Erais buenos amigos en aquellos días.

–Ya sabes lo que dice el refrán, Cósimo… –interrumpió Salvestro–: De lo contado come el lobo. Tus opositores en Milán no tardaron en enterarse de que tú y Anselmo andabais tras el alumbre de Tolfa. Ellos nos han ayudado a fraguar todo esto. Ha hecho falta mucho dinero, paciencia y tiempo. Pero ha valido la pena. Comprenderás que la circunstancia era idónea. Con el alumbre de por medio fue fácil hacerte creer que Anselmo estaba detrás de los asesinatos de Bramante, Mainardi y Gentile. Al acabar con él y con su familia nos has ahorrado mucho trabajo.

–Y ahora ya sólo quedas tú, Cósimo –aseguró Agnella–. Agostino, nuestro padre, al que tanto quisiste, y Fiametta, nuestra madre, a la que tanto amaste, descansarán por fin en paz. Esta hora es tu hora, maldito rufián…

Se hizo silencio. Cósimo de Médicis pareció entender que el momento había llegado. Que no habría más palabras que entretuvieran el abrazo de la muerte. Se aferró a la mano de Magdalena y se alzó. Ubaldini, Salvestro y los dos matones que les acompañaban extrajeron del interior de sus capas largos cuchillos. Brillantes y acerados. Agnella, en el centro de la cohorte de verdugos, mostró una pequeña ballesta.

Renato se debatía en un dilema irresoluble: qué uso dar a sus dos dagas. En otras circunstancias no dudaría. Ubaldini, Salvestro y Agnella, pese a todo, no eran criminales acostumbrados a matar. Los dos esbirros que les flanqueaban, y que seguían ocultando el rostro bajo las almocelas, eran infinitamente más temibles.

Agnella extendió su brazo y apuntó al pecho de Cósimo.

Los cinco comenzaron a avanzar.

Dispuestos a bañarse en sangre.

44

MUERTE EN VÍA LARGA

Todo sucedió en un abrir y cerrar de ojos. El Médicis unió las manos en actitud contrita, llenando su pecho de aire y dignidad. Resignado a morir. Agnella, a pocos metros, crispó sus dedos en el percutor y apretó las mandíbulas. Un instante antes de que el dardo silbara, Renato de Anjou, rápido como un gato montés al saltar sobre su presa, extrajo las dos dagas que portaba al cinto. En una vertiginosa y feroz pirueta lanzó la primera de ellas en dirección a Anderlino. Y antes de que nadie pudiera entender lo que pasaba, arrojó la que restaba contra el sicario que avanzaba al encuentro de Bernard.

–¡A la biblioteca! –bramó el duque. Se precipitó en dirección a la chimenea, buscando hacerse con un tizón, mientras apremiaba a los demás–: ¡Nikos, las teas, las teas! ¡Marsilio, atrás!

Al punto se desató la locura. La ira prendió en los ojos de Benedetto Ubaldini al ver cómo su hermano se desplomaba y uno de sus matones, tras proferir un estremecedor alarido, caía fulminado. Disparó entonces Agnella su ballesta. La flecha partió al encuentro del corazón de Cósimo. Magdalena, venciendo el pánico que la atenazaba, reunió arrestos para abalanzarse sobre el Médicis en un desesperado intento por salvarle la vida. Le desplazó, propinándole un fuerte empellón en el último instante. La saeta la alcanzaría a ella, traspasando su brazo de parte a parte. Salvestro, tras un instante de desconcierto, se arrojó sobre el banquero, endilgándole una cuchillada sañuda en lo bajo del vientre. Cósimo, doblado por el dolor, trastabilló hasta derrumbarse a peso. Benedetto, ansioso por terminar lo que su cuñado había empezado, buscó el cuerpo convulso del patriarca dispuesto a asestarle el golpe de gracia.

No lo conseguiría. Renato y Nikos se interpusieron como furias entre Cósimo y los cuatro asesinos. A golpe de antorcha lograron hacerles retroceder. Sabían que no podrían contenerles indefinidamente, pero sí ganar unos segundos preciosos. Los que necesitaban Bernard y Marsilio para retirar al patriarca y alcanzar la seguridad de la estancia contigua.

—¡Hatajo de mandilejos, miserables desgarramantas, pandilla de garulleros! —voceaba el cretense, soltando espumarajos por la boca y propinando golpes al aire—. ¿Nos queréis matar, engibadores del infierno? ¡Acercaos, bardajes de mierda, que os enseñaré cómo asamos la carne en Creta!

Bernard y Marsilio cargaron con el cuerpo inerte del Médicis. Permanecía con los ojos abiertos, desorbitados. Su respiración se había convertido en un espasmo. Magdalena, con los labios quebrados por el dolor, sería la primera en ponerse a salvo. Sorteó el cuerpo de Anderlino, tendido ante el umbral. Y ya estaba al otro lado cuando se volvió y propinó una rabiosa patada al cadáver.

—¡Cerdo! —increpó escupiéndole en el rostro.

Tras asegurarse de que todos habían hallado refugio en la biblioteca, Renato y Nikos comenzaron a recular lentamente, cediendo terreno a los agresores.

—¡La mejor retirada obliga a batirse, señor Pagadakis! —aseguró el duque arrojando una de las teas contra Ubaldini. Nikos le imitó lanzando una segunda. Los tizones le golpearon de lleno en el pecho. En pocos segundos su capa ardía y el fuego le mordía la carne. Sus gritos obligaron a sus compinches a cejar en su ataque y prestarle auxilio.

—¡Maldita sea! ¿Y ahora qué? —gruñó el cretense tras cerrar la puerta y correr el cerrojo—. ¡Estas hojas no detendrán a estos salvajes!

Renato sabía que Nikos tenía razón. Las puertas, aunque recias, no resistirían una acometida sistemática y en regla. Marsilio había reforzado por su cuenta la que comunicaba el gabinete con el corredor de palacio, arrastrando hasta su base una pesada arquilla. Pero no parecía suficiente.

–Las mesas, caballeros… –propuso el duque–. Aseguremos las dos puertas con todo aquello que pueda amontonarse.

Mientras Bernard, ayudado por Magdalena, intentaba contener la sangre que brotaba a borbotones de la herida de Cósimo, profunda y fea, los demás se sumieron en una frenética carrera por acumular todo el mobiliario de la estancia en los accesos. No tardaron las hojas en temblar ante la embestida de los intrusos. Resistieron.

–Esto les frenará un poco, no demasiado… –aseguró Renato. Sus ojos recorrieron con avidez la biblioteca, buscando todo aquello que pudiera ser útil a la hora de defenderse. Una sonrisa de satisfacción se dibujó en sus labios–. ¡Vive Dios que esto parece caído del cielo!

Señaló una de las paredes, revestida en madera. A un lado y al otro se desplegaban altos anaqueles atestados de libros. En el centro, suspendido a media altura, enobleciendo la estancia, aparecía el escudo de los Médicis, forjado en plata pura; mostraba, en orden decreciente, las esferas carmesí que según la leyenda correspondían a los golpes propinados por un gigante al fundador de la estirpe. Y realzando el blasón, en aspa perfecta, dos mazas de combate, de madera y plata.

–Siempre he odiado las mazas –ironizó entre dientes el noble, aproximando un banco sobre el que auparse y descolgar las armas–. Pero hoy no es día para andarse con remilgos.

Marsilio y Nikos, por su parte, intentaban abrir sin éxito las dos ventanas que asomaban a Vía Larga, de estructura emplomada y vidrio coloreado. El cretense, tras forzarlas en vano, aferró entre reniegos un atril y comenzó a golpearlas con rabia hasta hacerlas añicos.

–¡Debemos pedir auxilio! –aseguró asomándose por una de las bíforas y comenzando a gritar. Pero la Vía Larga, a esas horas de la noche, permanecía desierta y silenciosa, apenas iluminada por unos pocos braseros. Y ninguna ronda de la Signoria patrullaba el lugar.

Mientras tanto, tras varias intentonas frustradas que sólo habían conseguido astillar las puertas, Ubaldini y los suyos optaban por pegarles fuego. Habían acumulado cortinas, arquillas y bancos delante de la que comunicaba el salón con el gabinete, seguros de que el humo y las llamas obligarían a los sitiados a salir por la otra a la desesperada.

—Nos quieren quemar vivos… —observó Renato. Respiró con desazón ante la realidad del lugar—. Y con tanto libro y tanta madera a buen seguro lo consiguen. Esto arderá como yesca. Deberemos salir. Quedarnos aquí nos condena a una muerte segura.

—Yo os acompaño —aseguró Nikos, reclamando una de las ferradas.

El duque se la entregó con gesto escéptico.

—No estoy seguro de que sea buena idea, señor Pagadakis —dudó Renato—. Una vez fuera, no podré velar por vos. Será una carnicería.

Se quedaron mudos, mirándose unos a otros. Marsilio parecía derrumbarse. El miedo y el inusitado banquete de odio que le tocaba vivir le hacían flaquear. Temblaba como una hoja. Nada de lo que sucedía guardaba relación con el universo perfecto y la armonía bendita de Platón. Esa noche, el joven florentino estaba recibiendo un bautismo de inquina y muerte que teñía sus ideales hasta igualarlos con el color rojo del mundo real.

Nikos advirtió su zozobra. Lo aferró por los hombros y lo sacudió.

—Escucha, Marsilio… —gruñó suave—. No es momento de lamentos. Voy a salir a ese corredor, con Renato. Y tú vas a encargarte de trasladar todos los libros que están en esta parte al otro lado de la estancia. Antes lanzarlos a la calle que dejarlos arder. Contén el fuego mientras puedas. Intenta pedir auxilio. Alguien nos oirá… ¿me entiendes?

—Sí, lo entiendo —aseguró tragándose las emociones—. ¿Vas a salir? ¡Nikos, tú eres un filósofo, no sabes nada de armas! ¡Te van a matar!

El cretense sonrió. Le agarró por el pescuezo, como haría un maestro con su alumno, y lo zarandeó con afecto.

–*Primun vivere, postea philosophare*, Marsilio! No se puede filosofar sin antes haber vivido. Y ahora se trata de conservar la vida, o de venderla muy cara. Además... ¿quieres saber algo que nunca le he contado a nadie?

–Claro...

–Yo, Marsilio, de crío, en Creta, era muy bruto. No sé cómo acabé dedicándome a los libros. Te juro que le rompí la crisma a más de uno. Y eso no se olvida.

Bernard se aproximó. Había conseguido fajar, con los jirones de una cortina, a Cósimo. El Médicis, pálido como la cera, yacía inconsciente sobre una alfombra. Respiraba con dificultad. Magdalena, con el brazo vendado y el vestido empapado en sangre, permanecía a su lado, velándole. Renato, tras dar instrucciones precisas al cretense sobre cómo blandir de modo temible una maza de guerra, le aconsejó que buscara algún objeto que hiciera las veces de escudo.

–Nikos, déjame ocupar tu lugar... –propuso el médico–. Yo saldré.

–¿Estás loco, francés? ¡Ni lo sueñes! –aseguró, sopesando satisfecho la letal contundencia de la maza–. Si para arreglar este mundo hay que *fender* algunas testas, el indicado soy yo. Que de los remiendos ya te ocuparás tú si la cosa se pone fea.

El cretense husmeó por la estancia. No había nada que pudiera acarrearse con facilidad y protegerle el cuerpo de la previsible lluvia de tajos. Acabó tomando un grueso volumen de uno de los anaqueles. Pesado y de grandes dimensiones.

–¡Vaya, vaya... *Los Doce Césares*, de Suetonio! –exclamó irónico–. Por muchas cuchilladas que caigan no podrán matarlos a todos...

Lo abrió por el centro y lo colgó cabalgando en su brazo izquierdo.

Un humo espeso empezaba a colarse por la base de las puertas del salón. El fuego irrumpiría en cuestión de minutos en la biblioteca. Renato apremió. No disponían de más tiempo. Explicó su plan. El único posible. Él y Nikos intentarían hacer retroceder a los matones, hasta ganar las escaleras, abrir el portón y pedir ayuda.

–Asegurad la puerta así hayamos salido… –ordenó el duque–. Y que Dios nos ayude, señores…

Retiraron los muebles con sigilo. Ningún ruido se oía al otro lado. Sólo silencio.

–Bernard, si esto se acaba aquí… –farfulló Nikos–, quiero que sepas que nadie ha tenido nunca mejor amigo.

Villiers se llevó el índice a los labios. Intercambiaron una sonrisa emocionada.

Después abrieron la puerta, dispuestos a matar o morir.

45

LA COSECHA DEL ODIO

Renato y Nikos irrumpieron como un vendaval en el corredor. Ubaldini, los hermanos Antelami y el matasietes que les acompañaba estaban allí, armados hasta los dientes. Habían tomado escudos y espadas de la lujosa panoplia del Médicis, que ornaba el muro del pasillo de palacio. No hubo tientos, dilación o escarceos. Chocaron con la furia salvaje que preside el encuentro de dos ejércitos así estuvieron frente a frente. Renato embistió como un diablo, descargando terribles mazazos sobre la rodela de acero del encapuchado; Nikos arremetió contra Benedetto, propinándole un golpe sesgado con el grueso tomo que le hizo tambalearse y retroceder.

No pudieron evitar, pese a la furia del órdago desencadenado, que los Antelami les fintaran alcanzando la puerta de la biblioteca antes de que Bernard y Marsilio la hubieran asegurado. Salvestro propinó una contundente patada a una de las hojas, derrumbando al joven. Ficino cayó de espaldas. Y a duras penas intentaba incorporarse, cuando un demoledor puntapié en la boca del estómago le dejó fuera de combate. Sin detenerse, Salvestro Antelami se precipitó como un felino contra Bernard Villiers, mientras Agnella, que le iba a la zaga, se abalanzaba, cuchillo en mano, sobre Magdalena y Cósimo.

Mientras unos y otros trababan sus cuerpos y voluntades en el exacerbado empeño por conservar la vida o arrebatarla, al otro lado del palacio, Piero de Médicis, sobresaltado ante la ensordecedora batahola de gritos, restallidos y blasfemias, intentaba incorporarse. No tardó en comprender que un drama se había desencadenado y que sólo el azar y lo apartado de su cámara le habían evitado el horror del papel que le correspondía en el reparto.

Buscó su muleta y se alzó, acallando el dolor que suponía cada paso dado. Alcanzó la puerta y asomó al largo corredor que circunvalaba la planta. Distinguió, al fondo, cuatro cuerpos claramente entregados a un salvaje intercambio de golpes.

Avanzó con el rostro crispado, descargando su peso contra el muro. Cada metro recorrido era un calvario. Llegó a la balaustrada que asomaba al *cortile* y a la primera de las armaduras milanesas que custodiaban lo que restaba de galería. Se detuvo y tomó una espada. La aseguró contra el pecho, blandiéndola como una lanza en ristre.

A la entrada de la biblioteca, Renato vivía momentos difíciles. El encapuchado al que se enfrentaba no era un asesino cualquiera, de los de puñalada en rinconada oscura y huida presurosa; luchaba con la técnica de un soldado profesional, curtido, y para colmo de males andaba mejor pertrechado que él. Le mantenía a raya con la punta de una espada larga y detenía los pocos golpes de maza que el francés lograba endosarle. En las mismas, o en peores, estaba Nikos, viéndoselas con un rabioso Ubaldini, infinitamente más ágil y fogoso. El artista había despedazado, estocada tras estocada, el grueso tomo de Suetonio y empujaba al cretense a una posición desfavorable.

El duque de Anjou decidió jugarse el todo por el todo. Incitó a su adversario a descargar un tajo tras otro sobre su maltrecho escudo de plata, dispuesto a golpearle con todas sus fuerzas en el costado. Y ya se disponía a barrer lateralmente, cuando una puntada artera le hirió en la pierna haciéndole perder el equilibrio. El sicario alzó el hierro con las dos manos, dispuesto a ensartarlo en el suelo, sin piedad alguna. Con un golpe sesgado, desde lo bajo, Renato le quebró las rodillas haciéndole caer. Y tan pronto lo tuvo inerme y a la vera, descargó la almádena de revés, hundiéndole el cráneo.

Pocos metros más allá, Benedetto Ubaldini había logrado desarbolar a Nikos. El cretense, desarmado, con varios cortes en los brazos y en las manos y consciente de su fin, retrocedía aterrorizado. Afianzó la espalda contra una columna, se llevó a los labios el nombre de la Divina Madre Hodegetria, y cerró los ojos para no irse de este mundo con el rostro iracundo del artista grabado en las pupilas.

Benedetto, viéndole a su merced, sonrió satisfecho.

—Muere, como mueren todos los amigos de los Médicis... —gruñó entre dientes, dispuesto a traspasarle el pecho de parte a parte.

—No. Muere tú, miserable hiena... —propuso una voz a su espalda.

Ubaldini se volvió. Para cuando logró entender lo que ocurría, un frío metálico le mordía las entrañas y un vómito sanguinolento desbordaba su garganta. Piero de Médicis se abrazó a su cuerpo, con obstinación, empujando más y más la hoja de la espada. No le soltó hasta que estuvo seguro de que no quedaba rastro alguno de vida en su mirada. Después, pidió ayuda a Nikos para no caer al suelo, roto por el esfuerzo y el dolor.

Renato se acercó hasta ellos. Venía renqueando. Con gesto torcido. La herida de su pierna sangraba con profusión. Arrastraba sin fuerzas una espada por el pomo.

—La biblioteca, la biblioteca... —susurró, intentando llenar su pecho de aire. Y señaló las armas que aparecían abandonadas en el suelo sugiriendo empuñarlas.

Al entrar en el gabinete, la brutalidad de la escena les sacudió a los tres.

Marsilio se recogía sobre sí mismo, hecho un ovillo; lloraba sin consuelo, como un niño, al pie de una de las librerías. Las puertas que comunicaban con el salón ardían. El fuego devoraba un anaquel repleto de volúmenes.

Bernard Villiers, tendido en el piso, intentaba desembarazarse del cadáver de Salvestro, derrumbado sobre su cuerpo. Agnella agonizaba al final de la estancia, sobre la alfombra, a un metro escaso de Cósimo de Médicis.

En el centro de la habitación, en pie, bañada en la sangre de los hermanos Antelami, Magdalena, con mirada enajenada, sostenía un cuchillo.

Se arrodilló, clavando los puños en el suelo.

Sus cabellos ocultaron por un momento sus facciones.

Después, en un alarido desgarrado, liberó la locura de lo vivido.

46

RELATO DE UNA INFAMIA

Avanzada la madrugada, en medio de un silencio de camposanto, Lucantonio Torelli llegó a Vía Larga. Un oficial había aporreado hasta la escandalera el portón de su casa, en el barrio de la Santa Croce, sacándole de la cama. El prior, máximo responsable del Consejo de los Ocho de Florencia y viejo amigo de Cósimo, entró en el palacio Médicis siguiendo a Marsilio Ficino –que había dado la voz de alarma una hora antes–, en compañía de dos comisarios judiciales, un notario y media docena de soldados de la Signoria, adormilados y perplejos. El espectáculo macabro que se desplegó ante sus ojos al recorrer las estancias de la planta superior les despertó de golpe. Los vivos lamían sus heridas en silencio ante la mueca grotesca de los cadáveres.

Cósimo había sido trasladado a su alcoba. Pese a lo grave de su estado, permanecía estacionario, fluctuando entre la lucidez y la inconsciencia. Bernard Villiers, junto al cuerpo de Agnella Antelami, intentaba salvar su vida en vano. La mujer presentaba dos cuchilladas en el pecho y una en el costado. Expiró al poco. Piero de Médicis, sumido en un silencio consternado, descansaba en un sitial de la biblioteca, cabizbajo, rodeado por docenas de libros salvados del fuego. En el salón contiguo, Magdalena y Renato, efectuadas sus curas, procedían a vendar los numerosos cortes que Nikos presentaba en los brazos y en las manos.

A lo largo de la siguiente hora, Lucantonio Torelli escuchó de labios de cada uno de ellos el relato de los hechos, al tiempo que los comisarios y el notario, circunspectos, consignaban todo lo dicho. Renato, Piero y Magdalena serían los primeros en declarar. El duque de Anjou y el hijo de Cósimo aseguraron haber matado en defensa propia a cuatro de los seis agresores. El ama de llaves –cuyo papel había resultado decisivo en el desenlace del drama– explicaría con voz trémula que al buscar refugio en la biblioteca había extraído del pecho de Anderlino la daga lanzada por Renato. Cuando Agnella se abalanzó sobre ella, no dudó en interponer el filo en el último momento. Tras acabar con la mujer, y viendo la situación desesperada en que se encontraba Bernard –trabado en un salvaje forcejeo con Salvestro en el que llevaba todas las de perder–, no tuvo reparos en acuchillar por la espalda al agresor.

El atestado levantado por la Signoria sería archivado discretamente ese mismo día, sin dar lugar a investigaciones posteriores. Los Médicis y sus invitados, según las conclusiones del documento, se habían salvado in extremis de un intento de asesinato organizado por Benedetto Ubaldini –sobre el que pesaba un decreto de proscripción por idénticos motivos en el pasado– y su hermano Anderlino, que servía a la familia en calidad de senescal; ambos actuaron confabulados en su propósito criminal con los Antelami, de los que sólo se especificaría el nombre, evitando cualquier referencia a sus ascendentes florentinos y corriendo un velo sobre los motivos que les habían llevado a participar en la conjura. En pliego adjunto se aseguraba que tanto unos como otros se jactaron de ser responsables de las muertes de Fabriano Bramante, Frosino Mainardi, Antonio Gentile y Mauro Manetti.

Marsilio, Renato, Bernard, Nikos y Magdalena, cuyas rúbricas quedaron estampadas al final del informe, junto a la de Piero en representación de los Médicis, no llegarían nunca a saber que a su declaración jurada sobre la autoría de esas muertes se añadirían, en los siguientes días, más y más nombres. Los asesinatos de Anselmo Alberici y sus dos hijos, Bruno y Gerardo, así como otros crímenes –cometidos en las últimas semanas durante las reyertas entre *condottieros*–, pasarían a engrosar la ya de por sí abultada relación y serían imputados sin recato a Ubaldini y a los Antelami.

Poco antes del amanecer, mientras se procedía a retirar los cuerpos por una discreta puerta posterior, Bernard visitó a Cósimo. Su respiración apenas era perceptible. La llama de una vela oscilaba en la mesilla, adelantando y retrasando su oscuro y torturado perfil en la pared. Esa sombra indecisa parecía reflejar su estado vital, a medio camino entre la vida y la muerte. Magdalena permanecía a su lado, aferrando su mano. El médico retiró el vendaje. La contrariedad asomó en sus labios. El corte del vientre no cerraba. La sangre seguía fluyendo, lenta y espesa.

Durante unos segundos el francés pareció sumirse en un dilema.

Sus dedos acariciaron el frasco que se balanceaba en su cuello. Había evitado pensar en él. Ahora ya no podía ignorar su peso por más tiempo.

Recordó las palabras pronunciadas durante su último encuentro con Andrónico León, susurradas bajo la inmensa cúpula de *Haghia Sofia*, pocos días antes de que Constantinopla se viniera abajo ante el incontenible empuje de los otomanos.

–El que me encomendáis es un peso que no me siento capaz de llevar –había aducido él, intentando devolver al sacerdote la pequeña botella repujada en oro que éste confiaba a su custodia–; ser depositario de este tesoro me obligará a decidir entre la vida y la muerte. ¿Cómo podré saber cuándo debo utilizarlo?

–También yo me hice esa pregunta hace más de cuarenta años. Y también otros antes que yo. Lo sabréis, Bernard Villiers, lo sabréis... –aseguró Andrónico sonriendo con bondad.

Esa Sangre Real, conservada con absoluto celo y devoción por los sacerdotes ortodoxos durante siglos, le acompañaba desde entonces. Seis años, día tras día. Y nunca, en las contadas ocasiones en que se había visto en la tesitura de usarla, había vacilado. Ahora, por primera vez, dudaba.

Los acontecimientos vividos desde su llegada a Florencia desfilaron por su mente. Uno a uno. A gran velocidad. El macabro hallazgo de la cabeza de Frosino Mainardi en el baptisterio; la reunión en el palacio de la Signoria y el encuentro con Marsilio; el banquete en el que Mauro Manetti murió envenenado; los encapuchados arrastrando el cuerpo de Antonio Gentile; las pistas proporcionadas por Tomassino; las explicaciones de Donatello; Ubaldini y Lorenzo Ghiberti; la flecha en Careggi; el revelador silencio del arzobispo; el asesinato de los Alberici; los hermanos Antelami; el drama de las últimas horas…

Toda la espiral de odio desatado había regresado, tras un amplio viaje por el tiempo, al encuentro de la causa que la generó. Cósimo de Médicis había plantado esa semilla. Acaso muchas más, esperando germinar y salirle al paso en el futuro. Pero él, sólo un médico, no podía arrogarse el derecho a decidir. No era un juez.

Liberó el pequeño tapón del recipiente. Lo inclinó y vertió una gota de la Sangre Real en la herida del banquero. Magdalena, entre penumbras, le miraba hipnotizada, sin atreverse a preguntar qué remedio era ése.

Al poco, el vital fluido dejó de manar. En pocos minutos comenzó a coagular. Bernard preparó vendas limpias y, solicitando ayuda al ama de llaves, volvió a fajar el vientre de Cósimo. Después se quedaron largo tiempo en silencio.

El Médicis abrió los ojos cuando sonaron las campanas de San Lorenzo. Les miró cansino. Parecía preguntarse qué milagro le mantenía aún con vida. Intentó balbucear unas palabras. Tenía la boca reseca. Bernard le humedeció los labios.

Cósimo movió levemente los dedos y aferró la manga del vestido de Magdalena. Quería decir algo. La mujer se acercó hasta su rostro y él susurró unas pocas palabras.

—Cósimo quiere que os cuente algo… —anunció ella retrasándose en el escabel y mirando al médico—. Algo que lleva toda la vida deseando confesar.

—¿Confesar? Yo no soy un sacerdote, Magdalena... —aseguró el médico rechazando la idea. Y a renglón seguido se dirigió al patriarca—: No necesito explicaciones, señor. Tampoco me debéis gratitud alguna por lo que pueda haber hecho.

El banquero con un leve parpadeo invitó a la mujer a proseguir.

—Quiere que os cuente algo... —vaciló—, algo que sólo Antonino y yo sabemos. El arzobispo, señor Villiers, es el confesor de Cósimo. Muchas veces le ha repetido que Dios es capaz de perdonar los pecados más terribles, que la penitencia que ha cumplido a lo largo de su vida es suficiente. Pero él se ha torturado siempre por algo que hizo. Algo terrible. Terrible. De hecho, ha pasado años esperando una noche como la de hoy. No me refiero a Benedetto Ubaldini. Ese hombre estaba fuera de sus recuerdos...

—¿Habláis de los hermanos Antelami?

—Sí, de ellos. Veréis... —Magdalena buscó la aquiescencia del Médicis en un encuentro rápido con sus ojos—. Todo ocurrió hace muchísimos años. Cósimo era joven, aún no había cumplido los veinte. En aquellos días la familia ya era una de las fortunas más importantes de Italia y él comenzaba a hacerse con el control de los negocios textiles. Tenía un amigo, su mejor amigo. Agostino Antelami. Habían crecido juntos. Eran inseparables. Los Antelami vivían muy cerca del antiguo palacio Médicis, en el Mercado Viejo. Taddeo Antelami, el patriarca, era como un hermano para Giovanni di Bicci, el padre de Cósimo...

Magdalena interrumpió la narración. Parecía entender que era necesario aclarar algo en ese punto. El banquero asintió. Miraba al techo. Claramente perdido en el pasado.

—Debo hablaros también de Fiametta Baglioni... —decidió en un quiebro brusco—. Fiametta era hija única de una familia noble. Con estirpe pero sin demasiado dinero. Era la joven más bella de Florencia. Cósimo conserva un camafeo. Lo he visto en alguna ocasión y os puedo asegurar que no hay mujeres tan hermosas. El padre de Cósimo buscaba emparentar a los Médicis con linajes ilustres. Eso siempre le obsesionó. Decía que el dinero no supone alcurnia. Tiempo atrás, cuando Cósimo y Fiametta eran tan sólo dos niños, había acordado con los Baglioni la boda que uniría a las dos familias. Esos pactos, como sabréis, son habituales…

—Lo sé… —aseguró Bernard lacónico.

—Cósimo y Fiametta fueron buenos amigos durante la infancia —prosiguió Magdalena—. Los dos se reían y bromeaban con ese matrimonio lejano que sus padres habían concertado para ellos. Él se burlaba de ella. Y ella de él. Era algo normal. Pasaban las tardes jugando por las calles de Florencia con Agostino Antelami. Cósimo siempre dice que ésos fueron los días más felices de su vida. Un tiempo inolvidable…

Bernard miró de soslayo al patriarca. Advirtió que sus ojos se humedecían.

—Pasaron los años… —recapituló Magdalena—. Los tres crecieron. La amistad entre Cósimo y Agostino era más fuerte que cualquier otro vínculo. Los dos soñaban con dirigir las empresas de sus respectivas familias y convertir a Florencia en la ciudad más próspera y rica de toda Italia. Cuando Cósimo cumplió la mayoría de edad, su padre organizó una gran fiesta. Esa noche, Giovanni di Bicci le hizo el mejor regalo: le cedió el gobierno de las hilanderías, tintes y exportaciones de tejidos de los Médicis y anunció su compromiso con Fiametta Baglioni. La fecha de la boda quedó fijada.

Un presentimiento lúgubre traspasó el pecho del médico, inmerso en el hilo de la narración. Magdalena, con la vista posada en el regazo y los dedos entretenidos en un juego nervioso con los flecos de la manta, siguió desgranando con voz monocorde los recuerdos de una historia que parecía conocer con tanto detalle como su verdadero protagonista, inmóvil y privado del uso de la palabra, desbordado por la emoción.

Una semana antes de la ceremonia, Fiametta Baglioni, deshecha en lágrimas, se desdijo de su promesa y rompió el compromiso. Comunicó a Cósimo que no podía casarse con él. Confesó estar enamorada de otro hombre al que había querido en secreto durante años.

El joven Médicis se derrumbó. De la perplejidad y el llanto desolado pasó a la ira. No tardó en saber que Agostino era el amante de Fiametta. Buscó a su amigo, inflamado por la ira. No mediaron explicaciones. Se molieron a patadas, golpes y cuchilladas junto al Arno. Cuando los separaron, los dos estaban a un paso de la muerte.

–Pero la vida, de un modo u otro, siguió... –aseguró el ama de llaves respirando profundamente–. Los Baglioni devolvieron la dote a los Médicis y su hija casó con Agostino Antelami meses más tarde. Durante dos largos años, debido a las heridas primero y a la tristeza después, Cósimo permaneció postrado. Muerto en vida. Para cuando logró recuperarse había cambiado por completo. En lo más hondo de su corazón sólo albergaba el deseo de vengarse y destruir las vidas de Agostino, al que odiaba con toda el alma, y de Fiametta, a la que nunca dejó de querer pese a maldecirla.

El médico se agitó. Notaba cómo la gravedad de la historia, al hilvanarse, caía a peso en su interior, provocándole un extraño sentimiento, que era amalgama de desazón y conmiserada empatía.

–Cósimo contrajo matrimonio tiempo después con Tessa, la *contessina* di Bardi, hija del conde de Vernio... –explicó Magdalena mientras una lágrima furtiva se deslizaba por su mejilla, delatando la existencia de un secreto que se desvelaría poco después–. Su padre, desesperado ante el abatimiento y el desencanto que presidía la vida de su hijo, concertó ese matrimonio. El conde de Vernio, como ocurre con todos los nobles de hoy, poseía abolengo del rancio en el blasón y agujeros en los zapatos. Aceptó. No fue una boda por amor. A pesar de la belleza de Tessa, Cósimo no la amaba. Ni siquiera el nacimiento de Piero y de Giovanni, sus dos primeros hijos, le devolverían la felicidad. Había pasado el tiempo, pero seguía manteniendo las brasas del rencor humeando en lo más recóndito del alma. Agostino y Fiametta también tuvieron hijos. Dos hijos. Salvestro y Agnella. Han muerto esta noche, señor Villiers..., y yo, yo los he matado, señor Villiers. Los he matado a los dos... ¿Por qué el destino me ha reservado un papel tan terrible en este drama? ¿Por qué?

Magdalena ocultó el rostro entre sus manos esbeltas, impropias de una criada, y prorrumpió en un sollozo amargo y sincero. Cósimo alargó una vez más su brazo y deslizó las yemas de sus dedos por sus cabellos cobrizos, que caían como una cascada de luz triste, noble y vieja.

Se hizo un silencio largo, en absoluto opresivo. Expiatorio y liberador.

Se abrió la puerta de la estancia y asomó el rostro redondo de Nikos.

—Escucha, francés, debemos hablar... —apremió desde el umbral.

Bernard le hizo una señal clara e inequívoca. El cretense comprendió lo inoportuno de su irrupción y se retiró entornando la hoja discretamente.

—En ese punto de la historia todo se precipitó —afirmó la mujer enjugando las lágrimas y reuniendo arrestos—. Lo que ahora os explicaré os aclarará lo que ha ocurrido hoy aquí. Sucedió unos años antes de que Cósimo fuera acusado de traición a la patria por los oligarcas florentinos, envidiosos de su poder, y condenado al destierro...

Bernard recordó ese capítulo de la vida del Médicis. Cósimo lo había narrado con todo lujo de detalle durante la velada en Careggi, en la que él estuvo a punto de perder la vida.

—Cósimo conocía a Anselmo Alberici. Los Alberici eran la tercera de las familias que en aquellos días pugnaban por dominar el mercado de la lana en Florencia. Había otras. Pero los Médicis, los Antelami y los Alberici eran los verdaderos dueños. Cósimo no sentía simpatía alguna por Anselmo. Le consideraba un chafallón, un zafio. Pero no dudó en aliarse con él para conseguir sus propósitos. Deseaba arruinar a Agostino Antelami. Pero necesitaba hacerlo en secreto, de espaldas a su padre. Giovanni di Bicci era, ante todo, profundamente cristiano y jamás habría aceptado que su hijo buscara la ruina y la desgracia de otro. Aunque ese otro fuera Agostino. Así que Cósimo negoció en secreto con Anselmo Alberici. Los dos unieron sus fuerzas para desbancar a los Antelami...

—Me parece que empiezo a comprender... —susurró Bernard. Los ojos se le iban tiñendo del color de la infamia así avanzaba la historia de Magdalena. Cósimo ya no lloraba. Permanecía con los ojos entrecerrados, acaso adormecido, como si sólo la narcosis le permitiera soportar el terrible desenlace de su propia obra.

—Cósimo tenía todos los resortes necesarios para hundir a Agostino Antelami. Fabriano Bramante, Frosino Mainardi y Antonio Gentile eran los hombres que movían todos los hilos en el mundo de la lana y la seda. Dirigían el gremio, tasaban, fijaban peonadas, alertaban de partidas, proveían de alumbre. Nada ocurría sin su concurso. Y Anselmo disponía de dinero, mucho dinero. Durante dos años, Cósimo y Anselmo despilfarraron florines a espuertas con el único propósito de acabar con Agostino. Cuando él invertía en esto o en aquello, ellos inundaban el mercado con lo mismo. Creo que a eso le llaman depreciar. Si producía terciopelo, con terciopelo; si exportaba brocados, con brocados. Una y otra vez. Acabó en la quiebra. En la más absoluta miseria.

—No sé si es necesario proseguir... —adujo Bernard interrumpiendo a Magdalena. El derrotero del relato le producía verdadera náusea—. Puedo imaginar el final.

—No, no podéis imaginarlo... —negó ella—. Agostino y Fiametta estaban desesperados. Vendieron la mansión que poseían en Prato y empeñaron todos sus bienes. Reunieron lo poco que les quedaba, creyendo que podrían recuperarse en una última operación. Pero no era suficiente. Necesitaban mucho más dinero. Agostino se humilló y llamó a la puerta de Cósimo. En recuerdo de la amistad que ambos se habían profesado en el pasado, le imploró que le prestara una gran cantidad. Cósimo lo había hecho bien. No existía prueba alguna que demostrara que él había propiciado la desgracia de Antelami. Le concedió un empréstito. Agostino se proponía exportar una partida importante de terciopelo bordado a París y a Brujas. Pero Cósimo sobornó a Antonio Gentile, el mayor experto en alumbre y tintadas. Antonio modificó la fórmula de la sal astringente que fija los colores y todas las prendas de Antelami se arruinaron. Sus acreedores, azuzados por

Cósimo y Anselmo Alberici, se arrojaron sobre él como lobos. La misma mañana en que la Signoria dictaba orden de prisión contra él, Agostino apareció ahorcado en el salón de su casa…

Magdalena interrumpió la historia. Miró a Cósimo. Se mordió el labio.

—La visión de Agostino balanceándose en medio de esa estancia vacía ha acompañado a Cósimo todos los días de su vida —apostilló, deseando poner punto final a los hechos—; ha vivido siempre torturado por los remordimientos, sin poder librarse de ese infierno. Os aseguro que yo he conocido todo esto a lo largo de los años. Retazo a retazo. En innumerables noches de insomnio…

—¿Qué ocurrió con Fiametta? —indagó Bernard con ánimo triste.

—Cósimo se juró a sí mismo reparar su infamia. Juró que la protegería, que se encargaría de que nada le faltara. Pero Anselmo Alberici, no mucho más tarde, atraído por la belleza de Fiametta, acabó confesándole la verdad. Ella enloqueció. Salió de Florencia con sus dos hijos. Sin dejar rastro. Dos años después, Cósimo logró averiguar que se encontraba en Milán, viviendo de la caridad. No tuvo arrestos para ir a buscarla. Su vergüenza era infinita. Le hizo llegar un anillo. El anillo que esta noche su hija mostró. Y una carta en la que le pedía perdón y le rogaba que no dudara en hacerle llegar el anillo si necesitaba de él. Pero ella jamás lo usó.

Bernard bajó la mirada y ocultó el rostro durante unos segundos. La explicación había llegado a su fin. Todas las piezas de la compleja trama encajaban. Sintió verdaderas ganas de llorar ante tanta vileza y ruindad.

—Os queda una pregunta por formular, señor Villiers… —murmuró con suave convicción el ama de llaves.

El médico enfrentó los ojos de Magdalena.

—No tengo ninguna pregunta que haceros. Todo está muy claro.

—Sí. Os estáis preguntando quién soy… —aseguró.

—No. Supongo que de algún modo sois la única persona en quien este hombre ha hallado consuelo —conjeturó—. Es suficiente.

–Ahora sabéis quién es Cósimo de Médicis. Resta decir que parte de su fortuna se debe a una actividad inconfesable –aseveró en tono revelador–. Hasta hace pocos años, la familia mantenía un servicio de transporte que enlazaba Florencia con otras ciudades de Europa, pero sobre todo de Oriente. Era un negocio destinado a encubrir otro mucho más importante y realmente indigno. El comercio de esclavos.

El francés miró perplejo a la mujer.

–¿Esclavos?

–¿Suena terrible en vuestros oídos cristianos, verdad? –presupuso Magdalena–. Sí, esclavos. Mujeres. Cósimo las ofrecía a bajás, emires y sultanes en Damasco o Bagdad. Durante el año que pasó en Venecia, en el exilio, nos compró a Cristina, a Zita y a mí. Éramos sólo unas niñas. Después decidió que no quería vendernos. Yo, señor Villiers, soy la esclava de Cósimo de Médicis y la madre de su tercer hijo, Carlo de Médicis, el sacerdote.

Esa apostilla sorpresiva y terrible fue más de lo que Bernard podía soportar. Se deshizo en lágrimas amargas.

–¿Por qué me habéis contado todo esto? –preguntó entre sollozos–. Yo no deseaba saberlo. No necesitaba saberlo. ¿Por qué..., por qué?

–Durante vuestra estancia en Careggi, Cósimo quedó impresionado ante vuestro razonamiento sobre la impecabilidad de los actos cuando se toma a la muerte como consejera de por vida –aclaró la mujer–. Él cree que sois un hombre justo. Y yo lo suscribo. Os he explicado esto porque soy yo quien desea haceros una pregunta...

–¿Cuál?

–Sabiendo todo lo que ahora sabéis, señor Villiers, decidme... –titubeó–: ¿Perdonaríais a un hombre como Cósimo? Él necesita esa respuesta. Vive en continua aflicción ante la muerte, atormentado por el castigo que pueda hallar tras esta vida. Pero yo también la necesito. De algún modo, a pesar de todo, por extraño que os parezca, le amo. Ha sido siempre bueno conmigo.

–Vuestra pregunta ya conlleva la respuesta de forma implícita –balbuceó turbado el médico–. Todos cometemos innumerables errores. Incluso en nombre del amor y de las cosas que entendemos son más sagradas. Creo que Dios sólo nos perdona si nosotros lo hacemos en primera instancia.

–Sí, eso creo yo también… –convino Magdalena con una sonrisa leve.

Se trabaron en una mirada larga y dulce. En silencio. Cósimo descansaba apaciblemente. Libre de pesadillas.

–Decidle, cuando yo me haya marchado, que recuerde la parábola del Buen Pastor. Es muy clara. La oveja descarriada es la más querida del rebaño…

–Se lo diré, señor Villiers.

–Salgamos, necesita dormir –propuso él–. Soñar su perdón.

Bernard alargó su mano hasta encontrar la de Magdalena. Enlazaron los dedos.

Dejaron al Médicis en la perfecta soledad de su alcoba.

Al amparo de la luz tenue de la vela.

Ardiendo serena en el pábilo del tiempo concedido.

47

DE AMORES Y RÍOS

Sonaban las campanas y se cantaba el ángelus cuando Bernard dejó el palacio Médicis. El cansancio pesaba en sus párpados y una indefinible mezcolanza de sentimientos aleteaba en su pecho. El sol calentaba con fuerza. La entrada de la mansión era un hervidero de nobles, funcionarios y curiosos, que andaban de bardanza, ociosos, y se agolpaban intentando entrever lo que ocurría más allá del *cortile*. Toda Florencia se entregaba a uno de sus placeres favoritos. El chismorreo y las conjeturas acerca de lo ocurrido durante la noche animaba los corrillos, y cada nuevo bulo desbancaba al anterior y era magnificado hasta la exageración. Francesco Ingherami, el director de finanzas de Cósimo; Flavio Premoli, el *gonfalonier* de Justicia de la ciudad; Diotifeci d'Angelo, padre de Marsilio y médico de la familia, y el arzobispo Antonino no tardaron en hacer acto de presencia en el lugar. Bernard se entretuvo departiendo con Diotifeci; le puso al corriente de los pormenores que éste necesitaba conocer con vistas a proseguir el trabajo en el punto en que él lo dejaba. Después cargó con su burjaca buscando las escaleras. Nikos le abordó en ese momento. Andaba el cretense ausente, sin saber encontrar su sitio entre tanta actividad. Abrazaba un grueso tomo, empapado en agua.

−¿Cómo estás, viejo cascarrabias? −preguntó Villiers echando un rápido vistazo al vendaje de sus brazos. Renato y Magdalena habían hecho un buen trabajo. Advirtiendo su ánimo taciturno, el francés intentó bromear–: ¡Quién te iba a decir que acabarías medio embalsamado..., tan lejos de Egipto!

El cretense forzó una sonrisa circunstancial. No estaba con ganas de chacota.

–¿Qué libro llevas ahí? –husmeó el médico cambiando de tercio.

–¿Éste?

–Sí, éste...

–Un desastre, Bernard, un desastre... –Nikos lo abrió por el prefacio. Era una traducción de las obras de Aristóteles, hecha por el gran Juan Argypopulos, por encargo de Piero y Cósimo; embellecido con exquisitas miniaturas de Francesco de Antonio del Cherico, uno de los mejores iluminadores de Florencia–. Estoy intentando secarlo antes de que se arruinen los colores. Se han mojado muchos libros...

–Me voy al hospicio, Nikos, tengo un raro presentimiento.

–Escucha, francés... –dijo el filósofo dando un respingo–. Lo propuse ayer y te lo repito hoy. Creo que es hora de dejar esta apacible ciudad. Es más seguro andar por las calles de Constantinopla, con báculo y mitra y renegando de Mahoma a grito en pecho, que quedarse aquí...

–Ya ha pasado todo, Nikos. Todo. Y ahora, atiéndeme: no puedo marcharme... –adujo–. Y no lo haré sin antes saber qué va a ser de esos dos niños del hospicio. Además..., me prometí que haría algo por Tomassino y ha llegado el momento. Necesitaré unos pocos días. Ten paciencia.

–Tú sabrás lo que te llevas entre manos –concedió el cretense visiblemente contrariado–. ¿De cuántos días estás hablando?

–No demasiados. Como mucho una semana.

Se despidieron. Villiers encaminó sus pasos hacia el *Ospedale*. Nada más acceder al interior del zaguán, se topó de bruces con Girolamo Fenaroli, uno de los médicos de la fraternidad del arzobispo. Acompañaba a Tomasso Landri hasta la puerta.

Los dos parecían llevar el asombro esculpido en el rostro.

—¡Señor Villiers! ¡Gracias al cielo! —exclamó Girolamo al verle llegar—. ¡Os hemos buscado por todas partes!

Bernard descolgó su bolsa, la plantó en el suelo y se preparó para cualquier eventualidad. De hecho, había recorrido las pocas calles que separaban el palacio del orfanato intranquilo, temiéndose lo peor. Cruzó una mirada breve con Tomassino. El apotecario sonreía abiertamente.

—¿Ha sucedido algo? —inquirió desconcertado.

—¡Un milagro, amigo mío, un milagro! —afirmó exaltado Fenaroli alzando las manos—. ¡Bendito sea vuestro Abulcasis! ¡San Abulcasis y san Averroes, desde ahora mismo y para siempre!

Los ojos del francés se llenaron de maravilla.

—¿Los niños…? —balbuceó todavía incrédulo—. ¿Riccio y Bernardo?

—Sí, sí… ¡Riccio y Bernardo! —insistió alborozado el florentino, tomando a su colega por los hombros y zarandeándole con energía—. ¡Responden al tratamiento, amigo mío! ¡Responden!

—¿Pero cómo? —indagó el francés, que ya daba la batalla por perdida.

—Eso se lo deberéis preguntar al Altísimo, que también ha tenido mucho que ver en esto; mucho… —aseguró santiguándose—. Yo sólo sé que he rezado a todas horas, y que esta mañana los dos han abierto los ojos y han dicho que tenían hambre. Están bastante animados. Sin fiebre. Incluso con ganas de jugar.

Bernard dejó de escuchar las explicaciones de Girolamo Fenaroli. Durante unos segundos permaneció felizmente aturdido. Fuera de la realidad. Estaba convencido de que Riccio y Bernardo se hallaban a pocos pasos de la muerte. Había vivido los últimos días embargado por la tristeza de perderlos, conteniendo las lágrimas cada vez que les velaba o administraba algún medicamento.

La alegría de Tomassino y Girolamo logró traerle de regreso a la realidad. Les abrazó con inmensa satisfacción y sin mediar más palabras salió a la carrera, escaleras arriba, hasta la sala en que todos sus pacientes permanecían aislados. Era cierto. Los dos niños, pese a lo

364 Julio Murillo Llerda

débil de su estado, mostraban síntomas evidentes de recuperación. Incluso una leve pincelada de vida enrojecía sus mejillas. Pasó el resto del día en su compañía, ocupándose personalmente de apuntalar ese milagro.

Stella asomó a última hora de la tarde en la sala. A pesar del cansancio que lucía, Villiers la encontró más hermosa que nunca. Se sentaron junto a las camas y charlaron durante una hora o más. El francés le explicó todo lo ocurrido en el palacio Médicis. Ella apenas le interrumpió. Acabó proponiéndole dar un paseo por los alrededores.

Descendieron hasta alcanzar el Arno. El río fluía silencioso, reflejando el plenilunio en todo su esplendor. La noche era fresca, algo húmeda.

—¿Sabes, Bernard? —susurró ella rompiendo el agradable mutismo en que los dos andaban sumidos—. Todo lo que me has explicado, pese a ser terrible, me parece normal.

—¿Normal?

—Sí. Es fruto de la división que reina en el corazón y en la vida de las gentes… —razonó—. Lo he visto en muchas ocasiones. Te explicaré algo. Hace unos meses yo estaba desanimada, sin fuerzas. Llevo años cuidando a los niños del *Ospedale*. Y ya sabes…, la vida se va. Pasa el tiempo y tú sigues ahí. Otras se casan, se marchan, trabajan en una hilandería. Yo no. De algún modo siempre me he empeñado en creer que mi sitio estaba ahí, en el orfanato. Soy una de ellos, no lo olvides. Pero en ese momento me faltó la fe. Pensé que debía dejarlo todo y empezar algo nuevo. Me enteré de que la familia Barbadorus, gente muy rica, buscaba una niñera para sus hijos. Me presenté una tarde en su casa. Yo nunca había visto una casa así. El zaguán estaba decorado con pinturas bellísimas. Eran escenas de la Biblia. Me hicieron entrar en un salón. En la pared, en un fresco grande, se veía a Jesús lavando los pies a sus discípulos…

—¿Qué ocurrió?

—No puedes siquiera imaginar cómo me trató esa gente… —murmuró con amarga ironía Stella—. La esposa me examinó con una alti-

vez inexplicable. De pies a cabeza. Como si fuera una apestada. Me
sentí muy mal. Después, él se interesó por mi experiencia. Cuando le
dije que venía del hospicio, que siempre había trabajado con niños,
aseguró desdeñoso que no buscaban a alguien así. Que yo podía ser
un modelo poco adecuado para sus hijos. Le escuché sin mirarle.
Sólo veía ese fresco en la pared, ese acto de humildad de Nuestro Señor.
Después no lo soporté más y salí corriendo...

–Entiendo...

–En pocos minutos mis dudas se habían disipado. Sé cuál es mi
mundo, Bernard. Y lo que es aún más importante. Sé qué cosas son
valiosas y cuáles no merecen siquiera el gasto de la mirada. Los ricos
son así. Todos son así. Los Médicis también. Viven rodeados de biblias,
novenas y misas, confesores y obras piadosas. Revestidos en inmuta-
ble dignidad. Pero son unos impíos incapaces de entender que su mera
existencia es una contradicción y una ofensa. Viven por el poder y
para el poder, y en su camino no respetan a nada ni a nadie. Pero los
ángeles se ríen de todos ellos.

–Tienes razón...

–No me la des si no lo crees.

–Lo creo.

–¿Me abrazas? Tengo un poco de frío.

Bernard rodeó a Stella y la estrechó contra el pecho. Siguieron
paseando hasta el Ponte Vecchio. Se acodaron en la balconada, contemplando el lento e hipnótico discurso del agua. Sintieron que el río
les arrullaba y les sacaba de la ciudad en volandas, sin que nadie advir-
tiera su marcha.

–Voy a irme, Stella... –confesó él rompiendo el silencio.

–Lo sé. Lo supe cuando te vi llegar.

–Pero quisiera decirte que dentro de unos meses, tal vez el próximo año...

–No digas nada, Bernard Villiers... –susurró ella esbozando una
sonrisa. Le miró de soslayo–. No lo estropees. Los hombres estropeáis
las cosas con vuestras explicaciones.

—Es posible.

—Es así. Escucha… —propuso ella mirando más allá del último de los puentes de la ciudad—. ¿Oyes el parloteo del agua? El Arno, al pasar, le habla a Florencia. Le dice que quiere ser amado. Le dice que quiere ser retenido, que renunciaría gustoso a su libertad y se dejaría apresar. Pero Florencia lo besa brevemente y lo despide. El amor no retiene a los amantes. Los hace plenos y los colma de felicidad durante un momento efímero. Y después les hace el mejor de los regalos. El recuerdo. El Arno nunca olvida a Florencia por muy lejos que corran sus aguas. Y Florencia nunca olvida al Arno. Yo te recordaré siempre, Bernard. Y tal vez tú me recuerdes a mí también.

—Pero…

—*Schhh*…, calla, adorable francés. No quiero que digas nada que después lamentes haber dicho. Tampoco nada que no pienses cumplir o no vaya a suceder —musitó ella cerca de su rostro, sellando sus labios con los dedos—. Dame un beso. Aquí y ahora. En Ponte Vecchio. Uno que pueda revivir muchas veces, cuando con el tiempo me pregunte dónde estás, qué fue de ti…, qué calles te ven pasar o qué brazos lograron hacerte renunciar al camino.

Se fundieron en un beso largo y dulce.

Dulce como el solitario destino de los ríos.

Que evocan su cauce al fundirse en el mar.

48

DE VENTANAS Y SILENCIOS TRISTES

La carreta se detuvo frente a una vieja casona, cerrada a cal y canto. Flotaba una neblina espesa, que se enredaba en los árboles y matorrales de un jardín abandonado.

–Mugello, señora. Hemos llegado –anunció el conductor desde el pescante.

Magdalena descendió del carro con ánimo destemplado. Al instante sintió frío. Se envolvió en su larga capa y echó un vistazo a la desangelada impronta del lugar. La hierba crecía entre las losas, frente a la mansión. A la derecha, devorada por la hiedra, asomaba una pequeña capilla. Empujó las hojas metálicas y penetró. Un haz de luz se derramaba desde la estrecha aspillera tras el altar.

Deslizó sus dedos sobre el reclinatorio de los tres pequeños bancales de madera. Se sentó en el más adelantado y abstrajo su mirada en el regazo. Recordó la conversación de la tarde anterior. Imposible olvidarla. Cósimo llevaba cuatro largos días encerrado en un mutismo hermético que sólo rompía de modo circunstancial y lacónico. Pasaba las horas sentado junto a un ventanal triste, desde el que contemplaba la vida que animaba Vía Larga. Llegaban las risas y canciones de las cardadoras, el voceo de los afiladores y zapateros, el traquetear de los carros, los reclamos de los buhoneros y los gritos agudos y despreocupados de los niños.

En el palacio reinaba el silencio.

La *contessina* di Bardi, Lucrecia Tornabuoni, Jeanne de Laval y toda la servidumbre habían regresado de Careggi. Pero ni siquiera el correteo constante de Lorenzo y Giuliano y las nietas del banquero por los pasillos y el *cortile* devolvían la alegre normalidad de antaño.

Cuando Magdalena se acercó hasta él para ofrecerle un tazón de caldo caliente, el banquero le pidió que cerrara las puertas y se sentara a su lado.

–Mi querida niña... –susurró sin mirarla–. He estado pensando mucho estos días. Mucho. He repasado toda mi vida. Es curioso..., todas estas tardes el bueno de Marsilio ha intentado hacerme compañía. Sentado ahí, donde estás, me intentaba reconfortar leyéndome fragmentos de Platón. ¿Sabes? Mientras leía, yo sentía que ese hombre escribió todo eso para mí. Escuchando a Platón a través de la voz dulce de Marsilio he recapitulado...

Miró a Magdalena.

–He hecho muchas cosas mal, pequeña –aseveró con gesto leve, volviendo a evadir la mirada más allá de la bífora–. Pero creo que también he hecho algunas cosas buenas. Y no me refiero a los conventos, los libros y todo eso. Hice bien cuando decidí que te quedaras junto a mí. Tú me has dado el afecto que la vida me había negado antes. Me has escuchado interminables noches, has sido mi cómplice y nunca me has juzgado. De algún modo, lo bueno que hay en mí te lo debo a ti. Y es hora de cumplir algunas promesas y de vivir lo que reste de un modo nuevo.

–Señor..., Cósimo... –farfulló inquieta Magdalena–. ¿Qué quieres decirme? No te entiendo.

–Escucha. Hace años te dije que a mi muerte cumpliría una promesa y te haría un regalo... –dijo llevando sus dedos largos y huesudos hasta el mentón de la mujer, obligándola a elevar la mirada–. Creo que ese momento ha llegado.

–Cósimo, tú no vas a morir...

–Todavía no. Pero no me queda demasiado tiempo. Lo sé. Tres o cuatro años a lo sumo... –aventuró–. Y voy a necesitar todo ese tiempo para orar, cerrar los ojos y pensar en cómo enfrentaré el Juicio del Altísimo. Yo me estoy marchando, Magdalena. Pero tú eres muy joven aún. Debes empezar a vivir…, vivir, lejos de mí y de Florencia.

—Yo no quiero dejarte, Cósimo… —adujo ella con el presagio del llanto en los ojos—. No me pidas eso. Has sido mi única familia. Te quiero.

El Médicis sonrió. Acaso por primera vez desde el drama acaecido noches atrás.

—También yo. Anda, preciosa —murmuró señalando una arquilla elevada—. Coge los documentos que encontrarás en ese mueble y dámelos.

Magdalena se levantó y abrió la portezuela. Extrajo dos cilindros lacrados con el sello Médicis. Se los tendió a Cósimo.

—Este documento certifica tu manumisión. Eres libre, Magdalena —anunció.

—Cósimo, por favor, por lo que más quieras, por el amor de Dios…

—Calla. Escúchame —instó suavemente—. Esto es una carta. Una carta para Federico Gerbesi, prior de Venecia y mano derecha del Dux. Es un viejo y muy querido amigo. Él se ocupará de buscarte un acomodo apropiado. Ahora, Magdalena, serás la gran señora que siempre has sido sin saberlo.

En ese punto las lágrimas desbordaron al ama de llaves. Se dejó vencer sobre el brazo del sitial y buscó el calor y la cercanía de Cósimo. Gimoteó como una niña, rogándole que desistiera de su propósito. El patriarca acarició sus cabellos y sostuvo, una vez más, su rostro desconsolado y hermoso. Después se llevó las manos al cuello y se desprendió de la cadena y de la llave que siempre, día y noche, llevaba consigo. La depositó en la mano de la mujer y luego cerró con obstinación sus dedos uno a uno.

—La llave… —advirtió—, la llave. Recuerda. Mugello. De allí salimos los Médicis. Para bien o para mal. Los ciervos, dos ciervos…

Una voz a su espalda arrancó a Magdalena de sus pensamientos.

–¿Tardará mucho, señora? –preguntó el cochero entreabriendo las puertas de la capilla.

–No. Sólo unos minutos. Le avisaré. Déjeme sola… –rogó.

Se levantó y caminó hasta el breve altar que presidía el recinto. Era de mármol blanco. Se arrodilló en la parte posterior, bajo el ara. La pieza estaba primorosamente cincelada. Hojas, ramas y flores arropaban a dos ciervos a la carrera, enfrentados. En el centro, circunscritas en una orla, se distinguían dos iniciales: B.C.

Magdalena presionó con fuerza sobre los dos ciervos. Se hundieron.

Se escuchó el chasquido seco de un mecanismo y el frontal se abrió.

Un arcón descansaba en el interior. Le costó moverlo. Logró arrastrarlo en varios intentos hasta el exterior. Tomó la llave de su cuello y la hizo girar en la cerradura. El haz del ventanal incidió revelando el contenido en todo su esplendor.

La mirada perpleja de Magdalena se tiñó del color de los zafiros, las esmeraldas y los rubíes. Cientos de ellos. De todos los tonos y tamaños. Una fortuna incalculable. Un tesoro suficiente para levantar en armas al mayor de los ejércitos del mundo; un tesoro capaz de pagar el rescate de toda una nación. El tesoro de Baltasar Cossa, el antipapa Juan XXIII, que calzó las sandalias del pescador bajo el símbolo del ciervo y acabó sus días, por beneplácito de Martín V, como cardenal.

Hundió sus dedos entre las piedras preciosas, muda y deslumbrada. Muchos años atrás, Cósimo le había revelado que guardaba algo muy valioso en la villa familiar de Mugello. Dijo que lo reservaba para tiempos difíciles, si es que volvían a presentarse. Ella no lo había olvidado nunca. Y ahora lo tenía en sus manos. Ante sus ojos. En su poder. Le costó convencerse de que no estaba soñando.

Cerró el arcón y llamó al cochero. El hombre arrastró penosamente el cofre hasta el carro y resoplando lo cargó en el interior.

–¿Y ahora qué? –preguntó dolorido llevándose las manos a la espalda.

–Ahora iremos a la iglesia de San Francisco, en Prato.

Llegaron a la pequeña población horas después. La fachada de la iglesia de San Francisco, en piedra blanca y rosada, destellaba bajo el sol de la tarde. Magdalena cruzó el pequeño atrio tras el nártex, humedeció sus dedos en agua bendita y se internó en la única nave del templo, deteniéndose durante unos momentos ante la *Madonna della Misericordia*. Se dirigió a un diácono y solicitó ver a Carlo de Médicis.

Mientras esperaba, arrodillada en un reclinatorio, rememoró las últimas palabras de Cósimo. Resonaban en su cabeza con absoluta claridad.

–Sólo te pido una cosa, Magdalena... –demandó en tono grave–. Sé que no es fácil. No va a serlo. Ya sabes de qué se trata. Te ruego que no reveles a Carlo que eres su madre mientras yo viva. Quiero oír esa promesa de tus labios.

–Te lo prometo, señor... –convino ella bebiéndose las lágrimas.

–No me llames señor. Soy Cósimo –reprendió con afecto el patriarca–. Anda, vamos, vete ya, pequeña. Sal al amanecer, sin despedirte de nadie. Y sé feliz por los dos...

Ella se encaminó hacia la puerta. Pero en el centro del salón giró y corrió hasta él. Tomó su mano y le besó. Y después, mirándole a los ojos, dijo:

–No quiero que te tortures, no quiero que sufras. Te recordaré siempre. Sólo seré feliz si sé que estás bien. No más pesadillas, Cósimo. Ya has pagado todas tus deudas.

–Estaré bien, mi niña. Adiós.

Las lágrimas volvían a correr por sus mejillas cuando una voz entrañable y familiar sonó a su lado.

–Ave María Purísima, hermana... ¿Qué se te ofrece?

Magdalena alzó la vista.

–Sin pecado concebida, padre –respondió enjugando con disimulo el llanto.

Carlo de Médicis sonrió y la miró con curiosidad.

–Yo te conozco... ¿verdad? –interrogó–. Tú eres...

—Magdalena.

—¡Claro…, Magdalena! —exclamó jovial—. Me alegra mucho verte. Bueno…, lo cierto es que me alegra y me sorprende. ¿Qué haces en Prato?

—Estoy de paso. He recordado que ésta es vuestra parroquia.

Él se sentó en el bancal, a su lado. Entendió que algo ocurría por el modo turbado en que ella le miraba. Tocó levemente su hombro.

—¿Hay algo que te aflige?

—No. Estoy bien, padre. Muy bien.

—¿Entonces a santo de qué esa mirada compungida?

—Veréis… —Magdalena reunió fuerzas y comenzó a hablar—. Tengo una amiga, una vieja amiga. Nos conocemos desde hace muchos años. Sirve en casa de la familia Barbadorus. Se debate en un dilema irresoluble. Quisiera ayudarla. Pero no sé cómo. He pensado que tal vez vos…

—¿De qué se trata?

—Ocurre que esa mujer ha sido durante años amante del patriarca…

—¿Amante de Luchino Barbadorus?

—Sí.

—¡Menudo tunante! —reprobó con templada ironía Carlo.

—Pero esto debe quedar entre vos y yo, padre…

—No te apures. Lo entenderé como una confesión. Jamás diré nada.

—Lo importante es que ella es la madre de uno de sus hijos. Quedó embarazada y Luchino se empeñó en que el niño naciera. Después, para evitar el escándalo, le puso su apellido. Ella ha guardado silencio todos estos años. Imaginad cuánto dolor y tristeza ha supuesto ese silencio. Pero ahora ella…, mi amiga, se va a marchar. Se marcha de Florencia para siempre. Se va obligada. Y él le ha hecho jurar que se iría sin decirle la verdad a su hijo.

—Entiendo… ¿Qué crees que puedo hacer yo?

—Ella sólo quiere saber si romper ese juramento y confesarle la verdad a su hijo supone un pecado mortal, una traición. Tampoco sabe cómo reaccionaría él al saber que es hijo de una simple criada. Ella no quiere hacer daño a nadie. Sólo decirle a su hijo que le quiere con locura, que lo ama sobre cualquier otra cosa en este mundo, que daría su vida por él...

–¿Adónde irá esa mujer..., tu amiga?

–A Venecia.

–Venecia...

–Sí, a Venecia.

Carlo de Médicis ocultó el rostro entre las manos. Magdalena escuchó la fuerza de su respiración con claridad. Se quedó en un silencio intranquilo, apretando los dientes, mientras él parecía cavilar.

–Tal vez ese hijo..., el Barbadorus –resolvió finalmente el prelado–; tal vez ha sabido siempre que ella es su verdadera madre.

–¿Saberlo? ¡No, no, no sabe nada! –afirmó–. ¿Cómo podría saberlo?

–Un hijo podría distinguir los ojos de su madre entre mil mujeres. Seguramente él habrá visto muchas veces a esa criada mirarle, sonreírle, incluso espiarle de un modo especial, curioso, cuanto menos impropio en una criada. Acaso recuerde haber estado en sus brazos siendo muy niño, dormirse en su regazo, como me dormías tú a mí. Tal vez conserve imágenes de juegos, cariño, comidas y cuidados –enumeró Carlo aparentemente distraído, encarando el altar–. Posiblemente se haya preguntado muchas veces el motivo del desafecto de su madre..., la señora, eh, Barbadorus. Y la razón de que sus hermanos siempre le hayan dispensado un trato displicente, incluso en los reencuentros que se suponían felices, tras largas ausencias. Creo que su hijo debe de intuir algo.

–No lo sé. Ella no lo sabe.

–Estoy seguro de que él lo sabe... –afirmó suavemente, volviendo a encontrar el rostro de Magdalena y su expresión contenida–. Dile a esa mujer que no sufra. Que su hijo la visitará algún día, en el futuro, en Venecia. Que no es necesario que rompa la promesa que ha hecho.

Magdalena asintió. Rehuyó su mirada e hizo ademán de marcharse.

–Así lo haré... –convino con una sonrisa circunstancial–. Le diré que busque consuelo en todo eso. Muchas gracias por vuestro consejo, padre Carlo.

Caminaron hasta el pórtico de la iglesia. Salieron. La luz les cegó por un instante. Magdalena efectuó una leve flexión ante el prelado, le tomó la mano y la besó.

–Adiós, padre. Cuidaos mucho. En primavera siempre os resfriáis.

Descendió los escalones y subió al carro sin mirar atrás. Corrió la cortinilla. Se derrumbó en el asiento y se deshizo en lágrimas. El conductor arreó el tiro y salieron de la plaza.

–Adiós, Magdalena, que Dios te bendiga y te acompañe –murmuró el sacerdote. Después llenó el pecho de aire y se quedó ausente hasta que el polvo se volvió a posar revelando un camino vacío–. Algún día, Carlo... Barbadorus te buscará en Venecia, querida madre.

Miró al cielo.

Se santiguó y regresó a la penumbra de su parroquia.

49

ÚLTIMAS TARDES CON MARSILIO

L loviznaba. Tras deambular y husmear a placer por el Mercado Viejo, Nikos llegó a la casa en que Marsilio buscaba refugio cuando deseaba solazarse o trabajar en silencio. Al igual que había ocurrido en su primera visita, al poco de llegar a Florencia, el filósofo volvió a perderse en el dédalo de callejas próximas a Santa María Novella. Y esta vez en mayor medida, pues iba solo y su sentido de la orientación dejaba mucho que desear.

Cuando el joven abrió la puerta, encontró al cretense tendiéndole una canastilla de mimbre que contenía un puñado de fresas silvestres.

–¡Las últimas, chico! –gruñó feliz–. Lo siento, pero he dado tantas vueltas que me las he ido comiendo una a una. Deliciosas.

Marsilio sonrió. Le dispensó un afectuoso abrazo. Cuatro días atrás, mientras ultimaban las páginas finales del *Corpus hermeticum*, Nikos le había anunciado su partida. La noticia entristeció al joven estudiante.

–Pasa, querido Nikos –dijo franqueando la puerta–. Tengo algo para ti.

–¿Para mí? ¿Qué? ¡Me encantan las sorpresas! –rugió complacido, enarcando las cejas desmesuradamente.

–Te he pedido que vinieras ya que aquí podrás recrearte con calma en algunas cosas que quiero que te lleves contigo –anunció–. Pesan un poco. Pero no te apures: las haré llevar al palacio Médicis o a la apoteca de Tomasso.

Nikos, encantado ante la perspectiva, siguió a Marsilio hasta una de las mesas.

—Estos libros son para ti —aseguró rozándolos levemente y haciéndose a un lado—. Bisticci ha hecho un trabajo inmejorable. Magnífico.

El rostro del cretense se iluminó. Rebuscó en el interior del *lucco* hasta dar con sus oculares. Los calzó en una nariz bien fruncida y, dispuesto al asombro, examinó los volúmenes uno a uno. Junto a los textos de Hermes, Ficino había hecho copiar para él *De divinis nominibus,* de Dionisio el Areopagita, y el célebre compendio *Picatrix*.

—Marsilio… —balbuceó—. Esto es más de lo que merezco. Te habrás gastado una fortuna. No lo puedo aceptar.

—Lo aceptarás. Y sin rechistar… —aseguró Ficino con expresión severa y radiante a un tiempo—. Aquí tengo otros tres, más pequeños y modestos. Éstos los copié yo mismo. Son las primeras obras de juventud de un prometedor filósofo florentino…

El cretense revisó los tres libritos que su discípulo le puso entre las manos. Sonrió al ver los títulos caligrafiados en elegante grafía mercantesa en la misma página que les servía de prefacio: *De Laudibus philosophiae; Institutiones platonicae* y *De amore divino, liber de voluptate*. En todos los casos aparecían firmados por su autor: Marsilio Ficino.

—¡Ven, vamos, ven aquí y déjame darte un abrazo! —rogó Nikos desbordado por la emoción—. Los leeré encantado, Marsilio. Y los conservaré siempre.

—Son pequeñas obras. La última la completé hace dos años —explicó el muchacho tras el feliz apretón que le dispensó Pagadakis—. Pero espero escribir, con el tiempo, muchas más. De todas haré una copia para ti. Me has enseñado cosas importantes, maestro. Muchas. Y te voy a echar de menos.

—Escribirás muchos libros, Marsilio, muchos… —vaticinó con los ojos húmedos Nikos. Carraspeó para engullir la emoción—. Y todo lo que escribas te sobrevivirá. Gracias a ti esa mirada perdida que un día se arrojó sobre el Universo y sus prodigios con voracidad volverá a asomar en los ojos de los buscadores sinceros que entienden que sin la mística del pasado no somos nada. Tú ya me conoces..., no es que sea pesimista, pero no confío mucho en que el futuro mejore la mollera de las gentes. El mundo es redil de necios, siempre lo ha sido; incluso buena parte de los que se pretenden inteligentes o ilustrados no hacen sino caer en un epicureísmo zafio y solitario. Indigno. Pero siempre habrá buscadores. Incluso en los días más oscuros. Ellos encontrarán tus libros y los entenderán como los tesoros que son.

El soliloquio del cretense conmovió a Marsilio.

–¿Quieres darme algún consejo?

–¿Consejos? –inquirió sorprendido Nikos–. ¡Nada de consejos, chico! ¡Tú harás tu propio camino! ¡Recórrelo con el corazón y déjate de consejos! El único mandato, Marsilio, es amar. El resto es letra muerta e innecesaria.

Se quedaron en silencio, con una sonrisa dulce en la mirada.

–Recuerdo una frase del gran Dante... –anunció de sopetón Pagadakis–. Y no hay lugar más apropiado en el mundo para rememorarla que Florencia. Lo cierto es que es un consejo y he dicho que no te daría ninguno. Pero bueno, es igual; escucha, dijo Alighieri: no menos que el saber, me place el dudar.

–Entiendo...

–Me alegro. Por tanto, duda siempre, Marsilio. Duda. Nada es más enriquecedor para el intelecto que someter a constante revisión aquellas cosas que uno entiende como verdades inamovibles. Eso nos hace avanzar, abandonar el pesado lastre de la convicción, escuchar en silencio y mirar al mundo con asombro renovado y eterno. El asombro es el motor de la búsqueda. El día en que no te maravilles ante la Creación perderás la Gracia del Cielo. Llénate de asombro reverente y de amor sincero y todos los cerrojos del *Misterium Magnum* se abrirán a tu paso.

Marsilio asintió.

—Yo también quiero hacerte un regalo —anunció el cretense paseando la mirada por la estancia—. Ayer andaba pensando en escribir algo para ti, algo que pudieras leer cuando yo ya no esté y meditar con calma su significado. Pero hay ciertas cosas que no deben ser escritas, pues así lo ordena la Tradición.

—¿Me vas a revelar algo?

—Sí. Ahora sé que estás preparado. Traducir esos textos de Hermes y haberlos comprendido presupone que eres digno de conocer los Siete Principios de la Filosofía Hermética. Siete axiomas que son la llave de toda la magia del Universo y sus planos; escalones de sabiduría secreta; quintaesencia del desarrollo espiritual; pilares de toda la alquimia mental...

—¿Qué principios son ésos, Nikos?

—Los principios de Mentalismo, Correspondencia, Vibración, Polaridad, Ritmo, Causa y Efecto y Generación. Pero tal vez sería mejor enunciarlos dando un paseo. Ya no llueve. Y de camino aquí he pasado ante una taberna en la que estaban preparando *lepre in dolce e forte*... liebre con hierbas, piñones, naranjas y uva. Olía a gloria. Si te parece, te invito a comer.

—Cojo una capa y nos vamos —convino Marsilio alborozado.

Salieron a la calle y echaron a andar.

—El Primer Principio Hermético, Marsilio, es una llave preciosa. Un tesoro. Si lo entiendes, el resto seguirá de modo natural —advirtió Nikos tras cavilar unos minutos.

—Te escucho.

—Pues recuerda siempre lo que ahora te diré —recomendó el filósofo deteniéndose y buscando susurrarle al oído—: El Universo es una creación mental sostenida en la mente del Todo. El Todo es mente. El Universo es mental. Todo cuanto percibimos, materia, energía, fenómenos... forma parte de un espíritu incognoscible. Una mente infinita, universal y viviente. El Todo sostiene incontables universos, de instante en instante. Y lo hace durante eones de tiempo. Para el Uno, en cuya mente se procesa ese sueño, la creación, desarrollo, decadencia y muerte de un millón de soles y mundos no es sino el breve lapso de tiempo que se emplea en parpadear…

En ese preciso instante resonó en lo alto una voz destemplada y guasona, preludio de un bautismo hediondo.

–*Aqua it…! Dixit aquam ire…! Cavete aquas, cavete umores…!* –oyeron decir.

Sólo un reflejo rápido, que les llevó a hacerse a un lado, salvó a Marsilio y a Nikos de un diluvio de orines y detritos que salpicó las losas del angostillo.

–¡Cerdo! ¡Maldito cerdo! ¡Te voy a romper la crisma! –tronó sulfurado Marsilio, alzando el puño, dispuesto a precipitarse hacia la puerta de la casa.

–*Dixit tibi latine cantaturum, amice!* –replicó con sañuda ironía el vecino desde el alféizar–. ¡Te dije que en lo sucesivo te lo cantaría en latín, joven Ficino!

–¡Te vas a enterar, hideputa! –amenazó Marsilio traspasando el umbral.

Nikos le retuvo agarrándole por la capa.

–¡Déjalo, Marsilio, déjalo! ¿Es que no lo entiendes? –espetó el cretense admirado–: ¡Ese hombre es una bendición del cielo, muchacho! ¡Un regalo de Dios!

El florentino, perplejo, cejó en su intento y encaró con ánimo greñudo a Nikos.

–¿Un regalo de Dios? –rezongó rojo de ira–. ¡Ése es un marrano del que hasta su madre se avergüenza!

–¡No, no, no! –negó vehemente el filósofo–. ¡Ése hombre no tiene precio, muchacho! ¿No te das cuenta? ¡Cada vez que cruzamos por este pasaje, loando el espíritu del hombre y su afán inmortal, o inmersos en discusiones teológicas, él va y nos arroja el contenido del bacín sobre la cabeza!

–¿Y eso te parece un regalo del cielo?

–Verás. Quiero decir… –explicó Nikos rascándose la coronilla–, quiero decir que patanes como ése cumplen una función muy concreta en la vida, Marsilio. El azar no existe. Nada ocurre por casualidad. El cielo se sirve de ellos para impartir lecciones. La existencia de tipejos así, y el mundo está lleno de ellos, constituye una auténtica prueba de templanza y humildad. Recuerdo que Bernard ironizó al respecto. Tiene razón. La conclusión es simple: rehúye la vanidad propia del intelecto y aunque te ocupes de los asuntos del cielo, no pierdas nunca el suelo de vista.

—¡*Psé!*..., no sé, visto de ese modo... —convino Marsilio a regañadientes.

—Bueno, ya está, dejémoslo así —decidió el cretense, retomando el tema en que andaban ocupados con expresión grave. Enlazó las manos a la espalda y se puso a caminar—. ¿Dónde nos habíamos quedado?

—A ver..., déjame pensar —recapituló Marsilio—. Cuando ha ocurrido ese *fenómeno celeste* y nos ha caído toda esa *lección de mierda* encima, maestro, afirmabas que el universo es mental.

Nikos se detuvo con un mohín de enojo en los labios.

—¿Ese zofras vació el orinal en el preciso instante en que yo decía eso? ¿Estás seguro? —gruñó.

—Completamente.

Los dos se miraron de reojo.

Prorrumpieron, al unísono, en una franca y abierta carcajada que les acompañó mientras se perdían felices calle abajo, en dirección a Santa María Novella.

50

EL PLAN DE VILLIERS

Se cumplía el plazo acordado por Bernard y Nikos para dejar la ciudad cuando una triste noticia les obligó a posponer su viaje un par de días más. El dos de mayo de 1459, tras sentirse indispuesto, Antonio Pierozzi, conocido por todos como Antonino, arzobispo de Florencia, pidió que le pusieran entre las manos un crucifijo y cerró los ojos por última vez en el convento de San Marcos, a los setenta años de edad. Contaron los frailes que le velaron que pasó sus últimas horas en un estado apacible, contemplando sereno el delicado fresco que fra Angélico pintó para él en la pared de su celda.

Toda La Toscana lloró su muerte. Y toda Italia lamentó su pérdida. Pobre y humilde hasta límites inverosímiles, había dedicado su vida a combatir la usura y la mezquindad de los potentados. Las gentes le adoraban. Sabían de su entrega, de su bondad y de sus milagros. Le consideraban un santo.

Durante las exequias, Florencia se convirtió en un clamor de voces que exigían la canonización del arzobispo. No tardaron en llegar noticias de la Santa Sede. El papa Pío II –que a la sazón se encontraba recorriendo Perugia y Siena acompañado por diez cardenales y un gran número de obispos– anunció su intención de oficiar las solemnes honras fúnebres que en su memoria se celebrarían una semana más tarde, en Santa María de las Flores. Así se confirmó la inminente llegada del Pontífice, la ciudad se preparó para un inusitado tráfago de mandatarios, príncipes, nobles y autoridades eclesiásticas procedentes de Milán, Génova, Nápoles, Roma y Venecia. A fin de agasajar a tanto huésped ilustre, la Signoria y los Médicis engalanaron la ciudad y organizaron todo tipo de festejos y espectáculos para los siguientes días: una gran justa en la plaza de la Santa Croce; un combate de fieras salvajes en la plaza de la Signoria y un baile de gala en el Mercado Nuevo.

La mañana siguiente al entierro de Antonino, Bernard Villiers recogió sus cosas y se despidió de Bernardo. El niño no podía ocultar la contrariedad que sentía al ver partir a su amigo.

—Escucha, Bernardo…, necesito que me hagas un favor —dijo el médico intentando reconducir su emoción—. Quiero que le digas algo a Stella. Cuando me haya marchado. Sobre todo si la ves triste.

—¿Por qué no se lo dices tú? —preguntó extrañado.

Villiers sonrió.

—Lo he intentado… —aseguró jocoso—. Pero… ¿sabes?, las mujeres, cuando no quieren oír, no oyen. Lo comprobarás algún día. Y cuando se apoderan de la palabra, no la sueltan.

—¿Qué quieres que le diga?

—Dile que en un año…, o poco más, volveré a buscaros. A ella y a ti.

—¿De verdad?

—De verdad de la buena —afirmó Bernard cruzando los dedos sobre el corazón—. Te lo prometo.

—Se lo diré.

—Muy bien. También quiero que tú me hagas una promesa… —advirtió cambiando la expresión a severa—. Vas a prometerme que no volverás a enfriarte, ni andarás descalzo. Y que ni un solo día dejarás de tomar toda la medicación que te den.

—Vale…

—No veo los dedos sobre el corazón.

Bernardo sonrió y los cruzó bien a la vista.

—Y ahora dame un gran beso y un fuerte abrazo. Para el camino.

Poco después el médico se despedía de Stella en el portón del orfanato. Ella le entregó una pequeña bolsa de vituallas que había preparado. A pesar de que la despedida resultaba dura para los dos, estuvo presidida por el sentimiento feliz del reencuentro futuro.

–¿Adónde irás finalmente, querido francés? –inquirió con voz suave y agridulce.

–Viajando con Nikos eso siempre es un misterio… –ironizó–. Lo que sí es seguro es que durante los próximos meses quiero hacer varias visitas y solventar algunas cosas en España y en Francia. Tengo amigos judíos en Barcelona y Gerona y una deuda vieja, que pide ser saldada, en Normandía…

–Que tu viaje sea venturoso y propicio…

Bernard la miró con ojos serenos y la tomó por el talle.

–… y que me traiga de regreso a tus brazos –apostilló–. Te echaré de menos. Te añoraré. Lo sé. Pero sabrás de mí. Te lo prometo. Y ahora… dame ese último beso.

El médico enfiló en dirección a San Marcos. Ella se quedó recogida y ausente, recostada sobre la jamba de la puerta, entre la luz y la penumbra, hasta verle desaparecer en una vuelta de la calle.

–Te esperaré, Bernard Villiers… –murmuró–. No tardes.

Después entró.

En la puerta del palacio Médicis, el francés coincidió con un alegre Benozzo Gozzoli, que llegaba canturreando, cargado con varios saquitos de pigmento.

–¡Señor Villiers! –exclamó–. Me alegra verle. Llevo dos días buscándole…

–¿A mí?

–¡Sí, sí! –aseguró–. Venga conmigo, sígame…

El francés depositó sus bolsas en el *cortile*, junto al pedestal del *David* de Donatello, y caminó con expresión curiosa y divertida detrás del artista hasta la capilla de la mansión. Los frescos de *La Adoración de los Magos* estaban muy adelantados. El médico se quedó maravillado ante el esplendor y magnificencia del trabajo.

–¿Y bien…? –preguntó.

–Concededme un minuto… –rogó Benozzo, tomando papel y carboncillo–. ¿Podéis sentaros en ese taburete?

Ante la sorpresa del médico, el pintor comenzó a tomar apuntes rápidos de su rostro. Su mano se movía a gran velocidad. Al poco le pedía que le mostrara el perfil.

–¿Me estáis haciendo un retrato? –indagó Villiers divertido e incrédulo.

–Sólo un borrador. Ya tenía vuestras facciones en la memoria… –afirmó–. Pero es mejor no fiar demasiado en ella. Terminaré en seguida.

–¿Puedo saber por qué me estáis retratando?

El florentino se detuvo y miró al médico entrecerrando los ojos. Extendió el brazo e interpuso su pulgar entre los dos, buscando confirmar alguna medida.

–Cósimo y Piero… –farfulló volviendo al trabajo–. Desean que vos y vuestro amigo, el señor Pagadakis, figuréis en los frescos.

Bernard enarcó las cejas desmesuradamente, después prorrumpió en una sonora carcajada. Benozzo remató su explicación.

–Cósimo y Piero quieren tener un recuerdo de vuestro paso por Florencia –desveló el artista–. Lo único que lamento es que la falta de espacio me obligará a ubicaros lejos del señor Pagadakis. Él está ahí. Ya lo he bocetado con polvo de sinope –y señaló una parte de la obra todavía en fase preliminar.

Bernard sonrió al reconocer las facciones lustrosas del cretense.

–De todos modos… –titubeó Benozzo–, vos… ¿vos llevabais barba corta, no?

–Sí. Pero ya sabéis: la barba no hace *bella figura* en estos días –adujo mordaz el francés.

Tras admirar el impecable trazo con el que el florentino había captado sus rasgos, Bernard procedió a reunirse con Nikos y a despedirse de Cósimo, Piero y Renato. Compartieron con ellos un almuerzo agradable en el que todos expresaron sus mejores deseos para el futuro. El patriarca se había restablecido por completo, a pesar de la evidente ausencia de alegría en su rostro. Todo lo ocurrido en las últimas semanas, unido a la pérdida de su querido Antonino, parecía abocarle a un estado marchito. En varias ocasiones, pese a lo animado de la charla, cerró los ojos y se ausentó.

–Tal vez deberíais descansar… ¿os sentís fatigado? –le preguntó el médico tocándole levemente en el hombro.

Cósimo le encaró por un instante y negó.

–No dormía, señor Villiers… –explicó–. Sólo me acostumbraba…

–¿A qué?

–A la oscuridad que vendrá… –contestó sereno.

Poco después, en un breve aparte, Bernard y Nikos acordaron reunirse con el duque de Anjou, en algún momento del otoño, en su castillo de Tarancón. A media mañana llegaban a la casa de Tomasso tras un agradable paseo por el centro de la ciudad. El apotecario había colocado cinchas y alforjas a Zenón y a Heráclito. Las dos mulas se movían inquietas ante la perspectiva del camino.

–Volved pronto… –rogó Tomassino cuando ya estaba todo dispuesto.

–No te preocupes, amigo, que éste ya tiene intereses serios en Florencia –aseguró Nikos burlón, señalando al médico–. No me extrañaría nada que acabara asentando sus reales aquí y engendrando a toda una prole de pequeños matasanos.

En el último momento aparecieron Nezetta y su hija Veroncia. Nikos se quedó asombrado al ver a la mujer de Tomasso. Estaba sumamente delgada. Había perdido buena parte de su peso. Se acercó hasta el cretense con mirada remisa y una sonrisa compungida en los labios. Le tomó del brazo y, separándole unos pasos del resto, le habló…

–Quisiera disculparme con vos, señor Pagadakis –confesó con voz mansa–. Siempre he sido una mujer de mal carácter. Ahora lo puedo ver con claridad. Mi comportamiento ha sido indigno. Os ruego que me perdonéis.

El cretense se quedó perplejo ante la insólita actitud de la mujer.

—No hay nada que deba ser perdonado —se apresuró a responder—. Todos tenemos días o épocas malas. Yo, señora, soy un metomentodo, el perejil de todas las salsas, gallina en corral ajeno, y tal vez os he molestado sin que fuera mi intención...

Mientras la mujer de Tomasso y el cretense arreglaban diferencias, Veroncia, con una sonrisa amplia en el rostro, se despedía de Bernard.

—Gracias por todo, señor Villiers...

—¿Le has hablado ya a tu madre de ese novio, Veroncia?

—Sí. Mi madre ha aceptado. Nos casaremos...

Poco más tarde, Nikos y Bernard recorrían la avenida de San Jacobo, por debajo del Arno, buscando la puerta que daba nombre a la vía y encaminaba a Livorno.

—Supongo que ahora me explicarás qué milagro ha obrado transformación tan radical en esa mujer, medicucho... —indagó Nikos—. Si no supiera que aborreces la nigromancia, juraría que la has usado, y sin límite, con ella.

Bernard sonrió.

—Más o menos, Nikos... —replicó con un brillo malévolo en los ojos.

—¿Qué demonios has estado haciendo estos últimos días?

—¿Recuerdas ese cacto egipcio? Ese que en Alejandría se conoce como remedio de Nubia...

—Sí, claro.

—Descubrí que Tomasso tenía un tarro lleno de moledura de esa planta —explicó Villiers—. Sabes que es un fantástico depurador de la sangre, amén del mejor de los purgantes. Limpia el organismo, se usa como antídoto de muchos venenos...

—Lo sé... ¿qué tiene que ver en todo esto?

—Sólo tiene un efecto enojoso e indeseable entre sus muchas propiedades benéficas —apuntó el médico en medio de una carcajada—. Las manchas, el sarpullido rojo y escandaloso que invade el cuerpo mientras se administra. Por otra parte, nada grave pero sí muy aparatoso.

Nikos asintió. Conocía perfectamente el preparado. A las pocas horas inundaba la piel de la cara, el cuello y los brazos de un eczema denso, del color del vino. Y al día, la erupción se extendía por todo el cuerpo. Además, llevaba al paciente a expulsar todo lo que recibía, líquido o sólido.

–Sigo sin entender…

–Digamos, Nikos, que tras meditar mucho sobre el carácter emponzoñado y agrio de Nezetta, comprendí que sólo un envite fuerte y llevado hasta sus últimas consecuencias lograría hacerla cambiar –razonó–. Sólo la visita inminente de la muerte nos obliga a replantearnos las cosas…

Nikos, estupefacto, no daba crédito a lo que escuchaba.

–¡Tú estás loco, francés! –exclamó–. ¡Eres un salvaje!

–Es posible. Pero ha funcionado… –arguyó–. He necesitado de la connivencia de Tomasso y de Veroncia y de la ayuda inapreciable de otro médico, un sacerdote y un curandero. Eso ha sido lo más fácil. Pero nada podía fallar en la representación.

Villiers explicó a Nikos lo que había ocurrido a lo largo de la última semana en la casa de Tomasso Landri. De forma discreta administró a la mujer el remedio. Al día siguiente, Nezetta despertó invadida por la erupción. El pánico creció así pasaban las horas y ella veía cómo su cuerpo quedaba cubierto por las manchas. A su regreso del orfanato, Villiers la visitó. El francés tuvo que hacer verdaderos esfuerzos por no traicionarse. Con expresión contrariada examinó a la mujer. Sumido en una falsa consternación, le preguntó si quería saber la verdad sobre el mal. Ella lo exigió. El médico le aseguró que se trataba de una enfermedad mortal, que se la llevaría en muy pocos días de este mundo. La denominó, de forma rimbombante, la peste roja de Nubia. Para revestir de veracidad su dictamen hizo venir a Girolamo Fenaroli, el médico con el que trabajaba en el *Ospedale*. A pesar de que Fenaroli se había negado, en un principio, a participar en la farsa, acabó aceptando colaborar al entender que sólo grandes remedios curan grandes males. Y el de Nezetta lo era.

—Decidme la verdad, señor, os lo ruego —imploró ella, postrada en el lecho, del que no se movía más que para correr a la letrina cada vez que bebía un sorbo de agua o daba un bocado.

—Os estáis muriendo, señora… —sentenció Girolamo con absoluta gravedad—. Y no hay nada que yo pueda hacer. La enfermedad ha prosperado. Es rápida. Os consumirá en pocos días.

Tomasso y Veroncia asistían a esa representación tras la bambalina, recomidos por la angustia y los remordimientos. En muchos momentos estuvieron tentados de dar con todo al traste. Pero Villiers se mostró implacable. Al tercer día de órdago, y a la vista de su pérdida de fuerzas y peso, Nezetta se derrumbó. Se sumió en un llanto amargo, desolado, convencida de su fin inminente. Ése fue el momento más difícil de todo el proceso; suscitó, incluso, una fuerte discusión entre Bernard y su amigo, que se planteaba lo ilícito de una maniobra de esas características.

—Escucha, Tomasso —reconvino Bernard con acritud—. Tú sabes que ella no corre peligro alguno. Le sobra peso. Podría estar en éstas más de tres semanas y salir por su propio pie. Lo peor que puede ocurrir es que pases el resto de tus días anulado, aferrándote a tu proverbial resignación cristiana para sobrellevar una vida de soledad y maltrato indigno.

—Pero está sufriendo…

—Sí. Pero no hay cambio sin sufrimiento. Nunca lo olvides.

Al atardecer del tercer día, y siguiendo el plan de Villiers, se presentó en la alcoba un sacerdote. Era el único que no estaba conchabado en la maniobra, pero no dudó de la gravedad del mal al ver el aspecto de la mujer. Comenzó a musitar letanías en latín, escuchó su confesión y le administró los sacramentos. Ese golpe de efecto resultó definitivo. Esa misma noche, Nezetta, tras horas de soledad, imploró a Tomasso su perdón. Reconoció todo lo infame que había en su proceder; desde la ambición que la llevó a contraer nupcias hasta lo cruel del trato que le había dispensado. Se mostró arrepentida de su avaricia, su inquina y falta de caridad. El apotecario, conmovido y hecho un mar de lágrimas, pero maravillado, a un tiempo, ante lo sincero de la contrición de Nezetta, le aseguró su perdón.

Habían llegado al punto sin retorno que Bernard pretendía alcanzar. Al amanecer del cuarto día, el francés la visitó. La escuchó durante horas. Cuando estuvo completamente convencido de la sinceridad de sus palabras, le habló de forma sosegada. Le infundió ánimos. Reveló, dando grandes rodeos y procurando revestir sus palabras de un halo de misterio, la existencia de un método para burlar a la muerte. Nezetta, aunque profana en asuntos espirituales, sabía que Bernard, al igual que su marido, había sido iniciado en una extraña vía de conocimiento hermético llamada gnosis. Ambos eran miembros de una fraternidad alejandrina denominada Hijos de La Luz. Todo eso se le escapaba. Pero estaba dispuesta a aferrarse a cualquier remedio, por descabellado o incomprensible que pudiera parecer, con tal de salvarse. El médico le aseguró que si efectuaba un recuento minucioso e impecable de todos los actos de su existencia, abominando de todas sus equivocaciones y miserias, viviría. Estableció una analogía entre todo lo equívoco que acarreamos de por vida, equiparando esos errores a una enfermedad espiritual que puede ser superada gracias a la vigilancia constante de uno mismo. Ella aceptó. El francés le pidió que se preparara.

Al día siguiente, Bernard volvió a entrar en su habitación acompañado por un curandero al que él mismo había aleccionado cuidadosamente. El hombre colocó dos exvotos de cera frente a ella. Le explicó que el de la izquierda representaba su vida pasada, que debía terminar irremisiblemente. El de la derecha, el tiempo que podría restar si recapitulaba correctamente sus errores. Nezetta debía quedarse a solas, meditar sobre cada una de esas imperfecciones encarando el primer exvoto, y concentrarse, al punto, en el estado opuesto enfrentando el segundo.

La mujer permaneció todo el día sumida en ese proceso de observación.

Al anochecer, Bernard y el curandero, inmersos en un ritual tan incomprensible como falso, procedieron a quemar el primer exvoto.

El ensalmador le dijo entonces a Nezetta que debería pasar dos días enteros en absoluto silencio, fijando en su espíritu el nuevo talante que había implorado. Transcurrido ese plazo, sabrían si la parca aceptaba el cambio.

Bernard Villiers, satisfecho, retiró el polvo de cacto de Nubia del agua y el alimento que se administraba a la mujer. Dos días más tarde las manchas rojizas habían desaparecido de su cuerpo.

—¡Te juro, francés, que ni aun viviendo cien años lograría concebir treta tan taimada y pérfida! —bramó Nikos tras escuchar el relato—. ¡No lo puedo creer, eres un verdadero diablo!

—Bueno…, después de todo la superchería está basada en la meditación real sobre la muerte y el renacer espiritual que enseña La Tradición —bromeó el médico—. Sólo le añadí un poco de dramatismo a la obra.

Nikos rió hasta deshacerse en lágrimas.

—Podría haber salido mal, medicucho —carraspeó el cretense conteniendo la hilaridad—. ¿Qué hubieras hecho de no funcionar el engaño? ¡Ahí me gustaría verte!

Bernard Villiers se encogió de hombros.

—Entonces, querido Nikos, hubiera usado el hechizo más poderoso de *Las Clavículas de Salomón* o del *Picatrix*…, no lo dudes —confesó—. Para algo ha de servir ser amigo de un nigromante alejandrino, ¿no?

Detuvieron a Heráclito y a Zenón. Volvieron la vista atrás.

Florencia se perdía en el horizonte verde de La Toscana.

Destellaba el Campanile al sol.

El Arno, como una serpiente de oro, reptaba indicando el camino.

EPÍLOGO

LAS PUERTAS DEL PARAÍSO, CERRADAS

Un mirlo cruzó el cielo por la derecha, en dirección a Livorno.

–¡Ése es el mejor de los augurios, francés! –aseguró Nikos al punto, protegiendo sus ojos del sol y siguiendo su vuelo–. Tendremos un viaje agradable y sin incidencias.

Bernard sonrió.

–¿Qué hubieras dicho de habernos sobrepasado por la izquierda?

–¿Eh?, bueno…, cuando vuelan por la izquierda es mejor ignorarlos –arguyó el cretense riendo entre dientes–. Y a propósito de pájaros…

–¿Qué?

–Le dije a Marsilio que lo haría y éste me parece un buen lugar.

Detuvieron las mulas junto a un pinar. Nikos echó pie a tierra y desató la pequeña jaula de Horacio, amontonada junto a otros bultos sobre la grupa de Zenón.

–Horacio es gorrión toscano –afirmó el filósofo acercando la nariz a los barrotes–. Creo que se sentiría triste en Francia. En Francia sólo hay franceses, ¿verdad, Horacio? Una verdadera plaga.

–Fingiré no haber oído esa impertinencia, maldito cantamañanas… –bromeó el médico.

–En España tampoco sería feliz. Su lugar está aquí.

Horacio se aupó en el índice de Nikos así éste introdujo los dedos en la jaula. Después, al verse libre, batió las alas y se elevó sobre sus cabezas. Describió un amplio círculo y se dirigió hacia Florencia. La capital ya era sólo una breve mancha en la línea verde de los prados.

El cretense se quedó ensimismado, con la mirada perdida en la distancia.

—Creo que tardaré en volver a esta ciudad, Bernard —confesó ausente—. Tú lo harás antes que yo. Es normal. Aquí has hallado algo valioso. Por lo que a mí respecta, hay algo en ella que me produce desasosiego. Tal vez no sea ésa la palabra adecuada. No sé cuál es...

Bernard desmontó y rebuscó en su alforja. Sacó medio queso de Parma y un cuchillo. Cortó dos buenos trozos y ofreció uno al cretense.

—¿A qué te refieres? —indagó.

—Ya te he dicho que no sé muy bien de qué se trata... —caviló Nikos mordisqueando el queso—. Lo que sí es cierto es que en ningún otro lugar he visto tantos ángeles como en Florencia. ¿No te has fijado en eso? Todas las iglesias están llenas de ellos. Dorados y etéreos. Estos últimos días he paseado mucho, Bernard. Por doquier descubres obras piadosas, anunciaciones, escenas bíblicas, mosaicos de Cristo, frescos de apóstoles, estatuas de santos. Aquí y allá, las familias nobles remozan conventos, revisten fachadas en mármol, consagran altares y construyen capillas en sus palacios...

—Cierto. Pero no creo que nada de todo eso pueda causar desasosiego.

—No. Pero existe una contradicción terrible entre ese proceder y su forma real de vivir... —razonó Nikos—. En ninguna otra ciudad, y conozco muchas, he advertido un culto tan desaforado al dinero; una rendición tan incondicional e impúdica ante el lujo, la riqueza y la vanidad personal. La ambición cabalga desatada por Florencia, amigo mío. Todo junto, ese afán por reconciliar piedad y opulencia, se me antoja un proceder absolutamente fariseo. Ajeno al verdadero sentido del cristianismo.

–Tal vez por eso buscan rodearse de todas esas obras de arte sagrado –ironizó el francés–. El poder y el espíritu son incompatibles. Hasta un iletrado lo entendería. Así se entregan a la usura y a los negocios y les crece la hacienda y la barriga, peor se manejan con su conciencia; se llenan de remordimiento y acaban perdiendo hasta el sueño.

–Sí, a eso me refiero. Ahí está… –sentenció Nikos soltando una risilla y tomando a Zenón por las riendas. Comenzaron a caminar–. Gastan verdaderas fortunas en el intento, absurdo y estéril, de complacer al Cielo. Si pudieran, le pondrían puertas, como ésas de Lorenzo Ghiberti. Grandes y fastuosas. Si el Paraíso pudiera comprarse, Bernard Villiers, no dudes de que lo harían. A base de florines, como hacen con todo lo demás.

Continuaron a pie y en silencio durante unos minutos, disfrutando del agradable calor del sol de la tarde. Se cruzaron con una carreta cargada de lana recién esquilada que rodaba camino de la ciudad.

–Por fortuna, Nikos, el Paraíso, si hay otro más allá de éste, no tiene puertas, ni mapas que indiquen el acceso –afirmó Bernard retomando la conversación–. Recuerdo que tú dijiste algo parecido cuando contemplamos por primera vez esa maravilla de Ghiberti. Además, no olvides que sobre todos aquellos que basan sus vidas en los bienes materiales pesa una maldición bíblica…

El cretense le miró de soslayo.

–¿Cuál? –preguntó escamado.

–Haz memoria…, Jesús dijo, alto y claro, que antes pasará un camello por el ojo de una aguja que un rico entrará en el Reino de los Cielos.

Nikos se echó a reír. Se carcajeó hasta doblarse.

–¿Qué es lo que te parece tan divertido? –inquirió el médico desconcertado.

–Eres de una inocencia sublime, francés. Sublime. No les conoces –aseguró el filósofo ahogado en su propia hilaridad–, no les conoces. Medirán al camello. No cualquier camello. Medirán el más grande que puedan encontrar. Y al punto harán forjar una aguja descomunal. Grande como el palacio más grande. Te aseguro que el camello pasará. Un día de éstos lograrán hacerle pasar...

—Es posible... —convino Bernard sumándose a la chacota.

—Es así. Son unos sofistas. Capaces de revestir de veracidad las mentiras más evidentes. Comprarán la tierra y el mar. Parcelarán a la Divina Madre. Y le pondrán precio a todo. Pues la suya es una enfermedad corrupta y pestilente que genera ansiedad indescriptible y no se sacia jamás. Pero... ¿quieres que te diga una cosa?

—Claro.

—El honor del asesinado estriba en no ser el asesino, amigo mío... —afirmó sonriente—. No lo olvides nunca. Antes simple piedra en el camino que martillo en manos de ese hatajo de sinvergüenzas.

—Amén a eso, Nikos. Amén a eso.

—¿Catedrales? ¿Quién las necesita? —exclamó alborozado el filósofo encarando la distancia—. Toda la Creación es una inmensa basílica. Hecha sin manos.

Se internaron al poco por una vereda que discurría bajo una fronda umbría y deliciosa.

Un camino aún sin dueño.

Por el que las gentes ligeras de equipaje vienen y van.

NOTAS

El libro que Renato de Anjou regala a Cósimo de Médicis y que Nikos Pagadakis no logra descifrar en la novela es, obviamente, el célebre Manuscrito Voynich. A día de hoy sigue ocupando a cientos de estudiosos y criptógrafos en todo el mundo y suscitando todo tipo de teorías. Aunque no es seguro que la misteriosa obra, atribuida a Roger Bacon, perteneciera a Cósimo *Il Vecchio*, algunos afirman lo contrario. También se cree que pasó por las manos de los Sforza en Milán.

Un raro documento del archivo Médicis, que detalla las telas empleadas en la confección de prendas con motivo de los funerales de Cósimo *Il Vecchio*, en 1464, arroja luz y certifica la existencia de varias esclavas que servían a la familia. Muchas fuentes apuntan a que Carlo de Médicis era, con toda probabilidad, hijo de una de ellas.

El descubrimiento y prospección del depósito de alumbre de Tolfa, que los Médicis explotaron por contrato con la Santa Sede, se produjo, cronológicamente, algo más tarde de la fecha en que transcurre la acción de la novela. He alterado ligeramente este dato en beneficio de la trama de *Las Puertas del Paraíso*.

Recientes estudios demuestran que Piero *Il Gotoso* padecía, en realidad, de artrosis; enfermedad que, en mayor o menor medida, afectó también a Cósimo y a otros miembros de la familia Médicis.

Marsilio Ficino recuperó y tradujo infinidad de obras clásicas. Fundó la Academia Platónica de Florencia. Reconcilió la filosofía platónica con el cristianismo. Fue hombre renacentista por excelencia. Su aportación a la filosofía y a la historia del pensamiento es inmensa.

Renato de Anjou, uno de los personajes más insignes de su tiempo, permanece envuelto en un halo de romanticismo y misterio. Guerrero y compañero de armas de Juana de Arco –de la que se dice estuvo enamorado–, filósofo, pintor, escritor y poeta. Sin duda alguna, hombre clave y fundamental del Renacimiento. Sugieren muchos estudios que era un iniciado en la Tradición Hermética y gran maestre de la Orden del Priorato de Sión, sucediendo en el cargo a Nicolás Flamel, el alquimista.

Y sin duda alguna…

Benozzo Gozzoli fusionó magistralmente arte sagrado y profano; san Antonino de Florencia fue un hombre para la eternidad; Vespasiano da Bisticci, un gran librero, nunca compró una imprenta.